문순태 중단편선집

1

고향으로 가는 바람

고향으로 가는 바람 문순태 중단편선집 1

초판인쇄 2021년 2월 20일 초판발행 2021년 3월 10일
지은이 문순태 엮은이 조은숙 펴낸이 박성모 펴낸곳 소명출판
출판등록 제13-522호 주소 서울시 서초구 서초중앙로6길 15, 2층
전화 02-585-7840 팩스 02-585-7848 전자우편 somyungbooks@daum.net 홈페이지 www.somyong.co.kr

값 20,000원
ISBN 979-11-5905-588-1 04810
ISBN 979-11-5905-587-4 (세트)

❶ 1959년 광주고 문예부 시절. 중앙이 수필가 송규호(문예부지도교사), 좌측 이성부, 우측 문순태

❷ 1974년 봄. 왼쪽부터 시인 조태일, 소설가 한승원, 이문구, 문순태

❸ 2001년 가을 장흥에서. 우측부터 문순태, 최일남, 김현주, 임철우, 은미희, 황충상, 윤흥길, 박범신 등 호남 출신 소설가들과 함께

❹ 2010년 광주고 동기생인 절친 이성부 시인과 함께

❺ 2013년 용아문학제에서. 우측부터 김준태 시인, 문병란 시인과 함께

❻ 2013년 생오지에서. 좌측부터 송수권 시인, 신경림 시인과 함께

문순태 중단편선집

1

고향으로 가는 바람

소설은 내 스승이었고,

종교였으며 생명이었다.

소설을 쓸 때만이

내 자신에 대한 실존을 확인할 수 있었다.

—산문집 『꿈』

문순태 작가에게 소설은 삶 자체였다. 평생 그와 동고동락을 해온 소설이 있었기에, 삶의 고비마다 찾아온 아픔을 치유할 수 있었다. 그가 소설에게 위로받았듯이, 그의 소설은 많은 이들의 가슴을 따뜻하게 적셔주었다. 그는 밖으로 꺼낼 수 없는 이야기를 안고 살아가는 사람들의 삶을, 자신만의 언어로, 구수한 된장처럼 감칠맛 나게 풀어냈다. 된장은 오래 묵을수록 맛이 좋다. 또 어떤 재료와 섞어도 그 풍미를 잃지 않고 다른 음식과도 잘 어울린다. 문순태 작가의 소설도 그러하다. 그래서 독자는 그의 소설을 읽으며 자신의 이야기처럼 쉽게 공감한다.

좋아하는 작가의 전체 작품과 그와 관련된 텍스트를 아울러 읽을 수 있었다는 것은 한 독자로서 큰 기쁨이었다. 동시에 작가가 살아오는 동안 축적된 삶의 지혜와 이야기들을 직접 들을 수 있었다는 것은 한 연구자로서 축복이었다. 이렇게 독자로서 그리고 연구자로서 나는 문순태 작가 부부와 맛있는 밥을 먹고 핸드드립 커피를 마시며 지난 8년간 호사를 누렸다. 이러한 만남을 통해 나는 그간 작가의 삶과 작품을 나란히 펼쳐놓고 그 둘 사이의 공백을 촘촘히 메우는 작업을 해왔었다. 그 결과 『생오지 작가, 문순태에게로 가는 길』(역락, 2016)이라는 작가론을 낼 수 있었으며, 이번 중·단편선집 작업도 편안하게 진행할 수 있었다.

　작가론을 쓰는 일과 작품선집을 엮는 일은 큰 차이가 있다. 작가론이 작가와 내가 대화를 하듯 당시 작가의 삶과 그때 쓰인 작품을 읽으며 그 둘 사이의 퍼즐을 하나씩 맞춰가는 지극히 개인적인 작업이었다면, 작품선집을 엮는 일은 한 작가가 피땀으로 남긴 작품을 독자에게 어떻게 온전히 전달할 것인가에 초점을 맞춘 막중한 책임과 부담이 수반되는 작업이기 때문이다. 특히 문순태는 1974년 「백제의 미소」로 『한국문학』의 신인상을 수상하면서부터 장편 23편(38권)과 중·단편 약 147편, 중·단편집과 연작소설집 17권, 기행문 3권, 시집 2권, 산문집 6권, 동화집 2권, 어린이 위인전 2권, 평전 1권, 소설창작이론서 4권, 희곡 2편 등 방대한 양의 작품을 남겼다. 이처럼 방대한 작품으로 인해 작품선집을 엮으면서 가장 큰 고민은 작품을 어떤 기준으로 설정할 것인가였다.

　애초에는 문순태 중·단편전집을 엮을 계획이었다. 그래서 이미 출간된 단편소설집 『고향으로 가는 바람』(창작과비평사, 1977), 『흑산도 갈매기』(백제, 1979), 『피울음』(일월서각, 1983), 『인간의 벽』(나남, 1984), 『살아있는 소문』(문학사상사, 1986), 『문신의 땅』(동아, 1988), 『꿈꾸는 시계』(동광출판사, 1988), 『어둠의 강』(삼천리, 1990), 『시간의 샘물』(실천문학사, 1997), 『된장』(이룸, 2002), 『울타리』(이룸, 2006), 『생오지 뜸부기』(책만드는집, 2009), 『생오지 눈사람』(오래, 2016), 연작소설집인 『징소리』(수문서관, 1980), 『물레방아 속으로』(심설당, 1981), 『철쭉제』(고려원, 1987), 『제3의 국경』(예술문화사, 1993) 등에 실려 있는 중·단편 147편을 발표한 순서대로 정리했다. 그러나 작품 수가 너무 많아서 작가와 상의한 끝에 7권의 중·단편선집을 내기로 생각을 바꾸었다. 이때부터 시기별로 중요하다고 여겨지는 작품 100편을 선별하기 시작했다. 그러나 선별된 작품 가운데 중편소설이 다수 포함되어 다시 75편으로 줄이는 과정을 거쳤다. 그럼에도 7권으로 엮기에는 분량이 너무 많았다. 작가에게는 작품 한 편 한 편이 모두 자식처럼 소중한 존재이기에, 고민의 시간이 길어졌다. 얼마 후 작가와 다시 만나 작품 선정에 대해 이야기를 나누었다. 그 자리에서 작가는 "많이 싣는 것도 좋겠지만, 독자들이 읽으면 좋을 작품으로 선정하는 것이 더 의미가 있지 않을까요?"라고 부담을 덜어주었다. 이러한 과정을 거쳐 문순태 작가의 중·단편 중에서 오래도록 독자들과 호흡을 같이 할 65편의 소설이 선정되었다. 한 작가의 문학적 여정을 살펴보기 위해서는 중·단편뿐만 아니라 장편까지 함께 엮는 것이 맞겠지만, 여건상 이는 차후 과제로 남기기로 했다.

선집의 편집체제는 작가가 이전에 발표했던 중·단편집과 연작소설집 17권에 실린 순서를 따르지 않고, 가능한 작가가 발표한 연대를 기준으로 하되, 각 권의 분량을 고려하여 주제별로 재구성했음을 밝힌다. 작품이 발표된 시기에 따라 초기 소설에서는 한자가 많이 섞여 있었다. 그래서 독자의 가독성을 위해 한자를 한글로 바꾸거나 한자를 생략 또는 병기하기도 했다. 그리고 된소리는 내용을 강조할 경우와 대화 글에서는 그대로 살렸으며, 서술 부분에서는 표준어 규정에 맞게 수정했다. 또한 용어 사용에서는 '국민학교'를 '초등학교'로, '뻬치'를 '펜치'로 바꿨으며, 혼용해서 사용하고 있는 '5월과 오월', '6·25전쟁과 유월전쟁' 등은 서술 부분에서는 5월과 6·25전쟁으로, 대화에서는 '오월과 육이오전쟁'으로 일치시켰다. 의미가 불분명한 문장이나 문단은 작가와 상의하여 삭제했으며, 단어와 문장도 많은 부분 수정했다. 초판 발표 당시의 작품명과 다르게 작품명을 바꾼 경우는 각각 작품의 말미에 표기했다. 참고로 작품명을 바꾼 경우는 「금니빨」을 「금이빨」로, 「흰 거위산을 찾아서」를 「흰거위산을 찾아서」로, 「늙은 어머니의 향기」를 「늙으신 어머니의 향기」로, 「은행나무처럼」을 「은행잎 지다」로, 「아버지와 홍매화」를 「아버지의 홍매」로, 「안개섬을 찾아」를 「안개섬을 찾아서」로, 「생오지 눈사람」을 「생오지 눈무덤」으로, 모두 일곱 작품이다. 「생오지 눈무덤」은 초판 발표 당시에는 「생오지 눈무덤」으로 발표되었으나, 단편집으로 엮으면서 「생오지 눈사람」으로 작품명을 바꾼 경우이다.

특히 이번 7권의 선집에는 문순태의 창작집 『고향으로 가는 바람』(1977)부터 『생오지 눈사람』(2016)까지 각각 창작집 초판에 실린 '작가의 말'과 평론가의 '해설'을 각 권에 나누어 실었다. 이는 두 가지의 의미를 지닌다. 하나는 작품을 독자들에게 내놓았을 당시, 작가의 소회와 고백을 생생하게 느낄 수 있다는 점이다. 예를 들면, 『고향으로 가는 바람』에서 문순태는 "이 산 저 산 쫓기며 전쟁의 총알받이가 되었던 유년 시절, 지게 목발 두드리다가 부모 몰래 광주로 튀어나왔던 소년 시절, 퀴퀴한 하수구 위의 판잣집 단칸방에 네 식구가 뒤죽박죽으로 벌레처럼 엉켜 살았던 청년 시절, 그러다가 어른이 되어선 제법 으스대고 사치와 허영에 길들어지면서, 고향은 두 번 다시 생각하기도 싫었던 삼십 대 느지막에, 나는 비로소 번데기가 되어 다시 태어난 셈"이라고 고백한다. 그리고 문순태가 어느 정도 중견 작가의 반열에 오른 뒤에 쓴 『시간의 샘물』에서 "어렴풋이나마 소설이 무엇인가를 깨닫게 되고 차츰 나이가 들어가면서부터 소설쓰기가 마치 끝없는 절망과 싸운 것처럼 힘들어진다. 이제는 전통적 소설쓰기로는 살아남기조차 어려울 것 같은 위기감마저 느낀다"라고 하면서, 90년대 소설문학의 지각변동에 대한 작가로서의 소회를 밝힌 것과, 일흔여덟에 출간한 『생오지 눈사람』에서 "아마도 내 생의 마지막 창작집이 될 것 같다. 이제야 어렴풋이 소설이 보이는 것 같은데 내 영혼이 메마르게 되었구나 싶어 아쉽다. 이럴 줄 알았더라면 더 치열하게 붙안고 매달릴걸…… 어영부영 흉내만 내다보니 어느덧 길의 끝자락이 보인다"라고 하면서 회한을 드러낸 점 등이 그러하다. 이처럼 선집의 각 권마다 실려 있는 초판 '작가의 말'은 작품을 쓸 당시, 작가의 마음을 엿볼 수 있게 구성되어 독자들에게 새로운 재미를 줄 것으로 기대된다.

다른 하나는 작가 의식의 변모 양상과 함께 소설의 주제가 확장되는 지점을 포착할 수 있다는 점이다. 가령, 초기에 쓴 『고향으로 가는 바람』에서 문순태는 자신이 소설을 쓰는 이유를 "지적인 칼로 잘못된 사회와 역사를 담대하게 베어내고 새 싹이 돋게 하기 위해서"라고 말한다. 그러다가 1980년대 5·18 민주화운동을 체험한 이후에 쓴 『철쭉제』에서는 "작가가 된 지금 누구인가 나에게 왜 소설을 쓰느냐고 묻는다면, 먼저 나 자신을 구원받기 위해서"라고 말한다. 즉, 젊은 시절에는 소설이 역사의 칼로서 역할을 해야 한다고 생각했던 그가 중년에 이르러서는 소설이 '구도의 길 찾기'로서 역할도 해야 한다고 주장한 것이다. 그리고 최근에 쓴 『생오지 눈사람』에서는 소설이 "날카로운 침으로 잠든 영혼을 깨울 수 있다면 족하다"라고 하면서, 소설에 대해 '성찰의 거울'로서의 역할을 강조한다. 이렇듯 문순태는 초기에는 소설이 인간의 삶과 사회를 변화시키는 데 도움을 줄 것이라는 확신에서 '일상성 안에서 의미 찾기'와 '이질적인 것들의 어울림'을 추구했다면, 중년에 들어서 쓴 작품에서는 6·25전쟁, 5·18 민주화운동의 체험을 객관화하여 '구원'의 문제로까지 심화시켰으며, 노년에 쓴 작품에서는 성찰의 깊이가 더해져 노년의 삶과 소통 문제, 그리고 후손에게 물려줘야 할 자연의 생태문제로까지 주제를 확장시켰음을 '작가의 말'과 '해설'을 통해 확인할 수 있을 것이다.

이번 편집을 하면서 '작가의 말'과 '해설' 부분에서도 독자의 가독성을 위해 한자를 한글로 바꾸었다. 다만, 의미 파악을 위해 반드시 필요하다고 생각될 경우에는 한자를 병기했다. 또한 '해설'의 경우 각 권마다 해설자가 다르고, 초판 출간 당시 편집체제가 일치하지 않아 홑화살괄호(〈 〉)와 홑낫표(「 」)의 경우, 강조 시에는 작은따옴표(' ')로, 대화 글이나 인용 시에는 큰따옴표(" ")로 바꿨다. 그리고 '르뽀'를 '르포'로 바꾼 것처럼 외래어나 한글 맞춤법 표기법 개정 이전의 단어와 용어는 개정된 한글 맞춤법 표기법 규정에 따랐다.

마지막으로 문순태 소설의 많은 독자와 연구자를 위해 이번 선집에 수록한 작품의 발표지면과 작가 연보를 실었다. 만약 이를 참고하여 작가의 삶과 시대를 연관 지어 소설을 읽는다면 독자들은 훨씬 더 깊고 다양한 재미와 울림을 느낄 수 있을 것이다. 유년시절을 소환하거나 잃어버린 고향을 찾고 싶은 이에게는 1권 『고향으로 가는 바람』과 2권 『징소리』를, 아버지에 대한 그리움이 간절한 이에게는 3권 『철쭉제』와 6권 『울타리』를, 어머니에 대한 사랑이 그리운 이에게는 4권 『문신의 땅』과 5권 『된장』을, 인생을 되돌아보고 싶거나 삶을 아름답게 갈무리 짓고 싶은 이에게는 7권 『생오지 뜸부기』를 추천한다. 그리고 소설 쓰기를 준비하는 예비 작가는 이 중·단편선집을 통해 지난 51년간의 작가 인생이 농축된 창작에 대한 열정을 배울 수 있을 것이다. 또한 문순태 소설에 대한 본격적인 연구를 준비하는 연구자는 작가에 대한 기초 자료와 중·단편선집이 확보된 만큼 다양하고도 활발한 연구가 가능할 것으로 보인다. 이처럼 이번 중·단편선집은 문순태 작가의 주요한 작품을 한데 묶음으로써, 독자들이 그의 작품 세계에 보다 쉽게 접근할 수 있도록 했다는 데 그 의의가 있을 것이다.

1965년 작가가 김현승 시인의 추천을 받아 『현대문학』에 처음 이름을 올린 지 56년이 되는 해에, 그의 중·단편선집을 발간하게 되어서 엮은이로서도 매우 기쁘다. 이 선집 작업은 많은 이들의 사랑과 관심이 있었기에 가능했다고 본다. 먼저 선집 작업을 시작할 때부터 "한국문학사에 남을 의미 있는 작업을 하고 있다"라고 격려해 주신 이미란 교수께 감사드린다. 그리고 바쁜 와중에도 기꺼이 기초 작업에 도움을 준 전남대학교 국어국문학과 석·박사 과정 연구자들과 감수 과정에서 독자의 눈으로, 때로는 교감자의 시선으로 꼼꼼하게 읽고, 교정에 참여해 준 이영삼 박사에게 감사를 드린다. 또한 편집과 세세한 부분에 신경을 써 준 편집부와 이 선집 작업을 누구보다 기뻐하며, 어려운 여건에서도 기꺼이 맡아주신 박성모 대표께도 감사드린다. 마지막으로 만날 때마다 얼굴 가득 웃음 머금고, 두 손으로 내 손 꼬옥 잡아주시며 힘을 주셨던 문순태 작가 부부께 감사드린다. 더불어 문순태 작가의 소설 작품들이 오랫동안 우리 곁에서 눈향나무와 같은 향기를 품고 살아 숨쉬기를 소망한다.

2021년 2월
엮은이 조은숙

차례

백제의 미소

1

뒤로는 겸재의 실경산수 일지병一枝屛을 펼친 듯 기암절벽의 월악月岳이 둘러 있고, 앞으로는 무덤처럼 밋밋한 무등산이, 구름인지 산인지 분별할 수조차 없을 만큼 짙은 갈뢰빛 안개에 싸여 부옇게 출렁였다.

백선장군 왕건이 후백제의 후미를 치기 위해 진도를 거쳐 무안반도를 끼고 덕진포에 이르렀을 때, 견훤과 맞붙어 밀치거니 닥치거니 꼬박 열흘 동안 싸웠다는 숫돌산. 이 산은 나주성을 지키는 마지막 보루임과 동시에, 육로를 통해 나주를 협공하는 길과 영산강 하류를 따라 나주를 침공하는 길을 막을 수 있는 요충지였다고 한다.

백제 의자왕의 통분을 설욕하기 위해 스스로 후백제의 왕이 되었다는 견훤과, 고려를 세운 왕건이 이곳에서 혈전을 벌일 때 완건의 군사들이 칼을 갈기 위해 숫돌을 캐냈기 때문에 산꼭대기에 천지가 생겼다는, 이 숫돌산에서 나주 쪽을 바라보면, 질펀하게 펼쳐진 들이 한 눈에 들어오고, 그 뒤로 민둥산의 주봉을 이룬 할미봉이 우뚝 가로막고 있는 것을 볼 수 있다.

이 할미봉 아래 도자기 마을이 있었다. 대대로 자기를 구워온 도공들의 선조는 덕진포 싸움에서 왕건의 포로가 된 견훤의 부하들이었다고 한다. 그 조상들은 왕건의 포로가 된 뒤에, 나주도대행태시중羅州道大行台侍中 구진

具鎭에 넘겨져 이웃 강진대구康津大口에서 청자를 굽기 훨씬 이전부터 자기를 구워, 송악으로 실어갔다고 한다.

백제 사람이면서 백제의 땅에 포로가 된 그들의 선조는 고려 전조를 통해 대대로 자기 굽는 것을 업으로 이어왔고, 다시 고려가 넘어지고 조선이 들어서도 계속해서 도자기 굽는 일을 업으로 해 왔다. 그러나 그 후손들은 그들의 선조들이 후백제를 세우려다 왕건의 포로가 되어, 자기를 굽게 되었다는 그들의 슬픈 역사를 아무도 몰랐다.

칼을 갈기 위해 숫돌을 캐낸 자리에 명주실 두 꾸리가 들어간다는 숫돌산 천지처럼, 할미산 아래 도자기 마을 도공들도 그렇게 깊고 잔잔하게 지난 시대의 영욕을 모두 잊은 채, 자기만을 구우며 살아오고 있었던 것이다.

2

못 먹어 핏기라고는 하나 없이, 얼굴이 누르퉁퉁하고 부석부석한, 여남은 살쯤 되어 보이는 같은 또래의 아이들이, 끝이 무지러진 부엌칼로 송기松肌를 뭉떵뭉떵 벗겨 망태기에 집어넣고 있었다. 아이들은, 송기를 벗기면서, 입안이 싸하게 느껴지는 그 쫄깃쫄깃한 송기떡을 생각했다. 망태기가 무춤하게 송기를 벗긴 그들은 배가 고픈지 넓적넓적한 누리장나무 잎을 주욱주욱 훑어 한입에 넣고, 잎 속에 든 벌레까지도 와작와작 씹어 먹었다. 누리장나무 잎은 누리척지근한 누린내가 나는 것 같지만, 오랫동안 씹으면 끈적거리면서 달짝지근해지는 맛이 좋았다.

아이들은 소매 끝이 떨어져 너덜너덜하고 누덕누덕 기운 옷을 입고 있었으며, 댕기도 땋지 않은 까치 둥우리처럼 부스스한 머리에 지푸라기며 검부러기가 주절주절하여 동냥아치들같이 보였다.

소나무 잎 사이를 뚫고 내리 찌르는 뱀의 혓바닥 같은 햇살이 넓적넓적한 누리장나무 잎 위에서 사납게 널름거렸으며, 바람이 실팍한 누리장나무 가지를 흔들 때마다 뱀의 혓바닥처럼 날카로운 햇살이 되 쏘여 왔는데, 찌르륵 찔러 오는 햇살에 아이들은 정신이 아찔아찔해져 현기증을 느끼곤 했다. 아침에 진잎죽 한 그릇밖에 먹지 못했기 때문인지 속이 헛헛했기 때문이다. 사월 초파일이 아직 보름이나 남았는데도 제법 햇살이 쿡쿡 쑤시는 것처럼 따가웠다.

봄이 되어 산에 새 나뭇잎들이 돋아난 뒤부터는 그래도 송기떡이나 진잎죽이나마 배부르게 먹을 수가 있어 다행이었다. 어른들은 도방陶房에서 물레를 돌리면서도 그저 햇곡식이 나는 유월까지만 기다리자고 아이들을 얼리는 것이었지만, 이제 아이들은 유월이 되어도 그 찰깍쟁이 김 진사 어른이 끽해야 보리 가마나 주고 말리라는 것을 잘 알고 있는 터라, 어른들의 말을 믿지 않았다.

망태기가 무춤하게 송기를 벗겨 담은 같은 나이 또래의 여남은 명이나 되는 아이들은 허기를 참느라고 연신 느릅나무 잎이며 누리장나무 잎을 한 움큼씩 주욱주욱 훑어 입에 가득 넣고 우적우적 씹어 먹으며 비트적비트적 마을로 내려온다.

방울재에서 내려다보이는 분원리는 배고픈 설움이라고는 전혀 없는, 더없이 한가로운 마을로 보였다. 분원리는 도자기 마을로, 마을 위쪽에는 지붕 위에 쌍룡 머리가 치솟은 호랑이 김 진사의 안채와 사랑채, 곳간채 등이 즐비하고, 아랫당산 밑에는 도공들이 자기를 구워 만드는 도방과 가마방 등이 자리해 있고, 그 옆에는 도공들이 사는 움막 같은 집들이 다닥다닥 붙어 있었다.

아래 도방에서는 가마에 불을 지피는지 먹구름 같은 연기가 무럭무럭 피어올라, 상수리나무가 빼곡하게 들어찬 앞산 할미봉의 허리를 한 바퀴 휘어 감는 듯싶더니 이내 사그라졌다. 송기를 벗겨 넣은 망태기를 메고 비트적거리며 방울재를 내려오는 아이들은, 온통 분원리 하늘을 까맣게 먹칠을 한 그 연기를 볼 때마다 그들이 배불리 먹을 맛있는 음식들을 장만하는 것이라고 착각을 했는데, 그때는 속이 더 헛헛하고 목이 말라 각시샘을 향해 후드득후드득 뛰어 내려가곤 했다.

아이들은, 호랑이 김 진사네 하인들의 눈을 피해 종각 쪽으로 내려갔다. 종각 옆에는 언제나 철철 넘치는 각시샘이 있었고, 그들은 그곳에서 헛헛한 배를 불룩하게 채울 수가 있었다. 그들은 종각 옆길을 타고 내려와서는 각시샘 풀밭에 송기가 빵빵한 망태기를 벗어던지고 넓죽이 엎디어 배가 차 오도록 벌컥벌컥 물을 마시고 나서 언제나처럼 종각을 바라다보곤 했다. 종각을 쏘아보는 그들의 눈꽁댕이에는 원망과 두려움이 범벅이 된 채 번쩍 빛났다.

석단을 쌓아 올려 돌층계를 만들고 그 위에 종각을 세우고 지붕에는 기와를 올렸으며, 종각 안에는 아름드리 큰북이 매달려 있었다. 분원리 사람들은 북이 매달린 그곳을 종각이라고들 불렀다.

분원리 사람들은 아직 한 번도 종각의 북소리를 들어본 적이 없었다. 그들은 그 큰북을 신문고라고도 했다.

"야야, 참말로 저 북을 치면 대궐꺼정 북소리가 들린다냐?"

눈끔적이 바우가 손가락으로 눈곱자기를 떼 내며, 혼잣말처럼 물었다.

"저 북을 치면 말여, 임금님이 북소릴 듣고 여기꺼정 날아온단다. 이 바보야."

칠복이였다. 칠복이는 눈끔적이 바우의 뒤통수를 쥐어박는 시늉을 해 보이기까지 하며 깔깔대고 웃었다.

"임금님이 북소리를 듣고 우리 분원리꺼정 날아오믄 진사 어른 혼짝 난다더라 야."

"왜 혼난디야?"

"그것꺼정은 몰라 이 바보야!"

"죄가 있응께 그라것재!"

"쉿! 함부로 쥐둥아릴 놀렸다간 이거야 인마!"

칠복이 녀석이 누르퉁퉁한 얼굴을 험상궂게 일그러뜨리며 손으로 싹 둑 목을 베는 시늉을 해 보였다.

"북소리가 그렇게 멀리꺼정 들릴까아?"

"북은 말여, 죄 있는 사람을 벌주기 위해 치는 북인디, 임금님은 아무리 먼 곳에서도 저 북소리만은 들을 수 있다고 허든디. 임금님 귀는 참 신통허지!"

"북을 친 사람은 죽고 만다믄서?"

"나도 알아 바보야, 그렁께 암도 북을 못 치재!"

기실 분원리 사람들은, 아이들이나 어른들이나 모두 동구 밖 종각의 큰 북을 호랑이 김 진사만큼이나 무서워들 하고 있었다. 그러기에 마을 사람들은 아예 종각 옆에 가까이 가는 것조차도 꺼려하고 있었다.

배가 불룩하게 샘물을 마신 바우는 아까부터 마구리에 가죽을 팽팽하게 씌운 아름드리 북이며, 종각 눈썹차양에 매달아 놓은 북방망이를 번갈아 쏘아보며, 달려가서 한번 둥둥둥 걸립패의 북재비처럼 신나게 후려치고 싶어졌다. 하다못해 북을 향해 멀리서나마 돌팔매질이라도 하고 싶은 충동 때문에 온몸이 근질거렸다. 바우가 그런 엄청난 생각을 한 것은 비단 오늘뿐만이 아니었다. 나무를 하러 갈 때나, 송기를 벗기러 갈 때, 또는 뱃속이 헛헛거려 샘물이라도 실컷 마시려고 각시샘에 올 때마다 늘 그런 생각을 하곤 했었다. 그러나 바우가 그런 무서운 생각을 하고 있다는 것을 알고 있는 사람은 아무도 없었다. 바우의 그 무서운 생각은 차돌처럼 굳어져 반들거렸다. 그래서 바우는 배가 불룩거리도록 각시샘에서 샘물을 마시고 나서도, 그 무서운 생각을 속으로 삼키느라고 끙끙거렸다.

이제 갓 열세 살이 된 바우는, 철이 들면서부터 부쩍 그 무서운 생각이 차돌멩이처럼 단단하게 굳어져 번들거리면서 자꾸만 밖으로 튀어나오는 것을 참아내느라고 끙끙대곤 하는 것이었다. 정말 참을 수 없을 때, 그는 각시샘 가에서 실팍한 돌멩이를 집어서는 종각의 반대쪽 팽나무를 향해 힘껏 팔매질을 하는 것이었는데, 둥둥둥 하는 북소리 대신에 우지끈 뚝딱하고 팽나무 가지 부러지는 소리가 나서야 마을로 돌아오곤 했다.

"북을 아무도 못 치면 임금님은 영영 북소리를 못 들을 것인디……."

바우는 혼잣말처럼 중얼거리며, 다시 한번 팽나무를 향해 돌팔매질을 했다. 바우가 이렇게 팽나무를 향해 돌팔매질을 할 때면, 다른 분원리 아이들도 아무 생각도 없이 바우를 따라 돌을 던졌는데, 실팍한 돌멩이가 팽나무에 맞아 딱소리를 낼 때마다 아이들은 신이 나서 와아 와아 소릴 지르곤 했다. 바우는 그런 아이들이 우스꽝스럽게 여겨지기도 했으며 괜히 우쭐대고 싶어지기까지 했다.

어느덧 해가 머리 위에서 고무줄처럼 땡땡하게 햇살을 늘이고 있었다. 종각 옆, 김 진사 송덕비의 그늘도 한 뼘 정도나 동쪽으로 기울어져 있었다. 김 진사네 하인들이 열흘이 멀다하고 쌀뜨물을 솜에 발라 닦아낸 번들번들한 화강암의 송덕비에서 날카로운 햇살이 되쏘여, 바우의 어질어질한 머릿속을 찔러올 때마다, 그는 샘물을 너무 많이 마셔 듬뿌룩해진 뱃속이 울렁울렁하는 것이었다. 그럴때마다 햇살이 쪼르르 미끄러지는, 번들번들 빛나는 김 진사 송덕비와 함께, 종각의 큰북은 한결 더 무섭게 느껴지기 마련이었다.

아이들은 김 진사네 하인들이 자라목처럼 길게 목을 빼고 왕방울 눈을 부릅떠 휘두르며 윗당산으로 올라오는 것을 보고 잔뜩 겁에 질린 얼굴로 송기 망태기를 걸머지고 메뚜기처럼 뛰어 달아났다.

그날 낮에, 바우는 송기떡을 배불리 잘 먹었다. 마침 어머니가 김 진사네 쌀방아 찧는 것을 도와주고 한 바가지나 얻어 온 쌀기울까지 넣어서 찐 송기떡은 곡기를 한 탓인지, 제법 쫄깃쫄깃한 맛이 입 안에 오래까지 남아 있었다.

바우 아버지도 도방에서 나와 허출한 김에 송기떡을 무쩍무쩍 베먹으며,

"고것 참 인절미 맛인디. 새척지근하게 송기 냄새가 나면서도 입맛이 쩝쩝한 게 먹을 만허다. 거 오늘은 당신이 쌀지울을 얻어온 덕택으로 아주 잘 먹었는디."

하고, 앙바틈한 윗몸을 자꾸만 굽적거렸다.

"그려도, 진사댁이 고마와라우. 그 댁 아니믄 이렇게 맛있는 송기떡 꼴이나 보겠시오?"

"암, 그걸 말이라고 허나?"

분원리 어른들은 누구나 할 것 없이 걸핏하면 진사네 칭송이었다. 아이들이 진사네 하인들의 눈을 피해 송기를 벗겨다가 떡을 해먹는 것이었지만, 그게 모두 진사네의 덕이 아니고 무엇이냐는 그런 생각들이었다.

삼십여 명의 도공들이 죽으나 사나 도방에서 자기를 구워 내면, 김 진

사가 하인들을 시켜 사용원에 납품을 하거나, 큰 고을의 저자에 내다 팔아서 두둑이 돈을 벌어들이는 것도 모르고, 그저 송기떡 진잎죽이나마 진사댁 은혜로 생각하는 것이었다.

그러나 바우는 비록 나이는 어렸지만 그렇지가 않았다. 처음에는 그도 어른들처럼 무턱대고 진사댁을 고맙게만 생각해 왔었는데, 차차 나이가 들고 나이와 함께 철이 차면서부터는 그런 어른들이 더없이 못나고 바보스러워 보일 뿐이었다. 바우가 이런 생각을 하면서부터 종각의 북을 노려보는 눈씨가 차차 날카로워져갔다.

바우는 종각 안의 큰북 꿈도 자주 꾸곤 했다. 꿈속에서 바우는, 두두두둥, 하고 온통 할미봉을 뒤흔드는 것처럼 우람스럽고 연속적인 그 북소리를 들을 수가 있었는데, 그 꿈속에서도 임금님이 북소리를 듣고 분원리까지 왔었다. 임금님은 하얗게 은빛으로 번쩍이는 큰 백마를 타고 분원리까지 날아와서는, 김 진사를 꿇어앉히고 불호령을 내렸고, 청개구리처럼 땅바닥에 찰싹 엎딘 김 진사는 그저 살려달라고 손이 발이 되게 싹싹 빌었다. 그런 꿈을 꾼 날 바우는 기분이 좋아서 괜히 윗당산 아랫당산을 쏘다니며 킬킬 팔팔 웃기도 하고 빽빽 소리를 지르기도 했다. 그러나 그런 신나는 꿈은 어쩌다가, 1년에 두세 번 꿀 수 있었다.

저녁나절에 바우는 아버지를 따라 도방에 갔다. 널찍한 도방에서는 스무 남은 명의 도공들이 수비질을 하거나 물레를 돌려 자기의 모형을 써 올리는 등 경건하리만큼 일들에만 열중하고 있었다.

가난에 쪼들리고 김 진사네에 당할 일 못 당할 일 다 당하고, 못 먹어서 얼굴이 누르퉁퉁 부어 있는 것이었지만, 쩽쩽거리지도 않고 그저 아무런 생각도 없이 마치 신들린 사람들처럼 자기를 만드는 데만 정신을 붓고 있었다.

반항도 불만도 욕심도 없는, 무념무상의 흰 마음이 그대로 백자를 빚어 만들어내고 있는 듯했다. 아무런 욕심도 생각도 없이, 흰 바탕에 흰 마음 담뿍 부어서 구워 만든 백자는 그대로 도공들의 꿈인지도 몰랐다. 처음, 도공이 되었을 때는 누구나 한 번씩은 말 많은 쟁퉁이가 되기 마련이었지만, 해를 거듭할수록 말수도 줄어들고 욕심도 앙금처럼 차분하게 가라앉아, 도꼭지가 되면 마치 속이 텅 빈 바보처럼 보였다.

바우는, 도방에서 백토를 물에 넣고 휘저어 세분 조분으로 나누는 수비하는 일을 도맡아 했다. 도토를 수비통에 넣고 구정물을 일으켜 체로 받친 다음 불순물과 모래를 걸러내고, 다시 물을 뺀 후 짓이겨 반죽을 하는 일은 그리 어렵지가 않았다.

바우가 반죽을 해놓으면 아버지가 물레로 발을 툭툭 차서 돌리며 두 손으로 자기 모양을 써올렸는데, 바우는 이따금 아버지가 아무런 생각도 없이 백지장처럼 하얀 얼굴에 눈도 끔쩍거리지 않고 성형대 위에 흙을 붙여 엄지손가락으로 먼저 중심을 잡고 네 손가락을 모두 구멍에 넣어 모형을 써올리는, 그 경건하면서도 신이 들린 듯한 모습을 정신을 잃고 물끄러미 바라보곤 했다. 물레를 돌리며 두 손으로 백토를 써올릴 때의 아버지의 얼굴은 어쩌면 부처님처럼 깨끗해 보였다.

아버지는 흙을 다 써올리고 나서 자기 주둥아리의 변을 짓고, 다시 시욱을 마무리해서 명주실로 밑 흙을 잘라낼 때까지 기침 한번 하지 않았다.

그날 바우는, 아버지가 시욱을 끝내고 햇볕이 들지 않는 곳에 건조시킬 때까지 아버지를 돕기 위해 계속 도방에 있었다.

도방을 나와 게딱지같은 흙담집으로 돌아오면서 바우 아버지는,

"내일은 초벌구이를 해야 할 것인디, 자기는 초벌구이를 잘해야 헌다.

너도 후담에 네 애비같이 도꼭지가 되면 그걸 알게 될 끼라."

하며, 까칠까칠한 손으로 부수수한 바우의 머리를 쓰다듬었다.

그날 밤, 바우 아버지는 저녁에 진잎죽을 두 사발이나 마시고 도방으로 갔다. 바우 아버지뿐만 아니라 분원리 도공들은 모두 도방으로 잠을 자러 가야만 했다. 내일부터 초벌구이를 하기 때문에 재벌구이가 끝날 때까지는 처가 있는 도공들은 모두 도방에 가서 잠을 자야 했다. 초벌구이 하루 전날 밤부터 재벌구이가 끝날 때까지, 도공들이 마누라 곁을 떠나 도방에서 자야 한다는 것은 김 진사의 명령으로 엄격하게 지켜지고 있었다. 김 진사는 만일 자기가 금이 가거나, 아니면 시커멓게 그을리거나, 개떡이 무너지고 유약이 흘러버리는 등 못쓰게 될 때는 도공들이 부정을 탄 때문이라고, 집에서 잠을 잔 도공들에게 그 잘못을 모두 뚤뚤 말아 덮어씌웠다. 또, 김 진사는 한밤중 도공들의 집을 찾아다니며 도공들이 집에서 자나 안 자나 일일이 확인까지 했다.

도공들이 도방으로 잠을 자러 가는 날 밤에는 도공들의 마누라들은 목욕을 하고 깨끗한 옷으로 갈아입고 밤 마실 가는 것도 그만두고 일찍 잠자리에 들어야만 했다.

그날 밤 바우 어머니도 새물 냄새가 풀풀 나는 하얀 무명옷을 새뜻하게 갈아입고 일찍 이부자리를 폈다.

바우는 언제나 아버지가 도방에서 잠을 잘 때마다, 어머니가 새 옷으로 갈아입고 일찍 잠자리에 드는 까닭을 알 수가 없었다. 그리고 삼사년 전까지만 해도 아버지 없이 어머니와 단둘이서만 자는 게 그렇게도 즐겁기만 했었는데, 지금은 바우가 기침만 좀 해도, 잠을 자지 않고 뭘 하는 거냐고, 소리를 팩팩 지르곤 했다.

아버지가 도방에서 잠을 자는 밤에는 바우는 걸핏하면 빨리 잠을 자지 않는다고 꾸중을 듣기 일쑤였다. 바우는 그래서 아버지가 없는 밤이 싫었다. 오늘 밤도 어머니는 아직 초저녁인데도 일찍 이부자리를 펴주며 빨리 잠을 자라고 재촉이었는데, 어쩐 일인지 아버지가 없는 밤의 어머니는 팩 팩거리며 신경질을 잘 부렸다.

바우는 쉽게 잠을 이룰 수가 없었다. 어머니에게 꾸중을 들을까봐 눈을 딱 감고 자는 척하다가, 저녁에 진잎죽을 너무 많이 둘러 마신 때문인지 배가 뽀글거리고 똥끝이 타 견딜 수가 없어서 슬그머니 방문을 열고 뒷간에 갔다.

아직 초저녁인데도 분원리의 밤은 시퍼렇게 조용했다. 어젯밤까지만 해도 이맘때면 아랫당산께서 아이들이 떠들며 노는 소리가 왁자했을 텐데, 어쩐지 으스스하게 조용하기만 했다.

하늘에는 별이 촘촘히 박혀 낮에 김 진사 송덕비에서 되쏘여 온 그 날카롭고 신경질적인 햇살처럼 어둠을 쿡쿡 쑤시는 것 같았다. 바우는 지붕도 없이 거적으로 건둥건둥 둘러 만든 뒷간에 쭈그려 앉아서 회색빛 하늘을 쳐다보다 말고, 반짝거리는 별빛 때문에 몇 번인가 눈을 껌벅거리고 나서는 고의춤을 끌어 올리며 거적을 밀고 나오다가 누구인가 옆집 동춘이네 집으로 가는 것을 얼핏 보았다. 바우는 고의춤을 올려 허리끈을 맨 다음, 오른손 주먹으로 눈두덩을 쓰윽 문지르고 나서 희끔한 뒷모습을 찬찬히 바라보았는데, 밤이었지만 달빛에 마치 고기비늘처럼 번쩍이는 비단 마고자에 탕건을 쓰고 뒷짐을 진 손에 긴 장죽이 들려 있는 것으로 보아, 그것은 틀림없는 김 진사였다. 키가 작아 깡뚱하게 생긴 김 진사는 엉금엉금 동춘이네 집 마당으로 들어서더니, 헤헴, 큼큼, 하고 헛기침을 한

두 번 내뱉은 다음 무턱대고 방문을 열고 쑥 들어가 버렸다. 바우는 순간, 김 진사가 도공들이 집에 있나 없나 조사 나왔다 싶어 쪼르르 방으로 기어들어와,

"어무니 어무니, 진사 어른이 왔시요. 동춘이 집으로 갔시요."

하고 어머니를 흔들어댔다. 어머니는 이윽고 아무 말도 없이 일어나 앉더니 새 옷을 벗어 차곡차곡 개어 장롱에 넣고 다시 헌옷으로 갈아입는 것이었다. 그러고 나서야 바우를 와락 끌어다가 그 넓고 뜨거운 품에 넣고는 투덕투덕 엉덩일 토닥거리며,

"어쿠, 인전 우리 바우가 총각이 다 되었구나."

하는 것이었다.

각시샘에는 어느 새 망태기를 멘 네댓 명의 아이들이 나와 있었다. 바우는 각시샘에 엎디어 벌컥벌컥, 창자 속이 싸아 해 올 때까지 샘물을 들이마시고 나서, 언제나처럼 종각 쪽을 쏘아봤다. 종각 옆, 종각 높이만큼의 향나무가 한결 더 푸르러 보였다. 향나무는 가벼운 바람에도 너울너울 춤을 추듯 흔들거렸는데, 오랫동안 너울거리는 향나무 가지들을 바라본 바우는 정신이 어질어질해지는 것 같아서 눈을 떼어버렸다. 바우는, 언제고 종각만 바라보면 어쩐 일인지 속이 한층 더 헛헛해지고 머리가 휑뎅그렁하게 텅 비어오는 것만 같았다.

도방 쪽에서는 초벌구이 연기가 무럭무럭 피어올라 안개처럼 자욱하게 분원리를 둘러쌌는데, 그것은 마치 산수화의 운염雲染처럼 그렇게 짙고 한가로운 분위기를 자아냈다.

그날 바우와 아이들은 진사댁 하인들의 눈을 피해 아장골까지 갔다. 아장골 너덜겅은 분원리 아이들의 공동묘지와 같았다. 그곳은 작년에 죽은

바우의 여동생 꽃분이를 장사지낸 곳이기도 했다. 도담도담 잘 자라던 꽃분이가 죽었을 때, 바우 아버지는 시루처럼 밑에 구멍이 뚫린 커다란 백자 항아리 속에 꽃분이를 넣어 너덜겅에 묻었다. 지금도 생각하면 꽃분이는 어쩌면 배가 고파 죽었는지도 모를 일이었다. 그해는 올보다 더 무서운 흉년이 들었다. 배가 고픈 4살 난 꽃분이는 곧잘 흙을 파먹곤 했으며 그 때문인지 배가 퉁퉁 부어오르고 시난고난 앓다가는 숨을 거두고 말았다.

바우는 너덜겅이 발 아래로 내려다보이는 솔수펑에서 송기를 벗기면서도 꽃분이가 백자 항아리 속에 들어 있을 아장골을 자꾸 내려다보았다. 그 귀여운 꽃분이는 죽기 바로 전 날까지도 도리깨침을 흘리며 밀가루 부침개가 그렇게 먹고 싶다고 했었는데, 그해 추석날 밀가루 부침개를 만들어 먹으면서 죽은 꽃분이 생각으로 온 식구들은 마치 목에 부젓가락이라도 들어간 것처럼 목들이 뜨거워 눈물이 핑 돌았다.

바우 어머니는 끝내 밀가루 부침개를 먹지 못하고 부엌으로 들어가서는 얼마 동안을 훌쩍거렸으며, 어머니의 훌쩍거리는 소리에 바우도 밀가루 부침개를 한 입 넣은 채 엉엉 울어버렸었다.

바우는, 마디가 헌칠한 소나무 가지에서 고기비늘 같은 껍질을 뜯어내고 벌그스름하게 물이 오른 송기를 뭉텅뭉텅 벗기면서 자꾸만 꽃분이 생각으로 목이 칵 메어왔다. 그때, 꽃분이를 커다란 백자 항아리에 넣어 아장골 너덜겅에 묻고 온 바우 아버지는 다음날도 도방엘 나가지 않고 방에 틀어박혀 연신 장죽만 뻐끔뻐끔 빨고 있었다. 그러다가도,

"그래도 갸는 애비가 맹근 백자 항아리에 들어 있으니, 애비 품에 있는 거나 매한가질 거여!"

하고 혼잣말처럼 중얼거리곤 했었다.

바우는 꽃분이가 죽은 뒤부터 부쩍 분원리가 더 싫어졌다. 그래서 언젠
가는 아버지에게, 어디 깊숙한 산속에 들어가서 화전이나 일구며 살자고
했었다. 그때 바우 아버지는,

"도공의 자식놈이 도공이 될 생각은 안허고 화전민이 되어? 너는 애비
뒤를 이어 이름난 도꼭지가 되어야 혀!"

하고는 발끈 화를 내는 것이었다. 그러나 바우는 부처님 가운데 토막 같
은 도공이 되기보다는, 커서 더 나이가 들면 깊숙한 산 속으로 들어가 화
전을 일궈 콩이며, 옥수수며, 밀이며 밭곡식을 갈아 배불리 먹고 살아야
겠다는 결심을 버리지 않고 있었다. 날이 갈수록 바우의 화전민이 되어야
겠다는 결심은, 언제고 신나게 북을 쳐봐야겠다고 하는 생각과 함께 단단
하게 굳어져 갔다. 바우는 진사댁 하인들에게 꿈쩍 못하고 굽잡혀 살고
싶지가 않았다.

바우와 아이들은 소나기라도 한바탕 퍼부을 듯 할미봉 쪽으로 먹구름
이 꾸역꾸역 쏠리는 것을 보고 일찍 산에서 내려왔다. 송기를 벗겨 산을
내려오면서도, 그들은 김 진사네 하인들의 눈을 피하기 위해 종각 위 둥
구나무 쪽으로 슬금슬금 기어 내려왔다. 그들이 막 둥구나무 밑에 이르렀
을 때, 어디선가 진사댁 하인 땅쇠가 실팍한 작대기를 휘두르며 불쑥 나
타났다. 혼겁에 질린 아이들은 망태기조차 팽개치고 후드득 뛰어 달아났
다. 바우가 송기 망태기를 끝까지 벗어던지지 않고 혼비백산해서 뛰어 달
아나다가 힐끗 뒤를 돌아다보니, 유별나게 바우만을 바짝 쫓아오던 땅쇠
가 작대기를 휘두르며 꽥꽥 소리를 내질렀다. 자칫하다가는 땅쇠가 휘두
르는 작대기에 대갈빼기가 박살이 날 것만 같았으나 바우는 끝까지 송기
망태기를 멘 채 죽어라고 뛰다가, 곧 붙잡히게 될 것 같아 헐근거리며 냅

다 종각 석단 위로 뛰어올라가고 말았다. 워낙 다급했기 때문이었다. 바우를 쫓아오던 땅쇠는 바우가 종각 석단 위로 뛰어오르자, 왕방울 눈을 부라리며 작대기를 휘젓다가는 소리를 빽 지르면서 돌진해 올라오는 것이었다. 바우는 엉겁결에 망태기에서 송기를 벗기는 낫을 빼들고 땅쇠를 노려보았다. 그러자 땅쇠는 종각 석단 위를 올라오다 말고 약간 섬뜩해하는 얼굴로 선 채,

"너 이자석 작살을 내기 전에 못 내려와? 니깐놈이 게서 얼마나 버틸 거 같아서 그래 인마! 너 죽을라고 환장했구마잉!"

하고 소리를 쳤다. 바우는 그래도 망태기를 멘 채 떡 버티고 서서는 낫을 치켜 올리고 땅쇠를 쏘아보고 있었다.

"너 인마, 게가 어딘 줄 알고 함부로 올라가? 뼉다귀라도 추릴라믄 빨랑 내려와!"

땅쇠는 마치 찌러기처럼 씩씩거리며 왕방울 눈을 부릅뜨고는 욕지거릴 퍼부어댔다. 그러나 땅쇠의 소리는 바우에게 들리지 않았다. 바우는 마구리가 땡땡한 큰북과, 눈썹차양 끝에 대롱대롱 매달린 북채를 쳐다보고 있었다. 이때, 땅쇠가 석단 위로 뛰어오르며 긴 작대기로 바우의 아랫배를 푹 찌르는 바람에 바우는 몸을 가누지 못하고 휘적거리더니 그만 쓰러지고 말았다. 바우는 정신을 잃었다. 육중한 바윗덩어리가 온몸을 쿵쿵 으깨는 것 같은 헤실바실해진 의식으로 가느다랗게 비명을 질렀다. 아랫배를 작대기에 찔리고 쓰러져서도 얼마를 더 얻어맞았는지, 바우는 한 식경 후에야 가까스로 의식을 회복했지만 아랫배가 땡땡하게 켕겨 숨을 쉴 수가 없었다.

바우 아버지는 그날 밤 바우가 온몸이 상처투성이가 되어 끙끙 앓고 있

는데도 도방으로 가면서,

"저깐눔이 거기가 어디라고 함부로 올라가? 맞아 뒈져도 싸지!"

하고 툭 내지르는 것이었다.

바우 아버지는 바우가 차차 나이가 들어갈수록 자식에 대한 걱정이 커 갔다. 걸핏하면 화전민이 되겠다느니, 정말로 종각의 북을 치면 죽게 되 냐느니, 하고 섬쩍지근한 말들만 하기 때문이었다. 바우 아버지는 또, 오 늘 바우가 저지른 일 때문에 아무래도 진사 어른에게 호되게 당하지나 않 을까, 하는 어두운 마음으로 도방엘 들어갔다.

새벽부터 초저녁까지 초벌구이 불을 지폈다. 처음에는 어린불로 천천 히 가마를 달게 해야 한다. 갑자기 어미불을 지피면 자기가 금이 가버리 기 십상이다. 재벌구이 불은 꼬박 하루를 어미불로 때야 했다. 등요를 따 라 첫째 가마에서 둘째 가마로 차차 불을 때면서 올라가는 것이었다. 도 수리구멍에 나무토막을 집어 넣어가며 꼬박 하루 동안 재벌구이 때기가 끝나면, 불구멍을 막고, 하루 동안 식히고, 다시 불구멍을 열어보고 또 식 히고, 가마 문을 트고 나서 식히고, 이렇게 한 다음 불의 심판을 기다리는 것이었다.

바우 아버지는 가마의 불창을 막아가며 불구멍에 나무토막을 집어넣 으면서도,

"맞아 뒈져도 싸지! 거기가 어디라고 저깐눔이 함부로 올라가!"

하고 중얼거렸다.

다른 도공들이,

"바우가 땅쇠한테 죽게 맞았다며? 그래 산에서 생키(송기) 좀 벗겼다고 그렇게 죽을 만큼 후들겨패다니 원!"

하고 땅쇠를 원망하는 것이었지만 바우 아버지는 이런 도공들을 향해,

"맞아 뒈져도 싸지!"

할 뿐이었다.

"아니 이 사람아, 생키를 좀 벗겼다고 그렇게 죽도록 팬 것이 잘한 일여? 이 흉년 보릿고개에 생키도 못 벗겨 묵음 우리는 굶어 죽으란 말여?"

몇몇의 도공들이 바우 아버지를 향해 이렇게 내지르는 것이었는데, 도공들이 김 진사네 하인들의 행패에 대해 불만을 토한 것은 처음 있는 일이었다.

"저깐눔이 감히 게가 어디라고 종각엘 올라가?"

"맞아 죽게 될 것 같응께 피해서 올라간 것이 아니었어?"

도공들은 바우를 죽도록 팬 땅쇠보다도 한사코 자기 아들 쪽을 나무라는 바우 아버지의 태도가 불만스러운 듯싶었다.

그날 밤도 바우 아버지는 도방으로 잠을 자러 갔다, 새 옷으로 갈아입은 바우 어머니는 자리에 들기 전에, 아픔을 참느라고 끙끙거리는 바우의 이마를 짚어보며,

"에그 쯧쯧, 그저 우리같이 천하고 불쌍한 인생들은 일찌감치 죽어야재, 살아서 무슨 복을 누린다고…… 에그 쯧쯧, 이러고 살아서 뭣허겄냐!"

하고 혀를 차며 바우 얼굴에 볼을 비벼댔다. 그래도 바우 어머니는 바우 아버지와는 다른 데가 있어, 때로는 슬픔과 고통을 토해내곤 하는 것이었는데, 그때마다,

"이러고 더 살아서 뭣허겄냐, 우리같이 짜잔한 인생은 죽어야재……."

하고 신세를 한탄하기도 했다.

바우 어머니는 턱밑에 손바닥을 펴 혹 바람을 내불어 관솔불을 끄고 나

서 자리에 들었다.

도공들이 가마에 불을 넣기 위해 모두 도방으로 가버리고, 도방의 아내들이 목욕재계하고 일찍 잠자리에 드는, 그런 날밤의 분원리의 밤은, 고즈넉하게 텅 빈 백자 항아리에 어둠이 가득 차오르듯 음울했다. 바람 소리만이 씽씽, 마치 아장골 너덜경에서 꽃분이의 울음소리 같은 이상한 소리를 내며 윗당산과 아랫당산의 팽나무 잎들을 어지럽게 때리는 것이었는데, 온 마을이 어둠 속으로 가라앉는 음울한 밤이면, 분원리 도공들은 도방에서 불구멍에 나무토막을 휙휙 집어 던지면서도, 울적한 마음 때문인지, "명사십리 해당화야, 꽃이 진다 슬퍼 마라, 당명화야 양귀비라도, 죽어지면 허사로다" 하는 상여소리를 흥얼거리는 것이었다. 바우도 더러 도방에서 어른 도공들이 가락만 흥얼거리는 상여소리를 들었는데, 그때마다 어쩐지 마음이 울적해졌었다.

그날 밤, 바우가 끙끙거리며 앓다가 얼쑹얼쑹 잠이 들려는데, 밖에서 큼 큼 하는 헛기침 소리가 나는 것 같더니 어머니가 슬그머니 방문을 열어주자, 망건을 쓰고 비단 마고자를 입은 김 진사가 방안으로 엉거주춤 기어 들어왔다. 처음에 바우는, 김 진사 어른이 아버지가 도방에 갔나 안 갔나 조사 나온 것으로 알았다. 김 진사는 방에 기어들어오자마자 어머니의 잠자리 속으로 파고들어서는 대뜸 어머니의 저고리 고름을 풀어 헤치며 씨근벌떡거리는 것이었다. 얼쑹얼쑹 잠이 들려던 바우는 배창자가 땡기고 아랫도리가 찌릿찌릿 아파 오는 통증도 잊고 눈을 딱 감은 채 김 진사의 헐떡거리는 숨소리와 어머니의 끙끙거리는 소리를 귀담아 듣고 있었다. 바우의 두 눈자위에는 아픔 때문인지 서러움 때문인지 모를, 눈물이 핑그르르 돌았으며, 자꾸만 귀를 헤집고 들려오는 김 진사의 헐떡거리는 숨소리가 마치 둥둥둥 하고 종각의 북소리처럼, 온통 분원리를 떠밀어 갈 듯 요란해지는 것이었다.

김 진사는 얼마 후에 방에서 나갔으며 어머니는 다시 차근차근히 새 옷을 벗어 장롱에 넣은 다음 바우의 이마를 짚어보며,

"불쌍한 것! 우리가 뭘 바라고 살라고 이 지랄인지……."

하고 몇 번인가 혀를 차며 그대로 자리에 누웠다.

바우는 두 뺨이 질퍽하도록 소리 없이 울었다. 배가 당기고 아랫도리가 찌릿거리는 통증도 잊은 채 자꾸만 소리 없이 울었다. 설움인지 아픔인지 모를, 무엇인가 가슴을 뚫고 목구멍으로 틀고 올라올 때마다 눈물이 쏟아지곤 했다. 바우는 복받치는 그것을 참으려고 이를 응등물었다.

다음날 아침, 바우는 신열이 나면서 정신이 비몽사몽 까무라칠 듯 혼미해져 더럭더럭 헛소리까지 했다. 바우가 헛소리까지 하자, 그의 어머니는 그 까슬까슬한 손으로 연신 바우의 이마를 짚으며,

"아가, 쌀밥 했다. 정신 차리고 쌀밥 좀 묵어라 와!"

하고 울먹이는 것이었다. 얼마 후, 가까스로 정신을 차린 바우의 코에도 고슬고슬하고 짠득거리는 하얀 쌀밥의 냄새가 찔러 왔으나, 그는 눈을 딱 감은 채 일어나지 않았다.

"아가, 바우야, 언능 정신 차리고 쌀밥 좀 묵으랑께! 진사댁에서 쌀 가져와서 쌀밥 했다. 자 어서 일어나라 와!"

밥상 앞에는 바우 아버지도 앉아 있었는데, 그는 바우 쪽을 보지도 않고 모락모락 김이 피어오르는 그 습량한 쌀밥 냄새를 맡느라고 연신 콧구멍을 벌름거리는 것 같았다. 바우는 쌀밥을 앞에 놓고 콧구멍을 벌름거리는 아버지가 더 없이 애잔해 보였다. 아버지의 그 모습은, 도방에서 자기

를 지어 올릴 때의 그 신이 들린 듯한, 조용하고도 아무런 생각이 없는 듯한, 그런 얼굴과는 아주 달랐다.

바우는 아버지에게서 고개를 돌리며 돌아누웠다. 고개를 돌리면서 얼핏 어머니의 시선과 마주쳤다. 그 순간 갑자기 어젯밤 김 진사의 헐떡거리는 숨소리가 생각났다. 그와 동시에 바우의 이마를 짚고 있는 어머니의 손이 그렇게 부담스럽게 느껴질 수가 없었다.

"어무니!"

바우는 눈을 감은 채 어머니를 불렀다.

"오냐 아가, 엄니 여깄다."

"이마에 손 좀 치우기요!"

바우는 이렇게 말하면서 눈을 감은 눈두덩에 힘을 꼭 주었다.

"오냐 왜 속이 답답허냐? 자, 쌀밥 좀 묵으라 잉!"

"아부지 어무니나 잡수시요. 나는 안 묵을라요!"

"글지 말고, 한술이라도 떠라!"

"아따, 안 묵은당께!"

바우는 신경질적으로 툭 쏘았다. 그의 두 눈에서는 다시 눈물이 맺혀 흘렀다. 바우는 지금, 찰깍쟁이 김 진사네가 왜 자기네 집에 쌀을 보냈는지 그 이유를 알 수 있을 것만 같았다. 그러니까, 옆집 동춘이가 송기를 벗기러 가지 않던 어제 아침에도 바우는 코를 후벼 파는 듯한 고슬고슬한 쌀밥 냄새를 맡았었다.

"자, 바우야, 한술만 떠라."

다시 어머니가 손을 이마 위로 가져다 짚으며 밥을 먹으라고 재촉을 하자, 바우는 툭툭 성깔을 부리며,

"어무니 참, 그 손 좀 치우랑께!"

바우 어머니는, 자기의 손이 닿기만 하면 풀썩풀썩 놀라곤 하는 바우가 이상하게 생각되어졌다. 이 애가 간밤 김 진사가 다녀간 일을 소상히 알고 있나 싶었다. 바우 어머니는 다시 바우의 이마에 손을 짚으려다 말고,

"땅쇠 그놈! 시상에 우리 바우를 요렇게나 맨들어놓고 이 쥐길놈!"

하며 분을 참지 못해 뿌드득 소리가 나도록 이를 갈았는데, 어머니의 그이 가는 소리가 바우의 뇌리 가장 깊숙한 곳에까지 찌르륵하고 울려와 소스라쳐 눈을 떴다.

"시상에 우리 바우를 요렇게 맨들어놓다니! 이 쥐길놈!"

어머니는 한숨까지 섞어가며 땅쇠에게 욕설을 퍼부다 말고, 아버지를 향해,

"그래 당신은 땅쇠놈을 가만히 둘라요? 그놈을 그냥!"

하고 두 주먹을 쥔 채 부르르 떨었다.

"아니 그놈의 쥐둥아릴! 살아온 것만도 감지덕지허지, 글씨 거기가 어디라고 저깐눔이 올라가. 맞아 죽어도 싸지 싸, 지금꺼정 거기 올라갔다가 살아서 내려온 사람 하나도 없당께!"

바우 아버지가 모락모락 김이 피어오르는 쌀밥 그릇을 앞에 놓고 연신 콧구멍을 벌름거리다가 말고 발끈 볼멘소리를 내질렀다. 지금까지 바우는, 아버지가 어머니에게 이렇게 큰 소리를 치는 것을 아직 한 번도 못 보았기 때문에 앓아누워 있으면서도 속으로 놀랐다. 아버지는 그저 화가 나는 일이 있으면 연죽만 뻐끔뻐끔 빨 뿐이었다.

"아니, 자석 하나 있는 거, 안 죽어서 속 아프요? 아이고 원, 저런 애비를 둔 바우가 불쌍허다. 네 말마따나 바우 너는 후담에 커서 네 애비처럼

도공이 되지 말고 화전이나 일구며 살아라! 아이고 속이야!"

"이 여편네가!"

아버지는 다시 상앗대질까지 하며 큰소리를 팩팩 지르더니 문을 박차고 나가버렸다. 그런 아버지를 향해, 어머니는 또,

"아이고 속이야! 저런 지지리도 못난 사람!"

하다가는 훌쩍훌쩍 울었다. 어머니가 눈물바람을 하자 바우도 자꾸만 목구멍이 칵 메어오면서 눈물이 쏟아졌다.

바우는 다음날도 물 한 모금 안 마시고 헛소리를 하며 앓아누워 있었다. 가까스로 혼몽해진 정신을 수습하여 조용히 눈을 감고 있다가도 어머니만 가까이와도 소스라치게 놀라며, 어머니를 향해 손을 허위적거리며 저리 가라고 했다. 바우 어머니는 그때마다, 속이 답답하냐고 물었으나 바우는 대꾸도 하지 않았다.

방 윗목에는 어제 아침에 소도록하게 담아놓은 쌀밥이 그대로 있었다. 바우 아버지도 어제 아침 큰소릴 내지르고 나가서는 아직 돌아오지 않았다. 그것은 도방에 큰일이 생겨서였다. 모를 일이었다. 바우 아버지가, 가마가 다 식은 다음에 가마 문을 트고 안으로 들어가 보았는데, 희부옇게 눈에 들어와야 할 백자 항아리들이 온통 새까맣게 타버린 것이었다. 놀란 바우 아버지가 가마 안에서 이게 뭔 일이냐고 소리를 치자, 도공들이 씨근발딱거리며 뛰어 들어와, 새까맣게 타버린 백자 항아리를 보고는 얼굴을 일그러뜨리며 비슬비슬 밖으로 나가버렸다.

그날 밤에 김 진사는 땅쇠를 앞세우고 도방에 들이닥쳐서는, 죽일놈 살릴놈 하고 야단이었다.

"어떤 놈이 부정한 짓을 한 게로구나! 이 쥐새끼 같은 놈들, 그 새를 못

참아 부정한 짓을 해?"

김 진사는 도끼눈을 하고 고래고래 소리를 지르며 성깔을 돋웠다.

겁에 질린 도공들 몇몇이 가마 안으로 들어가 새까맣게 탄 자기를 들고 나왔으나, 김 진사는 땅쇠의 손에서 작대기를 **빼**앗아 휘두르며 모조리 부숴버리고 나서는, 닥치는 대로 도공들을 후려 패는 바람에, 허리며 볼기를 맞은 도공들은 에쿠, 에쿠, 하면서 그 자리에 나가둥그러졌다. 나중에는 땅쇠가 또 한바탕 작대기로 도리깨질을 하는 바람에 못 먹어 부수수한 얼굴에 비쩍 마른 도공들은 아픔을 참지 못해 땅바닥에서 뒹굴었는데, 도공들이 비명을 지르며 뒹굴 때마다 자기의 깨어진 파편들이 온몸을 찔러와 데그럭데그럭 소리를 내어, 도공들의 마음과 육신을 더욱 아프게 했다.

김 진사는 다음 파수에, 다시 탈 없이 구워낼 때까지 한 사람도 집에 돌아갈 수 없다는 불호령을 내리고 돌아갔다. 도공들은 꼼짝 없이 한 파수 더 구워낼 때까지 마누라 곁에 갈 수 없게 되었으며, 그날 밤부터 새까맣게 타서 못쓰게 된 가마 속을 치우고, 밤을 새워 도토를 수비질한 다음 물레를 돌리며 흙을 써올려야 했다.

도방에서 이런 일이 일어난 줄도 모르는 바우 어머니는 남편이 이틀째 집에 돌아오지 않자, 남편에게 너무했다 싶어 은근히 마음이 울적해졌다.

바우 어머니는 아침 일찍 노루재 너머 고을 성안으로 바우의 약을 지으러 간다며 집을 나섰다. 바우 어머니는 약을 지으러 집을 나서면서도 하얀 쌀밥을 지어 바우가 먹을 수 있도록 차려두었다.

바우는 어머니가 약을 지으러 나간 뒤, 얼마동안 또 헛소리를 하며 끙끙 앓다가는 잠이 들었다. 밖이 소란해서야 눈을 떴는데, 늘 송기를 함께 벗기러 다녔던 마을 아이들 네댓 명이 병문안을 왔다. 그들은 바우가 앓아누워 있는 방에 들어와서는, 앓고 있는 바우와 바우 머리맡의 하얀 쌀밥을, 번갈아 훔쳐보며 도리깨침을 흘리는 것이었다.

"야, 바우야, 느그집 쌀밥 했구나아!"

한 놈이 이렇게 말하자, 바우는 부끄러운 생각에 얼굴이 화끈 달아오르는 듯싶어,

"느그들 묵어라!"

하고는 얼굴을 돌려 누워버렸다.

"묵어도 괜찮남?"

여럿의 입에서 한꺼번에 반문을 해오는 것이었는데, 그들은 그렇게 바우를 향해 반문을 하면서도 저마다 침을 꼴깍 하고 삼켰다.

"그래, 느그들 묵어라!"

바우의 말에, 아이들은 바우의 머리맡으로 우르르 달려들었다. 서로 어깨를 밀치는 바람에 넘어지는 놈까지 있었다. 그들은 손으로 순식간에 쌀밥을 입에 퍼 넣고 나서 입맛을 쩝쩝 다시며,

"바우야, 참 잘 묵었다."

하고 똑같이 입을 모았다.

"우리도 지난달에는 쌀밥을 묵었는디……."

"우리도……."

기실은 분원리 아이들은 아버지들이 도방에 가서 가마니에 불을 땔 때는 가끔 느닷없이 쌀밥을 먹곤 했지만, 모두들 쉬쉬하고 입 밖에 내지 않았던 것이었다. 아이들은 바우 집에서 어둠이 쫘악 깔릴 때까지 저희들끼리 재잘거리며 놀았다. 바우는 동네 아이들과 같이 있으니까 훨씬 마음도 가벼워지고 기분이 좋았다.

밖이 어둑어둑해지자 바우는 방안에 누워 있으니 답답해 미치겠다면서 아이들에게 각시샘까지만 데려다 달라고 했다. 바우 집에서 쌀밥까지 얻어먹은 아이들은, 주저하지 않고 여럿이 바우의 허리와 어깨를 붙들고 윗당산 옆 각시샘까지 데려다 주었다. 각시샘까지 아이들의 부축을 받으면서 가는 동안 바우는 온통 창자가 뒤틀리고 아랫도리가 찌릿찌릿하여 몇 번이고 풀썩 주저앉고 싶었으나 꾹 참아냈다. 각시샘에 이른 바우는 땀에 후줄그레 젖어 있었기 때문에, 바람이 불 때마다 온몸에 살갗이 선뜩거렸다. 그는 아이들의 부축을 받아 후들후들 떨리는 두 팔을 짚고 엎디어 벌컥벌컥 샘물을 들이마셨다. 배가 불룩하게 샘물을 마시자 조금은 기운이 살아난 듯싶었다. 각시샘의 찬 샘물이 창자 속을 싸하게 훑어 내리자 혼몽한 정신이 마치 안개가 걷히는 할미봉 골짜기의 아침처럼 그렇게 조금씩 희번하게 트여오는 것만 같았다.

어느덧 어둠이 분원리를 완연히 삼켜버려 대낮에 그렇게 눈부시게 번쩍거리던 김 진사 송덕비도, 종각의 뎅그러한 큰북도 모두 희끄무레한 나무그늘처럼 하나같이 볼품없게 보였다.

바우는 잠시 정신을 가다듬고 눈을 크게 떠서 어둠 속을 여기저기 쿡쿡 쑤시듯 쏘아보았다. 아이들도 뱃속이 헛헛했던지 샘물을 벌컥벌컥 들이마시고 나서, 꾀죄죄하게 때가 묻고 너덜너덜해진 소맷자락으로 입언저리를 쓱 문질렀다.

분원리 아이들에게는 이 각시샘만큼 고마운 것이 없었다. 그들은 배가 고플 때는 각시샘으로 달려와서 배가 불룩하도록 샘물을 퍼마시곤 했는데, 그럴 때마다 속이 헛헛했을 때에 생기는 현기증을 이겨내곤 하는 것이었다. 그러기에 분원리 각시샘은 이 아이들에게는 언제나 혼몽해진 정신을 되찾게 해주는 생명의 샘이었다. 샘물을 마셔 헛배가 불룩해진 그 힘으로 송기도 벗기고 노래도 부르며 때로는 어울려 씨름을 하기도 했다. 그래서 분원리 아이들은 언제나 각시샘을 깨끗하게 가꾸고, 샘 주변에는 향나무, 동백나무, 개나리들을 심어 사철 상큼한 분위기를 만들었다.

바우는 다시 아이들의 부축을 받으며 종각 쪽으로 갔다. 아이들이 한사코 집에 돌아가자는 것을 우겨 종각까지 온 것이다. 한동안 바우는 종각 돌계단에 기대서는 다시 까무러칠 것만 같이 혼몽해지는 정신을 가누기 위해, 이를 물고 눈을 부릅떴다. 바우는 비트적거리며 엉금엉금 기다시피 하여 돌계단을 올라가고 있었다. 이것을 본 아이들이 저마다,

"바우야, 미쳤냐?"

"또 땅쇠가 오면 우짤라고 그러냐!"

"빨랑 내려와, 바우야아!"

그러나 바우는 기다시피 하여 기어이 종각 위에 올랐다. 마구리가 땡땡한 큰북처럼 배창자가 뒤틀리며 켕겨오고 아랫도리가 쩌릿거리며 스르르 눈이 감기는 것이었지만, 바우는 이를 물고 두 눈을 부릅뜬 채 어둠 속으로 종각 아래 아이들을 내려다보았다.

"바우야, 내려와!"

아이들룽 발을 동동 구르며 내려오라고 했다.

"위매 위매……."

아이들은 휘둥그렇게 동공을 굴리며 자꾸만 뒷걸음질을 치는 것이었다.

바우는 가까스로 몸을 일으켜 큰북에 상반신을 기대자, 큰북이 출렁하고 흔들거렸다. 바우는 흔들거리는 북을 보듬고 함께 흔들거리다가 눈썹 차양 끝에 매달아 놓은 북방망이를 손에 쥐었다.

"바우야, 바우야!"

"땅쇠가 온다아!"

종각 아래 어둠 속에서 아이들이 바우를 불렀으나 바우는 그 소리를 들을 수가 없었다. 무엇인가 육중한 바윗덩어리 같은 것이 우지끈 머리에 부딪치면서, 두 눈에 마른 번갯불이 번쩍하는 순간, 헉하고 숨이 막혀 왔기 때문이다.

바우는 풀썩 바닥에 거꾸러져 하반신을 파들파들 떨면서도 북채를 쥔 오른손을 조금씩 깐닥거리는 것이었다. 그리고 깜박거리는 의식을 가누려고 상반신을 뒤척이면서 북채를 쥔 오른손에 힘을 주었으나, 머리와 어깨를 도려내는 듯한 섬뜩한 아픔은 옆구리에서 허리로, 허리에서 다리로 빠른 속도로 옮겨지다가, 이내 온몸이 무지근해지면서 아픔도 느낄 수 없게 되었다. 그러나 바우는 바닥에 거꾸러진 채 북소리를 들었다.

둥둥둥…….

북소리는 앞산 할미봉 너덜겅의 바윗장들을 긁어내리는 듯 그렇게 우람차게 부딪쳤다가는 다시 되울려 와, 잠든 분원리를 뒤흔드는 듯싶었다. 이윽고 그 북소리는 바우의 귓속 가득히 둥둥거리면서 고막이 터질 듯 울려왔다.

그리고 바우는 은빛 날개가 달린 백마를 타고 온 임금님과 함께 할미봉 위로 날아갔다. 바우는 임금님이 타고 날아온 은빛 날개가 마치 김 진사 송덕비에서 쪼르르 미끌려 되쏘여 온 번뜩이는 햇살처럼 온통 눈이 부시는 백마와 함께 할미봉 구름 속으로 솟아오르면서, 몇 번이고 뒤를 돌아다보았다. 임금님과 함께 백마를 타고 할미봉 꼭대기에서 내려다보이는 분원리는 부옇게 출렁이는 회색빛 안개 속에 파묻힌 백자 항아리처럼 보였으며, 안개 속의 분원리는 투명한 백자유약이 고루고루 잘 배합되어 있는 것처럼, 더욱 하얗게 보였다. 바우를 태운 백마는 할미봉 위로 솟아오르더니, 이내 커다랗게 입을 벌린 우윳빛 백자 항아리 속으로 날아 들어가는 듯싶었다. 바우는 두 손을 허위적 거렸으나, 날개가 달린 임금님의 백마는 마치 백자 운학처럼 커다란 항아리 속으로 날아 들어가는 것이었다. 둥둥둥…… 바우는 마지막으로 북소리를 들을 수가 있었다.

바우가 비틀거리며 북을 치려는 순간, 어둠 속에서 불쑥 나타난 땅쇠가 작대기로 바우의 머리를 내리친 것이었다. 그것을 본 아이들은 한달음에 도방으로 달려갔다. 아이들의 이야기를 들은 도공들은 물레질을 하다 말고 저마다 관솔불을 밝혀 들고 우르르 종각으로 달려왔다. 종각에 달려온 도공들은 피투성이가 되어 쓰러져 있는 바우를 발견했다. 이미 숨을 거둔 뒤였다.

도공들은 우르르 몰려들어 바우의 시체를 부둥켜안았다. 그리고 누가 먼저 제안한 것도 아닌데, 함께 바우의 시체를 메고 마을 안으로 들어섰다. 바우의 시체를 멘 도공들의 뒤로는 도공들의 아이들과 아내들도 말없이 따르고 있었다. 그들은 김 진사 집으로 가고 있었다. 그들은 바우를 메고 진사네 집 앞에 이르렀다.

이여라 상사뒤야
먼 산에 자진 안개 몰고
낙락장송은 너울너울한데
슬음 없이 눈물 난다
이여라 상사뒤야

바우 아버지는 도방 관솔불 아래 혼자 남아 발로 툭툭 차 물레를 돌려 도토를 써올리며 상여소리를 듣고 있었다. 그는, 성형대 위에 한 무더기의 도토를 붙이고는, 바우의 여동생 꽃분이를 넣어 너덜겅에 묻었던 밑이 뚫린 항아리보다 훨씬 더 큰 백자 항아리를 써올리고 있었다.

슬음 없이 눈물 난다
이여라 상사뒤야

반쯤 열린 도방의 문 사이로 달빛과 함께 삐걱거리며 기어 들어온 상여소리가 커다란 백자 항아리 속을 가득 채우고 있었다.

갑자기 상여소리가 뚝 그쳤다. 그리고는 와아, 와아 분원리를 할미봉 위까지 떠밀어버릴 것만 같은 함성이 계속되었다. 도토를 써올리고 있던 바우 아버지는 그 함성을 듣고 손을 멎은 채 우두커니 앉아 있다가 어기적어기적 밖으로 나갔다.

와아, 와아 하는 함성은 활짝 문이 열린 도방과, 바우 아버지의 공허한 뇌리 속에 가득히 밀려오면서 갑자기 분원리 하늘이 벌겋게 타올랐다. 김 진사네 집이 타는 그 불빛은 분원리를 무겁게 둘러싼 어둠을 떠밀어내고 있었다.

그 불빛은 바우 아버지의 심장 속까지 밝고 뜨겁게 찔러 왔다.

『한국문학』, 1974.6

청소부

1

"순자 언니 애인이 왜 여태 안 올까? 짤랑짤랑 종소리 울릴 때가 훨씬 지났잖어!"

개나리하숙옥의 아가씨들은 여름 아침의 툭툭 쏘는 햇살이 솜털처럼 나른하게 가득 고인 마당을 서성거리며, 순자가 누워 있는 장독대 옆방에 대고, 순자 들으라는 듯 큰소리로 실실 놀려댔다.

순자는 모기장을 바른 창살문 쪽으로 돌아누운 채, 밖을 내다보고 있었다. 그녀의 시선은 빠끔히 열린, 함석에 초록색 페인트를 뒤발한 '개나리 하숙옥' 옥호가 덜렁거리는 대문에 매달려 있었다. 순자는 아까부터 마당에서 그녀들이 자기를 놀려대는 소리를 죄 듣고 있었다. 자꾸만 눈이 감겨들었다. 온몸이 뻑적지근하면서 머릿골이 지근지근 울려왔다. 숨을 쉴 때마다 목구멍 속에서는 필필팔팔 이상한 소리가 났다. 순자는 기침을 참으려고 가죽만 입혀진 자그맣고 핏기 없이 노란 손바닥으로 입을 틀어막고 허리를 꺾었다. 어젯밤엔 열이 올라 불독 같더니, 날이 희번하게 트여오면서부터 조금 가라앉은 듯싶었다. 순자는 자꾸만 감기려 드는 눈에 힘을 주어 팽팽하게 시선을 잡아당겼다.

"순자 애인, 그것도 남자라고 싹 변심헌 게 아녀?"

"구루마 빵구가 났을지도 모르잖여!"

개나리하숙옥의 아가씨들은 까르르까르르 웃어댔다. 더위 때문인지 손님이 뚝 끊겨, 남자 기침소리조차 들을 수 없었다. 수입이 없어 군것질도 못한 그녀들은 입을 그냥 놀려두기가 심심한지 자꾸만 앓아누워 있는 순자를 놀려대는 것이었다.

순자 애인은 청소부였다. 아침마다 딸랑딸랑 종을 흔들어 대며 개나리하숙옥에 왔다. 그 청소부 차씨가 나타나면, 개나리하숙옥의 갈보들은, "야! 순자 애인 왔다!" 하며 구경삼아 우르르 몰려나가곤 했는데 처음 당사자인 차남수 씨나 순자 두 사람은 심장이 후끈거리기도 했지만 두어 달이 지난 지금에 와서는 아무런 스스러움도 싹없어진 듯싶었다.

순자는 아침마다 애인을 기다렸다. 그녀의 애인 차남수 씨는 매일 아침 정확하게 딸랑딸랑 종을 흔들며 찾아오곤 했다. 지난 두 달 동안 하루아침도 빠지는 날이 없었다. 그녀는 언제나 애인이 올 시간이면 모기장문 쪽으로 돌아누워 문 밖을 바라보았다. 그녀의 귀는 두 달 동안 잘 훈련되어 골목 끝에서 울려오는 딸딸이 소리도 찾아 들을 수가 있었다.

순자가 청소부 차남수를 알게 된 것은 두 달 전이었다. 그 후로 서로 믿고 의지하며 목줄을 지탱하고 살아오는 터였다. 차남수가 청소부가 된 것도 순자의 덕이었다. 그 때문에, 개나리하숙옥의 순자와 개나리하숙옥 골목을 담당하는 청소부 차남수가 그렇고 그런 사이라는 것은 개나리하숙옥뿐만 아니라 골목 안에 짜하게 소문이 나 있었다.

두 달 전, 그날 밤도 순자는 다른 갈보들처럼 남광주역 주변으로 밤낚시를 나갔다. 그때도 그녀의 몸은 썩 건강한 편은 아니었고 시난고난 앓고는 있었지만, 지금처럼 짜부라지게 푹 까라진 것은 아니어서 톱상스러운 포주 아줌마가 눈꽁댕이 치켜뜨고 찔러보는 꼴이 보기 싫어 병든 몸을 이끌고 어기적거리며 밖으로 나왔던 것이다. 그러나, 그녀는 사내들이 해롱해롱한 얼굴로 그녀 앞을 지날 때마다, 찐득거리는 눈웃음을 보내지도 않았으며, 나긋나긋 엉덩이를 흔들며 아양을 떨지도 않았다. 두 발을 땅에 딛고 서 있기에도 어질어질해져 그만 손수건을 깔고 구둣방 앞 조그마한 가로수 밑에 눌러앉아 있었다. 통금시간이 다 되어 그만 되돌아가려고 무릎에 힘을 주고 일어서려던 순자는, 바로 옆에, 두 팔로 세운 무릎을 감고 그 위에 얼굴을 꿍겨박고 쭈그려 앉아 있는 휘주근한 젊은 남자를 보았다. 얼핏 보아도 촌티가 물씬 나는, 하숙옥에서 밤샐할 사내 같지도 않아, 그냥 지나쳐버리려다가 희뜩거리는 구둣방의 네온사인 불빛에 비춰 보이는 그는, 그렇다고 거렁뱅이 같지는 않아, 잠시 지켜보고 서 있었다. 통금시간이 다 되어 후두두 구두 발자국 소리들이 한결 요란해지는 시간에, 아서라 세상사 쓸 것 없다 하는 폼으로 쭈그려 앉아 있는 사내를 그냥 두고 돌아서기가 꺼림칙했던지, 순자는 가볍게 사내의 등을 쳤다.

"이봐요, 통금시간이 다 됐어요."

그제서야 사내는 들독이라도 들어 올리듯 천천히 무겁게 고개를 들어 귀찮다는 눈으로 순자를 쳐다보았는데, 그의 얼굴은 피로와 배고픔에 쩌눌러 있어 보였다.

순자는 그날 밤, 겁에 질린 그가 한사코 싫다는 걸, 먹여주고 재워주겠다고 어린아이 달래듯 해서 개나리하숙옥까지 끌고 왔다.

담양 추월산 아래, 대장간에서 십이 년 동안이나 시우쇠 다루는 일을 해 오다가, 대장간이 없어지는 바람에 광주까지 흘러왔다는 그 사내는 꼬박 세 끼를 굶었다면서 순자가 사다준 카스텔라를 다섯 개나 먹어치웠다.

배고픔을 면한 그는 잠이 얼쑹얼쑹 덮쳐오는 순자를 깔고 올라타서는 미안하다는 말만을 되풀이했다.

대장장이 차남수와 개나리하숙옥의 순자는 이런 연유로 해서 인연을 맺었다. 순자는 그녀가 삼 년 동안 밑구멍 팔아서 가까스로 저축한 거금 삼만 원을, 포주 아줌마의 사촌뻘이 된다는 시청 청소과 직원에게 약으로 써서 차남수를 청소부로 취직시켜 주었다. 이러구러, 차남수가 청소부가 된 것은 두 달이 흘렀으며, 그는 그의 은인이요 애인인 순자를 상전 모시듯 깍듯이 대해왔다.

다른 갈보들은, 죽을 둥 살 둥 저축한 돈 삼만 원을 쑤셔 박고 거렁뱅이 같은 남자를 청소부로 취직을 시켜 준 순자를 미친년이라고들 놀렸다.

"힝! 지가 무슨 자선가라고. 그 돈을 갖고 제년 뱅이나 나슬 일이지!"

이렇게들 노골적으로 쑥덕거리는 것이었지만, 순자로서는 돈 삼만 원이 조금도 아깝지가 않았다. 그저 차남수 씨가 매일 딸랑딸랑 딸딸이 종을 흔들며 개나리하숙옥에 나타나고, 일주일에 한두 차례씩이나마 사과 나부랭이들을 사 들고 와서, 밤이 새도록 서로 가난하게 살아온 이야기들을 주고받는 것만으로도 만족했다.

순자는 자신이 얼마 더 살지 못할 것이라는 것을 잘 알고 있었다. 얼마 전 병원에 갔을 때, 의사는 한사코 부모나 친척이 없느냐고 되묻곤 했었으며, 부모도 친척도 친구도 없다고 해서야 자궁암에 걸려 있다는 것을 말해주었다. 수술을 할 수조차 없을 만큼 중환이라면서 고향으로 내려가는 게 좋겠다고 했다. 순자는 그런 의사의 사형선고와도 같은 절망적인 이야기에도 아무렇지 않았다. 오히려 무거운 짐을 땅에 쿵 털어버린 듯 홀가분한 기분이었다.

개나리하숙옥 주인아줌마나 다른 동료들은 순자가 자궁암에 걸려 곧 죽게 되리라는 것을 전혀 모르고 있었다. 주인아줌마가 알게 되면 쫓겨날 것이기 때문에, 순자는 비밀에 붙여두기로 했다. 그녀는 아무데도 갈 곳이 없었다. 죽으나 사나 개나리하숙옥에 붙어 있어야만 했다. 주인아줌마가 이따금씩 순자가 누워 있는 방문을 발칵 열어젖히고, "순자 너 큰 병에 걸린 것 아니냐? 나하고 병원에 가보자!"라고 할 때마다, 순자는 소스라치게 놀라며 몸살이니 곧 나을 거라고 같은 말만을 되풀이했다. 순자 생각에 방값도 못 빼고 독방을 차지한 채 죽치고 누워 있기만 했기 때문에, 말은 안 해도 지금 주인아줌마의 마음이 달을 대로 달아 있을 것이었다. 한여름이니 망정이지 바람이 살랑거리는 가을이 되면 손님들도 많아질 것인데, 기왕 죽을 테면 찬바람 불어오기 전에 고통 없이 딸꾹 숨을 거두었으면 싶었다.

순자가, 그녀로서는 결코 적은 돈이 아닌 삼만 원이나 차남수의 취직을 위해 성큼 내놓게 된 것도, 따지자면 다 순자 자신이 얼마 더 살지 못할 것이라는 것을 알고 있었기 때문이었다. 차남수의 마음 씀씀이며, 사람 됨됨으로 봐서 순자 자신이 죽는다면, 그가 정성껏 치상을 치러줄 것같이 생각 되어, 마음이 든든했다.

딸랑딸랑, 골목 끝에서 쓰레기꾼 종소리가 들려왔다. 차남수가 이제 오는 모양이었다.

"순자 애인 온다."

갈보들 중에서 누구인가가 소리쳤다.

순자는 힘없는 주먹으로 텅텅 쳐 삐꺼덕 모기장문을 열었다. 오른손에 딸딸이 종을 든 차남수가 은근한 시선을 순자의 방에 꽂으며 개나리하숙으로 들어서다가, 마당을 향해 누워 있는 그녀의 시선과 딱 마주치는 눈망울을 바쁘게 굴리며 웃어보였다. 순자도 따라 웃음을 보냈다.

"우린 또 남수 씨가 싹 맘이 변한 줄 알았그만!"

마루 끝에 앉아 있던, 순자와 가장 친한 영숙이가 뚜벅 말하자 차남수는 순자에게서 시선을 돌리며 어색하게 씩 웃었다.

"맴이 변하믄 죽는단디유?"

차남수는 웃으면서 말했다.

"또박또박 시계불알처럼 시간 지키며 온 남수씨가 오늘따라 이렇게 늦었으니, 그렇게 생각할 수밖에……."

영숙은 어디까지나 차남수를 깔보듯 실실 놀려대는 말투였으나, 순박하기만 한 남수가 그걸 알아차리지 못하고, 화장실 앞 쓰레기가 그들먹하게 들어찬 사과궤짝을 들고 나가며 "미안허유!" 하고 영숙을 향해 고개를 꾸벅했다. 그것을 본 개나리하숙옥의 갈보들이 까르르 웃음을 터뜨렸다.

"워디가, 남자들 맴이 고로코롬 갈대 같당가요?"

차남수가 빈 사과궤짝을 제자리에 갖다 놓고 순자 쪽을 바라보며 하는 말이었다.

차남수와 순자의 만남은 이렇게 서로 마주보고 눈으로 말하는 것뿐이었다. 그런데도 그렇게들 기다리는 것이었다. 그들은 아침에 만나서 이야기라도 하고 싶었지만 옆 사람들 때문에 잠시 얼굴만 보는 것으로 만족해야만 했다.

"그래도 이렇게 늦으면 순자가 속상해 하잖아요!"

영숙이 턱으로 순자 쪽을 가리키며 하는 말에,

"지가 워디 고걸 모르간듀! 오널 아침에는 피치 못헐 일이 생겨뿌렀구만이라우!"

하고 차남수는 연탄재가 묻은 왼손으로 까슬까슬한 턱을 쓰다듬으며 미안해하는 투로 말했다. 그는 지금 영숙에게 말하고 있는 것이었지만, 기실은 순자 들으라고 얼굴을 순자 쪽으로 돌리고 큰소리로 입을 열고 있었다.

차남수의 그 피치 못할 일이란 다름 아닌 편지 때문이었다. 어느 식모 아가씨가 집 주인에게 보내는 개봉이 안 된 편지를 쓰레기 하치장에서 발견하고, 그걸 전달해주기 위해 겉봉 주소대로 아침 일찍부터 이 골목 저 골목을 이를 잡듯 덤성거렸으나 끝내 박정만이라는 사람의 집을 찾지 못했던 거였다. 차남수는 그 편지가 꾸적거려지지 않게 신문지로 한 벌 싸서 바지 주머니에 넣고 다녔다.

다른 때 같으면 차남수는 개나리하숙옥의 삐걱거리는 마루 끝에 앉아서 벌쭉벌쭉 웃어가며 갈보들이 자기를 놀려대는 줄도 모르고 그녀들과 된 소리 안 된 소리 속 들여다보이게 지껄이며 노닥거렸을 것인데, 그날은 누군지도 모르는 식모 아가씨의 편지를 전해주려고 쏘다녔기 때문에 부랴부랴 서둘러 쓰레기 수레를 끌고 골목을 빠져나갔다. 차남수는 개나리하숙옥을 나오면서 딸딸이 종을 흔들며 흘긋 순자를 돌아다보았다. 순자가 핏기 없는 손을 낙엽처럼 가볍게 팔락거려 보였다.

차남수는 개나리하숙옥의 앞뒤 골목을 훑어 쓰레기 수레가 그득히 찬 뒤에야 무등산이 맞받이로 바라다 보이는 언덕배기 교회 앞 버찌나무 아래서 잠깐 쉬었다. 쉬면서 그는 바지 주머니에서 신문지로 똘똘 말아 싼 편지를 꺼냈다. 차남수가 처음 쓰레기 하치장에서 그 편지를 발견했을 때는 봉함이 되어 있었다. 그는 밥풀을 으깨 바른 노란 봉투의 봉함에 ×표가 나란히 세 개나 그어져 있었던 것을, 아무 생각 없이 부욱 찢어버렸던 것이다. 차남수는 그 편지를 읽어보기 전까지만 해도 박정만이라는 사람에게 그 편지를 전해줄 생각이란 아예 없었다. 편지를 다 읽어보고 나서야 어떤 일이 있어도 꼭 편지를 전해주어야겠다고 결심했던 거였다.

차남수는 연탄재가 묻은 손을 옷섶에 닦은 다음 편지를 꺼내들었다.

아저씨, 보기요. 지가 아저씨 댁을 쬐겨난 지도 벌써 열흘이 넘은 것 같그만요. 그동안 아저씨, 사모님, 찬식이, 찬희 다 잘 있겄죠. 지는 아저씨 집에서 억울한 뉘명을 쓰고 쬐겨나 고향집에 내려온 후로, 삼 년 동안이나 병들어 누워 있는 울 아부지 병구완하며 지내고 있어요. 울어무니가 시상을 뜬 후로 곧 시난고난 앓기 시작하던 아부지는 가망이 읍다고들 해요. 아부지 약값에라도 보텔라고 식모살이를 나섰던 것인디, 엉뚱하게 도둑 뉘명을 쓰고 쬐겨나고 말았어요. 아모리 읍시는 살어도 남의 것이라면 지푸래기 하나도 손대지 않는 집입니다요. 그린디도 도둑이라니, 천부당만부당한 일입니다요. 처음에 지는 도둑 뉘명 쓰고 쬐겨날 때, 칵 죽어뿔라고 했습니다만, 앓고 있는 울 아부지, 철 읍는 두 동생들 때문에, 맘대로 죽지도 못허고 집에 내려갔었습니다요.

아저씨요, 지는 정말 억울해요. 지가 어뜨케 아주머니의 보석반지를 훔치겄어요. 그건 순전히 아주머니가 지를 내쫓기 위해서 덮어씌운 겁니다. 지가 아저씨 집에 있는 기 싫었기 때문이재요. 왜냐면 지가 아주머니의 비밀을 알고 있기 때문이재요. 써바닥이 두 도막으로 싹 짤라지더라도 이런 이야기 안할려고 결심했습니다만요. 지의 억울한 도둑 뉘명 벗기 위해서는 할 수 없이 아저씨게 죄 말씀 디려야겄시요. 아저씨가 출장 가서서 집에 못 돌아오실 때, 지는 새벽에 밥하러 나가다가 아주머니가 아랫방 가정교사 방에서 나오는 것을 보았거든요. 아매 그걸 본 것이 대여섯 차례는 될 깁니다요. 그때마다 아주머니는 섬찟섬찟 놀랬으며, 나중에는 눈에 쌍심지를 세워 나를 쏘아보곤 했습니다요. 그러나 지는 아무에게도 그 이야기를 하지 않겠다고 마음속으로 굳게 굳게 맹세했지요. 그런 속도 모르고 아주머니는 차마 지가 그 비밀을 아저씨께 말할까 두려워서 지를 도둑으로 몰아 쫓아낸 깁나다요. 첨엔 파출소에 찾아가서 하소연을 할라다가 꾹 참고 고향에 내려왔습니다만요. 도둑 뉘명을 벗기 전에는 발 쭉 뻗고 잠도 못잘 굿 같아서 이렇게 용기를 내서 아저씨께 편지를 올립니다요. 아저씨만이래도 지의 정을 알아주시라 이깁니다요. 그럼 안녕히 계시어요.

고향에서 길자 올림

편지를 다 읽고 난 차남수는, 다시 편지를 신문지로 접어 바지 주머니 깊숙이 쑤셔 넣었다. 그는 그 편지를 되풀이해서 읽을때마다 어떤 일이 있어도 꼭 주인아저씨라는 사람에게 전해 주어야겠다고 다짐했다. 봉함이 된 채 쓰레기 하치장에서 발견된 것으로 보아, 식모 아가씨 길자의 편지가 배달되어 주인 아주머니의 손에 들어가자, 뜯어보지도 않고 쓰레기통 속에 집어 넣어버린 것이리라. 차남수는 지금, 자신은 한 가난한 시골 아가씨의 도둑 누명을 벗겨주어야 한다는 막중한 책임을 지고 있는 것이라고 생각했다. 그것은 그가 삼십사 년 동안을 살아오는 동안 처음 느껴보는 마음이 벅찬 가장 자랑스러운 일로 여겨졌다.

차남수는 쓰레기 수레를 끌고 하치장으로 가면서, 서울로 식모살이 간 누이동생 딸맥이를 생각했다. 어쩌면 그 딸맥이도 서울에서 편지 속의 아가씨처럼 억울하게 도둑 누명을 쓰고 쫓겨나게 될 수도 있다는 생각이 들었다. 자신의 부정한 짓이 들통이 날까 싶어 식모에게 도둑 누명을 씌워 쫓아낸 그런 더러운 여자들은 혼뜨게 당해봐야 한다고 생각했다. 점심시간을 틈타서 꼭 박정만이라는 사람의 집을 찾아야겠다고 별렀다. 편지에 썼듯이, 남의 것이라고는 지푸라기 하나라도 손대지 않는다는 길자라는 아가씨의 마음 씀씀이가 어쩌면 그렇게도 여동생 딸맥이와 같을 수가 있을까 하고 생각했다.

2

시내버스 종착점, 벽돌공장 옆의 쓰레기 하치장 오동나무 아래에 여남은 명의 청소부들이 빈 수레를 아무렇게나 부닥뜨려놓고 앉아서 쉬고 있었다. 후끈후끈한 바람이 불어올 때마다 쾨쾨한 쓰레기 썩는 냄새가 덮쳐왔다. 그러나 날마다 그 냄새를 맡으며 살아온 청소부들은 조금도 역함을 느끼지 못했다. 되레 쓰레기 썩는 냄새가 풍겨 와야 마음이 착 가라앉고 피로가 스멀스멀 풀리는 것이었다. 그것은 그 냄새가 나는 곳에서만 휴식이 있기 때문인지도 모른다.

쓰레기가 짚더미처럼 쌓여 있었다. 그 쓰레기 더미 옆, 오동나무를 경계로 찌드러진 개다리기둥의 초가집 네 채가 옴딱지처럼 붙어 있었다. 벽돌 공장에 등을 돌리고 남향으로 잇대어 도사린 그 옴딱지 같은 초가의 울바자에 쓰레기 더미가 쌓여 있는 것이었다. 쓰레기 더미는 초가지붕보다 더 높이 올라갔다. 곧 네 채의 초가가 한꺼번에 쓰레기 더미 속으로 파묻혀버릴 것 같았다. 청소부들은, 수레의 쓰레기를 쳐낼 때 되도록이면 집 가까이 가려고 하지 않았는데, 그 때마다 벽돌공장 사장이 달려 나와서 집 가까이 쓰레기 더미를 쌓아 올리도록 다그치는 것이었다. 쓰레기 하치장의 공터는 벽돌공장 소유였던 것이다.

"이것 봐요! 아니 그래, 쓰레기로 우리 집을 덮어뿔 거요? 형! 맘대로덜 혀봐. 쓰레기로 지붕을 덮은다 혀도 꼼짝 안헐텡께! 쓰레기 무쇠서 도망칠까봐서."

차남수가 초가 울바자 쪽으로 끌고 간 쓰레기 수레를 비우고 있을 때 오동나무집에서 집주인인 키가 땅딸막한 중늙은이가 뛰쳐나오며 바락바락 소릴 질렀다. 차남수는 못 들은 척 쓰레기를 비우고 나서, 빈 수레를 아무데나 떠밀어놓았다.

"벽돌공장 사장놈한테 을매나 얻어 묵었기에, 날마다 요로케 쓰레기를 쳐 쟁겨? 남의 눈에 눈물 내면 제 눈에 피눈물 날 때 있을 긋인디 빽 읍고 가난헌 사람들 너무 무시봐도 죄 받는 거여!"

집주인은 깔깔한 목소리로 울먹울먹 떠들어대다가는, 쾨쾨한 쓰레기 썩는 냄새를 몰고 휘익 바람이 불어오자, 쿨룩쿠루룩 쇠기침을 쏟아내며 집 안으로 들어가 버렸다.

쓰레기 썩은 냄새가 진동했다. 청소부들 코에는 온통 산도, 들도, 도시도, 하늘까지도 뜨거운 태양열에 푹 썩어가고 있는 듯한 냄새가 가득 풍겨왔다. 사람들은 쓰레기 냄새 때문에 생각과 내장까지도 느물느물 썩어가고 있는 것같이 느껴졌다.

그들은 오동나무집 옆에 쓰레기 더미를 쌓아 올리는 것이 집주인들에게 얼마나 미안한 일이라는 것을 잘 알고 있는 터였다. 그러나 목줄 붙이고 살아가자면 벽돌공장 사장이나 청소회사 김 감독의 지시대로 할 수밖에 없는 노릇이었다. 벽돌공장 사장이라는 작자는 공장 언저리의 널따란 공터를 쓰레기로 메워 학교를 짓는다고 했다. 빌딩들이 자꾸 올라가는 바람에 느긋하게 돈을 번 그는, 벌써부터 학생 일인당 일 년 동안에 받아들일 돈 액수부터 셈하고 있는 것이었으며, 쓰레기를 덮어 주택을 한 집 두 집 야금야금 먹어치우고 있었다. 처음에는 복덕방을 시켜 싼 값에 팔아넘기지 않으면 교육지구에 묶여 집을 뜯기게 될 것이라 엄포를 놓은 다음, 그래도 집을 내놓지 않으면 쓰레기를 덮어가면서 자꾸 값을 깎아내리는 게 그의 수법이었다. 그렇게 해서 먹어치운 집이 벌써 열 채도 더 되었다. 그런데 마지막 남은 네 집이 끈덕지게 버티는 바람에, 누가 이기나 내기라도 하듯 지붕에 닿게 쓰레기를 쌓아올리고 있는 것이었다. 그 네 집만 먹어치운다면 네모가 반듯한 훌륭한 대지가 되는 것이다. 소문에 학교를 짓는다고는 하지만, 학교를 지을 것인지, 땅 장사를 할 것인지는 알 수 없는 일이다. 아무튼 그 벽돌공장 사장이 돈으로 김 감독을 삶아서 인근의 쓰레기는 모두 벽돌공장 공터, 그것도 집이 있는 쪽에 쌓아 올리도록 한 것이다.

"우리가 무신 죄가 있남? 모가지 붙어 있을라면 시키는 대로 혀야재. 쓰레기나 치우며 사는, 쓰레기 같은 인생들인디, 죽은디끼 살어야재!"

오동나무 아래, 손바닥만한 그늘에 엉덩이를 붙이고 앉아서, 삐억삐억 담배꽁초를 빨던 텁석부리 강필만이가 왕방울 눈을 디룩거리며 푸념처럼 입을 열었다.

"쓰레기로 돈 버는 수도 있구만 그려잉!"

"쓰레기가 돈을 버남? 빽과 돈이 돈 벌재! 벽돌공장 사장이 김 감독헌티 돈을 주고 쓰레기를 여기다 쌓아올리라고 혔응께 말여. 쓰레기 덮어 먹어치운 집터, 땅으로 팔어도 두 곱 장사는 혔을 끼야."

"두 곱 장사? 거저 잡순 땅 한 평에 만 원만 받는데도 열 곱 장사는 혔재."

"가난헌 사람들 피눈물을 내고 번 돈 뺏으먼 오래 못 가는 뱁여. 항우장 사도 댕댕이덩쿨에 넘어지고 큰 방죽도 개미구멍에 무너진다고 은제 어 뜨케 될 줄 아남."

청소부들은 김 감독의 명령대로 쓰레기를 초가지붕을 덮어 버리게 쌓아 올리고 있긴 하지만, 내심으로는 그들 자신이 못 할 짓을 하고 있는 거라고 들 생각하고 있었다. 또 그들이 시청 청소과 소속으로 있었을 땐 가끔 감독 의 눈치를 보아가며 요령을 부려보기도 했었지만, 쓰레기 수거 업무가 청 소회사로 민영화되면서부터는 찍자 부리기는커녕, 큰 소리 한마디 못하고 죽은 듯 명령대로 움직일 뿐이었다. 청소회사 김 감독이 걸핏하면 모가지 를 자르겠다고 땅땅 어우르는 판이었으니, 그의 명령대로 따르지 않을 장 사가 없었다. 사실 김 감독은 청소부들에게서 실오라기같이 하찮은 하자 만 드러나면, 얼씨구나 하고 목을 잘랐다. 민영화되기 전까지만 해도 이쪽 벽돌공장 관내의 청소부가 근 오십 명에 갈까왔었는데, 일 년도 못되어 삼 십 명으로 줄어들었다. 이유도 없이 감원을 한 것이었다. 그 남은 삼십 명도 일 년 이상을 탈 없이 목줄을 지탱하고 있는 건 열 명도 못 되었으며, 걸핏하 면 목 자르고, 돈을 받고 다시 집어넣고 하기가 일쑤였던 것이다.

주택가가 자꾸 늘어 청소 구역은 넓어지는데도, 되레 청소부 인원은 줄 어드니, 그만큼 청소부들의 일이 고되기 마련이었다. 엄벙덤벙 시간에 쫓 기다 보면 하루쯤 걸리는 골목도 생겨 주민들의 불평이 이만저만이 아니 었지만, 그들은 아무도 회사 측에 그런 이야기를 하지 못했다. 죽어라고 딸딸이 종을 흔들며 불난 강변에 덴 소 날뛰듯 불알 사이에서 요령 소리 울리게 이리저리 골목을 꿰고 다녀야만 했다. 아침 여섯 시 반부터 저녁 일곱시 시까지 쓰레기 속에서 살았다. 요즘엔 더구나 내 집 앞 내가 쓸기

운동 때문에, 새벽부터 숨이 가쁘게 뛰어다니다가 밤이 늦어서야 온몸이 엿가락처럼 축 늘어져 합숙소에 돌아가는 것이었다.

김 감독은 조금만 아침 출근이 늦거나 게으름을 피우는 게 눈에 띄면 당장 그 날로 모가지를 거두어 가는 것이었다. 새벽부터 밤늦게까지 쓰레기에 파묻혀 쾨쾨한 냄새 다 맡고 먼지를 바가지로 둘러 마시며 뼛속에 땀방울 괴듯 일해야 한 달 월급이 고작 일만 구천 원인데, 그것도 직장이라고 삼만 원부터 오만 원까지 큰돈 써 어렵사리 딸딸이 종을 치게 되었다가, 들어올 때 김 감독한테 쑤셔 넣은 본전도 못 빼고 목 잘린 그들은 어디 가서 하소연 한 마디 못했다. 목줄을 지탱하고 붙어 있으려면 오장육부가 하수구 오물처럼 썩는 한이 있더라도 꾹 눌러 참고, 밤늦게까지 뼛골 빠지게 일을 하는 수밖에 없었다.

털털거리며 쓰레기 자동차가 흙먼지를 일으키며 하치장으로 들어오고 있다. 경비를 절감하느라고 내구연한을 훨씬 넘겨 굴러다니는 헌털뱅이 청소차에선 매연가스가 온통 먼지처럼 풍풍 솟았다.

"제길, 나도 언제나 수렛군 신세를 면허고 청소차를 따라 다니게 될까?"

강필만이 부러운 듯 쓰레기 청소차를 바라보며 하는 말이었다. 그는 청소차를 타는 것이 소원이었다. 청소차를 타면, 회사 몰래 김 감독과 짜고, 택지조성을 하는 곳에 쓰레기를 팔아, 심심찮게 용돈을 만들어 쓸 수 있다지만, 강필만은 그것보다는 이 골목 저 골목을 꿰고 쏘다니며 딸딸이 종을 흔들어대지 않아도 되기 때문에 청소차를 타는 걸 원했다.

"청소차는 오만 원짜리여!"

누군가 강필만에게 말했다. 청소차를 타려면 청소부로 들어올 때 오만 원을 써야 한다는 이야기인 것이다.

"지금이라도 이만 원 더 쓰면 된다드구만!"

차남수는 청소부들이 주고받는 이야기를 들으며 쓰레기더미 위로 올라갔다. 그는 언제나 쉬는 동안에 쓰레기 더미에서 콜라병, 사이다병, 박카스병이나 쓰다 버린 화장품 그릇들을 주워 모았다. 그것들을 모아 고물상에 가지고 가면 짭짤한 용돈이 되기 때문이었다.

"냄새나는구만, 또 쓰레기를 쑤석거리네! 아, 그러다가 또 죽은 간난애라도 나오면 으짤라고 그래!"

강필만이가 차남수를 향해 소리쳤다. 강필만의 말마따나 한 달 전에 빈병을 줍기 위해 쓰레기 더미를 뒤지다가 헌 보자기에 뚤뚤 말아 버린 핏덩이 갓난애가 나와 애를 먹은 적이 있었다. 다른 청소부들 말대로 그냥 모르는 척해버릴 것을, 쇠털 뽑아 제 구멍 찾아 박을 만큼 고지식한 차남수가 핏덩이 갓난아이 시체를 들고 가까운 건널목의 파출소에 신고한 것이 탈이 되었었다. 영아 시체유기 신고를 받은 파출소에서는, 언제 어디서 발견했느냐 에서부터 시작해서 누구의 쓰레기 수레에서 나왔느냐, 삼십오 번 수레(청소부 수레번호)의 담당구역은 어다냐, 시시콜콜이 캐어묻고 나서, 삼십오 번 박두만을 끌고 구역을 이틀 동안이나 뒤졌던 것이었다. 일이 그렇게 되자, 파출소 순경 꽁무니 따라다니다 지친 박두만은 말할 것도 없고, 벽돌공장 하치장에 모여드는 이십여 명의 청소부들은 한결같이 차남수를 구박질렀던 것이다.

차남수가 뒤에 안 일이었지만, 쓰레기 하치장에서 갓난애 시체가 발견되는 것은 자주 있는 일이며, 그때마다 파출소에 신고하면 오라 가라 성가시기만 하기 때문에, 모른 척해버리는 게 상책이라는 거였다.

차남수는 쓰레기들을 헤집기 위해 가지고 다니는 끝이 날카로운 긴 막대기로 먼지와 냄새가 진동하는 쓰레기를 뒤적거렸다. 그는 부자들이 많이 사는 골목에서 나온 쓰레기 속에 빈 병들이 많이 있다는 것을 알고 있었기 때문에 쓰레기 수레 구역번호를 찾아가며 쓰레기 더미를 쑤석거렸다. 차남수가 맡은 가난한 사람들만이 사는 구역에선 풀썩풀썩한 연탄재만 나오기 마련인데도, 부자들이 사는 구역의 쓰레기 수레에선 별별 물건들이 다 나왔다. 박카스병, 화장품 그릇, 수박껍질, 바나나 껍질, 쓰고 버린 피임 장화, 구두짝, 끈 떨어진 브라자, 구멍난 팬티스타킹, 통조림 깡통, 간장약병, 피 묻은 거즈, 뚤뚤 말린 휴지 등 차남수로서는 모두 신기한 것들이었다. 이것들을 뒤적거릴 때마다 그는 마치 부와 쾌락의 찌꺼기들을 한눈에 보는 것 같았다. 어쩌면 그가 쉬는 시간마다 하치장의 쓰레기 더미들을 막대기로 뒤적거리는 것은, 빈 병들을 모아 짭짤한 용돈을 마련하기 위해서라기보다는, 신기하기만한 오만가지 부의 찌꺼기들을 찾아보고 싶었기 때문인지도 몰랐다.

어제 발견한 길자라는 식모 아가씨가 주인한테 보낸 편지도, 이 부의 찌꺼기들 가운데서 찾아낸 것이었다. 차남수는 이 쓰레기들을 뒤적거리면서, 부자들이 먹는 약들이며 입는 속옷, 즐겨 사용하는 주방 도구 닦아내는 고급종이들까지도 어떤 것들인가를 알 수가 있었다. 그들에 비해, 가난한 사람들이란 불만 피우고 밥만 끓여 먹고 사는 건지, 걸레조각 하나 없이 연탄재만 나오는 것이었다.

차남수는 잠깐 동안에 빈 박카스병을 다섯 개나 모았다.

"남수 안 가고 또 갓난애 시체 찾을 셈인가!"

강필만이가 소리를 질렀다. 성질이 왁살스러워 말을 하는 것이 본때 없이 팩팩거리긴 해도, 마음 씀씀이만은 좋은 그였다. 고향이 한 고을이라고 해서 깐에는 차남수를 각별히 생각해주는 터였다.

"내삐려 둬! 개도 부지런해야 더운 똥을 은어 먹는단디, 부지런히 노대야 살긋 아닌가? 빈 벵이라도 모아서 라면이라도 사묵게 놔둬!"

나이 많은 박두만이 강필만을 말렸다.

"사위 조즐 보니, 외손자 볼까 싶지 않다고, 남수 너도 걸씬거려쌓는 것이 거렁뱅이 신세 못 면허겠구나!"

강필만이가 악의 없이 비아냥거리는 소리에, 차남수는 쓰레기 더미에서 내려왔다. 청소부들이 수레를 끌고 하치장을 나서고 있었다.

차남수는 잠시도 손발을 사리고 앉아 있지 못하는 성미였다. 어려서부터 대장간에서 망치질, 메질, 풀무질로 하루하루 해를 넘기며 뼈가 굳어온 그는, 잠시라도 두 팔의 근력을 탁 풀고 있자면 되레 어깨와 팔이 근질근질해지는 것이었다. 봄부터 겨울까지, 잠시도 엉덩이 붙이고 먼 산을 바라본다거나 콧노래를 흥얼거릴 틈도 없이 덤성거렸던 방울재 대장간 시절이, 그래도 지금 생각하면 그립기만 했다. 대장간에서 연장을 치는 것보다 장에서 사오는 것이 훨씬 값싸게 먹힌 때문에 일감이 줄어들어 한가해지자, 아버지는 짚불 스러지듯 몸져누운 지 한 달 만에 세상을 떠났다. 아버지가 세상을 뜬 뒤로, 바로 밑 동생 남식인 읍내 고무신점 점원으로 들어가고, 누이동생 딸맥이마저 서울로 식모살이 떠나버리자, 차남수 혼자 방울재에 남아서 어정거리다가 일자리를 찾아 도회지로 뛰쳐나왔던 것이었다. 아버지가 세상을 뜨자 대장간마저 없어져, 집 안이 풍비박산되어버린 것이다. 차남수는 결코 방울재가 싫어서 나온 것은 아니었다. 아버지가 세상을 뜨고 동생들은 갈려 갔어도, 대장간 문을 다시 열어 살아가려고 했었다. 그러나 일감이 들어오지 않았다. 몇 날을 기다려도 깎낫 하나 만들려고 오는 사람이 없었던지라, 그대로 대장간 문을 열어놓고 일감 들어오기만 기다리자면 영락없이 굶어죽게 될 판이었다. 하는 수 없이 품팔이 막일을 나섰으나 호미, 쇠스랑, 괭이, 부엌칼 등 연장을 만드는 일이라면 눈 감고도 해낼 수 있었으련만 망치질, 메질을 해온 뚝심도 소용없이 지게질, 삽질에는 너무 서툴러 툭하면 야단맞기 일쑤였다.

차남수가 방울재를 등지고 광주로 뛰쳐나온 것은 어디 철공소에라도 들어가서 실컷 망치질을 하고 싶어서였다. 망치질만은 자신이 있는 그는 일자리만 생기면, 아침부터 저녁까지 잠시도 쉼 없이 일을 할 셈으로 철공소를 찾아다니며 취직을 부탁했지만 가는 곳마다 거절을 당했다.

"아니, 남수, 안갈탸?"

강필만이 다시 다그치는 바람에, 차남수는 쓰레기를 뒤집어 주워 모은 약병이며 박카스병들을 오동나무 밑 흙더미 속에 감추어두고 수레를 끌고 나왔다.

어느덧 한낮의 태양이 머리 위에서, 대장간의 불에 달군 시우쇠처럼 시뻘겋게 이글거렸다. 그는 쓰레기를 뒤지며 빈 병들을 찾느라고 온몸이 흠뻑 땀에 젖어 있었다. 바람 한 점 없었다. 절경절경 기차가 들어오고 있었다. 승강대에 매달린 청바지를 입은 청년들이 큰소리로 노래를 합창했다. 차남수는 헐근거리며 수레를 끌고 시내로 들어갔다.

차남수는 해거름이 되자, 강필만과 함께 박정만이라는 사람의 집을 찾아 나섰다. 새 봉투를 사서 봉함을 하고, 겉봉에 주소를 베껴 썼으나, 우표가 안 붙어 그런지 마음이 께끄름했다. 그래도 한사코 싫다는 강필만과 함께 편지 수신처의 집을 찾아 나선 것이 여간 다행스럽게 생각되지 않았다. 편지에 쓰인 주소는 바로 강필만의 구역이었던 것이다. 차남수는 강필만에게 가난한 시골 아가씨의 도둑 누명을 벗겨주는 게 얼마나 장한 일이겠냐며, 함께 가줄 것을 부탁했지만, 강필만은 처음에 피곤하다는 이유로 딱 잘라 거절을 했었다.

"이봐, 남수, 쓰레기 하치장에서 편지를 찾아 전해줄라면, 아예 벤또밥 싸갖구 댕김시롱 발벗고 나서재 그려!"

강필만은 이렇게 빈정댈 뿐이었다. 하는 수 없이 차남수는 아무에게도 보이지 않기로 결심한 그 편지를 꺼내 보였다. 강필만은 마지못해 차남수가 꺼내 보인, 연필로 또박또박 침 발라 쓴 편지를 뚱한 입을 달싹거리며 대충 죽 훑어보는 것 같더니,

"야, 야, 식모살이허다가 도둑 누명 쓰고 쫓겨난 큰애기가 이 가스나 하나뿐이감? 그래도 야는 도둑 누명만 쓰고 쫓겨났으니 다행이그만 그랴! 식모살이 했다 하믄 쥔아저씨에게 멕히기 십상이고 멕혔다 허믄 병원비나 주고 걷어차게 되는 긴디…… 그래도 이 가스나는 멕히지는 안했구만."

차남수는 일그러진 얼굴로 강필만을 똑바로 찔러보았다. 문득 딸맥이가 생각났다. 강필만이 되지도 않는 말을 씨불인 것이라고 믿고 싶었다.

"야! 남수, 근데 너 아주 순정파구나야. 그렇기 맴이 약해 가지고선 도회지서 못 배겨난다. 도시에서 안 굶고 살라면 인정사정 볼 것 없이 내 이익만 생각하고 내 앞에 닥친 일만 생각혀야지!"

강필만은 차남수에게 진정으로 충고를 해주는 것이었으나, 차남수에겐 고깝게만 들렸다.

"그려도 생각해봐, 제년 바람피우다가 들켰다고 죄 읎는 식모를 도둑 누명 씌워 쫓아내다니……."

"마, 내 뱃가죽이 끼득거린다야. 도회지에 돈 있는 예펜네들이 제 서방

하나에 만족하고 사는지 아냐? 택도 읍는 소리 하지도 말그라. 너도 네꾸 다이만 매고 가다마이 하나 걸치고 대낮에 이 집 저 집 돌아다니면, 굶주린 불여우들을 을매든지 포식을 헐 수가 있고, 심심찮게 용돈도 뜯어 쓸 거다. 으째 군침이 댕기냐?"

차남수는 이런 강필만을 앞세우고 집을 찾아 나선 것이 되레 후회스럽기까지 했다. 며칠이 걸려도 혼자 힘으로 찾아낼 걸 그랬구나 싶었다.

차남수는 강필만을 깊은 정 주고 오랫동안 상종할 만한 사람이 아니라고 단정해버렸다. 한다는 말이란 죄 그렇게 되바라지고 상스러운 것들이니, 어떻게 마음을 줄 수 있는 친구가 되겠는가. 그에게 개나리하숙옥의 순자 이야기를 하지 않은 것이 천만 다행스럽게 생각되었다. 앞으로도 강필만에겐 절대로 속엣말을 하지 않기로 결심을 했다.

"그래, 너, 그 편지 전해주고 난 뒤 으쩔 티냐?"

강필만이가 물었다.

"어뜨케 하기는, 그냥 길자라는 아가씨 누명만 벗어지면 그만이재!"

"그렇담, 그 편지를 받고 우리 집에서 식모살이한 길자는 도둑이 아닙니다 하고 신문 광고라도 낼 긋 같으냐? 야야, 집어쳐라. 너 땜시 또 애꿎은 가정교사만 쫓겨나게 생겼다!"

강필만의 말을 듣고 보니, 그도 그럴 것 같았다. 가장교사만 영락없이 쫓겨나게 될 것이었다. 하지만, 유부녀를 따먹고 불쌍한 식모가 죄 없이 쫓겨나게 내버려둔, 그런 가정교사라면 얼마든지 쫓겨나도 쾌연한 일이라고 생각했다. 조금 안다는 작자들이 무식한 사람들보다 훨씬 몰인정하고 약삭빠르다는 것을 새삼스럽게 입증해주는 것이라고 생각하기도 했다.

"남수 너, 할 일 없으면 발 씻고 잠이나 자거라. 괜헌 일에 참견했다간 네 발등에 불똥 떨어진다. 우리덜 눈에 뵈는 것들이 있댜? 괜히 쑤석거렸다가는, 쓰레기 뒤적거리면 냄새만 진동하드끼, 썩은 냄새만 나는 벱여!"

그러나 차남수는 단념하지 않고, 박정만이라는 사람의 집을 찾아내고야 말았다. 찾고 보니 그 집은 교회 옆 네거리 큰길가에 있었다. 좁은 골목들만 꿰고 다닌 버릇 때문에, 미처 큰 길가는 눈여겨보지 않았던 것이더디 찾게 된 것이었다. 번칠번칠한 대리석 기둥에 양각된 박정만이라는 이름이 눈에 들어오는 순간, 차남수는 한숨을 내쉬었다.

"이 집이냐? 야야, 그만 돌아가자."

차남수가 편지봉투를 들여다보며 주소를 확인하고 있을 때, 강필만이 그의 옆구리를 쿡쿡 쥐어박으며 소맷자락을 끌어당겼다.

"너 잘못 했다간 큰코다친다아! 이 집 주인이 누군지 니 알고 그래?"

이렇게 말하는 강필만은 마치 징그러운 뱀이라도 보는 것 같은 기분 나쁜 얼굴이었다. 차남수는 우선 강필만이 이끄는 대로 교회의 붉은 벽돌담 뒤로 따라갔다. 강필만의 말로는 박정만이라는 사람은 아침저녁으로 으리으리한 검정 세단을 타고 출퇴근하는 권력층 인사라는 거였다.

"너 잘못했다가 큰일 난다. 그 편지 다시 쓰레기통에 집어넣어 뿌러라!"

강필만은 겁에 질린 목소리로 달라붙었다. 천신만고 끝에 찾아낸 집이었는데 강필만이 그렇게 벌벌 떠는 까닭을 알 수가 없었다. 차남수는 교회 담벼락에 등을 기대고 서서 으리으리한 이층집을 질러보고 있었다. 조금 있으려니, 가정교사인 듯싶은 대학생이 열 살 안팎 남매의 손을 잡고 나왔다. 큰아이가 찬식일거고 작은 여자 아이가 찬희일 것이라고 생각했다. 그들은 뭐라고들 히히덕거리며 큰길을 가로지르더니 '몽블랑'이라는 아이스케이크 집으로 들어가 버렸다. 네거리 큰 길에 희끄무레한 어둠이 서서히 깔려왔다.

근로자 합숙소는 아직 초저녁이라 그런지 헐렁했다. 여름이라, 하룻밤 숙박비 오십 원을 절약하기 위해 한뎃잠들을 자기 때문이었다. 날씨가 쌀랑해지기 시작하면 합숙소는 언제나 만원이어서 겹겹이 포개어 잠을 자야만 했다.

대개 근로자 합숙소 신세를 지는 사람들이란, 시골에서 일자리를 찾아 올라온 가출 청소년들이 아니면, 딸린 식구 없이 단신으로 떠돌음을 하는 막벌이꾼들이었다. 그들은 합숙소에서 엉덩이 붙이고 기거하면서 도로 공사장, 영세민 구호 취로 사업장, 건축공사 등 닥치는 대로 일을 맡아 입에 풀칠을 하는 하루살이와 같은 삶을 이어가고 있었다.

차남수와 같이 일정한 일자리를 가진 사람들은 합숙소 안에서 대여섯에 불과했다. 그때그때 일감을 찾아 하루하루 목줄 가늠하고 버텨가는 막일꾼들로서는 일정한 일자리를 갖고 출퇴근하는 차남수가 얼마나 부러운 존재였는지 몰랐다. 그 때문에 차남수도 새벽부터 밤늦게까지 쓰레기 더미 속에서 시달리다가도 하루 일을 마치고 합숙소에 돌아올 땐 제법 목을 빳빳하게 세워 턱을 내밀고 어깨를 으쓱거리며 은근히 뻐기는 것이었다. 그런 그는, 이것이 모두 개나리하숙옥의 순자 덕택이라는 생각을 되새기면서, 울컥 솟구치는 고마움과 연민 때문에 콧마루가 찡해 옴을 삼키곤 했다. 순자가 아니었던들, 추월산 밑 방울재 촌구석 대장간에서 메질이나 해온 주제에, 이들 앞에서 목에 힘주게 되었을까 싶은 것이었다. 그러기에 합숙소 식구들이 남수에게, 대관절 누구의 빽으로 그런 일자리를 구했느냐고 물을라치면 그는 언제나 턱끝을 도도하게 치켜 올리며, 그게 모두 애인의 덕이라고 자랑스럽게 말했다. 그는 애인이 개나리하숙옥의 순자라는 것은 말하지 않았다. 그저 집안이 좋은 고향에서 같이 자란 처녀인데, 그녀의 삼촌뻘 되는 사람이 시청의 높은 자리에 있다고 이야기하면서 둘이는 곧 결혼을 할 거라고 자랑했다.

"어이구, 미화요원 퇴근하시나?"

차남수가 합숙소에 들어서자, 은행나무 아래서 수도꼭지를 틀어놓고 허부적거리며 세수를 하고 있던 구레나룻 장 영감이 악의 없이 맞았다. 장 영감과는 벌써 한 달 동안이나 죽 한 방에서 기거해오고 있는 사이였다. 완도에서 어부 노릇을 하며 살아오다가, 작년 겨울 대양호 침몰사고 때, 부인과 외아들을 잃고, 파도 소리만 들어도 가슴이 벌렁거릴 만큼 바다가 무섭고 원망스러워, 혈혈단신 죽어도 뭍에 뼈를 묻겠다고 광주까지 나와 막벌이꾼이 된 것이라고 했다. 나이 오십밖에 안 되었는데도, 가난에 쪼들려 온 때문인지 환갑 넘은 노인만큼이나 겉늙어 보였다. 장 영감은, 차남수 애인의 삼촌이 시청 높은 자리에 있다는 이야기를 들은 터라, 어떻게든 해서 남수 애인의 빽으로 남수처럼 청소부가 되는 것이 소원이었다. 그래서 남수에게는 아주 잘 해주었다. 수입이 있는 날에는 남수만을 살짝 집어 데리고 나가 공원 앞 순댓국집에서 탁주를 사주기도 했다. 남수는 장 영감의 호의를 접할 때마다 그에게 거짓말을 한 것이 가슴 아파, 사실을 털어놓고 싶었지만, 그가 실망할까봐 은근히 참아왔다. 차남수는 사실을 털어놓는 대신, "제 애인 삼촌께서 쬐만 더 기다려보라고 하드만요. 자리가 난 대로 곧 연락을 해준다고 했응께 쬐만 더 참드라고요"라고 했을 뿐이었다. 그럴라치면 장 영감은, "암턴 나는 자네만 믿을 텐께, 아, 자네 애인 삼촌이 헛말했것남?" 하고 마음을 놓는 것이었다.

오늘도 장 영감은 차남수가 합숙소에 돌아오자, 세수를 하다 말고 쓰레기 하치장 못지않게 쾨쾨한 곰팡이 냄새가 확 풍기는, 방까지 따라 들어오며, 오늘은 날씨조차 찌는 듯했는데 덥지 않았느냐, 먼지 둘러썼으니 세수부터 하라는 둥 친아버지가 일터에서 돌아오는 아들을 대하듯 했다.

"오널 밤도 애인집에 가남?"

장 영감은 남수가 옷을 갈아입은 것을 보고 말을 했다. 그 말 뒤에는 애인의 삼촌한테서 무슨 소식이 있지 않겠느냐는 물음도 함께 함축되어 있는 것이었다. 이럴 때 남수는 자기 일자리를 차라리 장 영감한테 넘겨주어버릴까 하는 생각도 있었다. 내일 또 그에게 거짓말을 해야 할 것을 생각하니 심장 한쪽이 무겁게 쩌 눌린 듯싶었다.

호남고속도로 진입로 공사가 끝난 후, 일자리를 찾지 못해 하릴없이 빈둥빈둥 놀고 있는 장 영감은 요즘 더욱 조바심을 내었다. 단돈 몇 천원만 있으면 추석에 잠깐 고향엘 다녀오겠다고 잔뜩 벼르고 있는 그는, 추석 안에 일자리를 잡지 못하면 자살이라도 해버리겠다고 말한 적이 있는지라 괜한 약속을 한 차남수로서는 하루하루 추석이 가까워질수록 마음이 초조해지기까지 했다.

젊었을 땐 중선을 타고, 비금도, 칠량, 흑산 등 이름난 파시를 옮겨 다니며 계집질에 빠져, 마누라에게 왈칵 깊은 정 한번 주지 못하다가, 사십이 넘어 통통배 타고 미역을 따면서부터 늦은 정 듬뿍 쏟은 마누라와 생때같은 외아들을 삼켜버린 바다가 몸서리치도록 원망스러웠지만, 수구초심 고향 그리운 정은 어찌할 수가 없는 듯싶었다.

장 영감은 늘 추석에 고향에 가서 모자 산소에 벌초만 하고 그 날로 돌아오겠다는 말을 해왔었는데, 한평생을 갯바람을 쏘이며 살아온 그인지라, 내심으로는 벌써부터 고향에 간다는 생각에 들떠 있기까지 한 것이었다.

"아매 오널은 무슨 말이 있겄쥬!"

차남수는 말로라도 장 영감을 안심시켜 주고 싶었다.

3

콩물국수로 저녁을 때운 그는 고물상에 가서, 지난 일주일 동안 쓰레기를 뒤져가며 모은 빈병 값으로 팔백오십 원을 받았다. 순자를 만나러 갈 생각이었다. 그는 일주일에 하룻밤씩 순자를 찾아가곤 했는데, 빈손을 휘젓고 가기도 쑥스럽고 해서, 그동안 빈병 팔아 모은 돈으로 사과 한 알이라도 들고 가는 것이었다.

방값도 치러야 했다. 순자 혼자 독방을 차지하고 앓아누워 있는지라, 하숙옥 주인아줌마의 눈총을 받을 그녀가 안쓰러워 긴 밤샘을 치를 돈을 마련해 가는 것이었다. 순자는 그런 차남수를 대하기가 도시 부끄러운 것이었으나, 죽치고 누워 있는 자기를 생각해서 손님 행세를 하려 드는 그를 통째로 이해할 수 있었다. 차남수는 순자를 찾아올 때면 밤새도록 그녀를 간호해 주었다. 순자의 몸이 그렇게 짜부러지게 까라지기 전까지만 해도, 차남수는 그녀를 무리하게 다루며 남자 행세를 하곤 했었는데, 병세가 악화된 뒤로는 먹을 것을 사다 주고 팔다리를 주물러 주는 등 병구완하기에 바빴다. 순자는 그런 차남수가 눈물 나도록 고마웠다.

차남수는 하루라도 빨리 그가 취직할 때 순자가 쓴 삼만 원을 갚아야만이 순자 얼굴 대하기가 부끄럽지 않을 것 같았다. 다음 달 월급 때까지만 참으면 그 돈이 찰 것 같았다. 순자가 굳이 돈을 받지 않겠다면, 그는 그 돈으로 순자를 병원에 입원시켜야겠다고 생각했다. 지금 순자의 병이 하루하루 더해가는 것은 돈이 없기 때문이라고 지레 짐작한 남수는, 그녀를 마주 대하기가 죄스러울 뿐이었다.

지난 달 월급날, 싸구려 노점에서 사 입은 알록달록 색깔이 어지러운 반팔 T셔츠를 걸친 차남수는, 공원 앞 주점에서 소주 한 잔을 잦히고 나서 개나리하숙옥을 향해 발걸음을 재촉했다. 처음 그 T셔츠를 입고 순자를 찾아갔을 때, 색깔이 화려하게 잘 어울린다는 말을 들은 그는, 그 뒤부터 밤에 그녀를 찾아갈 때는 언제나 그걸 꺼내 입었다. 차남수는 술기운 때문인지 벌써부터 마음이 들떴다. 그녀를 만나보아야, 일주일 동안 살아온 이야기나 해주고, 가죽만 입혀 놓은 듯 뼈가 앙상한 그녀의 팔다리 주물러주면, 잘 해야 누에같이 창백한 그 손으로 남수의 댕댕해진 그걸 만지작거려 줄 뿐이었는데도, 그는 벌써부터 그렇게 마음이 설레었던 것이다. 그는 개나리하숙옥의 긴 골목으로 접어들면서, 옛날 대장간에서 메질할 때 자주 불렀던 〈십오야 밝은 달 구름 속에 놀고, 이십 안짝 큰 애기 내 품 안에 논다〉라는 진도아리랑의 한 대목을 휘파람으로 씽씽 불어댔다. 그는 진도아리랑의 가사 중에서도 이 대목만을 좋아했기 때문에, 신이 날 때나 기분이 잡칠 땐 저절로 이 구절이 입술 끝에서 흘러나왔다.

　개나리하숙옥 입구에 도착한 차남수는 주위를 살피며 살금살금 안으로 들어갔다. 다른 여자들을 만나고 싶지 않았기 때문이었다. 아침에 딸딸이 종을 딸랑딸랑 울려가며 나타날 땐, 순자 애인 온다 하며 떠들어대도 조금도 부끄럽지 않은 것이었으나, 밤에 사과봉지를 들고 순자를 찾아가다가 그녀들을 만나면 간이 오그라들도록 부끄러웠다. 다행히 더위 때문에 공원 다리 위로 바람을 쏘이러 나간 것인지, 개나리하숙옥은 텅 비어 있었다. 차남수는 도둑고양이처럼 살금살금 기어서 순자의 방문을 열었다.

　"오널은 좀 워쩐고?"

차남수는 일어나 앉으려는 순자의 어깨를 감싸 다시 눕히며 물었다.

"야, 괜찮은 것 같어라우."

순자는 차남수와 둘이만 있을 때는 사투리를 그대로 썼다. 순자의 고향도 남수의 고향 담양과 인접지인 곡성이었던 것이다.

"빨랑 낫어야 가실에 내장사 단풍 귀경을 같이 갈 긋인디."

차남수는 오래전부터, 가을에는 둘이 버스를 타고 꼭 내장사 단풍 구경을 가자고 이야기해왔었다. 순자는 어둠 속에서 활짝 웃었다.

"그때꺼정 꼭 뭠이 낫어야 혀!"

차남수는 봉지에서 사과 한 알을 꺼내 손바닥으로 문질러 닦아 두 쪽을 내어 큰 쪽을 순자에게 내밀며 다짐을 주듯 말했다.

"돈 블먼 해마닥 순자 디리꼬 귀경댕길 탸!"

차남수의 와삭와삭 사과 씹는 소리를 들으며, 순자는 그를 빤히 올려다보았다. 죽기가 싫었다. 자기를 이렇게 끔찍하게 생각하는 남자는 처음이었다. 이런 남자를 두고 죽기가 싫었다.

"뭠이 나스면 우리 고향 방울재에도 같이 가는 기야. 네꾸다이 매고 순자와 같이 가는 기야. 잘 디가 읍스믄 대장간에서 자면된께! 여름에 나는 언제나 그 대장간에서 잤거든!"

순자는 차남수의 손을 잡았다. 사과를 한 입 베어 문 채, 주르르 눈물을 흘렸다. 그러나 불이 켜 있지 않았기 때문에 남수는 순자의 눈물을 보지 못했다. 순자는 설움이 격해지면서 눈물방울이 굵어질수록 남수의 손을 잡은 팔에 힘을 줬다.

"남수 씨!"

순자는 울먹이는 목소리로 처음 씨자를 붙여 불렀다. 그냥 남수, 남수

하다가 씨자를 붙여 부르자니 약간 어색하게 들렸음인지, 차남수는 순자의 부르는 소리에 허리를 앞으로 푹 꺾으며 그녀를 내려다보았다.

"남수 씨! 나 죽으면, 남수 씨 쓰레기 수레에 싣고 가서 남수 씨 손으로 꽁꽁 묻어 주씨요. 그럴 수 있겠지라우?"

이렇게 말하면서 순자는 이내 소리 내어 울음을 쏟아내고 말았다. 순자는 남수의 무릎에 얼굴을 묻고 울었다.

"재수때가리 읎게 무신 그런 소릴 다 혀? 빨랑 낫어서 내장사 단풍 귀경을 갈 생각은 안허고, 글고 빨랑 낫어서 순자 고향에도 한븐 가봐사재잉! 방울재 대장간에서 하룻밤 자고 다음날엔 순자 고향으로 가더라고……."

차남수는 순자의 어깨를 쓰다듬으며 말했다.

그는 순자에게서 그녀의 고향이 곡성이라는 것 외에는 고향에 대한 다른 이야기는 듣지 못했었다. 그녀가 고향 이야기라면 입을 봉해버린 데는 아마 너무 고생고생하며 자랐기 때문일 거라고 짐작한 그는 애써 그녀의 고향 이야기를 들으려고 졸라대지도 않았다. 차남수는 문득, 색깔이 알록달록한 양산을 받쳐 들고 뾰족구두 되똑거리며 그녀의 고향 논둑길을 걸어가는 순자의 모습을 떠올려보았다. 그녀 뒤엔 차남수 자신이 넥타이를 매고 양복 윗저고리를 벗어 어깨 너머로 척 걸치고, 〈십오야 밝은 달 구름 속에 놀고, 이십 안짝 큰애기 내 품 안에 논다〉라는 곡조를 흥얼거리며 따라가는 모습도 떠올려보았다. 마을에선 밥 짓는 연기가 자욱이 뒷산으로 퍼져 올라가고, 당산돌에 앉아 땅뺏앗기를 하고 놀던 순자의 남동생이, 누나 온다! 매부 온다! 하고 소리소리 지르고 논둑길을 향해 뛰어나오는 모습도 떠올렸다. 어쩌면 남수의 고향인 방울재에 가는 것보다, 순자와 나란히 버스를 타고 그녀의 고향에 가는 것이 훨씬 더 신나고 자랑스러울 것 같은 생각이 들었다.

이런저런 생각을 머릿속 가득히 떠올려본 차남수는 또 문득 지금 옆에 훌쩍이고 있는 순자는 바로 다름 아닌, 식모살이를 하다가 도둑 누명을 쓰고 쫓겨 난 길자일지도 모른다는 엉뚱한 생각이 들기도 하는 것이었다. 그러다가 종내는 순자와 길자, 딸맥이가 같은 여자일 것만 같기도 했다.

"남수 씨! 꼭 부탁이어라우. 내가 죽거들랑 남수 씨 손으로 꽁꽁 묻어주씨요. 고향에 기별을 하면 안돼요! 지는 고향이 읎는 거나 매찬가지라우!"

순자는 좀처럼 울음을 그치지 않았다.

"돈을 쬠만 벌고 방울재에 가서 살고 싶구만. 우리 겉은 사람덜은 도회지서 살다가는 평생을 쓰레기나 치우며 살 긋 겉어!"

차남수는 색시를 얻어 방울재에 돌아가면 서당골 장터에 대장간을 내고 싶었다. 서당골 장터라면 그래도 더러 일감이 들어올 것 같았다. 장터에 하나 있는 뚝보네 대장간은 언제 보아도 일감이 밀려들어, 장날엔 줄을 서야만 했다. 차남수는 돈을 조금만 모으면 서당골 장터에 대장간을 내어 어깨가 빠지도록 메질과 망치질을 하고 싶었다.

"이봐, 순자. 풀무질 할 수 있겄재?"

차남수는 문득, 서당골에 낸 대장간에서 풀무질을 하는 순자를 그려보면서 뚜벅 물었다.

"풀무질이라뇨?"

순자는 눈물이 범벅된 얼굴을 들어, 차남수를 올려다보았다.

"대장간 풀무질 말여! 요르케 푸왁 꽉! 푸왁 꽉!"

차남수는 손으로 풀무질을 하는 시늉을 해보이며 입으로 풀무소리까지 냈다. 그는 어렸을 때, 대장간에서 풀무질을 하는 어머니를 자주 보았었다.

남수가 학교에 갈 때는 어머니가 남수 대신 풀무질을 했었는데, 학교에서 돌아오면 아버지는 망치질을 하고 있었고 어머니는 머리에 수건을 쓴 채 풀무질을 하고 있다가 벌떡 일어나며, 아이고 나는 이 짓 못하겠다, 네가 어서 돌아오기만 기대렸단다 하며 대장간을 휑하니 나가버리곤 했었다. 남수는 결국 어머니가 풀무질을 하는 것이 힘들어 보였기 때문에 학교를 그만두고 아버지를 도와 아침부터 저녁까지 줄곧 풀무질만 했었다. 그런 남수에게 아버지는 "풀무질을 많이 혀봐야 팔뚝 근력이 시어지는 벱여! 소문난 대장장이가 될라면 풀무질부터 잡혀야 헌다!" 하고 말했었다.

차남수도 색시를 얻고 장터에 대장간을 낸다면, 아들놈이 자라는 동안만 색시에게 풀무질을 시킬 요량이었다. 여자가 대장간에서 덤성거리면 시우쇠일이 잘 안된다고들 하지만, 그런 건 다 말하기 좋아하는 사람들이 만들어낸 괜한 말일 거라고 생각했다. 백지장도 맞들면 낫다는 푼수로 어느 정도 기반을 잡을 때까지는 색시와 함께 열심히 일할 계획이었다. 방울재에서 하는 일 없이 빈둥대다가 광주로 뛰쳐나와 순자 덕분으로 청소부로 취직해서 한 달에 일만 구천 원의 월급생활을 하고 있지만, 장터 대장간 낼 돈만 준비되면 다시 대장장이가 되고 싶은 것이었다. 산중 놈은 도끼질, 야지 놈은 괭이질이 제격이라고, 남수는 대장장이로 늙어온 아버지도 마지막엔 망치질 소리를 들으며 눈을 감지 않았는가. 남수 아버지 차 대장은 숨을 거두면서, 갑자기 대장간 망치질 소리가 듣고 싶다고 했었다. 하는 수 없이 장남인 남수는 임종을 해야겠기에 동생 남식이를 시켜 이미 문을 닫은 지 오래된 대장간에 들어가 망치질을 하도록 했었다. 차 대장은 남식이의 망치질 소리를 들으며, 만족스러운 얼굴로 눈을 감았다. 남수 아버지는 눈을 감기 전, 남식이의 망치질 소리에, "저, 소리, 저

망치질 소리를 들으니께, 가슴에 맺혔든 긋들이 싸악 읍서지는 것 같구 나……" 하고 어렴풋하게 띄엄띄엄 말을 했었다. 남식이는 아버지가 세상을 뜬 것도 모르고 꿍닥꽝, 꿍닥꽝 하며 망치질을 계속했었다.

"참 순자 고향에 안 가본지 오래 되았재?"

차남수는, 되도록이면 순자에게 고향 이야기를 묻지 않으려고 했지만, 자신도 모르게 뚜벅 말하고 말았다. 지금까지 그녀는 남수 혼자 방울재 이야기를 열심히 까발리고 있을 때도 그저 멀뚱히 듣고만 있었으며 그녀의 고향 이야기는 아예 입을 봉하고 있었던 거였다.

"나는 방울재서 나온 지 두 달 쫌 더 넘었는디도, 한 이년 된 것 같애!"

"고향에 안 간 지가 한 십년 된 것 같어라우."

순자는 남수를 올려다보며 입을 열었다.

"십 년이나?"

차남수가 놀라는 것도 당연했다. 남자인 자기도 겨우 두 달 남짓 밖에 지나지 않았는데도 벌써 퍼득퍼득 고향 생각에 눈감곤 하는데, 하물며 마음이 약한 여자로 십 년씩이나 고향에 발걸음을 안했다니 말이다.

"고향에 가기도 부끄럽고, 또 반겨줄 사람도 없으니께!"

"고향과는 아조 등을 져뿌렀구만! 허기야 여자들은 한번 나오면 고향을 잊어뿌린다니께!"

순자는 그녀 나이 열다섯 살 때 혼자 고향에서 나왔다고 했다. 일곱 살 때, 돌림병에 어머니를 잃고 홀로 된 아버지와 함께 살다가, 아버지가 지리산 벌목 일을 나가면서부터, 이웃 마을 외가에 붙어 있었다. 일 년만 있으면 돈 많이 벌어 집에 돌아오겠다던 아버지는 오 년이 되어도 소식조차 없었다. 외할머니 그늘에서 외할머니 치마폭을 감돌며 살아온 순자는 외

할머니마저 세상을 뜨자, 허허벌판에 홀로 있는 듯했다. 외숙모의 구박이며, 외사촌 언니들의 등쌀에 견뎌날 수가 없었다. 부엌데기가 되어, 손 부르트도록 일을 해주었는데도 외숙모한테 종아리를 맞고 내쫓김 질을 당했다. 아버지를 찾아 지리산 곳곳 벌목장을 훑고 다니다가, 광양읍 버스 정차장 앞 조그만 술집에서 술심부름을 해주게 되었다. 이 술집에서 우연히 고향 사람을 만나, 아버지가 1년 전에 집에 돌아왔다는 소식을 들었다. 그 길로 순자는 옷보퉁이를 챙겨 옆에 끼고, 고향 사람을 따라나섰다. 아버지는 고향에 돌아와 있었다. 그러나, 새엄마를 얻고, 두 아이까지 낳은 아버지는 딴 사람이 되어 있었다. 그렇게 기다리던 아버지였는데, 처음 상봉 하는 순간부터 팩팩거리는 것이었다. 온갖 고생 다 해본 그녀인지라, 그래도 친아버지인데 남의 집에 있는 것보다야 낫겠지 싶어 새엄마에게 아양 떨며, 어머니 어머니 하고 따르고, 두 이복동생들에게도 쓸개를 떼 낸 마음으로 업어주고 씻어주고 잘해주었지만, 아버지와 새엄마의 냉대는 식지 않았다. 외가에서 눈칫밥을 먹을 때보다 더욱 서러웠다. 순자는 1년을 더 참지 못하고 독한 마음을 먹고 집을 뛰쳐나왔다. 아무도 붙잡지 않았다. 갈 곳이 없는 순자는 다시 광양 버스정류소 앞 뚱보네 술집으로 들어갔다. 그 뚱보네 술집에서 겨울을 넘기고, 이듬해 봄에 지리산 관광도로 공사장에서 자갈을 실어 나르는 트럭운전사 꼬임에 넘어가 광주까지 흘러오게 된 것이었다.

순자는 그날 밤 남수에게 그녀가 고향을 나온 이야기를 처음 말해주었다. 남수는, 트럭운전사와 순자와의 관계며, 그 트럭 운전사를 따라 광주에 나온 후로 어떻게 해서 몸을 파는 여자로 전락하게 되었는가 하는 것들을 알고 싶었지만, 더 이상 캐어묻지는 않았다.

"어머니 죽고 새엄마를 얻응께 아버지조차 딴 사람이 되어 버리등만……."

순자는 아버지를 원망하는 투로 말했다. 남수도 순자의 이야기를 듣고 보니, 그녀 아버지가 독살스러운 사람으로 생각 되었다. 남수는 막상 순자의 그동안 살아온 이야기를 듣고 보니, 자신은 순자에 비하면 고생을 모르고 살아온 거나 다를 바 없었다.

"젊었을 때 고생은 사서 헌다고 허잖애! 후담에, 고생했을 적 이얘기혀 감시롱 잘 살아사재!"

남수는 진심으로 순자를 위로해주었다. 순자의 병이 나으면 혼인식을 올리고 그 매정한 아버지 앞에 순자를 데리고 가서 보란 듯이 떳떳하게 대하고 싶었다.

"후담에 나랑 같이 고향에 가 보더라고. 아부님께 인사도 혀야 헐 텐게."

"난 안 가요. 죽어도 고향엔 안 가요!"

순자는 고개까지 살래살래 휘저으며 고향엘 가지 않겠다고 했다.

4

그날 하루만 강필만과 구역을 바꾸어 쓰레기를 수거하기로 한 차남수는 아침 일찍 희번하게 동이 터오자, 교회 앞 이층 양옥의 담벼락에 바짝 붙어 있었다.

주인 박정만이라는 사람이 출근하는 틈에 길자의 편지를 전해주기 위해서였다. 서둘러 구역을 한 바퀴 돌아, 수레를 가득 채운 그는 해가 떠오를 때까지 교회 앞에서 서성거렸다. 가시 돋친 날카로운 햇살들이 교회의 적벽돌 담벽에 묶음으로 쏟아져 내리기 시작할 무렵에야, 번칠번칠한 검정색 세단이 툭툭 햇살을 되쏘며 스르르 미끄러져 와선 이층 양옥 앞에 멎었다. 깡똥하게 생긴 운전수가 조심스럽게 부자를 누르더니 함석대문 안으로 들어갔다. 차남수는 검은 세단이 이층 양옥 앞에 서자, 벌써부터 호주머니에서 편지를 꺼내 들고 있었다. 아무래도 우표딱지가 안 붙고 스탬프가 찍히지 않아 께끄름한 마음은 가시지 않았다.

찬식이, 찬희가 가방을 메고 나왔고, 가정교사인 듯싶은 대학생이 팔을 휘저으며 큰 길을 가로질러 가버린 후에야, 운전수 먼저 나와서는 세단의 뒷문을 열어놓고 서 있었다. 차남수는 그 운전수에게 편지를 전해달라고 부탁할까 하다가는 그만두었다. 직접 전해주고 싶었기 때문이었다. 이윽고 박정만이라는 집주인이 대문을 나와, 트실 한 목을 뒤로 젖혀 갈뫼빛 무등산을 힐긋 올려다보는 것 같더니 열어놓은 세단의 뒷문으로 어기적거리며 걸어갔다. 차남수는 이때를 놓치지 않고, 재빠르게 그의 앞으로 쪼르르 달려가서 바들바들 떨리는 손으로 편지를 내밀었다.

"저, 선생님, 이 편지를…… 저, 길자가 보낸……."

차남수는 얼버무리듯 말끝을 맺지 못했다.

"길자?"

박정만이라는 사람은 불쾌한 시선으로 차남수를 훑어보고 나서 편지를 받아들고 차 안으로 들어갔다. 차 문이 절컥 닫히고 부르릉 차가 출발하자, 차 안에 푹 파묻힌 박정만은 길자의 편지 봉투를 부욱 찢었다. 검은 세단이 광주천 쪽으로 사라진 뒤에야 차남수는 쓰레기 수레를 끌고 숨 가쁘게 하치장을 향해 서둘렀다. 가슴이 벌렁벌렁했다. 지금쯤 박정만이 차 안에서 길자의 편지를 읽다 말고 흥분해 그 부인을 닦달하기 위해 차를 돌렸을지도 모른다는 생각과 함께 심장이 쿵덕쿵덕 찧어왔다.

벽돌공장 쓰레기 하치장에는 언제나처럼 청소부들이 손바닥만한 오동나무 그늘에 엉덩이를 붙이고 앉아서 쉬고 있었다. 강필만도 먼저 와 있었다. 오동나무집 울바자 옆엔 집주인이 쓰레기 썩는 냄새 때문에 손으로 코를 쥐어 막고 서 있었다. 차남수는 쓰레기 수레를 끌고 울바자 가까이 가지 않고 정반대쪽인 벽돌공장 쪽으로 향했다.

"이봐, 차남수, 어디로 가는 거야?"

강필만이가 소리쳤으나, 차남수는 못 들은 척 쓰레기 수레를 끌고 벽돌공장 가까이 가서 모래더미 옆에 엎질러 펐다. 벽돌공장에서 누구인가 소리를 치며 뛰어나왔다. 그러자 차남수는 아무렇지도 않게 빈 수레를 끌고 청소부들이 쉬고 있는 오동나무 그늘 가까이로 오고 있었다.

"아니, 남수 너 미쳤냐?"

강필만이 외에 다른 청소부들도 차남수의 엉뚱한 행동에 한 마디씩 내뱉는 것이었지만, 남수는 못 들은 척해 버렸다. 그가 쓰레기를 엉뚱한 곳에 퍼낸 것은 울바자 옆에 집주인이 나와 있었기 때문은 아니었다. 그냥 그래 보고 싶었던 것뿐이었다. 도둑 누명을 쓰고 억울하게 쫓겨난, 얼굴도 모르는 길자라는 아가씨가, 남수 자기 때문에 누명을 벗게 되었다는 생각을 머릿속 가득히 궁글리다가, 그만 자기도 모르게 흥분한 나머지 그렇게 한 것이었다. 그런데도 그는 조금도 걱정이 되지 않았다. 그저 가슴이 뿌듯하게 벌렁거리면서도 가늠을 할 수 없는 흥분이 갈퀴질하듯 전신을 좍 훑어 내렸다.

"아니, 이것 봐! 어쩌자고 쓰레기를 엉뚱한 곳에다 퍼내지? 청소부 노릇하기 싫다, 이건가?"

벽돌공장에서 뛰쳐나온 젊은이가 두 눈을 부라리며 으름장을 놓고 간 뒤에도 차남수는 그때쯤 발칵 뒤집혀 있을 박정만의 집을 생각하면서 바보처럼 해식해식 웃었다.

"너 정말 청소부 그만허고 싶냐? 야야, 너, 회사에선 무슨 꼬투리를 잡아 모가지 자를 사람 읎나 하고 눈에 불켜고 잔뜩 노리고 있는디도 그런 엉뚱한 짓을 혀? 모가지 하나 자르면 삼만 원에서 오만 원 벌이가 되는디, 널 그냥 놔둘 것 같으냐? 야야, 빽읎이 청소부 되기가 쉬운 줄 알어? 국회의원 빽, 기관원 빽, 공화당 빽, 신문기자 빽, 다덜 빽줄을 대고 들어온 자린디, 네가 감히 찍자를 부려?"

"지길헐! 쓰레기를 산데미모양 싸올리먼 저 오동나무집 사람들 숨이 막혀 살겄남? 이 더위에 쓰레기에 깔려 죽으란 말여? 우리가 아무리 똥구멍 쫙 찢어지게 읎이는 살아도 그런 인정만은 품고 있어사재. 아, 우리덜꺼정 저 벽돌공장 사장같이로 눈에다 불쓰고 애잔헌 사람들 깔아뭉개야 쓰겄남?"

남수는 두 주먹을 불끈 쥐고, 쓰레기 더미를 쏘아보며 흥분한 말투로 큰소리를 쳤다.

"남수, 너 미쳤구나!"

강필만은 그런 남수를 이해하지 못했다. 강필만이뿐만 아니라, 나머지 청소부들도 남수의 이같이 돌연한 행동에 놀라는 얼굴로 입만 헤벌리고 있었다.

"모가지 아니라, 불알이 떨어지는 한이 있어도 맘을 바르게 써사재, 글치 않으면 우리덜 평생 가도 쓰레기꾼 신세 못 면할 것이여!"

평소에 말수가 적고, 그저 쉬는 시간에도 쓰레기 뒤지며 빈병이나 찾아 모으는 부지런하고 착실한 차남수였기 때문에, 청소부들은 도무지 무슨 일인가 싶은 얼굴들이었다. 그들도 남수와 같은 생각을 하고 있으면서도 이렇게 노골적으로 행동에 옮기지는 못했을 뿐이었다. 그런 남수가 은근히 부럽기까지 했다. 그동안 청소회사 김 감독의 명령대로 집 울타리 옆에 쓰레기를 싸올려 벽돌공장 사장 땅을 넓혀주는 죄받을 일을 하고 있다는 것이 차마 못할 짓이라는 것을 잘 알면서도, 목줄을 지탱하기 위해 죽은 듯 고분고분해왔던 것이었다. 그들은 쓰레기에 묻혀, 끝내 버텨내지 못하고 헐값으로 집을 넘기고 쫓겨나는 것을 볼 때마다 목구멍에서 기차 화통 같은 것이 치밀어 오르는 것을 참아왔었다.

남수는 문득 방울재 수박등을 까뭉개는 불도저를 생각했다.

담양 앞으로 호남고속도로가 뚫리자, 방울재에 도회지 사람들이 자가용을 타고 들락거리기 시작했다. 땅을 사러 오는 것이라고 했다. 그들은 산이며 밭이며 논을 닥치는 대로 사들였다. 방울재 사람들은 평시 시세보다 좀 높은 값을 쳐주는 바람에 무슨 횡재나 싶게 덜컥덜컥 팔아치웠다. 도회지 사람들은 논밭을 사서 대리경작을 시켰다. 논밭을 팔아 손에 돈을 쥔 방울재 사람들은 그 돈으로 지붕에 울긋불긋 꼬까처럼 뒤발질하고, 라디오를 산다, 텔레비전을 산다며 덜꺽을 떨었다. 아예 방울재를 떠나 도회지로 나가버린 집도 있었다.

명절 때면 공차며 줄다리기를 하고 놀았던 수박등에다 새마을 공장을 짓는다며 불도저가 들어왔다. 불도저는 온종일 이글거리는 땡볕 아래서 방울재를 밀어버릴 것처럼 와글거리며 수박등을 까뭉갰다. 불도저가 수박등을 까뭉개는 흙더미가 벼 포기가 검실검실 자라는 논을 메웠다. 수박등 흙더미가 벼 포기를 덮을 때 방울재 사람들은 그들 자식들이 흙속에 파묻히는 듯한 아픔을 느꼈었다.

그런데, 지금 남수는 쾨쾨하게 냄새를 비우는 쓰레기 더미를 그 불도저로 착각하고 있는 것이었다. 불도저가 방울재를 깔아 무지르듯, 부富와 쾌락의 찌꺼기들인 더러운 쓰레기 더미가 착하고 가난한 사람들이 사는 집들을 밀어내는 것이라고 생각하는 것이었다.

남수는 불도저가 굉음을 내며 방울재의 수박등을 깎아내릴 때 느꼈던, 분노나 패배감 같은 것이 팔뚝의 근력처럼 다시 살아나는 것이었다.

"지길헐!"

털털털, 헌털뱅이 청소차가 불도저 구르는 소리를 내며 하치장으로 기어오고 있었다. 청소부들은 청소차가 쏟은 쓰레기를 쌓아올리기 위해 일어섰다.

"남수, 너 모가지 지탱헐라면 죽은디끼 있어!"

강필만은 어디까지나 차남수를 염려해서 하는 말이었으나, 그 말이 남수에게는 고깝게만 들렸다. 되레 그는 옴딱지처럼 눌어붙어 있는 초가지붕을 덮어버릴 만큼 쌓아올려진 쓰레기를 까무느고 싶은 충동을 느꼈다. 그것은 어젯밤 순자를 만났을 때도 그런 생각을 했었다. 남수는 어젯밤 순자가 갑자기 가슴이 답답하다고 말했을 때, 지붕을 덮어버릴 만큼 쌓아올려진 하치장의 쓰레기 더미를 생각했던 것이다. 그 쓰레기의 쾨쾨한 썩은 냄새가 쪄누르는 압력 때문에 순자가 가슴 답답해하는 것이라고 생각한 그는, 당장 그 쓰레기 더미를 까무느고 싶었던 것이었다. 순자의 가슴 답답함은 그 쓰레기 더미의 압박 외에도, 억울한 도둑 누명을 쓰고 쫓겨난 길자의 괴로움 때문일 것이라고도 생각했었다.

"니가 무슨 빽으로 약을 얼마나 쓰고 들어왔넌지는 모른겄다만, 네 모가지가 붙어날지 모르겠어!"

강필만의 말을 흘려버린 차남수는 수레를 끌고 하치장에서 나오며, 서

둘러서 박정만의 집안 동정을 살펴보러 가야겠다고 마음먹었다. 지금쯤 온통 난장판이 되어 있을 것이다. 가정교사와 불륜의 관계가 탄로난 부인은 쫓겨나게 될 것이고, 아이들은 징징 울어대고 쫓겨나기가 싫은 부인은 남편 앞에 무릎을 꿇고 천번 만번 잘못했으니 용서해달라고 손이 발 되게 빌고 있을지도 모를 일이었다. 이런 생각들을 해보는 차남수는 정말 망치질로 단련된 팔뚝의 근력이 불컥거리며 되살아나는 것이었다. 그것은 마치 대장간에 일이 없어 빈둥대다가 한꺼번에 일감들이 밀려들어왔을 때처럼, 온몸의 근육들이 스멀거리는 것이었다. 방울재에서, 그렇게 한꺼번에 대장간 일감들이 밀어닥치면 아버지, 남수, 남식이 세 사람은 다투어 서로 물몽둥이질을 하려고 했는데, 그때마다 아버지는 두 아들들에게 양보를 해주었다.

차남수는, 궁전처럼 으리으리해 보이는 이층 양옥집 앞에서 딸딸이 종을 흔들며 서성거렸다. 길에 행인이 끊길 때마다 이층집의 함석대문에 바짝 붙어 집안 동정을 살펴보았으나, 태양을 가득 머금은 여름날 하늘처럼 조용하기만 했다. 길자의 편지 때문에 집안이 발칵 뒤집혀 있을 줄 알았었는데 어찌된 건지 치부의 표본처럼 보이는 그 궁전 안에서는 한가롭게 라디오 음악마저 흘러나오고 있지 않은가?

굴참나무들이 다문다문 숲을 이루고 있는 사직공원의 그늘이 광주천을 덮어올 때까지 옴짝달싹하지 않고, 교회의 붉은 벽돌담에 찰싹 달라붙어서 이층집의 변란만을 기다리던 차남수는, 쓰레기 수레의 그늘 밑에 쭈그려 앉아 있었다. 아침에 그가 편지를 전해주었을 때, 박정만이라는 이층집 주인은 분명히 차 안에서 편지 봉투를 부욱 찢지 않았던가. 그런데도 여지껏 집안이 조용하기만 한 건 필시 무슨 곡절이 있을 것이었다.

사직공원의 희끄무레한 그늘이 검실거리며 도심지에 넓게 퍼졌을 때, 함석대문이 삐그덩 열리더니 가정교사가 찬식이, 찬희 두 아이들을 데리고 깔깔대며 큰길 건너 얼음과자 집으로 들어갔다. 쫓겨났을 것으로만 생각했던 가정교사가 어연번듯이 두 아이들과 함께 집에서 나오는 것을 본 차남수는 갑자기 가늠할 수 없는 허망한 마음이 되어, 수레를 끌고 하치장으로 향했다. 그는 마치 하치장의 쓰레기 더미가 오동나무 집으로 와르르 무너져 그 집 식구들이 쓰레기 속에 파묻혀버린 것만 같은 생각이 들었다. 쓰레기 더미 속에서 손을 휘저으며 버르적거리는 오동나무집 식구들이 욕을 퍼붓는 소리가 들려오는 듯했다. 차남수는 그날 하루 종일 우울해 있었다. 길자라는 아가씨가 도둑 누명을 벗지 못하게 된 것이 그렇게 가슴이 아플 수가 없었다. 남을 위해 좋은 일 한번 해보고 싶었는데, 모두 허사가 되고 보니 마음이 슬퍼 일할 생각마저도 없었다. 쓰레기 더미에 쫓겨 날 오동나무집 식구들이나 끝내 도둑 누명을 벗지 못할 길자, 있지도 않은 순자 삼촌의 소식만 기다리는 합숙소의 장 영감이나, 가슴이 답답해 죽겠다는 순자나, 모두들 큰 바람에 버티지 못하고 한꺼번에 떠밀려가고 있는 것만 같았다.

차남수는 갑자기 고향 방울재에 가고 싶어졌다. 청소부 자리를 장 영감에게 밀어주고 순자와 함께 방울재에 내려가 다시 대장간을 열고 싶었다. 일감이 없더라도 하루 내내 어깨가 무지근해지도록 망치질이라도 하면 속이 좀 후련해질 것만 같았다.

"꿍꽈닥 뚱딱, 꿍꽈닥 뚱딱."

그의 귀에는 망치질 소리가 가득히 괴어왔다.

순자는 오랜만에 마루에 나와 앉았다. 처마 끝에 대롱거리는 전등불 하나로 개나리하숙옥은 희끄무레하게 가라앉아 있었다. 다른 갈보들은 저녁 숟갈을 놓기가 바쁘게 공원다리로 바람을 쏘이러 간다고들 후다닥 뛰어나가 버리고, 집 안에는 주인아줌마와 순자만이 남아 있었다. 그녀들이 공원다리로 바람을 쏘이러 간 것은 손님을 낚기 위한 것이었다. 혼자 팔다리를 쭉 뻗고 앉아 있어도 온몸이 질질 녹아내리듯 흠뻑 땀에 젖은 무더운 날씨에, 제 발로 걸어 들어오는 손님을 기다리다가는 모두들 방값도 못 뺄 판이라, 저녁 숟갈을 놓기가 바쁘게 주인아줌마가 내쫓은 것이었다.

"늬년들 오널 밤에는 그냥 빈 골로 들어왔다가는 모두 쬐겨날 줄 알어!"

개나리하숙옥의 여주인은 두 눈을 부라리며 으름장을 놓았다.

지금쯤 밤낚시를 나간 개나리하숙옥의 갈보들은 팔각정이며, 동물원 입구를 굶주린 늑대처럼 어슬렁거리며, 하룻밤 삶을 도와줄 구세주를 홀려내려고 눈짓, 몸짓하며 바쁘게 서성거리고 있을 것이다. 그래도 한더위에 밤낚시질하기에는 공원이 좋았다. 봄가을에는 극장 앞에 쭈그려 앉아 있다가 촉촉한 영화에 뜸을 들여 데쳐놓은 푸성귀처럼 축 처져 나오는 남자들을 꼬나채기가 쉽지만, 한여름에는 극장도 텅텅 비기 때문에 낚아챌 남자들도 들지 않았다.

"그래, 몸은 으짜냐?"

마루 끝에 앉아 빽빽 담배 연기를 빨아대던 주인아줌마가 힐긋 순자를 보며 물었다.

"좀 난 것 같아요, 이모."

그녀들은 모두 주인아줌마를 이모라고 불렀다.

"엔만허면 너도 바람도 쏘일 겸 좀 나가 보재 그러냐. 사람이 기동을 해야재, 쬐간 아프다고 누워 있기만 하든 무장 몸만 까라지는 벱여!"

이모는 순자가 다른 아이들과 함께 밖에 손님을 낚으러 가지 않은 것을 못마땅해 하는 눈치였다.

"미안해요, 이모. 다리가 후들후들 떨려서⋯⋯."

"그렇게 많이 아프거들랑, 병원에 가보락해도 그러구마잉."

그녀는 신경질적으로 담배를 지직 비벼 끄며 말했다.

"몸살인걸요. 한 이틀 있으면 낫겠지요."

"머, 네가 손님 못 받고 죽치고 방지키고 있다고 해서 하는 말이 아니다 잉. 젊으디젊은 년이 벌써 서너 달째나 방장만 지고 누워 있응께 속이 답답해서 그란다! 순자 네나 되니께 안 쫓아내는 줄 알어. 누구인들 독방 차지허구 석 달씩이나 앓아누워 있는 것을 그냥 두어 두겠냐!"

"죄송해요, 이모."

순자는 고개를 푹 숙였다. 모기 한 마리가 앵앵거리며 날아들어 순자의 귓불 밑을 꼭 물었다. 바람 한 점 없는 여름밤이었다. 숨이 막힐 듯 답답했다. 갑자기 차남수 생각이 났다. 어젯밤에 만났는데도 불시에 그리운 생각이 답답한 가슴을 뚫고 용수철처럼 불컥 튕겨 오른 것이었다. 병이 들기 전에만 그를 만났더라도 한 맺힘 없이 죽을 수 있을 것이련만, 억울한 생각이 비 오듯 했다. 지난 이십오 년 동안 그녀의 삶은 길가에서 뭇 사람들의 발에 짓밟혀 온 질경이풀과도 같은 것이었다고 생각했다. 발길에 닳아 죽을 듯, 죽을 듯 하다가도 이듬해 봄에 다시 움이 터 오는, 정말 질경이처럼 모진 삶이었던 것이다. 이제 그 질경이의 뿌리가 썩어들어 다시는 새 움이 트지 못하게 될 것이라고 생각했다.

남자들의 비위를 맞추며 술 취해 히히덕거리면서, 군것질할 때나 느꼈던 소소한 기쁨에서 삶의 뜻을 찾았던 지난날들이 불 꺼진 텅 빈 방처럼 공허하기만 한 것이었다. 그 때문인지 순자는 밤이 두려웠다. 밤은 죽음처럼 무겁고 답답하게 그녀의 병든 온몸을 쩌 눌렀기 때문이었다. 남수가 찾아오는 밤을 제외하고 다른 날 밤은 그저 죽은 듯 하룻밤을 지새웠던 것이다.

순자는 기어서 방으로 들어가 누웠다. 갑자기 오한이 온몸을 갈퀴질 해왔다. 가슴이 답답해 숨을 쉬기조차 힘에 겨웠다. 그녀는 모기장문 쪽으로 돌아누워 새우처럼 발을 가슴팍으로 오그리고, 담요를 머리끝까지 뒤집어썼다. 오늘밤만이라도 남수가 옆에 있어 주었으면 싶었다.

밖에서 투덕투덕 발소리가 들리더니 옆방 문이 삐거덕 열렸다. 영숙이가 벌써 손님을 낚아온 모양이었다. 술 취한 남자의 목소리가 들리면서 때걱 전기 스위치를 돌리는 것 같았다. 이윽고 남자의 옷 벗는 소리와 함께, 쩍쩍 영숙의 풍선껌 씹는 소리가 순자의 골수에까지 찔러 왔다. 순자는 팔깍지를 해서 머리를 끌어안으며 두 무릎을 가슴에 닿게 힘껏 오그렸다. 머리끝까지 땀에 절은 담요를 뒤집어썼는데도 희끄무레한 불빛이 기어들어왔다. 순자는 눈을 꼭 감았다. 그녀는 온몸이 흙구덩이처럼 와르르 무너지는 듯한 아픔을 참았다. 옆방에 서는 남자의 숨소리가 헌털뱅이 버스 소리처럼 거칠게 들려왔다.

5

아침부터 날씨가 꾸물거렸다. 사흘 굶은 시어미 얼굴마냥, 하늘이 무겁게 내려앉아 후덥지근한 바람을 골목 가득히 불어 넣었다.

소나기라도 퍼부어 광주천의 구질구질한 여름의 찌꺼기들을 죄 휩쓸어 가버렸으면 싶었다. 비가 오지 않아 쫄딱 말라붙은 광주천은, 차남수의 마음처럼 어수선했다. 폐광처럼 공허하게 입을 벌린 하수구 입구엔 언제나 공장에서 흘러나온 폐수가 질척거렸다. 밍밍한 바람이 갈퀴질을 하듯 광주천을 훑어 내릴 때마다, 창자가 꾸물거리도록 역한 오물의 썩은 냄새가 코를 덮쳤다.

차남수는 광주천을 따라 쓰레기 수레를 끌고 무등산을 맞받이로 바라보며 올라갔다. 다른 날과는 달리 그의 발걸음이 그날따라 납덩이처럼 무거워 보였다.

차남수는 딸랑딸랑 딸딸이 종을 흔들며 개나리하숙옥 골목으로 접어들었다. 박정만의 집안에 아무런 변고도 없이 언제나처럼 태평하기만 하자, 걸레 씹은 마음이 된 그는 다른 날 같으면 신나게 개나리하숙옥으로 내달았으련만, 딸딸이 종을 팽개쳐버릴 것만 같은 휘주근한 폼으로 어기적거렸다.

차남수는 목을 길게 뽑아 빠끔히 열린 대문 사이로 개나리하숙옥 안을 기웃거렸다. 날씨 탓인지 하숙옥 안이 썰렁한 분위기였다. 다른 날 같으면 갈보들이 후두두 뛰어나오며, 순자 애인 왔다고 큰 소리로 재잘거릴 터 인데, 딸딸이 종소리를 듣고도 누구 하나 코끝도 내밀지 않았다. 아무래도 무슨 일이 생긴 것이 분명했다. 그렇지 않고서야, 하숙옥 안이 무겁게 가라앉은 하늘처럼 그렇게 음울하게 느껴질 수가 없는 것이다.

차남수는 성큼 안으로 들어서지 못하고 대문 밖에서 미미적거리고 있었다. 그는 마치 방울재의 횅한 대장간 앞을 지날 때의 쓰렁쓰렁한 마음 이었다. 그는 방울재에서 되도록이면 대장간 앞을 지나지 않았다. 꼭 그 앞을 지나야 할 일이 있으면, 애써 고개를 딴 데로 돌리고 걸음을 빨리 했다. 그때 그는 마치 상엿집 앞을 지날 때처럼 섬뜩한 마음마저 들었었다.

큼큼, 차남수는 헛기침을 하고 나서 눈여겨 하숙옥 안을 들여다보았다. 딸랑딸랑 딸딸이 종을 거칠게 흔들어댔다. 그녀들은 마루 끝에 힘없이 고개를 푹 꺾어 땅바닥만 내려다보고 있었다. 남수는 이상한 예감이 들어 딸딸이 종을 멈추고 대문 안으로 들어서서 순자의 방 쪽을 건너다보았다. 다른 날 같으면 순자가 모기장문을 활짝 열어놓고, 누에 같은 손을 팔락거리며 배시시 웃고 있을 터인데, 문이 닫혀 있었다.

남수는 마루 끝에, 가라앉은 하늘처럼 무거운 얼굴로 앉아 있는 갈보들과 순자의 방을 번갈아 보았다. 그는 쓰레기가 그득한 궤짝을 들어 내갈 생각도 않고, 딸딸이 종을 내린 채로 서 있었다.

"뒈질라면 밖에 나가서 뒈질 것이지, 못된 것이 내 신세 망치려고 방안에 처박혀 죽어!"

마루 끝에 앉은 포주 아줌마가 남수를 쏘아보며 내질렀다. 순간 남수는 찔끔했다.

"강물에라도 빠져 뒈질 것이지, 누구보고 송장을 치우라고 방안에서 뒈져!"

포주 아줌마는 이번에는 순자의 방에다 대고 버럭 고함을 질렀다. 남수는 갑자기 두 다리가 후들후들 떨려오는 것 같았다. 딸딸이 종이 꼭 한번 가볍게 짤랑 울렸다.

"죽다니요?"

남수는 떨리는 목소리로 마루 끝에 앉아 있는 갈보들을 번갈아 둘러보며 물었다.

"네 애인이 죽었어! 네 애인이니께, 네가 송장 치워!"

포주 아줌마는 댕댕하게 눈꼬리를 치켜들며, 남수에게 달려들 듯 내쏘

왔다.

"야? 순자가 죽었어라우?"

남수의 반문은 땅 속으로 잦아드는 것처럼 무거웠다. 그는 온몸이 물먹은 솜처럼 가라앉은 것이었다.

"그려, 네 애인이 돼졌응께, 네가 송장 치우란 말여!"

차남수는 그녀의 말을 믿지 않았다. 거짓말을 하고 있는 거라고 생각했다. 그제 밤에, 올 가을엔 내장사 단풍 구경을 가자고 그렇게 철석같이 약속을 했는데, 죽을 턱이 없는 것이었다.

"순자아! 나 왔어!"

차남수는 순자의 방 쪽에 대고 떨리는 목소리로 순자를 불렀다. 닫힌 모기장문 사이로 끈끈한 어둠과 죽음이 도사려 있는 것 같았다.

"네 쓰레기 수레로 네 애인 송장 실코 가!"

포주 아줌마가 발악을 하듯 남수를 향해 소리쳤다.

"순자아, 나 왔당께!"

차남수는 어기적어기적 순자의 방 앞으로 가까이 가서 물 머금은 목소리로 다시 한번 순자를 불러보았다. 방 안은 주검처럼 조용했다.

"문 열어보라니께, 네 애인 돼졌는가 안 돼졌는가, 문 열어봐."

걸레를 찢는 듯한 목소리에, 그는 무릎으로 기어 마루 위에 올라가 순자 방의 문고리를 잡았다. 그러나 그는 열지 못했다. 가슴이 뛰고 심장이 후끈거려 더 이상 개나리하숙옥에서 있을 수 없었다.

"아니, 저 바보가 제 애인 돼졌는가, 문을 열어보라니께 그러네! 문 열고 네 애인 송장 실코 가란 말이여!"

남수는 등덜미를 낚아챌 것만 같은 그녀의 갈고리 진 목소리를 뒤로하고 어정어정 개나리하숙옥을 나왔다. 그는 잠시 하숙옥 앞에 멀뚱히 서 있다가 수레를 끌었다. 버찌나무 언덕을 오르면서, 그는 문득 쓰레기 수레 안에 순자의 시체가 들어 있는 듯한 착각을 일으켰다. 그젯밤 순자가, 자기 죽으면 쓰레기 수레에 실어다가 꽁꽁 묻어 달라는 말이 귓속 가득히 웽웽거렸다.

십오야 밝은 다알
구름 속에 노올고
이십 안짝 크은애기
내 품 안에서 노온다아

차남수는 진도아리랑을 흥얼거리며 버찌나무 언덕을 넘었다. 갑자기 쓰레기 수레가 무거워진 듯싶었다. 그는 쓰레기 수레 안에 순자의 시체가 들어 있다고 생각하면서, 상엿소리 대신 그가 기쁠 때나 슬플 때나 버릇처럼 흥얼거리던, 그가 알고 있는 유일한 노래인 진도아리랑을 부르며 언덕을 넘어가고 있는 것이었다. 그는, 이십 안짝 크은애기 내 품 안에 논다는 대목만을 몇 번이고 되풀이하면서 벽돌공장 하치장으로 가고 있었다. 빨리 가서 지붕이 닿게 쌓아 올린 하치장의 쓰레기 더미를 허물어뜨려야겠다고 서둘렀다. 쓰레기 더미를 허물어, 답답한 순자의 가슴을 활짝 열어주어야겠다고 생각한 것이었다.

쓰레기 하치장에는 청소회사에서 김 감독이 나와 있었다. '새마을 운동'이 노란 색깔로 수놓아진 모자를 눌러 쓰고, 턱끝을 벽돌공장 굴뚝 위를 향해 잔뜩 치켜 올려 거드름을 빼고 서 있는 김 감독은, 흥얼거리며 들어서고 있는 차남수를 불렀다.

"차남수, 이리 와!"

그러나 차남수에게는 아무 소리도 들리지 않았다. 넋이 빠진 사람처럼 진도아리랑만 홍얼거렸다.

"차남수, 이리 오라니까!"

김 감독이 두 번째 그를 부르자, 강필만이가 우르르 뛰어와 잡아끌었다. 차남수는 병든 수탉처럼 죽지를 내리고 어슬렁어슬렁 강필만이 이끄는 대로 따랐다.

"차남수, 어제 아침에 구역을 바꿨다며?"

차남수는 눈으로 주위를 더듬거려 강필만을 바라본 채, 바보처럼 고개만 끄덕거렸다.

"담배를 사 주지 않으면 쓰레기를 가져가지 않겠다고 땡깡을 놨다며?"

"야?"

"변명은 필요 없어. 너도 나도 내 집 앞 쓸기로, 요원의 불길처럼 타오르고 있는 도시 새마을 운동에 적극 참여하고 있는 이 차제에, 아직도 그 썩어빠진 근성을 버리지 못했다니, 새마을 운동을 모독하는 처사야. 바로 그것이 부정부패란 말엿!"

나이 많은 김 감독은 언젠가 전체 청소부들을 시청 광장에 모여 놓고 연설 가락을 뽑던 불도저 시장을 흉내 내는 것이었다.

"차남수 씨는 내일부터 나오지 말어. 부정부패는 밑뿌리부터 과감하게 도려내야 해!"

김 감독은 차남수가 무슨 말을 할 여유도 주지 않고 휭하니 공터를 가로질러 가버렸다. 멀뚱해진 차남수는 입을 헤벌린 채, 뒷짐을 지고 걸어

나가는 김 감독의 뒷모습만 바라보고 있었다. 한동안 숙덕거리던 청소부들도 하나둘 하치장에서 나갔다. 강필만이 혼자 남아 걱정스러운 얼굴로 차남수를 위로해주었으나, 차남수의 귀에는 아무런 말도 들리지 않았다. 그저 어서 빨리 저 쓰레기 더미를 허물어뜨려서 순자의 답답한 숨길을 툭 트여주고 싶은 생각뿐인 것이었다. 그 길만이 순자를 위해 마지막 그가 할 수 있는 일이라고 생각했다.

차남수는 하치장 공터가 텅 비기를 기다렸다. 걱정스러운 듯 남수를 위로해주던 강필만 이마저 쓰레기 수레를 끌고 하치장에서 나가버리자, 그는 지붕을 덮어 버릴 만큼 쌓아 올린 쓰레기 더미 위로 올라갔다.

그리고는 쾨쾨한 냄새가 진동하는 쓰레기들을 손으로 까뭉겠다. 그는 마치 대장간에서 시뻘겋게 달은 시우쇠를 망치질하듯, 숨을 헐근 거렸다. 그런 그의 귀에는,

"꿍꽈닥 꿍, 꿍꽈닥 꿍."

망치질 소리만이 가득했다.

『창작과비평』, 1975.봄

무서운 거지

그가 나를 정면으로 쏘아볼 때마다 나의 온몸은 숭숭 구멍이 뚫리는 것 같다. 바람구멍처럼 구멍이 뚫리면서, 콸콸콸 피가 솟는 듯하다. 그의 눈은 폐광 입구의 커다란 어둠처럼 무섭다. 그 무서운 눈은 언제나 나의 음험한 욕망이 구렁이처럼 똬리 져 도사린 마음 구석구석을 쿡쿡 쑤시는 것 같다. 그가 그 무서운 눈으로 나를 꿰뚫어 볼 때, 온몸의 피는 물구나무서서 거꾸로 쏟아지고, 두 다리는 후들후들 떨리기 마련이다. 친구들과 어울려 킬킬킬 웃으며 재미있게 떠들어대며 걷다가도 그와 딱 마주치면 나의 호흡은 순간에 정지되는 것이다. 공포에 사로잡힌 나의 육신은 폐광처럼 커다랗게 입을 벌린 그의 눈 안으로 무수히 들락거린다.

그는 나의 모든 비밀을 샅샅이 알고 있는 것 같다. 그러기에, 그와 마주칠 때면 그는 언제나 날카로운 시선을 땡땡하게 당겨 발끝에서부터 머리끝까지 죽 훑어보는데도, 나는 감히 그를 올려다보지 못하고 흠칫흠칫 피한다. 어쩌다가 용기를 내어 그를 바라볼 때면 힐끗 곁눈으로 훔쳐보는 것이 고작이다.

나는 거리를 거닐 때면 어디선가 그를 만나게 될까 두려워한다.

내가 그렇게나 무서워하고 있는 그는 언제나 곧 허물어질 것 같은 걸음걸이로 초라하게 어슬렁거리며 혼자 걸었다. 구두를 신기는 했는데, 먼지를 털어

낸 지가 오래되어 흙이 덕지덕지 달라붙어 있었고, 무지러진 구두 끝은 못이 빠지고 실밥이 터져 엄지발가락이 개 혓바닥처럼 삐주룩이 나와 있었다.

꾀죄죄하고 훌렁한 검정 작업복에 상반신을 젖버듬히 뒤로 젖히고, 고개를 좌우로 돌려가며 주위를 두리번거리고 걷는 그의 행색은 정말이지 초라했다. 얼굴은 백지장처럼 하얗게 바래 있었다. 그 하얀 얼굴 때문에 눈이 한결 더 어둡고 깊어 보이는 것인지도 모른다.

폐광 입구처럼 깊고 어두운 그 눈으로 이 세상의 온갖 밝은 것들을 다 빨아 마셔버리기라도 하려는 듯, 두리번거리며 걷다가도, 나와 딱 마주치면, 그는 여러 갈래의 시선들을 한 묶음으로 집중시켜 나의 전체를 휘감아버리는 것이다.

그의 시선이 내 몸에 와 닿을 때면, 심장과 뇌리에서는 찌찌찌 하고 마치 곤충의 울음과도 같은 이상한 소리가 나는 것 같다. 그리고 그 이상한 소리와 함께 고질병인 경련성 일레우스 병의 고통이 부쩍 더해지는 것이다. 그 고통이 나를 덮치는 순간, 영원히 나의 생명의 문이 닫히는 것 같은 공포에 사로잡히고 만다.

그날 사자 울음소리를 더 자세하게 들으려고 동물원으로 가다가 또 그 사내를 만났다. 나는 2, 3년 전부터, 장의 내용물이 제대로 통과하지 못한 상태에서 오는, 경련성 일레우스 병이라는 고질병으로 고통을 겪어오고 있었는데, 그게 어찌 된 병인지 사자 울음소리를 가까이서 듣고 있으면 아랫배에서 꾸륵 꾸르륵 소리가 나며 아픔이 가라앉는 것이었다. 그 때문에 나는 자주 시간을 내어 동물원을 오르내린다. 사무실 안에서는 사자 울음소리가 잘 들리지 않았기 때문에, 일을 끝내는 대로 급한 볼일이라도 있는 것처럼 허위허위 숨을 몰아쉬며 작은 사직공원으로 올라간다. 아무래도 내 병은 내가 생각해도 이상한 것이었다.

그런데 더욱 이상한 것은, 그 사내는 내가 사자 울음소리를 듣고 싶어할 때마다 내 앞에 나타났다가, 사자 울음이 들려왔을 때는, 그 경련성 일레우스 병의 고통처럼 사라져버리는 것이었다.

그러고 보면 그가 시내를 배회하는 코스는 일정하게 정해진 것 같기도 했다. 그의 코스는 나의 출근길인, 양림동 높은 교회에서 광주천변을 경유, 생선 시장 골목을 꿰고 회사까지 와 회사에서 갈보들이 우글거리는 뱀장어 골목을 지나 동물원으로 올라가는 길로 정해져 있는 듯싶었다. 이 두 코스에서 자주 그를 만났다. 그를 피하기 위해서는 택시를 타거나 다른 길로 돌아갈 수도 있지만 쥐꼬리만 한 수입에 날마다 택시를 탈 수도 없는 노릇이고, 또 다른 길로 돌아가자면 사직공원의 동산을 커다랗게 원을 그리며 우회해야 했다.

사자 울음소리가 쩌렁쩌렁 도시를 흔들어댔다. 동물원 우리 속의 사자 울음은 마치 사람이 우는 소리처럼 들릴 때도 있었다. 그러나 사람들은, 언제나 철책에 갇혀 어헝 어헝 울어대는 사자 울음소리를 들으면서도, 단 한 번도 사자의 존재에 대해서 깊이 생각하지 않는 듯 했다. 우리 속의 사자를 철 늦은 모기만큼도 무서워하지 않았다. 그래서 그 울음은 더욱 슬프게 들렸으며, 우리 속에서 울어대는 사자의 존재를 인식하고 있는 사람들의 귀에는 사자의 울음소리가 꺼이꺼이, 사람 우는 소리로 들리기도 했던 것이다.

내가 처음 그를 만난 것은 지난 초가을, 살랑살랑 바람이 뼛속까지 간질이는 9월이었다. 막 출근을 하던 아침이었다. 오른발을 마루 끝에 걸치고 구두 끈을 매려는데 딩동댕 부자가 울렸다. 나는 상쾌한 아침의 기분 좋은 목소리로, 네에 하고 길게 목청을 뽑아 대답하고서, 누구인지 모르는 초인종을 누른 사람을 기다리게 해놓고, 서둘러 구두끈을 잡아당겼다. 마당을 가볍게 툭툭 차고 수탉처럼 고개를 뽑아 어깨를 흔들며 넥타이를 조르고 나서 대문을 땄다. 대문을 따고 밖으로 나오다가, 예의 그 사내와 딱 마주쳤다.

"아침부터 웬 거지야."

나는 이렇게 쏘아붙이려다 말고 그를 힐끔 쳐다보았는데, 나를 한꺼번에 말아 삼킬 것만 같은 그 무서운 시선에 그만 내 쪽에서 먼저 시울을 내리고 말았다.

나는 아침부터 웬 거지야, 하는 대신에 안에다 큰 소리로 애, 누구 왔다. 빨리 나와 봐라 하고는 흠칠흠칠 가재처럼 옆으로 걸으며 골목을 휘저어 나갔다. 이층집 붉은 벽돌 모퉁이를 획 돌아서려다 말고, 힐끗 뒤를 돌아다보았을 때 그는 계속 그 무서운 시선을 내게 쏘아대고 있는 것이 아닌가. 그 때문에 내 쪽에서 먼저 당황해서 후다닥 시선을 거두어 버렸었다. 그때부터 그의 시선이 닿을 때마다, 나는 오랫동안 내용물을 배출해 내지 못해 불룩해진 배에 구멍이 숭숭 뚫리고, 그 구멍들 사이로 그의 무서운 눈길이 살아서 바람처럼 쌩쌩 대며 들락거리는 것만 같았다.

이층집 붉은 벽돌담을 끼고 돌아 회똘회똘한 몇 굽이의 긴 골목을 빠져나와, 버찌나무들이 터널처럼 그늘을 늘어뜨려, 살랑살랑한 초가을의 바람을 부채질하는 작은 동산에서 교회가 있는 언덕에 올라가기까지 그의 눈길은 뱀처럼 살아서 내 몸속에서 꿈틀거리는 것 같았다.

어찌 보면 그 행색이 거렁뱅이 같기도 한데, 제법 윤기가 번드르르한 구두며(그때까지만 해도 그의 구두 끝은 못이 빠지지도 실밥이 터지지도 않았었다) 창백하긴 해도 깨끗하고 윤곽이 뚜렷한 얼굴, 푸석푸석하게 느껴지긴 했지만 적당히 정돈된 머리, 훌렁한 것 같았지만 깔깔한 풀기가 있어 보이는 작업복이며, 구걸하러 다니는 사람 같지는 않아 보였다.

나는 신문사에 도착할 때까지 무거운 공포에 짓눌려 몇 번이고 뒤를 돌아다보며 걸었다.

자리에 앉기가 바쁘게 수화기를 들었다. 신호가 한참 울린 뒤에야 감칠맛이 좋은 끈적끈적한 아내의 목소리가 흘러나왔다.

"나야, 나."

그제서야 남편 출근 뒤에 느긋해진 아내의 목소리는 스프링처럼 다급하게 불컥 뛰어오르며 웬일이냐고 거듭 물었다.

"집에 별일 없지? 누구 찾아온 사람도 없고?"

"네? 네, 아까 그 거지 외엔 아무도…….."

"분명히 거지야?"

아내의 끼득끼득 웃는 소리가 세련되게 울려왔다. 아내는 웃고 나서, 무슨 뚱딴지같은 소리냐는 것이었다.

"십 원짜리 동전 한 닢 주었더니 허리를 굽신거리던데요?"

나는 신경질적으로 탕 소리가 나게 수화기를 놓고 담배를 꺼내 물고 자근자근 이빨로 필터를 씹으며 이리저리 굴렸다. 아내에게 무색을 당한 기분이었다. 그렇지 않아도 나는 걸핏하면 아내한테서 겁쟁이라는 놀림을 받아왔던 터에, 엉뚱한 걸 가지고 전화질을 했으니……. 아내가 내게 겁쟁이라고 놀려댈 때는 내 온몸의 개털까지도 빳빳하게 서서 땀구멍들이 벌름거리는 것이었다. 그때마다 숨을 곳을 찾았다. 따르릉 전화벨만 울려도 섬뜩섬뜩 놀라는 나를 보고 아내는 언제나, 신문기자가 왜 그따위냐는 얼굴로 킬킬킬 웃곤 했다.

그날 하루, 내 스케줄은 휴지처럼 구겨져 버렸었다. H기업의 탈세 사건, F상사의 부도 사건에 단 한 줄의 기사도 쓰지 못했다. 내 생애에서 가장 위축된 하루였다. 겁에 질린 얼굴로 멀뚱히 앉아 있는 머릿속에, 마른 번갯불처럼 찌르륵거리며, 그의 날카로운 시선이 수없이 흘러 지나갔다. 출근길에 문밖에서 나를 쏘아보던 그는 어쩌면 변장한 거지일지도 모른다는 생각이 들었다. 그렇지 않고서야, 그의 눈이 그렇게 떳떳하고 날카롭게 번뜩일 수가 없지 않겠느냐 싶었다.

심장이 꽁꽁 얼어붙어 옴짝달싹하지도 못하고 의자에 엉덩일 포개 앉은 나는, 책상 위의 전화기가 따르릉 울릴 때마다 깜짝깜짝 놀라곤 했다. 한참 후에야 수화기를 들고 모깃소리만큼 입을 벌리자,

"야 인마, 너 오늘 왜 그렇게 숨 쉬는 송장처럼 맥이 빠졌어!"
하는 친구 녀석의 핀잔이 귀를 때렸다.

정말, 거지 같은 그 사내는 작은 공간 속에 나를 꽁꽁 옭아매 놓은 듯 싶었다. 날이 갈수록 나는 그가 더 무서워졌다. 밤늦게 소주 몇 잔 크으하게 잦히고 긴 골목을 휘어 들어올 때마다, 골목 어둠 속에 그가 웅크리고 앉아 나를 쏘아보는 것만 같아, 소름이 온몸을 갈퀴질 했다. 사자 울음소리는 더욱 슬프게 들려왔다. 도시가 깊이 잠든 새벽에, 사자는 바람과 공포에 떠는 영혼을 흔들어 깨웠다.

사자 울음소리에 새벽잠이 깬 나는 송곳 하나 박을 틈도 없이 짙은 어둠이 꽉 들어찬 방안의 여기저기를 쿡쿡 쑤셔 보며, 왜 내가 그를 그렇게 무서워하며 살아가는 것일까 하고 생각해 보았다.

경련성 일레우스 병은 파상적인 복통을 일으켰다. 갑자기 배가 쥐어짜는 듯 틀어 오르다가도, 사이렌이 울리는 것처럼 애앵 하고 오랫동안 살살 아프기도 하고, 어떤 때는 창자가 꾸륵 꾸르륵 소리를 내며 씻은 듯이

고통이 가라앉기도 했다. 구역질이 나기도 했다. 구역질이 날 때마다 억지로 목구멍 안으로 끄윽 끄윽 힘을 밀어 넣어 트림하려고 했다. 어쩌다가 입으로 가스가 복받쳐 올라올 때는 토분증으로 똥냄새가 확확 풍겨 나왔다. 언제나 배가 더부룩하게 불러 있어 행동하기에 거북스러웠고, 무엇을 깊이 생각하기도 귀찮아졌다. 음식은 하루 세 끼 꼬박꼬박 들어가는데도 창자의 내용물을 배설하지 못해 늘 배가 불러 있었다.

방귀라도 나왔으면 좀 살 것 같은데 방귀도 똥도 나오지 않았다.

의사는 수술을 해야 한다고 했다. 그러나 수술을 하기란 죽기보다 싫었다. 치료는 그저 잠을 잘 때, 복부를 따뜻하게 해주는 것뿐이었다. 장내에 발생한 독소가 장에 흡수되고 자꾸 토하기 때문에 목이 후끈후끈 탔다. 몸에 수분이 줄어드는 때문인 것이다. 나는 한꺼번에 냉수를 두어 사발씩이나 벌컥벌컥 들이켠다. 그렇지 않아도 뱃속이 더부룩해 있는데, 냉수까지 들이켜고 나면, 온통 배가 고무풍선처럼 뺑뺑해져 피로가 엄습해왔다.

뺑뺑하게 냉수를 들이켜, 배가 거북스러워지거나 파상적인 복통이 엄습해올 때마다, 나는 사무실에서 뛰쳐나와 동물원으로 가곤 한다. 그때마다 그 사내를 만났고, 그의 날카로운 시선이 내 몸을 찔러 올 때면, 뺑뺑해진 배가 고무풍선처럼 뺑 터져버릴 것만 같았다.

나는 숨을 곳을 찾아 둘레둘레 주위를 살핀다. 바쁘게 어디를 가다가도 그가 내 뒤를 바짝 붙어 따라오고 있는 것 같은 생각에 발걸음이 굳어져버리곤 한다. 그의 눈은 오직 나의 약점만을 찾아내기 위해 번뜩이는 것 같았다. 나는 눈이 폐광의 입구처럼 퀭한 그 사내를 만난 뒤로 한 줄의 기사도 쓰지 못했다.

그런데도 때때로 술을 마실 기회가 있으면, 진창 취해서, 재미있게 놀왔다. 그런 나를, 기생처럼 잘 논다고들 했다. 나는 두 손으로 빵빵한 배를 슬슬 문지르며 노래도 썩 잘 불렀다. 또 술좌석의 사람들이 뱃가죽을 틀어잡고 낄낄대도록 신나게 웃겨주기도 했다.

내가 하는 소리는 끽해야 음담패설이 아니면, 요즘 어린애들로부터 어른들에게까지 한창 유행하고 있는 시시껍적한 이야기들이었다. 가령 세계에서 가장 갈비씨는 빗사이로막가, 소련에서 돈을 제일 많이 번 연탄장수는 시커머스키, 돈을 잘 쓰는 사람은 중국의 왕창써, 이 세계보다 더 큰 것은 이네개, 들어갈 땐 빳빳하고 나올 땐 쭈글쭈글한 것은 껌 따위의 이야기였다.

나는 다른 말은 못 하면서 이런 알맹이도 없는 즉흥적인 센스를 동원하는 시시껍적한 이야기는 아주 잘한다. 이런 이야기들은 모두 초등학교 3학년짜리 아들놈에게서 배운 것이었다. 아들놈은 내가 그런 이야기를 좋아하는 것을 알고는 날마다 한 가지씩 새로운 이야기를 배워와서 일과처럼 들려주곤 했다.

나는 최근 동물원에 올라가는 횟수가 늘었다. 동물원에 올라가면서도 그 사내를 만나면 어쩌나 하고 걱정을 했다. 그러나 사자 울음소리만 들으면, 갑자기 아랫배가 빨래를 쥐어짜듯 틀어 오르다가도 스르르 가라앉았기 때문에 공원엘 자주 오르내리는 거였다.

늦가을 한나절의 동물원으로 가는 구 시청 돌담길은 언제나 고즈넉하게 비어 있었다. 살랑살랑한 햇살들만이 가득 괸 큰길에서 바람은 움직이지 않았다. 나는 갈보들이 떼 지어 사는 뱀장어 골목으로 접어들면서부터 음탕한 시선으로(그러나 약간은 풀이 죽어) 우뭇가사리처럼 흐믈흐믈하게 느껴지는 갈보들의 가랑이 속을 쿡쿡 더듬어보며 걷는다.

아, 나는 그때 거기서도 그 사내를 만나고야 말았다. 그의 눈은 음산한 겨울 날씨처럼 서서히 찬 기운이 깔려 있는 듯싶었다.

아빠를 찾으러 대폿집에 갈거나, 엄마를 찾으러 미장원에 갈까,

언니를 찾으러 다방으로 갈거나, 동생을 찾으러 만홧가게 갈까

골목 어귀에서 개구쟁이들의 신나는 합창을 들으며 얼핏 은하이발관 쪽을 보았더니, 거기 그 사내가 앉아 있었다. 사내는 은하이발관 삼층 건물의 층계 입구에 앉아서 나를 쏘아보았다. 그 깊고 시커먼 눈이 나를 통째로 빨아들이고 있었다. 순간 나의 온몸은 확 불이 댕겼고, 경련성 일레우스 병의 파상적인 고통이 꿈틀거리기 시작했다.

은하이발관 앞을 지나, 용기를 내어 돌아다보았더니 어느 사이에 그가 나를 뒤 따라오고 있었다. 다시 한번 아랫배에 고통이 스쳐 갔다. 그의 행색이 전보다 초라해진 것 같았다. 아직은 그렇게 추운 날씨도 아닌데 칙칙한 검은 오버를 입고 있었다. 얼굴은 전보다 더 창백해진 것 같았으며 구두 발부리는 여전히 엄지발가락이 삐져나와 있었다. 살아 있는 것은 오직 갱처럼 어둡고 퀭한 눈뿐이었다.

나는 세 번째로 뒤를 돌아다보았다. 그가 계속 따라서 오고 있었다. 순간 막다른 골목에서 쫓김을 당하고 있는 것 같은 불안에 떨었다. 굴참나무들이 듬성듬성 서 있는 동물원 입구에 이르러, 네 번째로 힐끗 뒤를 돌아보니 그 사내의 모습은 보이지 않았다. 그럼에도 그의 날카롭고 음험한 시선은 아직도 내 심장 속에서 쉴 새 없이 팔락거리고 있었다.

나는 동물원 사자 우리 앞 반들반들한 돌의자에 앉아 있곤 했다. 언젠가, ××법 위반으로 감옥살이를 하고 나온 후배와 함께 이곳에 앉아 있

을 때, 그가 한 말이 생각났다.

"저 사자 말입니다. 배가 고파서 우는 게 아닙니다. 저놈들은 죽을 때 근처의 가장 높은 산에 올라가서 죽는다는데, 아마 저 사자는 죽을 때가 가까왔는데도 올라갈 산정이 없어서 슬피 울 겝니다요."

그때 그 후배는 내게 그렇게 말하며 바람에 닥다그르르 소리를 내며 흔들리고 있는 벚나무 잎들 사이로 무등산을 올려다보았었다. 그는 무등산을 올려다보며,

"저 사자, 시민들을 해칠 생각은 전혀 없는 것입니다. 다만 무등산 산정에 올라가서 죽고 싶을 뿐이죠. 그런데도 사람들은 사자의 울음소리만 듣고 저 철책 문을 열어주면 뛰쳐나가 사람들을 잡아먹어 버릴 것으로 생각하거든요?"

그때 나는 지병인 경련성 일레우스 병의 고통으로 아무런 대꾸도 해주지 못했다. 그러자 그는 갑자기 외로운 얼굴로 잿빛 구름에 둘러싸인 무등산만을 올려다보고 있었다. 그런 그의 얼굴에 우울한 그림자가 흘렀다.

무등산 꼭대기에 세 차례나 눈이 쌓였다. 서석대 위가 희끗희끗해지면서 쌀쌀한 바람이 시내로 밀려 내려왔다. 무등산에 세 번 눈이 오면 시내에도 첫눈이 오기 마련이다. 날씨가 갑자기 추워졌다. 세찬 북서풍이 후루루 예배당의 오동나무 가지들을 때렸다. 그때마다 오동나무 가지들은 가야금 산조 가락 같은 가냘픈 소리를 냈다. 날씨가 추워지면서 동물원의 사자는 더 슬피 울어댔다.

눈이 내렸다. 첫눈인데도 펑펑 내렸다. 첫눈과 함께 고질병인 경련성 일레우스 병의 증세가 악화되었다. 토분증은 더욱 심해져 입만 열어도 우르륵, 하고 장을 통과하지 못한 내용물이 쏟아져 나올 것만 같았다. 입에

서는 언제나 구린내가 가득했다. 그 구린내 때문에 동료들이 슬슬 나를 피하는 눈치였다. 시원하게 똥이라도 바글바글 쏟아버리면 좀 살 것 같았다. 모두들 나를 피했기 때문에 언제나 나는 혼자여서 외로웠다.

눈을 맞으며 출근을 했다. 공원 앞 은하이발관 앞에 사람들이 웅성거렸다. 사람이 죽어 있다고 했다. 얼어 죽었다는 것이다. 나는 그냥 지나쳐버리려다가 웅성거리는 사람들을 헤치고 동사자를 들여다보았다. 아, 그런데 무겁고 칙칙한 검은 오버를 머리 위까지 뒤집어쓴 채, 새우처럼 두 다리를 오그리고 옆으로 누워 죽어 있는 동사자는 바로 그 사내가 아닌가. 그 큰 어둠의 구멍은 무겁게 닫혀 있었다. 헤벌레 입을 벌린 구두 끝으로 푸르딩딩한 발가락이 빼주룩이 나와 있었다.

"그지가 죽었구만! 그지들도 한철이지. 이 겨울만 넘기면 한 일 년 더 살 텐데."

웅성거리는 사람 중에서 누구인가 말했다.

나는 오랫동안 깊고 큰 어둠의 문이 닫힌 시체 앞에 서 있었다.

그는 정말 거지였구나, 하는 생각과 함께 움직임이 없는 그의 시체 앞에서, 부끄러움과 허탈함이 범벅되어 온몸에 힘이 쫙 빠지는 듯했다.

그는 진짜 거지였구나, 나는 혼잣말로 중얼거리면서 좀처럼 시체 앞을 떠나지 못했다. 으흐흐흐흐, 사자 울음소리가 더욱 슬프게 들려왔다.

그때 갑자기 나는 그 시체 옆에서 와르륵, 창자 속의 내용물을 한꺼번에 토해내고 말았다. 나는 창피함 때문에 그 자리를 벗어나 입안 가득히 구린내를 피우며 뛰는데, 갑자기 대변이 마려웠다.

『소설문예』, 1975.12

여름 공원

광주공원 전속 사진사 나팔수는 오른쪽 무릎을 턱 꺾어내려 땅을 짚고 카메라 앵글을 맞췄다. 네댓 발짝 앞 아름드리 팽나무 그늘 아래에 하릴없이 날마다 소일삼아 나온 노인들이 빙 둘러앉아 있고, 아까부터 뒷짐을 쥔 손으로 지팡이를 짚고 젖버듬히 상반신을 젖힌 채 입심 좋게 열변을 토하는 텁석부리 영감의 푸석푸석한 옆얼굴이 앵글 속에 확대되어 박히자 그는 찰칵 셔터를 눌렀다.

노인들 틈새에 끼여 히히덕거리며 아양을 떠는 순자의 얼굴도 찍었다. 그녀는 여느 때와 같이 발그레하게 홍조를 띤 얼굴에, 페인트로 뒤발질하듯 짙은 화장을 하고, 노인들의 옆구리를 쿡쿡 쥐어박으며 깔깔 웃고 있었다. 나팔수는 그런 순자의 모습을 볼 때마다 온몸의 뼈마디가 저릿저릿하면서 갓난아이를 강가에 혼자 보낸 것처럼 마음이 조마조마했다.

나팔수는 계속해서 팽나무 주변을 부산히 왔다 갔다 하면서, 텁석부리 영감의 열변에 박장대소하는 노인네들과, 고무신짝을 깔고 맨땅에 펑퍼짐하게 앉아서 헤벌어지게 입을 벌리고 있는 주독이 올라 온통 얼굴이 까무잡잡한 늙은이의 모습을, 마치 사진작가가 세련된 폼으로 스케치를 하듯 찰칵찰칵 거푸 사진을 찍었다. 순간 나팔수의 표정은 이를 데 없이 진지해 보였다.

"그래, 늙은 말이 콩 마다헐까 봐서? 이 사람들아, 늦바람이 곱새를 벗긴다고 허잖나. 그러기에 노인을 조용히 죽이려거든 젊은 여자를 얻어주래잖어? 아무리 늙어도 짚 한 뭇 들 힘만 있으면 여자를 다룰 수 있는 법여. 그저 마음만 늙지 않음 을매든지 오랏샤라니께. 여자는 얼굴로 늙지만 남자는 마음으로 늙는다고 허드끼, 환갑진갑 다 지나도 마음이 젊어야 계집질헐 수 있다 이그여."

텁석부리 영감은 또 쪼그리고 앉아 있는 순자 앞에서 유문동 다리께에 있다는, 노인들만 상대로 한다는 열예닐곱 살짜리의 앳된 가시나들 집에 갔다 온 이야기를 푸실하게 늘어놓고 있는 것이다.

남자 노인들은 이렇게 공원 시립국악원 앞 팽나무 그늘 아래에 모이기만 하면 서로 스스러워하지도 않고, 살아온 경험담들을 입심 좋게 털어놓는 것이었으며, 지금의 처지가 가난하건 부유하건 가리지 않고, 화려한 경력의 소유자로서, 파란만장의 삶을 살아온 사람들일수록 인기가 좋았다. 특히 그중에서도 젊었을 적에 여자들을 호렸던 이야기나 부자들을 골탕 먹였던 일, 늘그막에 늦바람 피운 이야기들을 들을 땐 더위도 잊은 채 박장대소하며 좋아들 했다.

"고기도 묵어본 사람이 잘 묵드끼, 여자도 다룰 줄 아는 사람이래야 잘 호려내는겨."

나팔수는 텁석부리 영감의 말에 피식 웃으며 시민회관 신축공사장 쪽을 내려다보았다. 어린이놀이터였던 그 공터는 볼품 사납게 마구 파헤쳐져 있었으며 한가운데엔 불도저가 한바탕 전쟁을 치른 폐허에 처박힌 장갑차처럼 엎드려 있었다. 공사장의 불도저는 더위 때문인지 요 며칠 동안 움직이지 않았다. 나팔수는 요즘 불도저가 조용히 엎드려 있자 기분이 좋았다. 그놈의 불도저가 윙윙거리기만 하면 그는 온몸의 뼈마디가 한꺼번에 뒤틀리는 것 같으면서 잠잠한 치통이 도지곤 하는 것이었다.

공사장 둔덕 위에는 연대는 알 수 없으나 정교하고 아담한 삼층 석탑이 담뿍 햇살을 받고 있었다.

나팔수는 불도저가 윙윙거리며 둔덕을 깎아내릴 때마다 석탑이 넘어질까 걱정이 되어 하루도 맘을 놓지 못했다. 만일 불도저가 석탑을 넘어뜨리기라도 하는 날에는 사진을 찍어 신문사에라도 보내 꼭 보도하고야 말 작정이었다. 그건 특종감이 분명했다.

나팔수는 몇 번인가 공사장 감독에게 석탑이 위험하니 다른 곳으로 안전하게 옮긴 다음에 둔덕을 깎아내리라고 당부 겸 충고를 했으나, 도끼날같이 턱끝이 날카운 그 감독은 나팔수의 말에 연신 콧방귀만 뀌었다.

시청에 전화도 했지만, 누구 하나 보잘것없는 그 석탑에 관심을 두지 않았다.

살랑살랑 바람이 불었다. 그때마다 나무 그늘이 우쭐거리며 춤을 추었다.

나팔수는 잠시 후에, '우리를 위한 영의 탑'으로 올라가는 층계 쪽으로 갔다. '우리를 위한 영의 탑'으로 올라가는 돌층계는 벚나무며 굴참나무, 팽나무들이 양편에서 터널을 이루듯 너후러져 시원한 그늘을 가득히 늘어뜨렸다.

　　노세 노세 젊어서 노세,
　　늙고 병들면 못노나니

층계 그늘에 옹기종기 앉아 있는 여자 노인 중에서 엷은 보랏빛 목망사를 시원하게 차려입은 태깔이 고운 할머니가 단단한 목소리로 노래를 부르고, 덩달아 네댓 명이 옴죽옴죽 어깨춤을 추었다.

나팔수는 마치 산매 들린 사람처럼 계단으로 허위허위 올라가서, 춤추며 손뼉 치는 할머니들의 모습을 앵글에 담느라 이리 뛰고 저리 뛰고 했다.

남자 노인들은 입심 좋게 살아온 화려한 경력을 숨김없이 속속들이 까발리는 사람일수록 인기가 좋은 데 비해, 여자 노인들은 과거지사는 다 젖혀두고, 옷 잘 입고 가끔가다 엿가락 하나라도 사서 주위 사람들에게 나눠줘야만, 노래도 자꾸 시키고 손뼉도 많이 쳐주었다. 때로는 귀태 나는 잘 입은 할머니들의 아들들이나 며느리들이 자가용을 타고 와서, 빵이나 시원한 콜라병을 사서 골고루 안겨주곤 했기 때문에 누구나 다 잘사는 할머니를 가까이하려고 했으며, 그러기 위해서는 코를 풀 때 냉큼 손수건을 꺼내 주든가, 노래할 땐 덩달아 춤을 추어준다든가, 앙상한 손바닥이 훗훗해질 때까지 손뼉을 쳐준다든가 하여 환심을 사려고들 했다. 잘사는 집 할머니가 아니면, 퇴물 기생 뺨치게 제아무리 노래를 잘 부르고 덩실덩실 춤을 잘 춰도 거들떠보려고 하지 않았다.

나팔수의 카메라 앵글에, 얼굴이 가난에 찌들고 입성이 귀축축한 할머니의 외로운 모습이 들어온다. 그 할머니는 언제나 층계 꼭대기에 손수건을 깔고 혼자 앉아 있었다. 입성은 초라했지만, 얼굴 품위 하며 행동거지가 한때는 남부럽지 않게 살아본 듯싶게 느껴졌다. 그 할머니의 갸름한 얼굴엔 언제고 깊은 우수가 흐르고 있었다. 나팔수는 언젠가 그 할머니가 구성진 담바구타령을 부르는 것을 들었는데, 목소리가 그렇게 해맑게 고울 수가 없었다.

나팔수는 그 외로운 타령할머니의 얼굴에 흐르는 우수를 찍었다. 그는 만족한 얼굴로 씽씽 휘파람을 불어 대며 층계를 올라갔다. 후드득 한 무더기의 비둘기가 '우리를 위한 영의 탑' 위로 날았다. 탑 꼭대기에서 묶음으로 쏟아지는 햇살들이 비둘기의 날개에 부딪히자 눈이 부셔 고개를 떨구어버렸다. 그는 눈 부시는 탑 꼭대기를 쳐다볼 때마다 발부리에서 머리끝까지 찌르르하게 갈퀴질 하는 것 같은 이상한 힘에 고개를 숙이곤 했다.

"어이, 나 기자, 취재 다 했으면 빨랑 와서 비둘기나 지켜, 또 못된 할망구들이 꿔 먹으려고 치마 속에다 훔쳐 가면 어쩔라고 그래!"

탑 철책 쪽에서 지금 막 젊은 한 쌍의 기념촬영을 끝낸, 같은 공원 전담 사진사인 공달근이가 소리쳐 나팔수를 불렀다.

"나 기자, 벌써 취재 다 끝났어?"

탑 아래 서서 산책객들이 올라오기를 잔뜩 여수고 있던 동료들이 푸슬푸슬 웃으며 놀려댔다. 나팔수는 동료들이 그를 나 기자라고 불러주는 것을 은근히 뻐개고 있었다.

그는 한때 광주에서 발행되는 ××일보사의 사진부 기자였다. 고등학교를 졸업하자마자 가정형편 때문에 대학 진학을 포기하고 ××일보 사진기자가 된 것이었다. 4·19 때 그의 활약은 자타가 공인할 만큼 대단했었다. 그때는 그가 입사한 지 겨우 이 년째 되던 해였는데, 그는 데모를 벌이고 있는 그의 고등학교 동창생들과 함께 어울려, 경찰들이 학생들에게 총질하는 것 하며, 데모대가 파출소를 점령한 순간이며, 또 데모대가 소방서로 몰려가 데모 진압을 위해 물을 뿌리던 불자동차를 빼앗아서 경찰서로 몰려가는 장면들을 모조리 카메라에 담을 수 있었다.

종래에는 카메라를 들쳐 멘 채 데모대들의 앞장을 서서 목이 터지라고 구호를 외쳤으며, 호주머니를 털어 옥도정기를 사서 들고 다니며, 학생들에게 마구 던져주고 부상당한 학생들의 상처에 발라주기도 했다. 이때 그는 일부러 하얀 붕대에다 온통 시뻘건 옥도정기를 뒤발질하여 상처를 감았는데, 이는 그것을 본 학생들로 하여금 흥분하도록 부채질을 하기 위해서였다. 그때 그가 나타나기만 하면 군중들은 와아 함성을 지르고 박수를 쳐주었으며, 마음대로 사진을 찍을 수 있도록 길을 터 주기도 했다. 심지어 어떤 학교에서는 나팔수 기자가 나타나야만 데모를 하기도 했다.

그때 나팔수의 친구들 중에 여럿이 총에 맞아 부상을 당했으며, 고등학교 단짝이었던 친구는 끝내 죽고 말았다.

하나, 그가 사진기자로서 일약 유명하게 된 것은 민주당 정권 때였다. 당시 중앙지 특파원들은 나팔수로부터 광주의 생생한 사진을 입수했기 때문에, 그의 이름은 손꼽히는 일류지에 연일 큼직큼직하게 보도되었으며, ××일보 나팔수 기자 하면 광주에서는 거의 모르는 사람이 없다시피 할 정도가 되었다.

4·19 직후에 실시되었던 7·2 국회의원 선거 때였다. 그때까지만 해도 고무신표, 쌍가락지표, 피아노표, 올빼미표 등 갖가지 방법의 부정 투개표가 판을 치던 세상이었다.

나팔수는 모당에서 밤마다 여관에 유권자들을 모아놓고 돈을 뿌리며 공공연하게 매표를 하고 있다는 정보를 사전에 입수하여, 미리 그 여관방 다락 속에 숨어 있다가, 국회의원 입후보자가 직접 유권자들을 불러 매표 자금을 뿌리는 장면을 찍을 수가 있었다. 다음날, 나팔수가 속해 있는 ××일보는 말할 나위도 없으려니와, 서울의 각 신문마다 그 후보가 협수룩하게 생긴 유권자한테 돈뭉치를 덥석 집어주는 사진이 대문짝만하게 나왔으며, 사진 밑에는 모두 "××일보 나팔수 기자 찍음"이라고 붙어 있었다.

그 사진 한 장 때문에, 고작 지방 신문사의 올챙이 사진기자에 지나지 않았던 나팔수는 일약 영웅이 되다시피 했다. 어디를 가나, 나팔수 나팔수 하며 그의 기자적 용맹을 아낌없이 치하해 주었으며, 그 바람에 그는 수탉처럼 어깨를 흔들어 뻐개고 다녔다.

그런데 얼마 전, 그 신문사가 문을 닫았다. 나팔수는 하루아침에 실업자가 되었다. 그는 신문사가 문을 닫은 이유에 대해서는 잘 모르고 있다. 동료들에게 물어봐도 모른다고 했다.

깡똥하게 생긴 체구에 보기 좋고 콧수염을 기른 신문사 사장은 사원들과 헤어지는 자리에서, 조금만 참고 있으면 다시 신문사 문을 열겠다고 약속했다. 나팔수는 그 약속을 믿고 있다. 신문사가 문을 닫은 뒤, 언젠가 우연히 거리에서 사장을 만났을 때도, 약간 꾀죄죄해진 듯싶었으나 역시 패기 발랄한 몸짓으로,

"쫌만 더 참게. 곧 신문사 문을 열게 될 걸세."

하고 자신 있게 말하지 않았던가. 나팔수는 사장의 말대로 신문사가 다시 문을 열면 그 자신도 곧 신문기자가 되어 미친 듯 뛰어다니게 될 것으로 확신하고 있는 터였다.

그는 때때로 동료 사진사들에게,

"자네들은 내가 쓸데없는 사진들을 찍는다고 빈정대지만 말여, 신문사가 문을 열면 다 써먹을 거여. 나도 말여, 더 유능한 기자가 되기 위해서 이렇게 덤벙대는 거여."

하며 사뭇 흥분했다. 그 때문에 그는 사진사 동료들이 그를 나 기자라고 불러주는 걸 좋아했다. 그는 동료들이 그를 나 기자라고 불러줄 땐 헤벌쭉하게 웃으며, 가만히 가서는 밉지 않게 등을 툭 치곤 하는 것이었다.

나팔수는 멋지고 화려했던 지난 기자 시절을 떠올렸다. 그때 그는 이 세상의 모든 불의와 부정을 몽땅 카메라의 렌즈 안에 담겠다는, 의기와 보람과 긍지를 가지고 뛰었었다. 그리고 그에겐 아직 그때의 의기가 살아 있었다. 비록 공원 사진사지만 무서울 게 없었다. 반 기자는 된 듯싶었다.

"기자 아저씨, 마침 계시네."

웅숭깊은 데라고는 눈곱만큼도 없이 화딱 까진 순자였다. 조금 전까지만 해도 국악원 앞 팽나무 그늘 아래에서 남자 노인들 틈에 끼여 등을 토닥거리고 땀이 밴 끈적끈적한 손을 옷 속에 넣어 등을 긁어주며 갖은 아양을 떨어대던 그녀가 샐긋샐긋 웃으며 나팔수 옆으로 다가왔다. 아직 이마빼기에 피도 안 마른 열예닐곱의 새파란 나이에, 전문적으로 노인들이나 꾀는 순자를 만날 때마다 나팔수는 마음 고쳐먹고 새 출발을 하라고 귀에 혹이 생기도록 경을 읽다시피 했으나, 그때마다 순자는 핏, 마흔이 다 되도록 홀아비 신세 못 면하는 주제꼴에 무슨 남의 팔자 걱정이람, 하면서 되레 나팔수를 비웃곤 했었다. 이젠 그녀에 대해선 이골이 날 대로 난 나팔수인지라, 선도해볼 생각일랑 걷어치운 지가 오래되었다.

"나 증명사진 한 장 찍어줘용."

"증명사진? 주민등록 맹글라고?"

나팔수는 뜨악해서, '우리를 위한 영의 탑' 꼭대기만을 쳐다보며 물었다.

"원서를 낼래요."

"원서?"

"나, 요리학원에 다닐래요."

그제서야 나팔수는 고개를 돌려 순자를 마주 보았다. 순자는 어색하게 씩 웃는다.

"순자가 요리학원엘 다닌다? 해가 서쪽에서 뜨겠는걸!"

"아저씨 말대로 재생의 길을 걷고 싶어서요. 요리사 자격증만 있음 취직시켜 준댔어요."

"누가 그래?"

"나 아는 영감태기가요. 제 아들이 큰 식당을 헌대나봐요."

"그으래? 자격증 따긴 쉬운가 뭐!"

"요리학원 석 달만 댕기면 된대요!"

나팔수는 시선을 순자의 얼굴에 꽂은 채 서서히 일어섰다. 그동안 마음을 고쳐먹으라고 그렇게 입이 닳도록 말해도 콧방귀만 핑핑 뀌던 그녀가 어쩌다가 그런 생각을 했는지 신통하여 덥석 안아주고 싶기까지 했다. 3년 전, 담양에서 농사를 짓다가 가발공장에 취직하러 올라와, 결국은 노인들만 전문적으로 상대하는 아랫녘장수가 되었다는 것 뿐, 그녀의 자세한 이력은 들어 알지 못했지만, 어쩐지 친동기간 같은 정이 갔었다.

그런 순자를 볼 때마다 나팔수는 그 자신 때문에 인생을 망쳐버린 한 소녀에 대해 죄스러움이 울컥울컥 되살아났다.

그가 한창 신나게 기자질을 하고 있을 때였다. 한여름 밤이었던가 싶다. 일과를 마치고 동료와 함께 체육관 앞 돼지고깃집에서 거나하게 소주를 퍼마시고 의기충천하여 공원에 올라 박물관 옆 후미진 숲속 벤치에 앉아 유령처럼 흐느적거리는 도시의 불빛에 혼을 빼앗기고 있었다.

그들은 숲속 어디선가에서 끙끙대는 야릇한 비음을 듣고, 사냥꾼처럼 소리 나는 쪽으로 살금살금 더듬어 갔다. 앙바틈한 꽝꽝이나무 옆, 희끄무레한 어둠 속에는 실로 기상천외의 사건이 벌어지고 있었다. 한참 후에야 그들을 의식한 남학생이, 두 손으로 바지를 거머쥐어 올리며 후드득 뛰어 달아났다. 미처 도망치지 못한 조그만 단발머리 여학생이 스커트를 내리고 나서 두 손으로 얼굴을 가렸다.

나팔수는 같이 간 동료가 한사코 그냥 가자는 것을 뿌리치고 공포와 수치심에 참새 새끼처럼 떨고 있는 그 여학생의 덜미를 잡아끌고 공원에서 내려왔다.

"아무리 세상이 막 되었다고 원, 이런 조그마한 것들까지 지랄발광이란 말여!"

나팔수는 두 발로 버티며 비대발괄 빌어대는 그 여학생을 공원 앞 얼음과자 파는 곳으로 끌고 들어가, 우격다짐으로 학생증을 빼앗다시피 하여 그 여학생의 학교에 전화를 걸어 숙직교사를 불러내고, 다시 숙직교사로 하여금 학부모에게 연락을 하도록 했다.

숙직교사와 여학생의 아버지가 얼음과자점으로 들어서자 여학생은 파랗게 질린 얼굴을 탁자에 묻어버렸다. 나팔수는 숙직교사와 여학생 아버지에게 시종 흥분된 말투로 자초지종을 말하고, 기자라는 신분을 밝힌 다음 학교 교육과 가정교육을 어떻게 했기에 이 모양이냐며 설교조로 선생과 학부모까지 나무랐다.

그로부터 1년 후에 나팔수는 바로 그녀로부터 원망에 사무치는 편지를 받았었다. 여학생은 그 사건으로 학교에서 퇴학을 맞았고, 집에서도 쫓겨나 여기저기 떠돌다가 인생을 망쳤다면서, 죽는 날까지 나팔수라는 이름을 뼛속 깊이 기억하겠다는 사연이었다. 발신인 주소를 밝히지 않은 그 편지를 받은 뒤, 나팔수는 문득문득 여학생의 원한에 찬 얼굴이 눈에 밟히면서, 자꾸만 순자와 비교가 되었다.

순자는 오후 다섯 시까지가 원서 마감이라면서 당장 사진을 빼달라고 바득바득 졸라대기에 하는 수 없이 그녀를 데리고 그의 자취방까지 갔다. 자취방 다락이 그의 암실이었기 때문이다.

"식당에 취직하면 오랜만에 고향에도 가볼래요."

순자는 요리사가 되는 꿈에 부풀어 있는 것같이 보였다.

"어쩌다가 순자가 그런 기똥찬 결심을 하게 됐지?"

"기자 아저씨한테 좋게 보이려구요."

"건 또 무슨 소랴?"

"나, 기자 아저씨가 좋걸랑요? 아저씨도 절 좋아허잖아요!"

순자는 말을 끝내고 피식 웃었다.

"아저씨, 요리사 자격증 따걸랑 우리 함께 캐나다로 이민 갈까요? 광주 바닥에선 워낙 나쁜 년이라고 판이 박혀 놔서, 맘 잡아도 아무도 안 믿어 줄 거예요."

순자는 혼자 지껄여대다가 사진을 빼주자 가지고 나갔다. 나팔수는 해 넘이가 가까워져 온 것 같아, 공원에는 나가지 않을 양으로 방문을 훨쩍 열어놓고 배를 깔고 누워서는 방 윗목에 밀어놓은 사진첩을 들었다. 열 권이 넘은 사진첩 속에는 그가 공원 사진사가 되면서부터 보고 느끼고 찾아낸 갖가지 사연들이 영화처럼 생생하게 담겨 있는 것이었다. 그는 사진 첩을 한 장 한 장 넘기면서 슬프고 가슴 저미게 한 공원 주변에서 생겼던 시시콜콜한 일들을 떠올리며 세월의 덧없음과 요지경 속 같은 세상의 일들을 한탄하며 쓴웃음을 빙그레 머금어 날렸다.

사진첩 속에 차곡차곡 끼워 놓은 사진들이란, 공원 주변에서 떠돌며 살아가는 사람들의 모습은 말할 나위 없거니와, 꽹과리며 북장구 두들기며 놀아나는 니나노 패거리들, 어수룩한 시골 사람들을 호려내는 야바위꾼들의 엉큼스런 얼굴, 바람난 주부들이 새파란 총각들을 꿰매 차고 데이트 랍시고 어정거리는 어울리지 않는 쌍쌍이며, 이따금 노인들을 상대로 열린 ××연설회, 자가용 몰고 와서 노인들한테 먹을 것을 나눠주는 자선단체의 잘 입은 여자들, '우리를 위한 영의 탑'이나 '4·19 의거 영령 추모비'에 헌화하는 기관장들이나 학생들에서부터 쓰레기 더미, 잘린 나뭇가지, 심지어는 심심하면 지방신문에 '공원 경내 문화재 보호 소홀' 어쩌고 보도 되는 경내의 자잘한 문화재들에 이르기까지 하나도 빠뜨림 없이 죄 담겨 있었다.

그동안 그가 공원 사진사로 발붙이고 살아온 결과라면, 혈혈단신 굶어 죽지 않고 목줄 지탱해온 것과, 무엇과도 바꿀 수 없을 이 소중한 사진첩들이었다. 동료들한테 별의별 놀림과 손가락질을 받아오면서도, 그날그날 찍은 사진을 현상 인화하여 이 사진첩에 소중하게 끼우는 보람과 혼자만의 만족으로 소리 안 나게 빙긋이 웃고 살아온 터였다.

다음날은 일요일이었다. 나팔수는 아침 햇살이 벌겋게 달아 엉덩이에 불을 질러서야 부스스 일어나서 아침을 지어 먹고 공원으로 향했다. 공원에는 아침부터 노인들이 국악원 앞 팽나무 그늘과 '우리를 위한 영의 탑'으로 올라가는 계단 그늘에 떼 지어 모여서는 언제나처럼 입심 좋게 이야기를 늘어놓고 춤추고 노래 부르고 있었다.

하나 일요일인데도 기념촬영을 할 만한 산책객들이나 데이트족, 시골 구경꾼들은 눈을 씻고 기다려도 나타나지 않았다.

"지미럴, 온통 공원엔 노인네들뿐이구먼!"

안짱다리 최가가 질겅질겅 담배를 씹어 돌리며 신경질을 부렸다. 열두 시가 가깝도록 셔터 한번 눌러보지 못한 그는 잔뜩 심통이 사나워 있었다.

"노인들 한티 이 큰 도시를 맽겨두고 젊은 것들은 몽땅 바캉스를 갔나벼."

비둘기 모이를 사 주는 사람조차 없자, 그들은 돌아가며 동전을 판자로 얽어 만든 돈궤에 넣은 뒤 모이 봉지를 찢어 휘뿌리며 투덜거렸다. 비둘기들이 은빛 날개를 퍼덕이며 날아든다.

도시가 텅 빈 것 같았다. 더위에 지쳐 터덜터덜 기어 다니는 시내버스들만 아니라면 도시는 깊이 잠들어 있는 듯싶었다. 모두들 산으로 바다로 피서를 떠나고, 남아도는 건 노인들과 가난에 찌든 사람들이었다.

"이 짓도 이젠 더 못 해 먹겠구먼. 이따위로 연일 공쳤다간 죽도 못 먹게 생겼어! 시골에 들어가서 다시 농사를 짓든가, 기술을 배워 이민을 가든가 결판을 내야겠넌디."

딸만 내리 여섯을 뽑고, 작년인가 마지막으로 아들을 낳아 동료들을 불러 똑소리 나게 한판 잔치를 벌이기까지 한 사람 좋은 최가는, 변두리에 사진관 하나 차리는 것이 평생 소원이라고 입버릇처럼 노상 말해왔었는데, 여름 들어선 사진사 노릇 집어치우겠다고 푸념이었다.

"이 사람아, 나팔수 자넨 빠듯허게 고등학교꺼정 나와서 명색이 신문기자를 했다는 사람이 공원 사진사가 뭔가. 아무래도 자넨 좀 모자란 거 같어."

안짱다리는 틈만 있으면 이런 말을 했다.

"허, 웃기네. 자네들이야 평생, 이 짓 못 면하겠지만 나는 달러! 내겐 꿈이 있단 말여. 나는 그래도 신문사 밥을 먹어 본 놈여. 내가 이대로 팍 썩을 놈 같은가? 다 때를 기다리며 공부하고 있는겨."

나팔수는 되레 배짱 좋게 큰소리를 치는 것이었지만, 동료들은 그런 그를 이해하지 못했다.

"암, 나팔순 우리와 다르지. 돈 따원 거들떠보지도 않고 작품 사진이나 찍고, 가출 소녀나 돌보고, 똥치를 선도도 해주고, 어디 그게 보통 사람야? 성인군자지. 이 세상에 나팔수 같은 사람이 있나?"

동료들은 이렇게 비아냥대며 놀려대는 것이었다.

자신의 깊은 속마음을 몰라주고 걸핏하면 푸슬푸슬 웃으며 놀려대는 동료들이 야속하기만 했다. 나팔수는 그런 동료들을 피해 시민회관 신축공사장 쪽으로 내려갔다. 그곳에 순자가 있을지도 몰라서다. 때때로 순자는 빈탕을 치거나 마음이 산란해지면 공사장의 깎아내린 둔덕 위, 그녀의 키만 한 석탑에 기대서는 파헤쳐진 흙더미며 팽나무 가지들 사이에 펼쳐져 있는 시가지를 우두커니 내려다보곤 했다.

불도저가 윙윙거릴 땐 하루 종일 불도저만을 보고 있기도 했다. 그러면서 그녀는 우스갯소리로, 그러나 약간은 진심인 듯싶게,

"저눔에 불도저가 왼통 공원을 다 뒤엎어베릴 모양여. 우리 그땐 어디로 가죠?"

하고는 심드렁한 얼굴로 나팔수를 쳐다보곤 했었다.

나팔수가 예상한 대로 순자는 삼층 석탑 옆 삼나무 그늘 아래 우울하게 앉아 있었다. 공원 안에서 그녀를 찾기란 쉬운 일이었다. 그녀는 언제나 노인들이 모여 있는 팽나무 그늘이 아니면 시민회관 신축공사장에 있기 마련이었다. 은근히 할머니들을 꺼리고 무서워하는 순자는 좀처럼 층계를 오르거나 '우리를 위한 영의 탑'으로는 올라오지 않았다.

"또 고향 생각이구먼."

나팔수가 가까이 가자, 순자는 클로버 잎을 와드득 한 움큼 쥐어뜯어 무심히 석탑을 향해 던졌다.

"참, 기자 아저씬 어째서 저기 석탑이 나를 닮았다고 그랬어요?"

순자는 석탑을 바라보며 말했다.

"내가 그랬던가? 거야 옳은 말이지. 석탑이나 순잔 이 세상 사람들이 아무도 안 알아 주거던, 관심두 없구."

"아저씨 말구 말이죠? 허기야 그래요."

"저 보잘것없는 탑이 넘어져 흙 속에 묻히건, 순자가 어찌 되건 누구 하나 관심을 가져줄 사람이 없잖아!"

"그런 소리 들음 내가 더 불쌍해져요."

"탑이 걱정이 돼서 그래."

"그렇담 저놈에 불도저가 가까이 오기 전에 다른 곳으로 옮겨주세요!"

그 말에 나팔수는 할 말이 없었다.

그날 밤 그녀가 자취방으로 찾아왔다.

그녀는 두 홉들이 소주 한 병과 오징어 한 마리를 사 들고 술에 취해 비척거리며 방 안으로 들어왔다.

"증명사진 찍어준 값으루 한잔 사는 거라구요."

순자는 되바라진 얼굴에 게슴츠레하게 실눈을 치떠 나팔수를 단숨에 말아 삼킬 듯 올려다보며 씨부렁대더니, 부엌으로 나가 술잔 대신 사발을 들고 들어와, 문고리에 찍어 마개를 따선 쿨럭쿨럭 술을 따랐다.

"요리학원 잘 나가?"

"정떨어졌어요."

"무슨 소랴?"

"요리를 배우러들 온 게 아니고 시간은 많고 할 일은 없고 돈은 자꾸자꾸 불어나서 고민이 많은 부잣집 마나님들이나, 밥도 할 줄 모르는 귀한 집 딸들이 심심하니까 나오는 것 같아요. 만날 선한 화채나 해 먹자고 하고, 그렇잖음 도색영화나 틀자고 해쌓는걸요."

"곰탕, 설렁탕 맨드는 법도 안 가르쳐!"

"빈대떡 굽는 것도 안 배웠어요. 가르쳐준다는 게 무슨 화이트소스니, 피자파이니, 마카로니 어쩌고 허는 외우기도 힘든 것들뿐예요. 모두들 맨들어 가지고선 맛있다고 처먹어쌓는데 난 비위가 약해서 못 먹겠드만요."

"헛거 다니는 거 아녀?"

"그래도 자격증은 나온대요."

"그럼 됐구먼, 자격증만 따면 됐지 뭐."

"근데 다 틀렸어요."

순자는 사발에 가득 술을 따라 나팔수에게 권했다.

"뚱보 아줌마한테 쫓겨나게 됐걸랑요, 요리학원엘 다닐 테면 나가라 이거죠."

순자의 입에선 확확 술 냄새가 고약하게 풍겼다.

"그 여자 못쓰겠구만."

"죽어도 같이 죽자 이거죠. 허기야, 뚱보 말마따나 걸레 된 몸 세탁을 헌들 별수 있겠남요?"

"그래서 요리학원 안 나가?"

"당장 쫓겨나서 어디 엉덩이 붙일 곳이 있나요?"

순자는 잠시 고개를 숙이고 앉아 있다가,

"그래서 말예요, 나 아저씨 방에서 같이 지낼 수 없나 해서…… 요리학원 졸업할 때까지만 좀……."

하고 조심조심 나팔수의 눈치를 살피며 말했다.

"건 안 돼! 말도 안 될 소라!"

나팔수는 질겁해서 온몸을 흔들었다. 그러자 순자는 말없이 소주병을 입에 대고 병나발을 불기 시작했다.

"참 세상 드럽네요. 안 되면 안 되는 거지, 왜 그리 떨어요?"

순자는 입가에 야릇한 미소를 날렸다.

"쬠만 있음 통금시간이야. 자 얼른 가봐. 또 뚱뚱이 아줌마 핏대 올리지 말고."

나팔수는 떼밀다시피 했으나, 그녀는 술에 취해 못 가겠다고 발을 뻗어 버리는 게 아닌가. 말로 해서는 듣지 않겠기에, 큰소리로 윽박질러 방에서 쫓아내고 말았다. 순자는 한동안 문밖에 서서 거짓인지 아닌지 모르긴 하지만, 손수건을 대고 팽팽 코를 풀어가며 훌쩍이는 것 같더니,

"아무리 내가 더러운 몸이라고 사람 괄시가 너무 심허구만잉. 기자 아저씨는 말로만 나를 생각허는 척하는 위선자여요. 죽으면 다 같이 썩을 몸 너무 그러지 말어요."

하고 방에 대고 큰소리로 퍼부어대다가 제풀에 겨워선 휘적휘적 돌아갔다. 순자가 돌아가자 나팔수의 마음이 아팠다. 딱 잡아 떼버린 게 그녀한테 너무하지 않았나 싶기도 했다.

월요일 아침은 여느 때보다 일찍 일어나 공원으로 갔다. 그는 매주 월요일 아침마다 '우리를 위한 영의 탑'과 볼품없는 삼층 석탑인 '4·19 의거 영령 추모비' 언저리까지도 말끔히 청소를 한다. 그가 공원 사진사를 시작하면서부터 자발적으로 남모르게 해오는 일이었다. 그는 월요일 아침 일찍 일어나 두 탑 부근을 말끔히 비질할 때처럼 기분이 좋을 땐 없었다. 특히 '4·19 의거 영령 추모비'에 비질을 할 땐 그 옛날 사진기자 시절, 데모대들과 함께 뛰어다녔던 감회가 목구멍 가득히 뭉클 치솟아 올랐다. 그래서인지 그는 높다란 '우리를 위한 영의 탑'보다는 자그맣고 볼품없는 '4

· 19 의거 영령 추모비' 부근을 청소할 때 더 정성이 갔으며, 월요일이 아니라도 탑 앞에 휴지 한 장 떨어져 있는 것도 참지를 못했다. 삼일절, 현충일, 광복절, 개천절 등 그 많고 많은 기념일마다 기관장들이 떼를 지어 '우리를 위한 영의 탑'에 헌화하고 참배를 했지만, '4 · 19 의거 영령 추모비' 앞엔 얼씬도 하러 들지 않았다. 나팔수는 그것도 마음이 아팠다. 함께 뛰어다니다가 총에 맞아 숨진 동창생들의 영혼에 대해 부끄러운 생각이 들기도 했다. 끽해야 4 · 19 기념일 아침에 학생들 몇 사람만이 참배하곤 했는데, 그는 그 학생들이 그렇게도 고마울 수가 없었다. 나팔수는 또 언제나 손님들 기념촬영을 할 때는 으레 '4 · 19 의거 영령 추모비'나 삼층 석탑을 배경으로 넣곤 했다. 손님들은 한사코 비둘기 떼에 파묻혀 기념촬영을 하고 싶어 했지만, 나팔수는 '4 · 19 의거 영령 추모비'나 보잘것없는 석탑을 배경으로 넣었다. 그때마다 그의 동료들은,

"쳇, 지까짓 게 무신 독립투사 후손이나 된다고! 원, 눈꼴시럽게 구네."

하고 아니꼬워하는 것이었다. 하나 그는 이런 동료들의 핀잔을 게으치 않았다.

나팔수는 며칠 동안 순자의 코빼기도 볼 수가 없었다. 다른 때 같았으면 몇 번쯤 그에게 달려와선 엉너리를 떨며 재잘거렸을 터인데, 어찌 된 일인지 탑 쪽으론 얼씬도 하지 않았다. 아마 그날 밤 억지로 내쫓김을 당했던 서운한 생각이 아직 풀리지 않았든가, 아니면 그녀 쪽에서 무색하여 얼굴을 내밀지 못한 것일 것이다.

그는 순자가 계획대로 요리학원에 잘 다니고 있는 것인지, 아니면 아예 요리사가 되어 식당에 취직할 생각을 포기해버린 것인지 궁금했다.

나팔수는 순자를 만나보고 싶은 생각에 층계를 내려가 남자 노인들이

모여 있는 국악원 앞으로 가보았다. 순자는 노인들 틈새에 끼여 빵이 넓은 도리우찌를 멋들어지게 쓰고 짙은 색안경을 낀 처음 보는 늙은이의 옆구릴 쥐어박으며 키들거리고 있었다.

순자는 그를 보자 주둥이를 비쭉거리며 픽 웃더니만, 나팔수 보라는 듯 부러 도리우찌 노인의 어깨에 찰싹 달라붙었으며, 나팔수가 가까이 다가가서 능청맞게 카메라를 바짝 들이대자 조금도 당황하거나 부끄럼 없이, 왼팔로 노인의 허리를 척 휘어 감는 것이었다. 그러면서 순자는 나팔수를 향해 야유조로 연신 피잇피잇 입술 끝에 웃음을 뱉어냈다.

순자는 며칠이 지나도록 말을 걸어오지 않았다. 그가 공원에서 그녀를 마주칠 때마다 말을 붙이려고 여짓거렸지만 그녀는 예의 그 핏 피잇 하는 콧방귀 뀌는 웃음을 뱉으며 고개를 돌려버리곤 했다.

나팔수는 진종일 혼자 공원을 어슬렁어슬렁 돌아다녔다. 가만히 앉아 있으면 지열이 훅훅 덮쳐오면서 온몸에 땀이 좌르륵 흘렀다. 하늘은 연일 푹푹 삶아댔다.

안짱다리 최가와 공달근이는 손님도 오지 않는 공원에서 땀벌창이 되어 청승맞게 앉아 있을 수가 없다면서 며칠째 얼굴을 내밀지 않았다. 무등산 계곡이나 가까운 해수욕장으로 출사 나들이를 간 모양이었다.

"한더위엔 눈요기라도 하면서 더위를 보내야 허는 법야. 거 뭐라드라, 그렇지, 눈으로만 간음하는 거제. 이 공원에 쭈그리고 앉아 있어 봤자 쭈그렁망태 같은 영감태기들이나 할망구들 외에 뭐 눈요기헐 게 있남? 무등산 계곡이나 해수욕장엘 가야 눈알이 팽글팽글 돌아가면서 살맛도 나고 더위도 견뎌낼 수 있다 이그여."

며칠 전 공달근이는 그러면서 나팔수에게 함께 가마미 해수욕장에나

가보자고 은근히 뜸을 들였었다.

하나 지난해도 지지난해에도, 공달근이와 최가는 해수욕장이며 무등산 계곡을 뛰어다니며 피서도 하고 그런대로 짭짤하게 수입을 올렸지만, 나팔수만은 아무데도 안 가고 하루도 빠짐없이 날마다 공원에 나와서 어슬렁거리다가 밤이 되어서야 돌아가곤 했었다.

다음 주 월요일 아침에도 나팔수는 빗자루를 들고 공원에 나와, '4 · 19 의거 영령 추모비' 부근을 말끔히 쓸었다.

불의와 독재에 항거하다 쓰러진 일곱 영령들의 명복을 빌며 그 뜻을 만세에 길이 전하고자
전 도민의 열성을 한데 모아 이곳에 이 비를 세웁니다. 1962.4.19.

나팔수는 공원의 느티나무 잎사귀들 사이로 쏟아져 내리는 햇살들이 툭툭 튕기는 추모비의 빗몸에 새겨진 내용을 한눈에 주욱 읽었다.

또 다른 왼쪽 비에는 조지훈 선생의 시가 새겨져 있었는데 나팔수는 이제 눈을 감고도 그 시를 줄줄 외울 정도였다. 그는 빗자루를 든 채 아침 햇살들이 묶음으로 물구나무서서 꽂혀 내리는 느티나무 가지들을 쳐다보며 소리 내어 시를 외어보았다.

자유여 영원한 소망이여
피흘리지 않곤 거둘 수 없는 고귀한 얼매여
그 이름 부르기에 목마른 젊음이었기에
맨가슴을 총탄 앞에 헤치고 달려왔더니라

불의를 무찌르고 자유의 나무의 피거름 되어

우리는 여기 누워 있다

잊지 말자 사람들아

뜨거운 손을 잡고 맹세하던

아 그날 사월 십구일

나팔수는 소리 내어 이 시를 외우고 나면 가슴이 활짝 열리는 것 같은 기분이었다. 그는 시를 다 외우고 나선 버릇처럼 가슴을 활짝 펴고 심호흡을 하는 것이었다. 그러다가도 누가 그에게 가까이 오기라도 하면 그는 깜짝 놀라 잽싸게 목을 추슬러 어슬렁어슬렁 추모비 앞에서 멀어져가곤 했다.

느티나무 그늘 밑 계단에는 할머니들이 옹기종기 앉아 있다. 할머니들은 모여 앉기만 하면 며느리 흉이 아니면 노래 부르고 춤을 추기 마련이었는데, 그날은 타령 할머니가 판소리 〈춘향가〉 한 대목을 부르고 있었다. 젊었을 땐 한 가락씩 뽑아 뭇 남자들의 간장을 녹였다는 타령 할머니는 슬하에 핏줄이 없어 영감이 죽은 뒤로 친정 조카 집에 얹혀살며 눈칫밥 얻어먹고 있다는 이야기를 나팔수는 들어 알고 있었다.

내 몰랐소. 내 몰랐소. 되련님 속 내 몰랐소. 되련님은 사대부요 춘향 내는 천인이라. 일시 풍정 못이기어 잠깐 놀려 허시다가 부모님께 꾸중 듣고 장가에 방해가 되야 떼는 수가 옳다 허고 하직허러 오신 것을 속 못 채린 이 지집은 늦게 오네 편지 없네 짝사랑 외질거움 오직 보기 싫었겠소. 차라리 방자 시켜 편지로써 의절허면 모친의 슬하이라 자결은 못헐망정 백운청산 짚은 암자 삭발 중 지낼는지 요천수 맑은 물에 풍덩 빠져 죽을는지

타령 할머니는 느슨한 중머리가락으로 애절하고 구성진 목소리에 소리를 밀고 당기는 완자걸이 잉애걸이며, 진한 더늠에 발림질까지 하며 〈춘향가〉 중에서 이별가 한 대목을 뽑았다. 하나 아무도 타령 할머니에게 박수를 보내지 않았다. 그 할머니는 박수를 받기 위해서보다 가슴에 맺힌 한을 풀기라도 하듯 그저 앉으면 흥얼거리는 것이었다.

그날 낮, 타령 할머니와 순자 사이에 예기치 않았던 사건이 터졌다. 층계 쪽에서 왁자하게 떠드는 소리와 사람 살리라는 비명을 듣고 뛰어갔더니, 여남은 명의 할머니들이 떼거리로 달려들어 순자의 머리끄덩이를 잡아채고, 쥐어박고, 물어뜯고 있었는데, 옴쭉달싹못하게 꽉 붙들린 순자는 온몸을 버르적거리며 빠져나오려고 기를 썼다.

"네 이년, 불것도 안 난 년이 화냥질이여!"

"이런 불쌀시런 년은 ×구멍에다 부지깽이를 팍 쑤셔 박어야 혀!"

"쥑여사 써. 다시는 그 짓을 못하게시리 쥑여뿌러!"

할머니들은 소리소리 지르며 억척스럽게 달려들어서는 순자의 옷을 북북 찢어댔다.

아뿔싸, 큰일이구나 싶어 할머니들을 헤치고 뛰어 들어간 나팔수는 덥석 순자를 보듬고는 층계를 뛰어 내려왔다. 할머니들은 나팔수한테 순자를 빼앗기자 고함을 지르며 층계를 뛰어 따라 내려오다가, 남자 노인들이 모여 있는 국악원 앞에 이르러 서먹한 얼굴로 여싯여싯 돌아서고 말았다.

할머니들한테 물어뜯긴 순자의 귀와 코에선 피가 흘렀다. 나팔수는 우선 그녀를 이끌고 공원 앞 외과병원에 가서 제 돈으로 찢어진 귀를 꿰매고 상처 난 얼굴을 치료해 주었다.

눈퉁이며 콧잔등, 귓불에 누덕누덕 반창고를 붙인 순자의 얼굴은 쳐다보기조차 민망할 정도였다.

"도대체 어찌 된 일야?"

치료를 끝내고 다과점으로 데리고 들어간 나팔수는 궁금한 얼굴로 물었다.

"층계로 올라가는데 타령 할머니가 글쎄 비둘기를 잡아 슬쩍 치마 속에 넣곤 목을 비틀지 않겠어요? 그래 한마디 했더니, 무안을 당했는지 죽은 비둘기를 숲속으로 휙 던지고 나선 내가 언제 비둘기를 훔쳤느냐고, 생사람 잡겠다면서 대들지 않겠어요? 그러자 옆에 있던 다른 할머니들까지 막 달려들었어요. 노인들이 무서워 죽겠어요. 난 늙기 전에 죽어 버릴래요."

순자는 상처의 아픔 때문에 얼굴을 찡등그리며 말했다. 그녀는 일어서서 다과점 계산대 뒤의 거울을 들여다보더니 시무룩해져선 말없이 밖으로 나가버렸다.

다음날부터 그녀는 공원에 나오지 않았다. 처음 며칠은 상처 때문이겠거니 했는데 닷새가 훌쩍 지나도록 나타나지 않자 걱정이 되었다.

나팔수는 그녀의 하숙옥이나 요리학원으로 찾아가 볼까 싶었으나 다른 사람의 눈도 있고 해서 마음속으로만 걱정하며 그녀가 다시 나타나기만을 기다렸다. 그녀를 기다리면서, 나팔수는 왜 그가 순자 때문에 몸이 달아 있는 것인지 알 수가 없었다. 그 못된 계집애를 좋아하고 있는 것은 아닐까. 그는 자신에게 반문해보는 것이었지만 확실한 대답을 얻을 수가 없었다.

그러던 어느 날 아침, 일찍이 예기치 않게 순자가 불쑥 나팔수의 자취방으로 찾아왔다. 얼굴의 상처는 거의 나아 보였다.

"있잖아요, 우리 요리학원에서 오늘 백양사로 놀러 가걸랑요? 그래서 있잖아요, 나 카메라 좀 빌리러 왔어요."

나팔수가 오랜만에 보는 그녀를 붙들고, 그동안 어디 있었느냐, 혹시 몸이 아픈 건 아니었느냐고 시시콜콜 물었으나, 순자는 방으로 들어서려 하지도 않고 문밖 토방에 서서 발을 동동 구르며 카메라만 빌려달라고 칭얼댔다.

"어차피 돈도 못 버는데, 오늘 하루 집에서 낮잠이나 푹 자요. 자, 얼르은, 밖에서 모두들 기다린다니깐."

순자가 졸라대는 바람에 나팔수는 성큼 카메라를 내주어버렸다.

"찍을 줄 알어?"

순자는 나팔수가 묻는 말에 대답도 하지 않은 채,

"내일 아침때 공원으루 갖고 나갈게요."

하고는 뛰어나갔다.

카메라를 순자에게 빌려줘 버린 나팔수는 그날 하루 아무 할 일도 없이 방구석에서만 뒹굴었다. 그는 카메라가 없으면 아무 데도 나가지 않았었다. 그는 언제나 밖에 나갈 땐 카메라를 멨다. 그래야만 마음이 든든하고 무서울 게 없었다. 동창회 모임, 멀고 가까운 친척들의 애경사며, 심지어는 동사무소에 주민등록등본을 떼러 갈 때도, 밤이나 낮이나 노상 카메라를 들쳐 메고 다니는 거였다. 그러면서 그는 입버릇처럼, 내게서 카메라를 **빼**면 난 시체야 시체 하고 말하곤 했다.

카메라가 없어 시체나 진배없이 구들장을 지고 하릴없이 눈감고 누워 있던 나팔수는, 그래도 순자가 요리학원 친구들과 함께 어울려 야외에 놀러 간 것이 퍽은 대견스러워 싱긋이 웃었다.

다음 날 아침까지 등짝과 눈이 문드러지도록 실컷 잠을 퍼 잔 나팔수는 서둘러 공원으로 향했다. 꼬박 하루를 방구석에만 처박혀 있다가 밖에 나오니 머리가 휑뎅그렁해지며 온몸이 휘청거리는 것 같았다. 카메라의 고마움을 다시 느꼈다.

그날 아침, 그는 문을 닫은 지 오래된 신문사 앞을 지나 공원으로 갈 생각으로 농협창고에서 왼쪽으로 꺾어 돌았다. 그는 일주일에 한두 번씩은 꼬박꼬박 옛 신문사 앞을 지나갔다. 셔터가 굳게 잠긴 회색 건물의 신문사 앞 그늘에는, 여느 때와 같이 낯익은 구두닦이들이 한가하게 앉아 있었다. 나팔수는 신문사 앞을 지날 때마다 그들을 발견하고 마음이 놓였으며, 예나 다름없이 그 자리를 지키는 그들이 고맙기까지 했다.

나팔수는 굳게 내려 닫친 셔터 위의, 아침 햇살이 툭툭 눈부시게 튕겨 오는 동판銅版의 신문사 제자題字를 눈여겨 쳐다보며 구두닦이들 가까이로 걸어갔다.

"여이, 잘들 있었나?"

나팔수는 마치 오랫동안 헤어졌던 신문사 동료들을 다시 만나기라도 한 것처럼 손까지 흔들며 다가갔다. 그런 나팔수를 향해 구두닦이들은 언제나처럼 푸슬푸슬 웃기만 했다.

"요즘 다른 기자들 여기 안 오던?"

"기자님두 참, 신문사가 문이 닫혔는데 뭐허러 오겠어요?"

퉁명스럽게 내지르는 구두닦이들의 말에, 나팔수는 잠시 심드렁한 눈빛이었다.

"쫌만 기다리면 다 나타날 거야. 그때까지 네들도 여기 있어. 틀림없이 다시들 모일 거야."

나팔수는 자신 있게 말하고 나서 다시 손을 흔들며 걸음을 옮겼다. 그

가 몇 발짝 걸음을 옮겼을 때, 그들 중에서 누구인가가,

"저 사람 돈 게 아냐? 바보같이 오긴 누가 온다고 그래?"

하는 소리와 함께 키들키들 웃는 소리가 그의 등골을 따갑게 갈퀴질했다.

그러나 나팔수는 걸음을 멎지 않고, 외롭고 우울하게 휘적휘적 공원을 향해 걸었다. 그는 울컥한 기분에 어설프고 씁쓸하면서도 바늘로 명치끝을 찌르는 것 같은 싸아한 아픔을 느꼈다.

카메라도 없이 빈손으로 공원에 나가자 오랫동안 출사 나들이 갔던 공달근이와 안짱다리 최가가 와 있었다. 그들의 얼굴은 공원의 안중근 의사 동상처럼 청동빛이 되어 있었다. 그들은 순자의 친구인 껄렁하게 키가 크고 주근깨투성이인 장 양과 함께 이야기하고 있다가 나팔수를 맞았다.

"이봐, 자네 카메라는 어쩌고 시체같이 빈 몸야?"

공달근이가 의아한 눈으로 묻자 나팔수는 싱긋싱긋 웃기만 했다.

"조금 있으면 순자가 가져올 거야!"

나팔수의 말에, 잠자코 옆에 서 있던 장 양이 용수철처럼 튕겨 나서며,

"순자가 이리루 온댔어요? 순자 만났어요? 그년 지금 어딨어요?"

하고 다그치듯 물었다. 나팔수는 장 양이 다급하게 묻는 말에 뚱한 기분으로 동료들을 번갈아 보았다.

"순자가 짐을 싸갖고 그저께 토꼈다는구만. 그래서 혹시 자네라도 순자 있는 곳을 알까 해서 장 양이 아까부텀 자넬 기다리고 있는 중야."

"그년이 놀러 간다고 내 시계꺼정 빌려갔다구요."

공달근의 말이 끝나자, 장 양이 팔뚝을 나팔수의 코앞에 바짝 들이대며 화가 난 얼굴로 지껄여댔다.

"요리학원 친구들이랑 놀러간다던데?"

나팔수는 자신 있게 말했다.

"무슨 요리학원이래요? 하숙집 이모허고 요리학원이란 요리학원은 다 찾아다녔지만, 이순자라는 여잔 모른대요."

장 양의 말에 나팔수는 탁 맥이 풀렸다. 하지만 그는 약속대로 그녀가 카메라를 가지고 공원에 나타날 것으로 믿고 싶었다.

"암튼 이리루 오기로 했다니께 기다려보는겨."

안짱다리 최가가 나팔수를 위로해주었다.

"그년은 폴시게 광주 바닥을 떴다구요. 내 시계랑 나 기자님 카메라랑 갖고 날렀다니께요."

장 양은 이렇게 말하면서도 나팔수와 함께 순자를 기다렸다.

시뻘건 햇살이 '우리를 위한 영의 탑' 꼭대기 위에 산산이 부서져 깔리는 한낮이 되어도 순자는 나타나지 않았다. 장 양은 한바탕 욕을 퍼붓고 공원을 내려가 버렸다.

나팔수는 점심도 굶은 채 '우리를 위한 영의 탑' 아래 층계에 앉아서 순자를 기다렸다. 팽나무 가지들 사이로 햇살들이 쏟아져 내려 층계가 뜨겁게 달아오르도록 그는 꼼짝하지 않고 그대로 앉아 있었다.

공달근이와 안짱다리 최가도 공원을 내려갔다. 그들은 공원을 내려가면서 나팔수가 들을 수 있게 큰 목소리로,

"나팔수 대신 딴 사람이 오겠구만!"

하고 떠들어댔다. 나팔수가 카메라를 살 돈이 없는 것을 알고 하는 말이었다.

나팔수는 온몸이 땀벌창이 된 채 꼼짝 않고 앉아 있었다.

해거름이 되자 공원에 두껍고 시원한 그늘이 쫙 깔렸다. 나팔수는 공원

으로 올라오는 층계만 내려다보고 있었다.

갑자기 불도저 소리가 났다. 더위에 푹 지쳤음인지 요 며칠 동안 조용하던 불도저가 다시 윙윙거리며, 캐터필러 돌아가는 소리가 온통 공원을 쥐혼들었다. 나팔수는 불도저 소리가 윙윙거리자 오장육부가 벌떡거리면서 가까스로 가라앉힌 치통이 도지기 시작하여, 입을 비틀어 열면서 왼쪽 어금니 쪽으로 찬바람을 들이 넣었다. 그러나 골통이 지근거리고 치골의 뿌리가 뽑히는 것처럼 파상적인 통증이 머리끝에서 발끝까지 훑어 내려왔다.

불도저의 캐터필러가 온통 머릿골을 갈아 뭉개 박살을 내는 듯싶었다. 나팔수는 손으로 왼쪽 볼을 움켜 받치며 일어서서 불도저 소리가 윙윙거리는 시민회관 건설 공사장 쪽을 내려다보았다. 불도저는 공지의 황토를 까뭉개고 있었는데, 무쩍무쩍 둔덕의 흙을 내려찍는 날캄한 배토판을 보는 순간 전신에 소름이 쫙 흘렀다.

불도저가 둔덕의 황토를 까뭉갤 때마다 그 위의 자그만 삼층탑이 조금씩 흔들리는 것같이 보였다. 아무래도 삼층 탑이 위험할 것 같았다. 불도저가 부르릉부르릉 가재처럼 뒷걸음질을 쳤다간 번쩍거리는 배토판을 들어 올리며 우르르 내달아 퍽 하고 둔덕을 내리찍는 순간, 석양빛에 물든 삼층 석탑이 기우뚱했다.

"탑이 무너진다! 삼층탑이 무너진다아!"

나팔수는 공원이 쩌렁쩌렁 울릴 만큼 큰소리로 악을 쓰며 신들린 사람처럼 공사장 쪽으로 달려갔다. 탑만 보고 뛰어가면서 그는 연신 헛손질을 하며 자기 몸에서 카메라를 찾았으나, 아무것도 손에 잡히는 것이 없었다. 정말이지 시체가 된 기분이었다.

삼층 석탑은 이미 옆으로 누워버렸다.

"개 같은 년, 내 앞에 나타나기만 해봐라!"

나팔수가 가까이 뛰어갔을 땐 석탑의 비신은 토막토막 둔덕 아래로 굴러떨어져 붉은 흙더미 속에 묻혀버린 뒤였다. 순간 그의 머릿속에서 순자의 모습도 무너져버린 석탑과 함께 깊숙이 묻혀가고 있었다.

『창작과비평』, 1976.가을

복토 훔치기

"꿍꽈닥 꿍꽈닥, 무신 놈에 대장간 망치질 소리가 저리도 오장육부를
쥐어뜯는다냐!"

끄륵 끄으윽 가래를 꿍꿍 눌러 삼키고 난 할머니는 아까부터 대장간 망
치질 소리가 난다면서 새끼손가락으로 귓속을 후벼 팠다. 내 귀에는 안채
부엌에서 달그락거리는 소리와 마을 어귀의 돈단에서 왁자하게 떠들어
대는 대보름 밤 불놀이하는 아이들 소리 외에는 아무것도 들리지 않았다.
이따금 세찬 북풍이 뒤꼍의 오동나무 가지들을 후루후 흔들고 와선 거세
게 방문을 두들겼다. 그때마다 너덜너덜 볼품 사납게 구멍이 뚫린 문구멍
으로 황소바람이 들어와 석유등잔불을 펄럭이곤 했다.

"징헌 저놈에 소리, 꿍꽈닥 꿍꽈닥 꿍, 저놈에 대장간 소리!"

할머니는 코끝을 등잔불에 바짝 들이대고 다 떨어진 홑버선 짝을 늘쩡
늘쩡 깁다 말고 잠시 바느질 손을 멎으며 문밖에 귀를 기울였다.

"바람 소린데요!"

"아니다. 내 귀에는 대장간 망치질 소려!"

"이 마을에 대장간이 있나요?"

내가 묻는 말에 할머니는 대답 대신 가볍게 고개를 가로저을 뿐이었다.
대장간도 없는데 대장간 망치질 소리가 들린다니 도무지 알 수 없는 일이

었다.

쌩, 바람이 안채 양철지붕을 신경질적으로 들쑤셨다간 조용히 달아나 버리곤 했다. 안채에서 도란도란 말소리가 들려왔다. 팩팩거려쌓는 안집 큰며느리의 툽상스런 목소리가 유별나게 신경을 곤두세우게 했다. 오늘 낮 내가 이 마을에 찾아와서 윤 초시네 큰며느리 안산댁에게 서울에서 할머니를 뵈러 왔다고 정중하게 인사를 했을 때, 사십이 훨씬 넘어 보이는 깡똥하게 생긴 그녀는 남자다운 왕방울 눈을 해뜩거려 나를 위아래로 이리저리 되작거려 뜯어보고 나서 한다는 소리가,

"잘 찾아왔수. 잘 왔어! 저 할망구 우리가 송장 치우나 흐고 걱정했었는디, 이렇게 건장한 손주가 있다니! 그래 할머니 모시러 왔구만!"

하고 달갑잖게, 그러면서도 한 짐 덜었다는 듯 후유 긴 한숨을 토해내더니,

"들어가 봐요!"

하고 턱끝으로 행랑채 문간방을 가리켰다. 그때 나는 마루 끝에 걸터앉아서 멀뚱히 앞산을 쳐다보고 있는 얼굴이 달걀 껍데기처럼 해맑고 싸늘한 느낌이 드는 스무 살이 조금 넘었음 직한 처녀를 힐끗 건너다보고 있었다.

"보혜 너, 뉘 있지 않고 왜 또 나와 있어!"

예의 초시댁 며느리가 마루 끝에 앉은 딸에게 왁살스럽게 내지르자 그녀는 여전히 시선을 먼 곳에 던진 채 병든 강아지처럼 어슬렁어슬렁 방안으로 기어들어가 버렸다.

나는 문구멍으로 밖을 내다보았다. 안마당엔 전깃불이 대낮처럼 환하게 켜져 있고 보혜가 마루 끝에 팔짱을 끼고 우두커니 앉아 있었으며, 그녀의 어머니가 뭐라고 게걸거리며 부엌 앞을 왔다 갔다 서성댔다.

"아가, 너 저 소리 참말로 안 들리냐?"

할머니의 말에 무겁게 시선을 돌린 나는 호롱 불빛에 흔들리는 호두껍데기같이 쭈글쭈글한 할머니의 얼굴을 죄스런 마음으로 쳐다보았다. 빗질하지 않아 쑥대머리 귀신 형용으로 부스스하게 엉클어진 흰 머리칼에 검부러기며 실밥들이 주렁주렁 열려 있었다. 보리밭 고랑처럼 골골이 패인 할머니의 깊고 두꺼운 주름살마다 한 맺힌 외로움이 함께 꿈틀거리는 듯싶었다.

오늘, 나는 내가 이 세상에 태어나서 처음으로 할머니의 얼굴을 보았다. 상상했던 그대로였다. 할머니의 모습은 마치 무덤에서 나온 유령처럼 흐느적거렸다. 오늘 낮에, 할머니 하고 큰 소리로 부르며 방문을 열고 들어섰을 때도, 할머니는 어두컴컴한 방구석에서 유령처럼 조금씩 꿈지럭거렸을 뿐이었다.

"할머니, 제가 할머니 손자인 순굽니다."
하고 목멘 소리로 말했을 때 할머니는 넋 잃은 사람처럼 멍하니 나를 바라보고만 있었다.

아버지가 유재호 씨며 서울에서 살고 있는데 할머니를 찾아왔다고 자초지종을 시시콜콜히 늘어놓은 내 이야기를 다 듣고 나서야,

"워매 워매, 네가 재호 아들놈이냐? 아이고 내 새끼야!"
하며, 놀라움과 반가운 울음이 범벅된 목소리와 함께 덥석 내 두 손을 붙잡더니, 쭈글쭈글한 얼굴을 내 볼에 마구 비벼대는 것이었다. 할머니는 미처 말을 못 하고 흐느껴 울기만 했다.

드센 바람이 홱 지붕을 쓸고 지나갔다. 나는 다시 문구멍에 눈을 대고 고즈넉하고 을씨년스러운 안마당을 내다보았다.

"뭣을 보냐! 저년은 미친년이다. 미쳐도 싸재. 죄를 받은 기여. 나혼티 헌 죄를 받은 기재. 저년, 서울서 갈보짓흐다 왔단다!"

할머니는 뼛속 깊이 사무쳐 쌓인 울분을 한꺼번에 토해내듯 말했다. 할머니의 말로는 이 큰 집을 보혜와 그 어머니인 초시댁 며느리 단둘이 지키고 있다고 했다. 오 년 전에 초시 아들과 손자가 한꺼번에 병에 걸려 죽었다고 했다.

나는 서울에서 할머니를 찾아 내려올 때 할머니가 이곳 방울재 윤 초시댁에 살고 있다는 것뿐 그 밖엔 아무것도 아는 게 없었다. 물어물어 방울재를 찾아와 윤 초시댁의 찌그러진 대문 앞에 안내되었을 때 내 주위에는 호기심 많은 마을 사람들이 진을 치고 있었다.

"초시댁 뉘길 찾는기요?"

길을 안내해 준 늙수그레한 부인이 물었다.

"그 집 할머니요."

"응, 행랑채 할망구 말이구만."

나는 우선 할머니가 살아 계시구나 싶어 마음을 놓을 수가 있었다.

"망조가 들어야재! 부귀빈천은 물레바퀴 도는 긋과 같은 이치니께! 위매 위매, 즈그들이 이 핼미혼티 흔 것을 어뜨케 다 말로 흐긋냐 와!"

할머니의 말에는 당신이 몸담아 살고 있는 초시댁에 깊은 원한이 맺혀 있는 듯싶었다.

아버지는 내가 할머니 이야기를 입 밖에 내지도 못하게 했다. 아버지는 왜 이렇게 불쌍한 할머니를 사무치게 한이 맺히도록 방울재 초시댁 행랑방에 외롭게 빌붙어 살도록 내버려 두었단 말인가. 나는 이미 죽은 아버지가 그렇게 원망스러울 수가 없었다.

"행랑방 불 끄고 자시요!"

안마당 쪽에서 초시 며느리의 목소리가 쩌렁쩌렁 들려왔다.

"아가 불 끄자. 저년들은 내가 불쓴 꼴도 못 본단다."

할머니는 푸우 푸우 입바람으로 호롱불을 끄고 나서 삭정이처럼 앙상한 손으로 내 무릎을 애써 긁어당겼다.

"지년들은 대낮그티 훤흐게 전기불 키고 지랄덜임시롱, 섹유지름이 을매나 닳으진다고 퉤퉤, 고양이 밥 묵듯 허는 이 할미 입에 들어가는 밥알도 아까와서 배가 아플 긋이다."

나는 할머니 곁에 누웠다. 군불을 시원찮게 지폈는지 구들장이 썰렁하여 되레 사람 덕을 보려 들었다. 나는 다시 문 쪽으로 돌아누워 문구멍을 통해 밖을 내다보았다. 마루 끝에 멀뚱히 쭈그리고 앉아 있던 보혜가 흰 고무신을 찍찍 끄집고 마당을 서성거리다가는 문간채 쪽으로 다가와 행랑방 문 앞에 우두커니 서서 고개를 길게 뽑아 이쪽을 기웃거렸다. 나는 기침이 나오려는 것을 억지로 참았다. 화사하게 밝은 대보름날 밤의 달빛과 토끼의 잔털처럼 구석구석 가득히 채운 전깃불 빛에 그녀의 깊고 흰 눈자위가 환히 들여다보이는 것 같았다.

마을 어귀 쪽에서 와글버글 아이들의 떠드는 소리가 손에 잡힐 듯 가깝게 들렸다.

"무정흐고 무정흔 자석! 그래 네 애비 잘 있냐?"

뚜벅 할머니가 아버지의 소식을 물어왔다. 나는 잠시 대답을 못 했다.

"할머닌, 아버지가 보고 싶으셔요?"

나는, 아버지가 세상을 떴다는 말 대신 이렇게 반문했다.

"자석 둔 골은 범도 돌아보는 벱이란다. 방울재를 떠나던 해 지놈 나이 열 살이었은께, 지금이 몇 년째긋냐!"

할머니는 말을 하면서 그 까칠까칠한 손으로 돌아누운 내 볼을 만지작거렸다. 어느 사이에 보혜의 모습이 보이지 않았다. 마루 끝에도 부엌 모퉁이에도 안마당 봉당에도 그녀의 그림자가 없었다. 할머니와 이야기를 하는 순간 그녀의 그림자를 깜박 놓치고 만 것이었다.

나는 이 집에 온 순간부터 이상하게 보혜에 대한 관심의 고무줄을 팽팽하게 잡아당기고 있었다. 할머니 말대로라면, 서울에서 갈보질하고 미쳤다는 그녀가 어찌 된 일인지 섬찟섬찟한 모습으로 나의 뇌리를 파고들었다. 나는 그녀에 대해서 알고 싶은 것이 많았다.

"네 에민 잘 있냐? 사내는 그저 지집치례를 잘혀야 호는 벱인디."

"오 년 전에 돌아가셨어요."

"작긋, 우찌자고 블써 갔다냐. 이 씨음씨흔티 냉수 한 그릇도 안 떠바치고 가부러? 불효막심혼 것!"

할머니는 갑자기 어둠 속에서 불컥 일어나 앉으며 무엇이 그리 억울하고 원통한 건지 숨을 가쁘게 몰아 끙끙대며 죽은 어머니를 욕했다.

"천하에 못된 긋! 이 씨음씨흔티 냉수 한 그릇 안 떠주고 가부러?"

할머니의 심정을 이해할 수가 있을 것 같았다. 얼굴도 모르긴 하지만 어찌했건 하나밖에 없는 며느리인데 언제고 저승길 떠나기 전에 며느리한테 큰절에 공대 받고 살날이 있으려니 학수고대하고 눈 딱 감고 싶어도 이 응등 물고 참아왔으리라.

"그래 네 애비는 새장개를 갔냐?"

할머니는 다급하게 물어왔다. 나는 확실한 대답을 못 하고 그냥 어물쩍거렸다. 아무래도 아버지마저 세상을 떴다고는 말할 수가 없었다.

"네가 큰놈이냐?"

"저 혼자뿐입니다."

"고단 허 긋다. 끌방망이 같은 놈 너뎃 쑥 뽑아놓고 갈 긋이재, 망홀 것!"

"……."

"네 애비가 이 핼미를 찾으보라고 보내서 왔쟈?"

"그럼요."

"아무렴. 뿌리 읍는 나무에 잎이 필까! 제 자석을 키와봐야 부모 은공 아는 뱁이니께."

그러나, 아버지는 마지막 눈을 감는 순간까지도 당신을 낳아준 어머니를 욕했었다. 아버지의 임종을 지켜보던 나는 할머니에 대해서 할 말이 없느냐고 물어보았지만, 아버지는 무겁게 고개를 가로저을 뿐이었다.

"그 여자는 네 할머니가 아녀! 그 여자를 찾을 생각은 말어라!"

아버지는 이렇게, 목숨을 거두는 순간까지도 할머니에 대한 원망을 풀지 않았었다.

나는 중학교에 다닐 때, 잠결에 아버지 어머니가 얼핏 할머니에 관한 이야기를 주고받는 것을 들었었다. 그때도 어머니가 아버지에게 시골에 홀로 있는 할머니를 서울로 모셔 와야 하지 않겠느냐며 자식 된 도리로 어찌 저승길을 눈앞에 둔 그분을 혼자 죽게 내버려 둘 수가 있겠느냐고, 매정스러운 아버지를 불효막심하다고 탓했지만, 아버지는 그때,

"그건 내 어머니가 아니라니께 그려. 낳아놓기만 허면 그게 어디 부몬가? 다시 내 앞에서 또 그따위 소릴 했다간 연탄집게로 쥐둥아릴 쫙 짖어불며!"

하고 어머니를 윽박질렀다.

그 후에, 나는 어머니한테만 가만히 아버지의 고향 방울재며 초시댁에서 혼자 외롭게 살아가는 할머니에 관한 이야기를 물었다. 처음에 어머니는 좀처럼 입을 열지 않았으나 내가 바득바득 졸라대는 바람에 마지못해,

"아부지 앞에서 할머니 이야기 끄냈다간 혼구멍이 날 텡께 조심해야 한다!"

하고 미리 이렇게 단단히 일러놓고 나서야 할머니에 관한 이야기를 쉬쉬해가며 대충만 들려주었다.

"네 아부지가 확실하게 이야길 해주지 않으니 나도 잘 알지는 못한다만……."

어머니의 말로는 아버지가 어렸을 때 할머니가 윤 초시에게 개가했다는 거였다. 그것도 대장장이인 할아버지가 눈 말갛게 뜨고 살아 있는데도 그 할아버지를 마다하고 부자 윤 초시의 첩이 되었다는 것이다.

어머니한테서 이야기를 들은 그때부터 내 머릿속에는 할머니의 모습이 뚜렷하게 자라기 시작했다. 어머니의 말대로 라면 할아버지와 나이 어린 아버지를 버리고 한 마을 부자 윤 초시의 첩이 되었다는 것인데, 그런 할머니가 조금도 불결하다든가, 부도덕하다든가, 또는 원망스럽게 느껴지지 않고, 되레 영화 속의 주인공처럼 아름답게만 여겨졌다. 그리고 그때부터 깨끗하고 곱게 늙어 있을 할머니를 만나고 싶은 생각이 무럭무럭 피어올랐다.

어머니가 세상을 뜨자 아버지와 나 이렇게 단 두 식구뿐인 우리 집은 너무도 고적했다. 그래서 아버지한테 슬쩍 할머니 이야기를 꺼내 보았다.

"시골에 계시다는 할머니를 모셔 와요!"

내가 뚜벅 말했을 때 아버지는 정색하고 사나운 얼굴로 나를 노려보았다.

"이 자식이? 너 그따위 소리 어디서 들었느냐? 그 여자는 우리와 하등

에 상관이 없으니 다시는 내 앞에서 그 여자 이야기 꺼내지 마라!"

"그래도 아버지를 낳아주신 분이 아닙니까?"

"암튼 그 여자 이야긴 꺼내지 말어!"

아버지는 딱 잘라 말하고 눈을 홉뜨고 나를 쏘아보았다.

"불쌍흔 자석, 어린 나이에 뜬골로 서울 큰 바닥에 가서 을매나 고생을 혔을꼬? 부모가 반 팔자라는듸, 짜잔흔 부모 밑에서 생겨난 죄로 고생께나 혔겄구만."

할머니는 그런 아버지를 못 잊어 가슴 아파하고 있는 것이었다. 목소리마저 촉촉이 젖어 있었다.

"자석 떠놓고 돌아서는 에미, 호랭이도 안 먹은단듸. 쯧쯧 불쌍흐고 불쌍흔 자석, 이 못난 에미를 을매나 원망혔을꼬…… 이 에미 발자욱마다에 피가 괸 긋은 모르겄재!"

할머니는 말을 잇지 못하고 추적추적 느껴 울었다.

"할머니, 지난날은 다 잊으시고 이젠 울지 마세요."

나는 어떻게 해야 할머니의 마음을 즐겁게 해드릴 수 있을지 생각했지만, 마땅한 생각이 떠오르지 않았다.

"오냐오냐. 하도 내 혼자 많이 울어서 인전 눈물도 말라뿌렀다!"

방문 앞 토방에서 바스락 소리가 났다. 뒤꼍 옷 벗은 오동나무가 조용한 것을 보니 바람 소리는 아닌 성싶은 데 무슨 소릴까 하고 귀를 기울였다. 깔깔한 치맛자락이 스치는 소리 같기도 하고 가벼운 신발이 땅 껍질을 벗기며 살짝 미끄러지는 소리 같기도 했다. 보혜가 안마당에서 서성거리고 있는 것인지도 모를 일이어서 문구멍 밖을 내다보았으나 아무것도 보이지 않았다.

"못된 놈! 네 애비, 이 핼미 욕 많이 흐쟈?"

할머니는 훌쩍 눈물을 들이마시고 나서 혼잣말처럼 조용히 물었다.

"왜 할머니 욕을 하시겠어요. 할머닐 모셔가지 못한 것을 얼마나 가슴 아파하셨다구요!"

나는 또 거짓말을 하고 말았다.

"그래사재. 그래도 내 뱃속에서 나온 자석인듸, 못난 자석. 소식이나 한 븐 전해줄 긋이재 원, 이 에미는 그래도 이제나 소식 올까, 저제나 코빼기 를 내밀까하고 이리 눈이 다 물커지게 기대렸는듸!"

나는 할머니의 들뜬 마음을 환히 읽을 수 있을 것 같았다. 그동안 숨 쉬 는 송장처럼 이 음침한 행랑방에 처박혀 죽을 날만 기다리고 있던 할머니 는, 이제야 서서히 되살아나고 있는 듯싶었다.

나는 이미 오래전 어머니한테서 할머니가 살아 계시다는 말을 듣고부 터 할머니에 대한 갖가지 환상을 그려보곤 했었다. 그 수많은 환상 가운 데서 하나의 얼굴만을 떠올리려고 애를 쓰기도 했다. 아버지에게 할머니 의 얼굴만이라도 말해 달라고 하고 싶었지만 아버지 앞에서 할머니 이야 기를 꺼내기조차 어려웠다. 방학이 될 때마다 살짝 아버지 몰래 집을 빠 져나와 시골에 내려가서 할머니의 얼굴만이라도 보고 와야겠다고 별러 왔지만 언제나 마음뿐이었다.

아버지가 세상을 뜨자 그 길로 할머니를 찾아 나서고 싶었으나 이민 비 자를 받느라 불난 강변에 덴 소 날뛰듯 동분서주하면서 서울을 나서지 못 했다. 단칸방 전셋돈 받아 아버지 치상비 삶고, 공사판 노무자 합숙소에 서 외톨이 신세가 되어서도 죽은 부모보다, 살아 계시는 할머니 생각에만 사로잡혀 있었지만, 큰맘 먹고 할머니를 찾아 나서지 못했던 것이다. 그러다가 이민 비자 받아 쥐고 출국 날짜가 바짝 다가와서야 부랴부랴 방울재로 달려왔던 것이다.

"할머니!"

나는 할머니 쪽으로 돌아누우며 은근한 목소리로 불러보았다. 아직도 할머니는 물커진 눈에 눈물 가득히 머금고 추적추적 울고 있었다.

"왜 그러냐? 아가!"

"그동안 혼자 고생이 많으셨지요?"

"고생은 무신…… 이르케 끌방맹이그튼 내 새끼가 찾으오니 동네방네 썰고 댕김시롱 춤이라도 추고 싶다."

"죄송해요. 혼자 이런 고생을 하시도록 해서."

"어이쿠, 내 새끼!"

할머니는 어린아이 어르듯 내 큰 엉덩일 투덕투덕 소리 나게 두드리고 나서는 쇠갈퀴 같은 두 손으로 다시 얼굴을 소중스럽게 감싸 안았다. 나도 자꾸만 눈물이 나오려는 것을 꾹 참았지만 목구멍 안이 뜨거운 것은 영 가시지 않았다.

"지금 몇 살인고? 우리 새끼!"

"스물아홉입니다."

"곧 증손자 꼴 보긋네! 장개 갔냐?"

"아직 못 갔어요!"

"어서 장개를 가야 우리 손주며느리 공대받고 살긋재!"

할머니는 그저 복받치는 기쁨을 가눌 수가 없는지 가만히 누워있지 못하고 자꾸만 온몸을 되작거렸으며 어둠을 더듬어 떡 벌어진 내 두 어깨를 툭툭 쳐보기도 하고 머리와 얼굴, 목덜미, 불두덩 가까이까지도 쓰다듬고

쓱쓱 문질러댔다.

할머니가 가엾게 생각될수록 할머니를 홀로 버려둔 아버지가 원망스러웠다. 그러나, 이런 할머니를 남겨두고 다시는 돌아오지 못할지도 모르는 먼 곳으로 떠나야만 하는, 나는 더욱 못된 손자였다. 나는 사흘 후에는 캐나다행 비행기를 타야만 한다. 이민을 가는 것이다. 찌든 살림으로 가까스로 야간 고등학교를 졸업한 후에 불도저 운전 기술을 배운 덕분으로 기술 이민 비자를 얻은 것이다. 찌든 가난과 눈꼴사나운 것들에 이골이 난지라, 이제는 삼천만 동포들 모두가 천금을 주며 조국에 머물러 있으라고 애걸복걸 사정을 한들 마음 돌이킬 내가 아니었다. 그러나 가슴이 식칼로 심장을 도려내듯 아파옴을 어찌할 수가 없었다. 차라리 할머니를 만나지 않고 훌쩍 비행기를 타버렸던들 이렇게 못 견뎌 하지는 않았을 것을. 한편으로는 괜히 할머니를 찾아왔구나 싶어 후회되었다. 출국 날짜를 사흘 앞두고 부담 없이 방울재에 내려올 때만 해도 할머니가 어떤 분인가 잠깐 얼굴만 보고 가려니 하고 약간은 가벼운 마음이었는데도, 막상 할머니를 만나고 보니 차마 뿌리치고 부웅 비행기 타고 날아가 버린다는 것이 그렇게 어렵고 가슴 쓰린 일이 아닐 수가 없는 것이었다.

"할머니, 오래오래 사세요!"

"아니다. 내 새끼 얼굴 보았으니, 은제 죽어도 여한이 읎다. 인전 문밖이 저승인듸, 한 많은 이승 살면 을매나 더 오래 살긋냐만, 네 애비 얼굴 한븐 보고 갔으면 눈 꽉 감고 묻히긋다!"

나는 무슨 말로 어떻게 대답을 해야 좋을지 몰라 입을 봉한 채 할머니의 앙상한 손을 꼭 쥐었다. 이런 할머니를 뿌리치고 차마 어떻게 나 혼자

먼 외국으로 날아가 버릴 수가 있단 말인가. 돈 잘 벌어서 먹고 싶은 것 먹고 입고 싶은 옷 마음대로 사 입고 산들, 이 푸른 하늘의 조국에 비할 수가 있겠느냐면서, 가난하게 살아도 조국이 좋으니 이민 갈 생각이랑 말고, 눈꼴사나운 일 많고 가난하긴 해도, 죽식간에 조국에서 함께 늙어 죽자는 친구들의 만류에도,

"고향도 없는 내게 조국은 무슨 조국이냐! 캐나다에도 우리 교포들이 많이 살고 있으니까, 정 붙으면 살 만하겠지 뭘!"

하고 말은 하면서도 진실로 나를 붙들어줄 사람만 있다면 그냥 주저앉고 싶을 만큼 마음이 약해지기도 했었다. 한동안은 조국을 영원히 떠나버린다 생각하니 어딘가 허전한 생각에 견딜 수 없어서 갈보들한테까지 큰소리로, 나는 조국을 떠난다, 다시는 돌아오지 않을 거다, 하고 악에 받쳐 큰소리치고 나자 어딘가 아쉽고 허전한 생각이 앙금처럼 착 가라앉고, 이젠 떠나야 할 사람, 굳은 마음으로 새 땅에 터전을 잡아야겠다는 결심이 서게 되었는데, 할머니를 만난 순간부터 다시 마음이 약해지는 걸 어찌할 수가 없었다.

"저 웬숫놈에 대장간 소리! 저놈에 소리 땜시 이날 입때꺼정 하루도 펜히 잠을 잘 수가 읎었단다!"

다시 할머니는 버릇처럼, 망치질 소리가 들려온다고 했으나 내 귀에는 바람 소리마저 들리지 않았다.

"저 웬숫놈에 대장간 소리, 내 저승길꺼정 따라올란개벼!"

그때, 토방에서 다시 바스락거리는 소리와 함께 쿵 하고 땅이 울리는 소리에 벌떡 일어난 나는 방문을 열었다. 희끔 사람의 그림자가 방문 앞에서 뒤꼍 쪽으로 스쳐 지나가는 것을 보았다. 보혜 같았다. 아까부터 그

녀는 방문 앞에 있었을까.

"뉘기냐?"

할머니가 무심히 물었다.

"이 집 딸인 모양이구만요."

"그 갈보 미친년이 또 그 사나그 냄새를 맡은 모양이재. 저 갈보년 조심
흐그라. 사흘 굶은 호랑이모냥 사나그만 보면 미친개거치 달라붙는다!"

"왜 미쳤대요?"

"아적 나이도 어린 긋이, 서울 가서 돈 많은 영감태기 첩이 되얐다가,
일 년도 못 살고 영감태기 죽자 그 자석들헌티 쫓겨왔단다! 죽그나 살그
나 그 집 귀신이 되사재, 먼 지랄헌다고 나와!"

할머니는 혀까지 끌끌 찼다.

"미쳐도 싸재. 돌절구도 밑이 빠질 때가 있고 쇠도 녹슬 때가 있는 벱이
니께!"

마을 어귀 쪽에서 아이들의 노랫소리가 들렸다. 밤이 꽤 이슥해진 모양
이다. 할머니는 혼자 무엇인가 골똘하게 생각을 굴리고 있는 듯싶더니,

"응덩이 붙이고 살 집칸이나 장만했냐? 방이 모자라믄 나는 네 방에서
너랑 함께 자도 좋긋다만……."

하고 다시 입을 열었다.

"방울재서 서울꺼정 을매나 멀다냐? 자동채보담 기채를 타고 가야 몰
미를 들 흔든다드라. 못난 자석 덕븐에 내 생전에 기채를 다 타보고 서울 귀
경 허게 되얐구만잉! 내 새끼가 이 핼밀 댈러 왔다고 허믄 방울재 사람들
이 다 기급을 허고 놀랠 끼라야……."

할머니는 어린아이처럼 기뻐했다. 몇 번이고 일어났다 누웠다 하면서

들뜬 마음을 가라앉히지를 못하는 것 같았다.

나도 할머니를 따라 일어나 앉으며 담배에 불을 붙여 물었다. 할머니는 내가 당신을 모시러 온 것으로 지레짐작하고 서울로 나를 따라나설 생각에 들떠 있었다. 그런 할머니를 보고 있자니, 나는 목구멍에 뜨거운 불이 확 댕겨 붙는 듯싶었다.

"으이고, 이 징헌 집구석 떠나믄 굶어도 살이 절로 찌긋다!"

"이 집, 꽤 큰 집인 것 같아요!"

"속 빈 강정이재. 집만 휑허니 크갖고 속곳 벗고 은가락지 낀 굿 같여. 으이고 징헌 집구석, 지옥도 이보단 더 나을끄다!"

할머니는 그동안 올올이 맺힌 한을 깡그리 토해내듯 깊은 한숨을 투우 몰아쉬었다.

할머니의 말대로 초시댁은 사람 사는 집 같지가 않고 오랫동안 비워둔 절간처럼 휑하게 느껴졌다. 내가 오늘 낮에 처음 이 집에 발을 들여놓았을 때 초시댁 집 전체가 음산한 느낌마저 들었었다. 문짝도 없이 삐딱하게 나자빠진 대문의 기둥이며, 볼품 사납게 더덕더덕 떨어진 안채의 횟가루 벽이며, 거센 바람만 건듯 불어도 휙 날아가 버릴 것 같은 엉성한 문간채며, 집구석 어디에선가 유령이라도 흐느적거리며 나타날 것만 같았다.

"그런데 할머니……."

"왜 그랴?"

"할머니는 왜 이 집에서 살게 됐어요?"

나는 이 말만은 묻지 않으려고 했지만 뚜벅 입을 열고 말았다. 할머니는 잠시 말이 없었다. 괜히 물었구나 싶었다. 할머니의 가장 아픈 데를 찌른 것만 같아 죄스럽기까지 했다.

"네 애비가 암말도 안흐든?"

"네, 말씀해주지 않았어요."

"다 못난 네 할애비 때문이쟈. 그놈에 복토 훔치기 땜시, 멧돝 잡으러 갔다가 집돝 잃웃재!"

복토 훔치기 때문이라니, 처음 듣는 이야기였다.

"흐기야 사혈 굶어 도둑질 안흘 사람 웂고, 열헐 굶어 군자 웂다드라만!"

할머니는 도무지 내가 알아듣지 못할 이야기를 했다.

그렇다면 할머니에겐 또 다른 사연이 있는 것일까.

"그르니께, 그때도 오늘 밤그튼 대보름날 밤였재……."

방울재에는 해마다 대보름날 밤이면 복토 훔치기 놀이를 했었다. 가난한 사람이 그 마을 부잣집에 몰래 들어가서 마당이나 뜰을 파서 흙을 훔쳐다가 자기네 부뚜막에 바르면 부잣집 복이 모두 옮겨 와서 부잣집은 가난해지고 그 대신 복토를 훔친 가난한 집이 부자가 된다는 것이었다. 그 때문에 부잣집은 종들을 풀어 횃불을 밝혀 들고 마을의 가난한 사람들이 몰래 들어오는 것을 밤새도록 지키게 했으며 만일 복토를 훔쳐 가다가 종들한테 붙잡히는 날에는 성한 몸으로 돌아갈 수가 없었다. 그래도 가난한 사람들은 죽기 아니면 살기로 목숨을 걸고 해마다 대보름날 밤이 되면 복토 훔치기를 감행하곤 했다. 대장장이였던 할아버지는 아침부터 밤늦게까지 대장간에서 시우쇠를 달구고 또드랑꽝 꿍꽈닥꽝, 깎낫, 부엌칼, 쇠스랑, 괭이, 돌쩌귀, 호미를 만들어냈지만 가난은 풀리지 않고 막대 휘둘러도 거칠 것 없이 휑한 살림은 해를 거듭할수록 찌들어 가기만 했다. 대보름날 밤, 마을의 다른 가난한 사람들과 함께 윤 초시댁 복토를 훔쳐내기로 했다. 몸이 남달리 건강하고 뚝심이 세고 성질까지 왁살스러운 할아버지는 그따위 종들쯤이야 겁나지 않았었다.

그러나 할아버지는 윤 초시네 복토를 훔쳐내다가 종들한테 붙들리고 말았다. 종들한테 붙들린 할아버지는 몽둥이로 초주검이 되게 두들겨 맞은 뒤에 뒤꼍 곳간에 갇혔다.

"그때게 이 핼미 속이 을매나 바싹바싹 탔긋냐. 꼬박 이틀 밤을 뜬눈으로 새웠쟈. 그런 사흘째 되는 날에 윤 초시 영감이 나를 찾어왔드라."

할머니는 손을 더듬어 내 손을 꼭 쥐고 이야기를 계속했다. 할머니의 손이 아직도 가늘게 떨리고 있었는데, 떨리는 손끝에서 할머니의 젊었던 시절 그 윤 초시 영감한테 당했을 두려움을 느껴 알 수 있을 것 같았다.

"아심아심 잠이 들라는디 대장간 문이 블컥 열림서 윤 초시가 방으로 성큼 들어오드라. 무턱대고 이 핼미를 겁탈하러 들드구나. 이 핼미가 죽기로 그절을 허자 그 윤 초시 왈 이 핼미가 자기 말을 들어주지 않으믄 네 할애비를 쳐 쥑이겠다드라. 뱁 읎는 그 시상에 윤 초시가 사람 하나 쥑이는 긋이 호박에 침주기만이나 쉴한 일였은께 어찌 내 맘이 떨리지 않긋냐와! 지놈들 우리그티 짜잔헌 인생을 파리 목숨모냥 생사여탈을 쥐고 있읏재잉. 이 핼미가 미친년이였재. 우선 할애비를 살릴 생각으루 내 한 목숨 죽든 살든 생각 밖이읏재잉! 그 징헌 목숨이 뭣인지 이날 입때꺼정 숨 쉬고 사는 기 부끄럽다!"

할머니는 말을 끝내고는 온몸을 바들바들 떨며 흐느꼈다.

할머니는 그렇게 해서 윤 초시의 첩이 되었고, 할아버지는 초주검이 되어 풀려나왔단다.

"핼미가 못홀 짓을 흐고 이 집에 들어온 후로도 마음은 늘 네 할애비 저테 있었재. 윤 초시 집에서 풀려나간 할애비는 며칠 동안 잠도 자지 않고 새벽까지 궁꽈닥 꿍꽈닥 망치질만 허드구나. 그 소리를 들을 때마다 할애비가 그 큰 쇠망치로 네년 뒈져라, 네년 뒈져라 하고 핼미의 가심을 후려치는 굿같어 통 잠을 못 잤다. 그놈에 소리가 지금꺼정 내 귀에 들려와선 이 핼미 혼을 빼가고 있단다!"

그러던 어느 날 밤, 할머니는 윤 초시 몰래 살짝 빠져나와 대장간까지 가보았다. 차라리 할아버지 곁에 가서 죽어버리고 싶었기 때문이었다. 한밤중이었는데도 할아버지는 시뻘건 시우쇠를 집게로 집어 사납게 일그러뜨린 얼굴로 마구 짓이겨 두들기며,

"이놈에 윤 초시 놈! 이놈에 망할 놈에 윤 초시 놈!"

하고 미친 사람처럼 되뇌고 있었다. 여보, 하고 할머니가 목메는 소리를 지르며 대장간 안으로 뛰어들자, 할아버지는 그 사나운 얼굴로 벌겋게 단 시우쇠를 들이대며 할머니의 몸에 그대로 쑤셔 박을 기세로 덤벼들었다. 할머니는 기겁하고 도망쳐 나와 버렸으며 다음날 할아버지는 대장간 뒤 큰 팽나무에 목을 매어 죽었다.

"할애비가 죽자 네 애비도 온다 간다 말 읍시 떠나부렀단다. 그때부텀 이 핼미는 산송장이었재! 모진 목숨 죽지 못호고 살았드니 너를 만날 수 있구나!"

윤 초시한테 아버지 어머니를 빼앗긴 어린 나이의 아버지가 한이 맺혀 방울재를 떠나는 모습이 눈에 선하게 떠올랐다. 그 피맺힌 원한이 눈을 감는 순간까지도 풀리지 않았던 것이었다.

"너 따러서 서울로 가도 저 웬숫놈에 대장간 소리 거그꺼정 따러 올란가 모르긋다!"

"잊어버려요. 할머니!"

"저놈에 소리만 안 들으면 죽어도 편히 눈을 감긋다만……."

"할머니 잘못하신 거 하나도 없어요. 그리고 망치질 소리도 들리지 않아요."

나는 이렇게 말하며 부스스 일어나 앉아 윗목에 밀쳐두었던 인조가죽 잠바를 주워 입었다. 갑자기 목구멍 안에서 뜨거운 불잉걸 같은 것이 이글이글 치솟아 올라 그대로 방안에만 누워 있을 수가 없었다. 어쩌면, 내 귀에도 할아버지의 대장간 망치질 소리가 들려오는 듯싶었다.

"아가, 왜 그러냐?"

"잠시 바람 좀 쐴려구요!"

문을 박차고 밖으로 나온 나는, 두 손을 바지 주머니에 깊숙이 찌른 채 우두커니 서서 휘영청 밝은 대보름달을 쳐다보았다. 쌩한 찬바람이 허파를 건드리자 답답한 가슴에 바늘구멍만 한 숨구멍이 조금씩 뚫리는 것 같았다.

문간채 방 옆 늙은 감나무 아래서 희끄무레한 그림자가 흐늘흐늘 움직였다. 보혜였다. 한겨울인데도 짧은 밤색 코르덴 스커트에 홀렁한 스웨터를 입은 그녀는 추위를 참느라고 두 손으로 양 어깻죽지를 꼭 움켜쥐고 자라목을 하여 웅크린 채 서서히 일어서며 나를 바라보았다. 나는 그녀를 발견하는 순간 온몸이 섬뜩함을 느꼈다. 그녀는 음산한 느낌을 주는 그늘을 길게 늘어뜨리고 조심스럽게 내게로 다가왔다. 마당 구석구석을 환하게 비추고 있는 전깃불과 달빛을 담뿍 머리에 이고 샐긋샐긋 웃으며 다가오는 그녀의 창백한 얼굴이 점점 뚜렷한 윤곽으로 살아났다.

"서울서 오셨대죠?"

그녀는 내 곁에 와 서며 제법 세련된 서울 말씨를 내며 낮은 목소리로 물어왔다. 미친 여자같이 느껴지지 않았다.

"행랑방 할머니의 친손자가 되신다구요?"

그녀의 거듭 묻는 말에도 나는 대답 대신 고개만 끄덕 해 보였을 뿐이었다.

"그 대장간 자리 안 가볼래?"

그때, 안방에서 그녀의 어머니가 딸을 찾는 소리가 들려오자 그녀는 잽싸게 집 문밖으로 나가버렸다. 그녀는 문을 나가면서 다급한 목소리로,

"못 봤다고 그러세요!"

하고 말했다.

"이년이 또 미친개모냥 으디로 나갔다냐! 보혜야아."

보혜 어머니는 안방 문을 열고 나와 마루 끝에 서서는 때굴때굴 자갈 굴러가는 목소리로 딸을 불러댔다.

"우리 딸 못 보셨남?"

"못 보았는데요!"

나는 이렇게 거짓말을 하고야 말았다. 내가 거짓말을 하자 문밖에 숨어 있는 보혜가 키들키들 가볍게 웃었다. 그녀 어머니가 게걸거리며 방으로 들어가 버리자 보혜는 다시 낮은 목소리로 빨리 나오라고 재촉하며 손짓을 해 보이기까지 했다. 나는 그녀의 속셈을 알 수 없었기 때문에 그녀를 따라나서야 할지 아니면 모른 척해버릴 것인지 작정을 못 하고 그대로 미적거리고 있었는데, 다급한 목소리로 그녀가 다시 한번 재촉했다.

"제가 대장간을 가르쳐 줄께요!"

나는 조금 전 할머니의 그녀를 멀리하라는 말을 편 듯 떠올리며 어정어

정 문밖으로 나갔다. 그녀는 여전히 궁상맞게 어깨를 웅숭그리고 마을 어귀 쪽을 향해 앞서 걸었다.

왁자하게 떠들어대던 아이들도 바람처럼 흩어져버린 뒤였다. 무덤 속처럼 조용한 밤, 휑뎅그렁한 공간을 달빛이 가득가득 채우고 있었고, 그 싸늘한 공간을 둘은 말없이 걸었다. 어귀를 지나서야,

"전 다시 서울 가서 살고 싶어요!"

하고 앞서가던 보혜가 획 뒤를 돌아보며 입을 열었다. 나는 대꾸를 하지 않았다. 깊은 밤중에 속 모를 여자, 그것도 할머니 말대로라면 미친 여자의 뒤를 따라간다는 것이 어쩐지 흔쾌한 일이 아니었기 때문에 약간 마음을 도사리며 걸었다.

"댁 할머니한테 내 얘기 다 들었죠? 할머니 말이 다 맞아요!"

참 알 수 없는 여자였다. 자신의 부끄러움 따윈 조금도 감추려 하지 않고 있는 그대로를 까발려 보이는 그녀를 이해할 수가 없었다. 캐나다행 비자를 발급받은 날 밤에 찾아갔던 키가 큰 껑다리 갈보가 생각났다. 조국의 품에서 영원히 떠나고 싶고, 이 갈보가 나의 마지막 한국 여자가 될지도 모른다는 허전한 생각 때문에, 몇 번이고 오백 원짜리 깔깔한 지폐를 팁으로 그녀의 때 묻은 베갯잇 속에 쑤셔 박아 주어가며, 새끼 항문이 아르르하게 저리도록 밤을 새워 곤죽이 되어버렸던 기억이 뼛골에서부터 스멀스멀 되살아나면서, 갑자기 앞서가는 보혜를 나무둥치 쓰러뜨리듯 하여 와락 덮치고 싶은 충격마저 느꼈다.

그녀는 마을 어귀를 비켜 지나서는 조그만 돈단 위로 올라갔다. 그 돈단 위에 큰 팽나무가 으스스하게 서 있었다. 나는 팽나무 가지들을 무심히 쳐다보며 그녀를 따라갔다. 팽나무 가지 끝에 목매달아 죽은 할아버지

의 혼이 너울너울 춤을 추고 있는 듯싶었다.

"다 왔어요. 옛날엔 여기에 대장간 흙집이 있었어요. 도깨비가 산다고들 했죠. 그러나 그 흙집이 쓰러지기 전까진 댁 할머니가 꼬박꼬박 청소했대요."

그녀는 팽나무에 등을 기대고 서서 썰렁한 눈으로 나를 마주 보았다. 대장간의 노호爐戶가 있었음 직한 판판한 곳을 보고 있는 순간, 내 귀에는 푸악팍 푸악팍 풀무질 소리가 어지럽게 들려오는 것만 같았다.

"절 서울에 데려다주지 않을래요?"

나는 그녀의 매달리는 듯한 목소리에 몸을 돌려 팽나무의 그림자가 가득 덮인 얼굴을 마주 보았다. 다시 키 큰 꺽다리 갈보가 생각났다. 그날 밤 그 갈보에게 자랑스럽고도 서글픈 목소리로 나는 캐나다로 영영 떠나가 버린다고 몇 번이고 말 했지만, 그녀는 내 이야기에는 별로 관심이 없는 듯 귀담아듣지도 않았었다.

"아가씨가 마지막이야. 난 정말로 한국을 떠난다니까!"

몇 번이고 똑같은 말을 되풀이했었다. 그러자 그녀는 지나간 말로,

"흑마가 됐건 백마가 됐건 한국의 남자답게 태극기부텀 팍 꽂아요!"

했을 뿐이었다.

나는 사흘 후면 떠난다. 다시는 돌아오지 않을 거다. 데리러 올 손자를 기다리다 지친 할머니는 물커진 눈에 눈물과 원망을 가득 담은 채 숨을 거두게 되겠지. 나는 갑자기 외로운 생각이 들었다.

"제발 부탁예요. 절 서울까지 좀 데려다주세요!"

그러나 나는 대답을 해주지 않았다.

그녀는 말하는 거로 보나 행동거지로 보나 어딘가 약간 얼빠진 구석이

있어 보이긴 하지만 결코 미친 여자 같지는 않았대.

"제발 부탁예요!"

"왜 혼자는 못가요?"

나는 퉁명스럽게 내질렀다.

"저 혼자는 무서워서 그래요. 남자를 따라가고 싶어요!"

그녀는 샐긋샐긋 웃으며 두 팔로 내 목을 끌어안기라도 할 듯 어깻죽지를 움켜쥔 팔을 풀며 바짝 내게로 다가서는 것이었다.

갑자기 내 머릿속에 윤 시초한테 겁탈을 당하는 할머니의 버둥질치는 모습이 선하게 떠오르면서 보혜의 얼굴이 헤실바실 기계처럼 미소 날리는 키 큰 꺽다리 갈보로 보였다. 순간, 나는 그 꺽다리 갈보년을 안아 쓰러뜨리듯 두 팔로 덥석 보혜를 안아 올려 판판한 땅 위에 눕혔다. 미움과 원망과 사랑스러움이 범벅된 싸늘한 욕망이 불끈 솟구쳤다. 그녀는 꺽다리 갈보처럼 하는 대로 가만히 있었으며 꽁꽁 얼어붙은 땅바닥에 누워서는 두 발을 늙은 팽나무처럼 엇비슷하게 하늘로 쳐들어 가랑이를 쩍 벌렸다. 쉘쉘쉘 바람 소리와 함께 두 사람의 숨소리가 거칠어졌다.

꼭두새벽부터 할머니는 모락모락 김을 뿜으며 머리를 감아 빗고 올망졸망 헌 옷 보퉁이를 싸기에 바빴다.

"으이구 이 징혼 집구석을 떠나다니, 육십 년 동안이나 감옥살이헌 이 집구석을 떠나다니!"

할머니는 어깨를 들썩거리며, 환갑날에 딱 한 번 꺼내 입어 본 뒤에 장롱 속에 오랫동안 깊숙이 넣어두었던 하얗게 바랜 옥양목 저고리를 갈아입으면서 명절을 맞은 어린아이처럼 사뭇 들떠 있었다.

나는 차마, 얼마 후에 다시 할머니를 모시러 오겠다는 거짓말을 할 수가 없어서 할머니의 눈치만 살피며 미적거리고 있다가 용기를 내어 입을 열었다.

"할머니, 딱 한 달간만 참아주세요."

"……."

"그동안 셋방살이를 하다가 이번에 큰 집을 사서 한 보름 있으면 이사를 가게 되요. 새집 사서 이사한 다음에 할머니를 모셔야 할머님 마음도 기쁘실거고……."

할머니는 내 말을 듣고 나서 맥없이 멀뚱히 내 얼굴만 바라보더니,

"집을 샀다니 그 참 듣던 중에 반갑다!"

하고 힘없이 방바닥에 주저앉았다.

하루 더 쉬었다 가라는 할머니의 간곡한 청을 뿌리친 나는 아침 일찍이 윤 초시네 집을 나왔다.

"새집 사서 이사흐고 한 달 후에 나를 데릴러 온다누만……."

나를 대신하여 할머니가 깔깔한 목소리로 윤 초시 며느리한테 눈치를 보아가며 변명 아닌 변명을 하자, 그녀는 힝, 콧방귀를 뀌는 표정으로 힐끔 나를 쳐다보다. 보혜가 저만치 뒤에서 나를 따라왔다.

"저 걸레그튼 미친년이 왜 따러온다냐!"

동구 밖을 지나 큰 신작로까지 배웅 나온 할머니는 자꾸만 뒤를 돌아보며 혼잣말을 내지르고, 만나는 마을 사람마다 붙들어 세우고는,

"저놈이 내 손재여. 한 달 있다가 날 델러 온다누먼……."

하면서 자랑삼아 시시콜콜히 설명을 늘어 놓았다.

큰 신작로 주막 앞에 이르자 할머니는 주위를 두리번거리고 나서 허리

춤에서 때 묻고 떨어진 오색 주머니를 꺼내 잽싸게 내 잠바 호주머니에
쑤셔 넣어 주었다.

"새벽에 암도 몰래 살짝 훔쳤다. 꼭 갖다가 네 애비 줘라!"

할머니는 바짝 뒤를 따라오는 보혜가 들을까 봐 조용조용히 말을 하고
나서 마지막으로 내 손을 꼭 쥐면서 어젯밤처럼 추적추적 흐느꼈다.

할머니와 헤어져 신작로를 따라 무거운 발걸음으로 휘주근히 걷고 있
는데, 보혜가 쪼르르 뛰어와서는 내 곁에 바짝 따라붙었다. 나는 호주머
니에서 오색 주머니를 꺼내 풀어보았다.

흙이 가득 들어 있었다. 그것은 할머니가 몰래 훔친 복토였다. 우뚝 걸
음을 멈추고 뒤를 돌아다보았다. 할머니가 메마른 나뭇가지처럼 천천히
손을 흔들어 보였다.

"우리 엄마 쫓아 나오기 전에 빨랑 가요!"

보혜가 다급하게 서둘렀으나 내 두 다리는 땅에 얼어붙어 있었다.

『월간대화』, 1977.1

고향으로 가는 바람

1

텅 빈 마을에 우쭐우쭐 어둠이 밀려왔다. 마치 새끼내 강물이 덮쳐오는 듯싶었다. 어둠이 깔린 노루목 고샅도, 집도 텅텅 비어 있었다. 새끼내에 큰 댐이 세워지자 팔십 호 가구가 뿔뿔이 이주해 흩어져버리고 말았다. 해마다 여름이면 물난리를 겪어야 했던 노루목이 아예 깡그리 물속에 잠겨버리게 된 거였다.

마을 뒤 돈단의 좀팽나무 아래에 쭈그리고 앉아서 담뱃불을 붙여 문 장 또삼은 회한에 젖은 눈으로 텅 빈 마을을 내려다보고 있다. 옛날 이맘때쯤이면 저녁밥 짓는 연기가 모락모락 푸질하게 피어오르고, 컹컹 개 짖는 소리며 아이들이 뛰어노는 와자지껄한 소리, 들에서 고된 일과를 끝내고 돌아오며 아이들 이름을 불러대는 소리로 온통 마을이 시끌시끌했을 터인데, 을씨년스럽게도 고즈넉하게 가라앉아 버렸다.

떠버리 덕칠이집의 대추나무며, 걸핏하면 꽥꽥 양철 두드리듯 소리소리 질러댄 오장례네의 큰 오동나무, 동네방네 된 말 안 된 말 떠벌리며 소문을 까발려대기를 좋아하는 말바우네의 감나무가 모두 낯에 익었다. 또삼이는 눈을 감고도 노루목 집집을 다 찾아갈 수가 있었다. 한이 맺히고, 조금은 기쁨이 차곡차곡 담긴 노루목을 떠나야 한다니, 목울대가 훗훗해

왔다. 떠나는 아쉬움은 참을 수 있다손 치더라도, 삼십일 년 동안 잔뼈가 굵어 오고 조상들의 뼈가 묻힌 마을이 옴씰하게 물에 잠긴다는 것을 생각하면 코끝까지도 시큰해지는 것이었다.

마을 어귀, 할미당과 수박등을 건너지른 읍내 중학교 이층 건물보다 더 큰 콘크리트댐 위의 관리사무실에 육십 촉짜리 전깃불이 환하게 켜져 있다. 임시로 지은 관리 사무실 안에선 왕왕 라디오 소리가 흘러나왔다.

노루목엔 이제 또삼이네와 쌀분이네 두 집만 남고 모두 떠나버렸다. 마을이 물에 잠기는 것을 어찌 번연히 눈 뜨고 보겠냐면서 서둘러 추수를 끝내고 보상금이 나오자 새 터전을 찾아 뿔뿔이 흩어져버렸던 것이다. 엊그제까지만 해도 등기 있는 논이 아닌 하천부지를 일궈 먹고 살아온 이십여 호가 빈손 쥐고 뜬 골로 어디를 가서 살겠냐면서 죽어도 고향 땅에서 굶어 죽겠다던 사람들도 마을이 잠기게 된 바람에 쫓기듯 노루목을 떠나버렸다.

추적추적 돈단을 올라오는 발걸음 소리에 또삼은 뻑뻑 담배를 빨며 일어섰다. 쌀분이가 올라오고 있었다.

"오래 기다렸재? 설겆이 끝내고 오느라고 쬐끔 늦었구만."

쌀분이는 헐근번떡 숨을 몰아쉬고 돈단에 올라와서는 좀팽나무 아래 편편한 돌에 앉았다.

"오늘 밤이 마지막이로구만."

또삼은 실밥이 터지고 구멍이 난 구두로 담뱃불을 문질러 끄고 나선 쌀분이 옆에 앉았다.

"낼 일찍 떠난담서?"

"하루라도 더 있다 떠나고 싶어도 광주에 사놓은 집도 비어 있고, 낙타 바늘귀 뚫기보담 더 어렵게 잡은 직장에도 나가 봐야 허고……."

또삼은 말끝을 흐려버렸다. 텅 빈 노루목에 쌀분이 부녀만을 남겨둔 채 홀쩍 떠나기가 어딘지 마음이 쓰렁했기 때문이다. 기실 또삼이는 벌써 한 달 전에 보상금을 받아 광주 변두리에 담배포가 딸린 집까지 사놓고도 쌀 분이 부녀 때문에 노루목을 못 떠나고 차일피일 이날껏 눌러앉아 있었던 것이다.

"우리만 떠나서 미안해!"

"또 그 소리여."

"우리 집마저 떠나면 노루목엔 쌀분이 부녀만 남게 되겠구만."

"우리 걱정은 말고, 도회지 가서 돈 많이 벌어서 한번 떵떵거리고 살어."

"이 세상에 노루목만 한 데가 있을라구?"

"노래도 있잖어, 정들면 고향이라고 말여."

"이번에 두 집이 함께 떠났으면 좋겠는디, 사놓은 집에 남은 방도 있고……."

"아부지가 죽어도 노루목은 안 떠나시겠다고 저 고집이니 어찌여."

"참말로 마을이 몽땅 물에 잠겨도 안 떠나시겠다는 거여?"

"우리 집은 높은 돈단에 있으니까 걱정 없다고 허시니……."

"영감님 고집은 귀신도 못 꺾을 끼여."

쌀분이 아버지 덕보 영감이 한사코 노루목을 떠나지 않겠다고 한 것은 보상금을 받지 못했다거나, 빈손으로 고향을 떠나 어디 발붙이고 살 만한 곳이 없어서만은 아니었다. 기실 덕보 영감이 고향을 떠나지 않겠다고 하는 것은 쌀분이 할머니의 열녀각 때문이었다.

"네 할머니 말이다. 세상에 혼한 그런 열녀 할머니가 아니다. 내 눈에 흙이 들어가기 전에는 네 할머니 열녀각을 이대로 두고 떠날 수는 없다."

마지막 또삼이네마저 노루목을 떠나게 된다는 말을 들은 쌀분이가, 우리 두 식구도 함께 또삼이네를 따라가자고 넌지시 말을 꺼냈을 때 아버지는 펄쩍 뛰며 그렇게 말했다.

　쌀분이는 좀팽나무 아래 칙칙한 어둠 속에 묻혀 있는 할머니의 열녀각을 내려다보았다. 열녀각 옆 개다리 초가에 희끄무레한 석유 등잔 불빛이 어른어른 출렁여 보였다.

　"또삼이네는 운이 존 거여, 몇 푼 안 되는 농토 보상금 받아갖고 몇 달 못가서 알거지 된 집이 한두 집인가?"

　"글씨, 대토도 못 잡고 곶감 고치에서 곶감 빼 묵듯 돈만 없어진 그제."

　새끼내에 댐이 들어서자 삼일면이 통째로 물에 잠겨버렸다. 몇 차례 나누어 보상금을 받은 이주민들은 인근에서 대토를 잡으려고 버둥댔으나, 팔려고 내놓은 땅은 적은데 살 사람은 벌떼처럼 몰려들어, 땅값이 하늘 닿게 치솟았다. 두 마지기 보상금으로 한 마지기 사기도 어렵게 되었다. 그런데도 이주민들은 고향에서 한 발짝이라도 가까운 곳에 땅을 장만하려고 했다. 그러나 터수 없이 댕댕한 값에 하루 이틀 여수다가 땅값만 계속 올려놓고, 끝내는 대토를 사들이지 못한 채 목돈만 깨지고 만 집이 한두 집이 아니었다.

　쌀분이 말마따나 또삼이네는 운이 좋았다. 보상금 받은 돈을 한 푼도 축내지 않고 광주 변두리에 담배포까지 딸린 아담한 집을 사놓고, 정말이지 시골에선 하늘의 별 따기보다 더 어렵다는 구청 수도검침원이 되었으니 말이다.

　"그래도 옴니암니 취직자리 뚫느라고 쌀 열 가마니 값이 몽땅 들어갔구만."

　"돈 쓰고도 못 들어가는 자리라는디."

"엔만큼 기반이 잡히면 곧 데려갈 텐께, 눈 질끈 감고 쬠만 기다려."

"우리 걱정은 말고 착실히 돈 벌 생각이나 혀!"

"강가에 갓난애기 놔두고 간 것 같구만."

또삼이는 쌀분이의 손을 꼭 쥐고 말했다. 떠나는 아쉬움과 떨어져 남는 두 사람의 아픈 마음이 손가락 끝을 타고 가슴을 갈퀴질 했다.

또삼이와 쌀분이가 마을 뒤 돈단 좀팽나무 아래서 마지막 밤 이별의 슬픔을 달래고 있을 무렵, 또삼이 아버지 장 영감은 서둘러 덕석기(부락기)를 챙겨 들고 집을 나왔다. 칠팔십 년은 실히 되었음 직한 색깔이 뿌옇게 바래고 깃이 너덜너덜하고 희치희치 닳아빠진 농기를 어깨에 멘 장 영감은 마치 마당밟기굿을 할 때처럼 경중거리는 걸음으로 긴 고샅을 빠져나와 할미당을 한 바퀴 휘돌아 덕보 영감네 집이 있는 돈단 쪽으로 올라갔다.

노루목의 상징인 부락기는 원래 이장 유병태가 보관하고 있다가 한 달 전에 읍으로 이주를 해버린 떠버리 덕칠이, 새마을 지도자 문치걸 등 자기와 가까운 친구나 친척 집에 차례로 물려 맡았던 것을, 불과 이틀 전에 또삼이네 집 차지가 되었었다. 그들은 마을을 떠나는 날 가장 가까운 친구 집에 기를 들고 와서는,

"덕석기를 물려주네. 우리가 떠난 뒤에라도 잘 보관허게."

하며 부락기를 매단 장대를 넘겨주곤 했다. 종래에 가서는 그 기가 필시 물에 잠기게 된 마을과 운명을 함께 할 것이라는 것을 잘 알고 있으면서도 마지막 날까지라도 탈 없이 잘 보관해주기를 당부하는 이주민들의 마음은 아팠다.

대보름날 아랫마을 방울재와 고싸움놀이를 할 때나, 정초 한 달 동안 노루목 집집이 돌며 마당밟기굿을 할 때마다 기세 좋게 들고 다녔던 노루

목 부락기가 이제 마지막으로 덕보 영감의 손에 안기게 된 거였다.

"박 상쇠 있는가……?"

장 영감은 덕보 영감의 사립짝을 밀치고 들어서며 큰소리로 외쳐 불렀다. 그는 덕보 영감이 노루목 걸립패에서 꽹과리를 가장 잘 쳐서 언제나 매귀굿의 향두가 되었기 때문에 상쇠라고 불렀다. 전립을 쓰고, 전립의 꼭대기에 끈을 달고, 다시 그 끝에 털 뭉치의 긴 끈을 달아, 이것을 앞뒤로 흔들기도 하고 빙빙 돌리기도 하여 재주를 부리며 춤을 추는 덕보 영감의 상쇠놀음은 일품이었다.

"박 상쇠 없어?"

장 영감은 부락기를 멘 채 다시 큰 소리로 불렀다. 덕보 영감은 한참 뒤에야 칙칙한 어둠이 꽉 들어찬 마당 귀퉁이 열녀각 쪽에서 어정어정 걸어 나왔다.

"깜깜한 열녀각에서 뭣흐고 나와?"

덕보 영감은 마당 한가운데로 걸어 나와, 부락기를 메고 서 있는 장 영감을 빤히 들여다보았다.

"낼 떠난담서?"

"덕석기를 갖고 왔구먼."

장 영감은 덕보 영감한테 깃대를 내밀며 낮은 목소리로 말했다.

"갈 사람은 펑펑 가사재."

덕보 영감은 깃대를 받아들고 어둠 속에서 너울거리는 부락기를 올려다보았다. 노루목의 한과 기쁨이 올 마다 촘촘히 박혀 있는 부락기를 받아 든 덕보 영감의 가슴이 찌르르해 오는 것 같았다.

"우리마저 떠나면 자네 혼재만 남는구만."

"노루목이 왼통 내 것이 됐구만. 산도, 논도, 밭도, 집도, 또 뭣이냐, 이 노루목 하늘도 몽땅 내 것이 됐구만 그려."

덕보 영감은 푸실푸실 웃기까지 했다.

"참말로 안 떠날 텐가?"

"이르케 벼락부자가 되얐넌디 워딜 가? 인제부텀 노루목에서는 이 강 덕보가 제일 부자네."

덕보 영감은 헛웃음까지 웃어댔다.

"우리 집 뒤꼍에 장두감 한 개도 안 따고 옴시래미 그대로 됐네."

"올 대보름 때 자네도 오지? 그날 다 노루목으로 오기루 했네."

"와야재. 자네 상쇠노름을 못 보면 일 년 내내 몸이 근질거려."

"그때꺼정 이 덕석기 잘 보관험세. 대보름날 만나서 저 땜이 와그르르 허물어지도록 벅신벅신 매굿을 치세나."

"나 갈라네."

"낼 아침 떠날 때 보세."

부락깃대를 맡긴 장 영감은 휘적휘적 돈단을 내려갔다. 그는 어둠 속에서 몇 번이고 뒤를 돌아보았다.

다음 날 아침, 덕보 영감은 이삿짐 싸는 것이라도 도와주려고 서둘러 장 영감네 집으로 갔으나, 집이 텅 비어 있었다. 꼭두새벽에 노루목을 떠나버린 거였다. 아마, 혼자 남은 덕보 영감에게 이별의 아픔을 남겨주지 않기 위해서였는지, 아니면 떠나는 그들 스스로의 아픔을 덜기 위해서였는지 모를 일이었다.

"원 무심헌 사람."

덕보 영감은 을씨년스럽게 텅 빈 집을 휘휘 둘러보았다.

간밤 장 영감의 말마따나 뒤꼍 감나무에는 주먹만 한 찰감들이 주절주절 빨갛게 익어 있었다.

"원 무심헌 사람."

덕보 영감은 마치 3년 전 그의 할멈이 세상을 떴을 때처럼 허정허정한 마음이 되어 똑같은 말만을 되풀이해 중얼거렸다. 그가 다시 안마당으로 나왔을 때, 시울이 펑 젖은 쌀분이가 토마루에 우두커니 앉아 앞산 할미봉의 하늘 끝을 쳐다보고 있었다.

댐 공사장에서 불도저 소리가 와글와글 울려왔다. 요란한 그 불도저 소리는 온통 텅 빈 노루목을 삼켜버릴 듯싶었다.

2

또삼은 으리으리한 이층집의 철문 앞에 서서 미적거렸다. 초인종을 누르고 안으로 들어서야 할 터인데, 마치 도둑질하러 가는 사람처럼 가슴이 쿵덕쿵덕 뛰었다. 정말이지 그는 집안으로 들어서기가 서먹서먹했다. 밤낮 가리지 않고 기세 좋게 헛기침 토해내며 마음대로 이집 저집 들락거렸던 노루목이 그리웠다. 스스럼없이 제집 문턱 드나들 듯했던 노루목을 떠나와서, 온종일 간이 콩알만 해 가지고 눈치 보며 이집 저집 드나들어야만 하는 또삼이는 마치 먼 타국에 덩그렇게 혼자 떨어져 있는 듯한 기분이었다.

또삼은 비닐 가죽 잠바의 지퍼를 올려 옷매무새를 추스르고 나서 용기를 내어 손가락으로 다시 부자를 꾹 눌렀다.

"누구세요?"

철문 인터폰에서 라디오 연속극에서처럼 세련된 목소리가 흘러나왔다.

"수도 검침허러 왔습니다."

"아침부터 김빠지게 검침원이야, 낮에 와욧."

인터폰이 끊겼으나 철문은 열리지 않았다. 낮에 오라니 말도 안 되는 소리다. 오전 중에 돌고개 안통을 거의 끝내야 했다. 그는 다시 초인종을 눌렀다. 세련된 여자 목소리가 다시 흘러나왔다.

"수도 검침하러 왔음다."

"낮에 오라니깐요."

여자의 목소리가 카랑카랑 신경질적이었다. 철문은 여전히 열리지 않았다. 또삼은 세 번째 벨을 눌렀으며, 여자는 똑같은 말을 되풀이했다.

"지미럴!"

또삼은 혼잣말로 욕을 내뱉었으며 다음 집으로 몸을 돌렸다. 다음 집도 철문이 굳게 잠겨 있는 데다가 '개조심, 무서운 셰퍼드 있음'이라는 팻말까지 붙여놓았다. 돌고개 안통은 거의가 으리으리한 고급주택들뿐이었으며 집집이 굳게 내린 철문에는 인터폰이 장치되어 있었다. 또삼은 인터폰 장치가 된 으리으리한 집은 드나들기가 무서웠다. 되레 찌그러진 대문에, 주절주절 빨대가 널린 볼품없는 서민주택 드나들기가 훨씬 마음 가벼웠다. 그러나 또삼이 드나들기에 마음 편한 서민주택들은 이곳 돌고개 안통에는 그리 흔하지 않았다. 돌고개 안통의 변두리일수록 집들이 으리으리했고 차고 딸린 철문이 굳게 내려져 있었다.

또삼은 힘을 내어 초인종을 눌렀다. 검침하러 왔다고 하자 찰칵 덧문이 열리면서 컹컹 개 짖는 소리가 마치 노루목 댐 공사장의 불도저 소리만큼 크고 무섭게 울려왔다. 그러나 또삼은 셰퍼드라는 약삭빠른 짐승은 잔뜩 겁만 먹이고 물지는 않는다는 것을 터득하고 난 터라, 서슴없이 덧문을 밀치고 안으로 쑥 들어갔다. 왕왕 전축 소리가 집 안을 쥐흔들었을 뿐 아무도 얼굴 하나 삐끗하지 않았다. 그는 겁먹은 얼굴로 문간 안쪽에 있는 수도 계량기 뚜껑을 열어 검침한 다음, 부리나케 밖으로 나와 버렸다.

어둠이 깔릴 때까지 이집 저집을 문전걸식하듯 검침을 하러 다닌 또삼이는 기진맥진한 몸을 이끌고 사무실을 나왔다. 하는 일은 대수롭지 않은 듯싶었으나 노루목에서 땅 파는 것보다 훨씬 고단했다. 몸보다는 마음이 피곤했다.

또삼은 그날도 여느 때와 같이 집으로 돌아가는 길에 버스 터미널에서 리어카를 끌고 있는 고향 친구 춘식이를 만나러 갔다. 어둠이 꾸역꾸역 몰려드는 버스 터미널의 철책 아래에 리어카를 세워둔 춘식은 소매가 너덜너덜 떨어진 염색한 군용 파카를 입고 서서는 고객을 찾느라고 두렷두렷 눈알을 휘굴렸다.

"오늘은 재미 좀 봤어?"

또삼이가 도시락이 든 가방을 옆구리에 꼭 끼고 큰길을 가로질러 춘삼의 곁으로 성큼성큼 다가서며 큰 소리로 물었다.

"으쩐 일인지 짐 싣고 가자는 손님이 씨알머리도 없구먼."

허름한 코르덴 작업복에 두 손을 찌른 채 춘삼은 추위를 참느라 토끼처럼 뛰었다.

"춥고 배도 고픈디 안 들어갈래?"

"보리쌀 됫박 값이래두 벌어야 들어갈 거인디……."

눈부신 약 광고 간판 불빛에 비춰 보이는 춘삼이의 표정은 침울했다.

"쐬주 한잔 살게, 가자."

또삼이가 가방을 낀 팔꿈치로 춘식의 옆구리를 쿡 찔렀다.

"너 수도료 적게 매겨주겠다고 야 묶었구나. 요새 공무원들 쐬가루 받았다가는 댕경 모가지라는데, 고자질할까 봐 입 막으려구?"

춘식은 공무원이라는 말에 힘을 주며 부러운 눈길로 또삼을 쳐다보았다.

"모가지가 열 번 잘라지더래두 묵을 것이나 좀 있었으면 좋겠다."

또삼이는 춘식이와 함께 포장집으로 들어가 나란히 탁자에 앉았다. 그들은 오뎅국물에 두 홉들이 소주 한 병을 시켰다.

"이 세상에 부러운 건, 가방 들고 출퇴근허는 장또삼이란 놈이다."

춘식은 술잔을 목구멍에 탁 털어 넣고 나서, 카아 한숨을 토했다.

"노루목에 땜 생긴 바람에 장또삼이 출세했재."

춘식은 진심에서인지 아니면 은근히 찍는 소리를 하는 것인지 는질는질 웃으며 거푸 술잔을 비웠다. 또삼은 그런 춘식이가 측은하게 생각되었다. 노루목에서 세상 부러울 것 없이 적잖은 땅 되작거려 배 두드려가며 살던 춘식이네였다. 농토가 많아 보상금도 또삼이네보다 두 배는 더 되었다. 아무리 바쁠 때에도 손에 흙 안 묻히고 손가락으로 물방울 튀기며, 머슴들 데리고 감농이나 하던 춘식이 아버지는 보상금을 받기가 바쁘게 광주에 집을 사서 옮겼다. 조그마한 집을 사고 남은 돈으로 삼부 이자놀이만 해도 촌구석에서 농사짓는 것보다 훨씬 편히 살 수 있다면서, 맨 먼저 이주를 해간 거였다. 그런데, 광주로 이사 온 지 석 달도 못 되어 이자 놀이하던 원금 이백만 원을 쫄딱 떼버리고 말았다. 야금야금 이자 받아서 그달그달 먹고 살던 춘식이네 일곱 식구는 다른 벌이란 땡전 한 닢도 없는 터이라, 하는 수 없이 집을 팔아 셋방으로 나앉고 부자가 함께 장사를 나섰다. 무슨 보약 대리점을 모집한다는 신문 광고를 보고 집 판 돈을 몽땅 보증금으로 넣어 사무실까지 얻고 부자지간에 지점장과 영업부장 명함을 큼직하게 찍어서 뿌렸다. 하나, 날고 기는 놈들이 판을 치는 세상에,

노루목 촌구석에서 바늘구멍으로 하늘 보기로 세상 물정 모르고 살아온 그들 부자가 쉽사리 돈을 벌 수는 없는 일이었다. 얼마 못 가서 보약을 만들어낸다는 그 회사는 무허가로 들통이 났으며 사장까지 쇠고랑을 차고 말았다.

"땜이 생겨갖고 또삼이만 빼놓고 노루목 사람들 여럿 망했구먼. 뭐니 뭐니 해도 농사꾼들은 흙을 파 묵고 살아야 제격인디, 돈 몇 푼 안 되는 거 갖고 도회지에 나와서 헐근거린다고 되간디? 마치 냇고기가 바다에 나가서는 살 수 없는 이치나 마찬가지로구만."

춘식이는 뜨뜻한 오뎅국물을 훌훌 마시고 나서 투덜댔다.

"한잔 더 해라."

또삼은 춘식이의 빈 잔에 거듭 술을 채워주었다.

노루목에 함께 살 때 쌀분이 때문에 두 사람 사이가 좋지 않은 그들이었으나, 객지에서 만나는 고향 친구라는 것 때문에 지난날의 감정은 다 잊고 서로 흔쾌하게 대하는 춘식이와 또삼이었다.

"나 오늘 치곤이 자석을 만났다."

춘식은 술을 목구멍에 털어 넣다 말고 갑자기 생각이 난 듯 잔을 든 채 뚜벅 입을 열었다.

"그 자식 어디 산다든?"

"광주 바닥에 사는 것을 그동안 한 번도 못 만났다니까."

"어뜨게 사는데?"

치곤이라면 노루목 고향 친구로 또삼이와는 유별나게 가까운 사이였다. 춘식이네가 이주해 가자 곧장 고향을 떠난 뒤 여지껏 소식을 몰라 궁금해하던 또삼이었다.

"미쟁이 질을 헌다드라."

"제가 토수일을 할 줄 알어서?"

"까짓거 하면 하는 거지 뭘."

"살기는 괜찮다던?"

"무등산 쪽에 월세방을 얻어 사는디, 한 달이면 한 열흘 일을 헌다드라…… 요새는 그것마저 일감이 없대. 또삼이 네 이야길 했더니, 너 출세했다고 좋아하드라."

치곤이의 소식을 들은 또삼이는 갑자기 또 목울대가 훗훗하게 달아올랐다.

김치곤이네는 노루목에서 새끼내 하천부지를 일구어 먹고 살아왔기 때문에 보상금도 받지 못하고 빈손으로 고향을 떠났었다. 그래도 고향에서 살 때는 문서 없는 땅이긴 해도 하천에 둑을 쌓아 마련한 논이 자그마치 일천 평이 넘어, 그런대로 여섯 식구가 목줄 지탱하기에는 큰 어려움이 없었다.

"치곤이한테서 덕수 소식도 들었구만……."

"그미도 여기서 산다던?"

"양동시장에서 포장치고 덴뿌라 장사를 허는디 그런대로 입에 풀칠은 헌닥 허드라."

"그리고 보니 광주에 노루목 사람들이 여러 집이 사는구만."

"잘된 건 또삼이 너뿐이여. 그래 무신 재주로 구청엔 들어간겨?"

춘식이는 처음 그를 만날 때부터 누구 연줄로 출세를 했느냐고 미주알고주알 캐묻곤 했지만 또삼은 여태껏 아무에게도 그 말을 해주지 않았다. 그가 구청 수도검침원이 된 것은 실로 생각 밖의 일이었다. 보상금을 받아 변두리에 집을 장만하려고 올라왔을 때, 우연히 버스 회사 앞에서, 수삼 년 전에 전답 팔아서 노루목을 떠나 광주에 토대를 잡은 고향 친구 최천기를 만난 것이 연줄을 잡은 전말이라고 말할 수가 있겠다.

읍에서 고등학교까지 졸업한 최천기는 머리에 기름을 뒤발질하고 넥타이 맨 일류신사가 되어 있었다. 그는 청부업을 하는 외삼촌 뻘 되는 친척 아래서 일을 본다면서, 대뜸 구청에 취직을 시켜줄 테니 돈만 한 뭉텅이 가져오라고 큰소리 뻥뻥 쳤다. 처음엔 아무래도 그를 믿을 수가 없어서 선뜻 응낙하지 않고, 며칠 두고 여수다가 결딴을 내어 요구대로 집을 사고 남은 돈을 몽땅 싸 들고 그를 찾아갔다.

"기반을 잡을 때까지는 누구나 다 고생인 거여. 날고 기는 도시 사람들 틈바귀서 그렇게 쉽게 토대를 잡겠남?"

또삼이는 벌써 술에 취한 듯싶은 춘식이를 위로해주었다.

"도시라는 디는 말여, 우리같이 허랑 허랑헌 촌놈들을 울겨먹는 곳이여. 일단은 말여, 탈탈 손을 털었다가 다시 일어서는 데여."

"허니께, 도시로 나올 때는 처음부텀 빤스만 차고 나와야 허는겨. 밑져 봤자 본전이라는 각오로 부대껴야 결딴이 나는건디, 땅값으로 보상금 받아 도회지로 나온 노루목 사람덜 불써 죄다 손바닥 탁 털어부렀잖여? 또삼이 너도 작량 잘해. 도회지라는 디는 서로 속여먹는 디라서 까딱했다간 빤스만 차게 된다."

"이 짓도 못 해먹겠다아. 말이 공무원이재 이건 숫제 도둑놈 문전걸식이라니께!"

"호강에 초친 소리 허네."

춘식은 화가 난 목자를 휘굴려 또삼을 찍어 보았다.

"세상 사람덜 눈에는 노루목에 덩실하게 솟은 땜만 뵈고, 논밭 다 날리고 거렁뱅이 신세가 된 우리같이 애잔한 이주민들은 안 뵈일 꺼여."

춘식은 오뎅국 그릇에서 삶은 무를 집어 와작와작 맛있게 씹어먹으며 말했다.

"땜은 크니께 잘 뵈이고, 우리 겉은 사람덜은 쬐금허니께 안 뵈이고 그러는가?"

춘식이와 포장집에서 소주 두 병을 딴 또삼이는 거나하게 취해 비틀거리며 집으로 돌아왔다. 집에 돌아오자 식구들이 침통한 얼굴로 안방에 빙 둘러앉아 있었다. 그의 아버지 장 영감이 또삼에게 손바닥만한 종이쪽지를 불쑥 내밀었다.

"세상에 이럴 수가 있으끄나, 청천 하늘에 날벼락도 유분수재."

또삼이 어머니는 벌겋게 술기운이 쫙 퍼진 아들의 얼굴을 침통한 표정으로 들여다보면서 푸념부터 늘어놓았다. 또삼이보다 세 살 터울 손아래 여동생 또심이와 그 밑 남동생 또식이도 걱정스런 얼굴빛이었다.

또삼이가 받아든 종이쪽지는 건물 철거 계고장이었다.

"집을 이달 그믐꺼정 뜯으라는구나. 세상에 이 무신 날벼락이여."

장 서방은 담배만 삐억삐억 빨아댔다.

"뜯다니오? 멀쩡한 우리 집을 왜 뜯어요?"

또삼이는 그 순간 확 술이 깨어버렸다.

"큰길이 뚫린댄다."

"이건 잘못된 걸 거구만."

또삼은 그 길로 아직 인사도 없는 이웃집으로 쫓아가서 철거 계고장이 어찌 된 일이냐고 하소연하듯 자초지종을 물었으나, 단추공장에 다닌다는 순구 아버지라는 사십 안팎의 이웃집 남자는 그것도 몰랐냐면서 되레 뚱한 얼굴이었다. 또삼은 이웃 남자의 말도 믿을 수가 없어서 복덕방으로 뛰어가 따지듯 다그쳤다.

"이봐요 젊은이, 이 집이 하자 없이 멀쩡하다면 단돈 삼백에 구경이나 하겠어? 구청에서 도본도 안 떼어보고 집을 산 사람이 잘못이지, 그기 내 탓이여? 아무리 촌구석에서 올라온 무지렁이라도 그 정도 경위는 알아야지!"

복덕방 영감은 되레 또삼이에게 큰소리였다. 또삼은 어이가 없어 입을 떡 벌린 채 별이 촘촘한 먼 하늘만 쳐다보았다.

"담배포 값만 해두 일백짜리는 되는 집여. 집값이 싸면 그만끔 하자가 있는 걸루 알아야지. 이 젊은이 장안서 뺨 맞고 한강에 나와 눈 흘기는 격이구면."

기가 차서 말이 안 나온 또삼은 숨만 헐떡거렸다. 그는 턱끝이 도끼날처럼 날캄하고 주독이 올라 온통 숯검정을 뒤발질한 것처럼 얼굴이 꺼무접접한 복덕방 영감한테 사기로 고소를 하겠다고 어우렀다.

"고소 아니라 죽이겠다고 칼을 갖고 댐벼봐, 눈 하나 끔쩍 안할 테니 말여."

복덕방 영감은 는질는질 웃으면서 또삼을 비아냥거렸다.

또삼은 어디 가서 하소연할 곳도 없었다. 노루목에서, 땜이 들어서고 전답과 집이 물에 잠기게 된다고 했을 때는 그래도 여럿이 군청에 몰려가서 기운껏 악이라도 쓰고 돌아왔었는데, 눈 번연히 뜨고 도시계획선에 걸려 뜯기게 될 집을 산 지금은 관돌 배 앓기로 오장육부만 부글부글 끓었다.

"앞길이 창창헌 젊은이가 그까짓 거 때문에 너무 그러지 말어. 보상금이 못해도 돈 백 나올 텐께 그걸루 전셋집이나 얻지 그래."

또삼이는 그를 비웃는 것 같은 복덕방 영감의 말을 뒤통수에 받으며 작정 없이 터덜터덜 시가지 쪽으로 걸어 나갔다. 그는 그가 아침마다 출근하던 공원을 휘돌아 광주천 대교를 건넜다. 대교 건너 극장 맞은편에 즐비하게 늘어선 칸막이 술집 중에서 '고향집'이라는 간판이 눈에 확 들어왔다.

그는 무턱대고 고향집으로 성큼 들어가서 삐딱하게 고개를 꼬고 탁자에 앉았다. 겨울인데도 짧고도 얇은 빨간 스커트를 제복인 양 걸친 아가씨들이 차가운 의자에 웅크리고 앉아 있다가 벌떼처럼 달라붙었다.

"고향집, 이름이 좋구나."

또삼이는 바보처럼 풀쩍 웃으면서 새마을 담배를 꺼내 물었다. 그는 여태껏 술집이라면 노루목의 째보네 집하고, 광주에 나와서는 포장집밖에는 출입해 보지 않은 터라, 약간은 겁이 나기도 하고, 한편으로는 호기심도 일어 왕방울 눈을 두리번거렸다. 집을 뜯길 수밖에 없게 된 또삼이로서는 제정신이 아닌 듯싶었다.

"아저씨, 고향이 어디예요? 우리 고향은 여기예요. 아저씨도 고향이 없으면 이 집을 고향으로 정해버려요."

얼굴이 양푼처럼 넓데데하고 몸집이 푸짐하게 생긴 아가씨가 생긋생긋 웃으며 또삼이의 옆을 비집고 앉았다.

"고향이 따로 있다요? 정들면 고향이지."

"그런 의미에서 우리 술 한 잔씩 해요. 말좆고뿌로다가 한 잔씩만 쫙 해요, 네?"

아가씨들은 제멋대로 씨부렁거리고 나서 시키지도 않은 술과 안주들을 그들먹하게 내와서는 저희끼리 권커니 잣커니 마셔댔다. 또삼이도 달짝지근하고 입술이 쩍쩍 달라붙는 것 같은 술을 따라주는 대로 목구멍 속에 거푸 털어 넣었다. 그는 이내 취하고 말았다. 죽기 아니면 살기로 마음이 심란해 있는 그로서는 술값 따위 생각할 겨를이 없었다. 또삼이의 머릿속엔 노루목 생각으로 가득 차 있었다. 쌀분이의 얼굴도 떠올랐다. 보고 싶었다.

고향집에서 정신을 가눌 수 없을 만큼 술을 퍼마신 또삼이는 술값 때문에 이 새끼 저 새끼 창피를 당했다. 종래에는 제대로 일어서지도 못하는 그에게 아가씨들이 벌떼처럼 달려들어 얼굴을 할퀴고 온몸을 뒤져 시계를 끌러가고 십 원짜리 동전까지 깡그리 훑어내고야 말았다.

다음 날 아침, 또삼이는 작취미성인 채로 얼굴에 덕지덕지 반창고를 붙이고 직장에 나갔다. 아침 일찍 그는 혼몽한 정신으로 어제 끝내 들어가지 못했던 녹색 철대문집으로 가서 초인종을 오랫동안 꾹 눌렀다. 인터폰에서는 어제 그 세련된 목소리로, 그러나 약간은 짜증스런 목소리로 누구냐고 물어왔다.

"검침하러 왔다니께요."

그는 신경질적으로 버럭 고함을 내지르고 나서 다시 초인종을 계속 눌러댔다. 철컥 덧문이 열리자 서슴없이 안으로 들어섰다. 그 집의 계량기는 부엌 옆 연탄창고 앞에 있었다. 그가 부엌을 지나 연탄창고 앞에 이르자, 욕을 해주고 싶도록 이쁘고 멋진 옷을 입은 주인 여자가 분홍빛 잠옷 바람에 물기가 촉촉한 머리를 타월로 질끈 묶어 올리고는 슬리퍼를 질질 끌고 나와 아니꼬운 눈으로 질러 보았다.

또삼은 그녀를 못 본 척하고 계량기 뚜껑을 열었다.

"검침 안 하고는 안 돼요? 대낮 주택가를 터는 강도들이 득실댄다는데 함부루 대문을 열어줄 수 있겠어요."

주인 여자의 날카로운 목소리에 또삼은 힐끗 눈길을 올렸다.

"다음 달부턴 우리 집엔 오지 말아요."

"그렇게는 안 됩니다. 그러면 제 목이 달아납니다요."

"상관할 바 아녜요. 생판 모른 남자를 어떻게 집 안에 들여 넣어요."

"저는 구청 수도검침원입니다."

순간 또삼은 검침원이고 뭐고 다 집어치우고 쌀분이가 있는 노루목으로 돌아가 버리고만 싶었다.

그날 오후, 발바닥에 물집이 생기고 두 다리가 빳빳하도록 이집 저집 허둥대며 쏘대고 나서 퇴청을 하려고 사무실에 들렀을 때 계장이 또삼을 불렀다.

"장 씨, 수도검침원수칙 한번 외워보시오!"

양 볼에 살이 털렁거릴 만큼 뒤룩뒤룩 살이 찐 얼굴에 와이셔츠 단추 구멍만 한 뱁새눈을 한 계장은 오른손으로 트실한 그의 터수구니를 버릇처럼 만지작거리며 퉁명스럽게 내쏘았다.

"네, 우리 검침원은 친절과 봉사로써 시민의……."

또삼은 마치 초등학생이 선생님 앞에서 국민교육헌장을 외우듯 똑바로 서서 검침원수칙을 천천히 소리 내어 외웠다.

"오늘 돌고개 최성수 씨 댁에 갔었소?"

그가 검침원수칙을 다 외우고 나자 계장은 뱁새눈을 치켜뜨며 물었다. 또삼은 대답을 못 하고 잠시 미적거렸다. 그가 담당한 일천이백여 집 중에서 이름만 대가지고 죄 기억해낼 수는 없었기 때문이다. 한참 생가을 굴린 뒤에 그는 계장이 묻고 있는 최성수 씨 댁이 바로 얄밉도록 이쁘게 생겨먹은 여자와 티격태격했던 이층 호화주택이라는 것을 기억해냈다.

"갔었습니다요. 헌대 그 집 주인이 누굽니까?"

"몰랐소? 그런 정보도 없이 맹탕으로 들락거려?"

"대관절 뭐 하는 사람 집입니까요?"

"그 집 주인 말 한마디면 우리 같은 모가지쯤이야 추풍낙엽이지."

"네?"

"그 집에서 장 씨를 고발했소!"

"뭣이라고요?"

"주인 여자의 금시계를 잃었대요. 지금 이 길로 경찰서로 가 봐요. 벌써 여러 차례 경찰서에서 전화가 왔었소. 오늘 그 집엘 들어갔던 사람이 장 씨 하나뿐이라는데, 부엌 앞 화분에 놓아두었던 시계가 없어졌다누만."

또삼은 육중한 쇠망치로 뒤통수를 꽝 얻어맞은 기분이었다. 오싹한 느낌이 등골을 쫙 갈퀴질해댔다. 온몸의 피가 거꾸로 솟구치면서 사지에 힘이 빠져버렸다.

3

덕보 영감은 돈단 위 좀팽나무 밑동에 바짝 쭈그리고 앉아서 멀뚱히 물에 잠긴 마을을 내려다보고 있었다. 지붕도 감나무들도 고샅도 보이지 않았다. 마을과 농토가 깡그리 물에 잠겨버리자 그는 하루아침에 알거지가 되어버린 듯한 기분이었다. 인부들이 망치를 휘둘러 빈집을 뜯어내고 나무들을 잘라낸 다음 담수를 하여 물이 마을로 차올라오면서부터 덕보 영감은 신들린 사람처럼 점벙점벙 물에 잠기기 시작하는 마을의 고샅을 쏘대고 다녔다.

물이 차오르기 시작한 지 닷새 만에 노루목은 깡그리 물속으로 가라앉고 말았다. 남은 것이라고는 돈단 위의 찌그러진 덕보네 집과 열녀각뿐이었다.

덕보 영감은 힘을 주어 가래침을 카 뱉어내고 부릅뜬 눈으로 댐 위에 임시로 지은 관리사무실을 꼬나보았다. 그는 조금 전 사무실 직원들과 한바탕 실랑이를 했었다. 오늘 아침 대여섯 명의 장정들이 몰려와선 집과 열녀각을 헐어내겠다고 욱대기며 덤벼들었다. 그는 장정들이 열녀각을 헐겠다면서 큰 망치를 휘두르고 몰려들자 헛간으로 들어가 낫을 들고나와 맞섰다.

"이놈들, 헐어도 내 손으로 헐어낼 테니 저리 비켜 서!"

덕보 영감이 눈알을 온통 허옇게 뒤집으며 길길이 날뛰자, 막상 집을 헐겠다고 몰려왔던 관리사무실 인부들도 주춤주춤 뒷걸음질했다. 인부들이 돌아가자 관리사무실에서 초록색 모자를 눌러쓴 점잖아 보이는 사람이 와서는 차근차근 설득하기 시작했다.

덕보 영감은 결국 대보름만 넘기고 자진 철거하겠다고 약속을 하고 말았다. 보름날, 흩어졌던 마을 사람들이 매귀굿을 하러 몰려올 터인데, 잠시 의지할 집과 하룻밤이라도 맘껏 뛰고 놀 마당이 없으면 안 되겠다 싶어서였다. 그 보름이 바로 오늘이다. 이제 조금 있으면 뿔뿔이 떠나간 노루목 사람들이 대보름 매귀굿을 하러 고향으로 몰려올 것이다.

"아부지, 낮밥도 안 잡숫고 여기서 뭣 흐요?"

덕보 영감이 우두커니 물에 잠겨버린 마을을 내려다보고 있을 때 쌀분이가 좀팽나무 쪽으로 올라왔다.

"찰밥이나 좀 푸짐하게 쪄라."

"멫이나 올랑가 모르겠네유."

"못혀도 스므남은 맹은 올 텐데, 두어 시루 쪄야 헐 긋이다."

덕보 영감은 노루목 사람들이 고향에 오면 찰밥이라도 푸짐하게 내놓으려고 지난 장날 백통장식이 달린 오래된 장롱을 내다 판 돈으로 찹쌀 한 말을 팔아 왔었다.

"하룻밤 묵어갈 텐께 아랫방도 좀 치우그라."

"폴시께 다 치웠어유."

쌀분이는 무엇보다 또삼이를 다시 만나게 되리라는 생각에 마음이 고무풍선처럼 부풀어 있었다. 그와 헤어진 지도 벌써 석 달이 지났다. 읍내 장날, 풍문에 들려오기로는 노루목에서 떠난 사람 중에서는 가장 출세했다고 들었다.

"핑 내려가자. 오늘 밤에 매귀굿을 헐라면 마당에 불도 피우고 굿거리도 손 좀 봐야겠다."

덕보 영감은 들독을 들어 올리듯 무겁게 일어서서는 천천히 집으로 내려갔다. 그는 집에 내려가자 열녀각 안에서 징이며 꽹과리, 법고, 호적, 장구, 북이며 고깔, 상쇠모, 꽃나비 등을 챙겨 들고나와 먼지를 털고 닦았다. 부락기와 영기도 긴 장대에 매달아 처마에 기대어 세웠다. 마당밟기를 하고 뛰어놀 수 있도록 마당도 말끔히 치웠다.

준비를 다 끝내고 마을 사람들이 오기를 기다리는 덕보 영감도 그의 딸 쌀분이처럼 마음이 설렜다. 그는 가만히 앉아 있지를 못하고 집 뒤 돈단을 오르락거리며 마을 사람들을 기다렸다.

"워찌 여적지 한 놈도 코빼기를 안 내민다냐?"

기다리기에 좀이 쑤신 덕보 영감은 쌀분이가 손님들을 대접할 음식을 장만하고 있는 부엌을 들락거리며 툴툴댔다.

"때가 되면 다 오시겠지라우."

덕보 영감은 추적추적 할미당까지 나가 기다렸다. 하나, 해가 설핏하게 기울기 시작할 무렵까지 아무도 오지 않았다. 그는 어느덧 물이 시퍼렇게 잠긴 둑을 내려다보고 앉아 있다가는, 다시 신작로까지 나가 보았다. 고향 사람들이 돌아오다가 마을이 물에 잠겨버린 것을 보고 행여 되돌아 가버리지나 않을까 걱정이 되었기 때문이다.

수박등 큰 신작로 가에서 서성거리며 버스가 멎기를 기다렸다.

"무정헌 사람들, 서둘러 올 것이지 원!"

할미당 너머로 햇살이 서서히 숨을 거두고 노루목 안통에 칙칙한 어둠의 그림자가 꾸역꾸역 밀려들어 희뿌연 달빛이 어둠에 묻힌 산하를 벗기기 시작하자 덕보 영감은 휘적휘적 집으로 돌아왔다.

"무정헌 놈들, 고향을 잊어뿔다니!"

덕보 영감은 풀이 죽어 토마루에 털썩 주저앉았다.

"묵고 살기에 바빠서 들 못 오시는 모양이구만이라."

쌀분이도 힘없이 마루 끝에 앉아 멀뚱히 하늘을 쳐다보았다. 그녀는 다 안 와도 또삼이만은 와줄 것으로 믿었었다. 도회지 나가서 출세했다고 하는데, 혹시 마음이 싹 변해서 다른 여자한테 장가를 가버리지나 않았을까 걱정이었다. 정말 그랬다면 물에 잠긴 마을 속으로 풍덩 빠져 죽어버리겠다고 마음먹었다.

"무정헌 놈들 아무도 안 오는구나."

덕보 영감은 깜깜한 방으로 기어들어 가서는 석유 등잔에 불도 켜지 않은 채, 걸립패들을 대접하려고 빚어놓은 탁배기를 훌쩍훌쩍 마셔댔다. 그는 마음이 울적해서 견딜 수가 없었다. 고향이 옴나위없이 물에 잠기고 친구들을 잃어 허정허정해진 마음을 신나는 매귀굿으로나마 죄 덜어보려고 오랫동안 벼려왔었는데 꿈이 깨져버린 것이었다. 그는 혼자라도 상쇠모를 쓰고 까강까강 꽹과리를 치며 뛰고 싶어졌다.

쿵쿵 문 열어

마당 가운데 불 피워

쿵쿵 문 열어

마당 가운데 불 피워

금방이라도 걸립패들이 사립짝을 밀치고 집으로 몰려올 것만 같았다.

쌀분이가 저녁을 차려 왔으나 덕보 영감은 거푸 술만 마셔댔다.

"다 뒈져뿌렸는갑다."

덕보 영감은 술을 마시다가 담배를 피우다가 안절부절이었다.

쌀분이가 대강 설거지를 끝내고 방으로 들어와서 술 취한 아버지의 잠자리를 살피려는데 밖에서 인기척이 났다. 문을 열고 보았더니 훌쩍 키가 큰 또삼이가 술병을 들고 성큼성큼 마당 안으로 들어서고 있는 것이었다. 쌀분이는 희미한 달빛 속에서도 그가 또삼이라는 것을 첫눈에 알아보았다.

"아부지 왔어라우!"

쌀분이는 울부짖듯 소리치며 토마루로 뛰어 내려갔다. 술 취한 덕보 영감도 비척거리며 방에서 나왔다.

"아이구 이 자석아!"

덕보 영감은 토마루로 뛰어 내려가서 또삼이의 손을 덥석 붙잡고, 사립 쪽을 살폈다.

행여 다른 사람들이 뒤따라오는가 싶어서였다.

"아무도 안 왔나요?"

또삼이가 방으로 들어서며 의아해하는 얼굴로 물었다.

"다들 뒈져뿌렸는갑다. 고향이 없어졌응께 다 뒈져뿟그재."

"저희 아버지도 꼭 오실라고 했는디……."

"무정헌 사람, 네 애비가 안 오면 으쩌라고……."

덕보 영감은 그의 가장 친했던 또삼이 아버지 장 영감이 못 온다는 소식에 그만 물 머금은 목소리로 말끝을 흐렸다.

쌀분이는 서둘러 저녁상을 차려 들고 들어왔다. 수북이 담은 찰밥에선 모락모락 김이 피어올랐다. 또삼이는 허출한 김에 정신없이 밥숟갈을 떠 넣었다.

"그래도 노루목에서 네가 기중 출세를 했다고들 허는디 으쩌냐?"

덕보 영감이 불쑥 묻는 말에, 또삼은 밥숟갈을 놓으며,

"출세는요……."

하고 어설픈 웃음을 날렸다. 그는 수도검침원을 그만두었다는 말을 할 수가 없었다.

그가 금시계를 훔쳤다는 누명을 쓰고 쫓겨났다는 말을 하기가 부끄럽다기보다는, 우체국 뒷골목에서 리어카를 끌고 해삼 장사를 하고 있다는 말을 하기가 싫었다.

사실 그는 해삼 장사가 수도검침원보다는 훨씬 속이 편해서 좋았다.

그런 대로 벌이도 괜찮은 편이었다.

"부모님 동생들 다 편안허시고?"

"별일 없어라우."

또삼은 도시계획에 걸린 집을 잘못 사서 뜯기고 반값도 안 되는 보상금을 받아 전셋집으로 나앉았다는 말도 할 수 없었다.

또삼이가 오자 덕보 영감은 술이 깬듯 말이 많았다.

"인제 우리 쌀분이 데리고 가서 살아야재?"

쌀분이가 밥상을 내가자, 덕보 영감은 또삼이가 사 온 소주병을 따고 잔을 채워주며 뚜벅 물었다.

또삼은 두 손으로 잔을 받으며, 혼자 어떻게 사시게요 하고 반문을 하려다가,

"아버님이랑 함께 가서 사십시다요."

하고 말했다.

"이 늙은이 니들헌티 짐 안될 티여!"

덕보 영감은 탁배기 잔에 소주를 가득 따라 천천히 들어 올리며 혼잣말처럼 말했다.

그는 또삼에게 내일이면 집과 열녀각을 헐게 되었다는 말을 하려다가 꾹 눌러 참았다.

그는 노루목에서의 마지막 밤을 고향 친구들과 함께 마당밟기 굿을 하고 벅신거리며 보내고 싶었었다.

그러나 친구들이 아무도 와주지 않자 쓰렁쓰렁한 마음이 한결 더했다.

"쌀분이 데리고 가서 살으란 말이여!"

덕보 영감은 쿨럭쿨럭 소주를 마시고 나서 술 취한 목소리로 채근질하듯 말했다.

또삼이도 쌀분이 부녀를 데리고 나갈 작정으로 노루목에 온 거였다.

그는 요즈막 해삼 장사를 집어치우고 포장마차로 바꿔볼까 싶은데 그를 도와줄 마땅한 사람이 없을까 생각 끝에 쌀분이가 머리에 떠올라 부랴부랴 달려온 거였다. 쌀분이와 함께 팔을 걷어붙이고 포장마차를 하면 짭짤하게 돈을 모을 자신이 있었다.

"그 도막에 펀지를 멫 번 혔는디 되돌아오고 말데요."

또삼이는 잠시 후에 엉뚱한 말을 끄집어냈다.

"멍텅구리야, 노루목도, 번지수도 없어졌는디 편진들 찾아오겄남?"

쌀분이의 말에 덕보 영감은 한바탕 소리 내어 컬컬컬 웃었다.

또삼이와 쌀분이도 웃었다.

세 사람은 밤이 깊은 줄도 모르고 밀린 이야기로 꽃을 피웠다. 노루목을 떠나간 사람들의 이야기는 끝이 없었다.

또삼이는 광주에서 살아가는 사람들을, 덕보 영감은 읍내 장에서 만나들었던 인근 마을에 흩어져 사는 사람들의 이야기를 줄줄이 쉬지 않고 입심 좋게 씨부려댔다.

덕보 영감은 이야기 도중에도 쉬지 않고 계속 술을 마셔, 혀 꼬부라진 소리로 한숨을 토해내며 하천부지를 일구어 먹고 살아 보상금을 받지 못한 사람들의 애잔함을 통탄하다가는 그 자리에 꼬꾸라져 잠이 들고 말았다.

덕보 영감이 녹아떨어지자 쌀분이도 자리를 피해 건넌방으로 잠자리를 옮겨갔다.

덕보 영감과 나란히 누운 또삼은 잠을 이루지 못했다. 석유 등잔불을 껐으나 대보름 달빛에 방 안이 희부옇게 밝았다. 그는 여러 차례 큼큼 헛기침을 토해내며 이리저리 뒤척였다. 덕보 영감의 코 고는 소리 때문에 더욱 잠을 이룰 수가 없었다.

그는 달밤에 물속에 잠긴 마을을 생각하며 이제는 완전히 잃어버린 고향을 떠올려 보았다. 문득, 돈단을 내려서서 두껍다리 앞에 있었던 옛집이 보고 싶어졌다. 또삼은 벌떡 일어서서 문을 열고 나갔다. 달빛이 마당 안을 대낮처럼 환히 밝혀주었다. 그는 토마루를 내려서다 말고 쌀분이가 잠들어 있을 아랫방을 유심히 바라보고 서 있었다.

"쌀분이, 자?"

또삼이가 낮은 목소리로 입을 열었으나 대답이 없다.

"안 자면 할 말이 있는디……."

그는 아랫방 쪽으로 다가가서 조용히 인기척을 내며 방 문고리를 잡아당겼다.

문이 열리자, 이불을 뒤집어쓰고 누워 있던 쌀분이가 부리나케 일어나 앉으며 이불을 목 밑까지 끌어당겨 몸을 가렸다.

불은 꺼져 있으나 밝은 달빛에 그녀의 모습이 확연히 눈에 잡혀 왔다.

"워따 바깥바람 되게 차구먼."

또삼이는 몸을 소스라치며 무턱대고 방 안으로 성큼 걸어 들어가서 이불 속으로 파고 앉았다.

"아부지 알면 으쩔라고 들어와!"

쌀분이가 숨을 죽인 목소리로 다그치듯 입을 열었다.

"떠메가도 모르게 곯아떨어졌어."

또삼이는 이불을 끌어당겨 속옷 바람의 몸을 가리며 한사코 움츠려 그를 피하는 쌀분이의 등을 꽉 껴안았다.

"왜 이려?"

쌀분이는 가볍게 상반신을 흔들어댔다.

"아부지도 너를 데리고 가서 살으라고 허잖던?"

"택도 없는 소리 말어, 우리 아부지 혼자 으찌 살라고 나만 따러가?"

"모시고 가면 돼잖혀?"

"아버지가 따라가실 성싶어?"

"요깃이 통 내 말을 안 들어이."

또삼이는 쌀분이의 어깨를 껴안은 오른팔에 힘을 주며 책망하듯 목소리를 튕겼다.

"아부지만 두고 혼자는 죽어도 안 갈텨."

"아무래도 오늘 밤에 내 것으로 맹그라뿌러야 내 말을 잘 듣겄구만."

또삼이는 갑자기 미친 사람처럼 쌀분이에게로 달려들어 그녀의 상반신을 눌러 방바닥에 눕혔다.

그녀는 일어나려고 버둥거렸으나 또삼이가 두 손으로 어깨를 꼭 누르고 있었기 때문에 옴짝달싹할 수가 없었다. 잠시 후 또삼이는 이불을 끌어당기며 그녀를 향해 옆으로 누워서는 왼손을 속옷 안으로 더듬어 그녀의 푸실한 젖무덤을 움켜쥐었다. 이상하게도 쌀분이는 아랫도리만 비비틀었을 뿐 또삼이 하는 대로 가만히 있었다.

그 무렵, 덕보 영감은 입안이 바싹 타는 것 같은 갈증을 느끼며 얼핏 눈을 떴다.

그는 윗목을 더듬어 쿨럭쿨럭 숭늉 한 대접을 다 들이마시고 다시 누웠다. 옆자리를 돌아보았으나 또삼이가 보이지 않았다.

머리가 뻐개지는 것같이 띵해 왔다. 지근지근 골치가 아팠다.

순간 그는 마을 쪽에서 징징궁궁 울려오는 장구 소리를 들었다. 꽹과리며 소고 소리도 한꺼번에 와자하게 들려왔다. 날라리 소리도 들렸다.

걸립패 소리는 점점 더 흥겹고 뚜렷하게 마을 한복판 이장 유병태 집쪽에서 들려오는 것 같았다.

덕보 영감은 벌떡 일어났다.

"걸립패가 왔구나. 그러면 그렇지, 제 놈들이 고향을 잊을 수가 있간듸!"

그는 만족스럽게 씩 웃으며 문을 걸어차고 밖으로 뛰어나가서는 돼지

우리 눈썹차양에 세워둔 농기를 들었다.

"걸립패 놈들이 왔구나!"

덕보 영감은 울부짖듯 소리치며 기를 흔들며 사립을 나섰다.

방 안에서 이불을 걷어차 버리고 숨을 헐근거리며 꽉 부둥켜안고 누워 있던 또삼이와 쌀분이는 덕보 영감이 외쳐대는 소리를 들었으나 몸을 풀지는 않았다. 그들은 걸립패의 굿 소리를 듣지 못했다.

한달음에 돈단을 뛰어내려온 덕보 영감은 부락기를 흔들며 굿 소리가 울려오는 물속으로 첨벙첨벙 뛰어 들어갔다. 영기를 흔들며 겅중거리는 걸립패의 모습이 달빛에 출렁여 보였다. 고깔을 쓴 소고 잡이 어깨 위에는 무동들이 둥실둥실 춤을 추었다.

종이 끈을 단 전립을 쓴 상쇠는 까닥까닥 고개를 돌려 재주를 부리며 울긋불긋 고깔에 비단 띠를 두른 소고 잡이 장구재비들은 어깨와 허리를 옴죽거리며, 둥둥덩덕궁 궁마라 객객깽깽 흥겹게 뛰며 굿을 쳐댔다.

"이 사람들아, 나도 같이 노세!"

덕보 영감은 큰소리로 외쳐대며 자꾸자꾸 깊은 곳으로 들어갔다. 물은 점점 깊어져 허리 높이까지 차올랐다.

잠시 후 덕보 영감은 보이지 않았다.

수면에 떠 오른 농기만이 차가운 달빛을 담뿍 받고 있었다. 걸립패의 굿 소리도 덕보 영감의 외쳐대는 소리도 들리지 않고, 물에 잠긴 노루목만이 달빛 속에 고즈넉하게 가라앉아 있었다.

『월간중앙』, 1977.3

금이빨

"애그, 그 흉칙한 이빨은 왜 또 꺼내시우?"

김필수 씨가 장롱 새끼 서랍 속 도장주머니에 깊숙이 넣어두었던 금이빨을 꺼내 추녀 끝 플라스틱 차양 사이로 비스듬히 꽂혀 쏟아지는 겨울 햇살에 비춰 보이자 그의 부인이 이맛살에 주름을 잡으며 말했다.

"이래 뵈도 한 돈 쯤은 실히 되겠고마."

김필수 씨는 입가에 얇은 미소를 피우며 금이빨을 호호 입김을 쐬어 불어보기도 하다가 구두를 신었다.

"어디 나가실려우?"

"금방에 좀 갔다 와야겠네."

"주인 안 찾아 주고 파실려우?"

"팔긴……."

"제발 팔아버려요. 그놈에 흉측한 이빨 생각만 허믄 장롱 속에 귀신이 들어앉아 있는 것만 같아 소름이 쫙 끼쳐요."

"그래두 이십칠 년 동안 아무 탈 없잖은가!"

"팔지도 않으시렴 금방엔 뭣 땜에 가시우? 내일 모래가 이녁 생일 아닌감."

김필수 씨는 연신 푸실푸실 웃었다. 그가 웃음을 머금어 피워낼 때마다 이빨 빠진 앞어금니가 휑하게 드러나 보였다.

"작년 내 생일 땐 이녁이 털장갑을 선사했는데 낸들 눈 딱 감고 있을 수가 있었남?"

"그까짓 싸구려 털장갑!"

"아녀, 올 시한에 털장갑 덕을 얼매나 봤다고 그려?"

"아니 그라믄, 금이빨로 나헌티 생일 선사를 하실려우?"

부인은 소스라치게 놀라 마루에서 벌떡 일어섰다.

"가락지 하나 맨들어 줄라고 그려. 메끼헌 가짜 금반지 끼고 있는 손을 볼 때마다 내 맴이 아파서…… 이십칠 년간 기다려도 주인이 나타나지 않으니……."

"흉측해라. 죽은 사람 이빨로 내 가락지를 맨들어요?"

"죽었을지도 모르지. 허나 어디에 살아 있는지도 몰라."

"영감 이빨이나 해 박으우. 좋은 이빨은 못된 자식보담 낫다는디."

"냉큼 댕겨 오리다."

김필수 씨는 금이빨을 희치희치해지고 색이 부옇게 바랜 털외투 주머니에 넣고 집을 나섰다.

"지발 내 가락지 맨들 생각하지 말고, 영감 이빨이나 해 박어요!"

부인은 대문을 밀치고 나가는 김필수 씨의 뒤통수에 대고 큰소리를 질렀다.

골목을 휘돌아 큰길에 나서자 한결 바람이 매서웠다. 골목은 개구쟁이들이 미끄럼을 지쳐 눈길을 다져 놓아 유리알처럼 번들거렸다. 자칫 헛디뎠다간 넉장거리를 할 것 같아 머리털 끝까지 신경을 세워 조심조심 발부리에 힘을 주고 걸었다.

외투 주머니에 깊숙이 찌른 손가락 끝에 금이빨의 감촉이 싸하게 와 닿왔다. 그것이 마치 좋아하는 사람의 피부처럼 달콤하게 느껴졌다.

금이빨의 주인을 만난 것은 이십칠 년 전 겨울 서부전선에서였다.

소대장이었던 김필수는 소대원을 지휘하여 적의 퇴로를 차단하라는 명령을 받았었다. 적 중대 본부가 진을 치고 있었던 외동리에 당도했을 때, 적은 이미 마을을 깡그리 불살라 버리고 수리산 골짜기로 자취를 감춰버린 뒤였다. 소대는 매콤한 짚불 냄새가 코와 눈과 목구멍을 후벼 파는 것 같은 연기에 휩싸인 마을의 고샅과 집들을 샅샅이 쑤석여 보았으나 개미 새끼 한 마리도 찾아볼 수가 없었다.

소대가 불타버린 마을을 지나 수리산 골짜기로 휘어 들어가는 후미진 산모롱이에 당도했을 때, 모롱이 비탈길에서 실개울 쪽으로 몇 발짝 떨어진 곳에서 갑자기 으앙으앙 아기 울음이 터졌다. 소대는 행군을 멈추고 일제히 아기 울음이 터진 쪽을 내려다보았다. 상엿집이 있었다. 아기 울음은 상엿집에서 거침없이 터져 나오고 있었다.

김필수는 부하 두 명을 시켜 상엿집을 살피도록 했다. 소대원들은 걸음을 멎고 서서 별다른 경계 없이 상엿집을 내려다보고 있었고, 김필수 소대장의 명령을 받은 두 사병이 살금살금 밋밋한 비탈길을 내려갔다. 그때였다. 상엿집 속에서 타타탕 총소리가 튀는 순간 비탈길을 내려가던 두 사병이 푹 고꾸라졌다. 총에 맞아 쓰러진 것이었다. 그제서야 소대원들은 잽싸게 저마다 은신처를 찾아 엎드렸다.

소대가 상엿집을 포위하고 사수 경계태세를 취하자 상엿집 안에서도 총성이 멎었다. 그러나 이쪽에서는 상엿집을 향해 사격할 수가 없었다. 상엿집 안에서는 그때까지도 아기 울음이 계속 터져 나왔으며, 그 안에는 민간인들도 들어 있을 것이 분명했기 때문에 총 한 방 쏠 수가 없었던 것이다. 어처구니없이 두 부하를 잃은 김필수 소대장은 온몸의 피가 거꾸로 치솟았다.

김필수 씨는 이발소 앞 빙판길에서 하마터면 뺑 미끄러질 뻔했다. 이십 칠 년 전의 금이빨 주인을 생각하느라 얼핏 발끝의 신경이 흩어졌기 때문 이다.

바퀴에 체인을 감은 자동차들이 덜컹거리며 미끄러져 가고 있다. 자동 차가 지나갈 때마다 김필수 씨는 잠시 걸음을 멈추었다. 그는 다시 오른 손의 털장갑을 벗고 손가락 끝으로 주머니 속의 짜릿하게 느껴지는 금속 성의 촉감에 만족한 웃음을 삼켰다. 아내는 흉측스런 남의 금이빨로 가락 지를 해주겠다는 걸 한사코 싫다고 했지만 내심으로는 몹시 기뻐하고 있 었다. 한사코 사양하는 것은 김필수 씨의 이빨을 해박도록 하기 위함이라 는 걸 잘 알고 있는 터다. 삼십 년 가까이 한 이불 속에서 미운 정 고운 정 저리고 맺히는 동안 단 한 번도 아내의 마음을 흡족하게 해준 적이 없는 그로서는 나이가 들수록 마음만 아플 뿐이었다. 젊었을 적에도 남달리 돈 을 잘 벌어 호강 한번 시켜주지도 못했고, 늙마에는 서독에 간호사로 팔 려간 외동딸 덕분에 입에 풀칠이나마 하는 처지에, 가짜 금반지를 끼고 있는 아내의 손가락을 볼 때마다 김필수 씨는 자신의 못남에 가슴 아픔이 더했다.

김필수 씨는 이번 생일날, 난생 처음으로 금반지를 끼고 철없이 좋아해 하는 아내의 모습을 떠올리며 연신 히죽히죽 웃었다. 김필수 씨는 기분이 좋았다. 다른 때 같으면 외상값이 너무 밀려 있는 쌀가게 앞을 지나기도 꺼렸을 터인데 그날만은 떳떳하게 두 어깨를 쭉 펴고 걸었다.

"한 보름만 참으시우. 그때 한꺼번에 갚드게 갚어 드릴 테니께."

김필수 씨는 기분 좋은 목소리로 쌀가게 주인한테 말을 걸기도 했다.

"말이라도 선합니다 그려."

쌀가게 주인도 기분이 좋아 보였다.

서독 딸년한테서 송금이 늦어지고 있었다. 딸이 부쳐 온 돈을 다달이 야금야금 받아먹고 사는 처지인 그는, 만일 딸이 멀고 먼 타국에서 병이라도 나서 드러눕게 된다면 당장 입에 풀칠조차 할 수 없게 되리라는 것을 생각하면 하늘을 쳐다볼 기력마저 잃고 마는 것이었다. 그러나 김필수 씨는 그날만은 딸의 송금이 늦어지는 걱정을 하지 않기로 했다. 되도록이면 금반지를 끼고 기뻐할 아내의 모습만을 떠올리고 싶었다.

이발소 앞의 회뚤회뚤한 길을 빠져나가 도심지 큰길로 넘어가는 교회 언덕길은 한결 더 가파르고 미끄러웠다.

김필수 씨는 빙판 언덕길에서 넘어질 것 같은 아슬아슬한 현기증 때문에 여러 차례 걸음을 멎곤 했다. 그의 몇 발짝 앞에서 닳아빠진 골덴 저고리에 도리후지를 깊숙이 눌러 쓴 텁수룩한 차림의 중늙은이가 목발을 짚고 걷고 있었다. 김필수 씨는 그 목발의 사내가 금방이라도 빙판길에서 나자빠질 것만 같아 조마조마한 눈으로 목발의 날카로운 끝을 눈여겨 바라보았다.

그는 목발의 사내가 미끄러져 넘어지기라도 하면 냉큼 잡아 일으켜 줄 생각으로 걸음을 서둘러 바짝 그의 뒤를 따랐다. 발바닥이 간지러울 정도로 힘겨운 빙판 언덕의 오르막길이었다.

김필수 씨가 목발 사내의 뒤를 바짝 따르자 목발은 걸음을 멎고 뒤따르는 김필수 씨가 신경에 거슬리는지 앞서가기를 기다렸다. 김필수 씨도 걸음을 멎었다.

"먼저 가시우!"

목발 사내가 힐끔 뒤를 돌아다보며 깔깔하게 가라앉은 목소리로 말했다. 목발 사내의 얼굴은 마치 눈을 담뿍 머금은 하늘처럼 창백했다. 그가 힐끗 뒤를 돌아보는 순간, 김필수 씨는 어디선가 많이 본 얼굴같이 생각되었다. 날카로운 턱 뿌리며 횅한 눈이 낯익은 얼굴이었다. 그러나 가물가물 기억이 잡히지 않았다.

"먼저 가시라니께!"

목발 사내가 다시 다그치듯 말했다.

김필수 씨는 더는 미적거릴 수가 없었다. 그는 열 발가락에 힘을 주어 조심조심 목발 사내의 앞에 섰다. 그러나 그의 신경은 뒤통수에 쏠려, 때각때각 빙판을 밟는 목발 소리만을 헤아렸다. 그는 횅하니 앞서가지 않고 천천히 걸으면서 뒤따라오는 목발 사내가 넘어지기라도 하면 곧장 돌아서서 잡아 일으킬 생각이었다.

김필수 씨는 뒤꼭지에 신경을 곤두세워 천천히 걸으면서도 어디선가 많이 본 것 같은 그 목발 사내에 대한 기억을 떠올리고 있었다. 가물가물 기억이 눈에 밟힐 듯하면서도 확연하게 손에 잡히지 않았다.

상엿집에서 붙잡힌 그 사내도 다리에 상처를 입었었다. 허벅지가 총에 맞아 피를 흘렸다. 두 전우를 잃은 소대원들은 상엿집을 포위하고 고함을 질렀다.

"상엿집이 포위되었다아. 총을 밖으로 던지고 자수하라. 그렇지 않으면 수류탄으로 상엿집을 날려버리겠다아."

전우를 잃은 슬픔과 우럭우럭 치미는 분노 같아서는 당장 상엿집에 수류탄을 던져버리고 싶었지만 터져 나오는 아기 울음소리 때문에 차마 총

한방 쏘지 못하고 있었던 것이다.

여전히 상엿집 안에서는 아무런 반응이 없었다.

"열을 셀 때까지 손들고 나오지 않으면 상엿집을 날려버리겠다."

김필수는 손으로 나팔을 만들어 큰소리로 외치며 허공에 대고 공포를 쏘아댔다. 뒤이어 아기의 울음이 까르르 터져 나왔으며, 아기의 울음과 동시, "자수할 터니게 쏘지 마씨오. 이 안에는 깟난 애기가 있구먼요!" 하는 전라도 사투리의 툽상스런 남자 목소리가 울려 나왔다.

"쏘지 않겠으니 어서 나오라."

이윽고, 덜커덩 상엿집의 외짝 판자 문이 열리면서 밖으로 장총 한 자루를 내던졌으며 뒤이어 허벅지에 총을 맞은 인민군이 상처 난 왼쪽 다리를 땅에 질질 끌며 힘겹게 기어 나왔다.

"다른 놈은 없느냐?"

김필수가 큰 소리로 내지르자 상엿집에서 기어 나오던 인민군이 고개를 쳐들며,

"나 혼자뿐이유."

하고 힘없이 말했다.

"이리 가까이 와!"

인민군은 김필수가 바위 뒤에 몸을 숨기고 엉거주춤 엎드려 있는 쪽으로 기어 올라오면서, 그는 다리의 상처 때문에 얼굴을 찡그리며 자주 쉬었다.

"상엿집 안에 또 누가 있느냐?"

김필수는 인민군의 상처를 내려다보며 물었다.

"산모와 이제 막 나온 깟난애기가 있구먼유."

"산모와 갓난아기가?"

"외동리 사는 여잔디, 수리산 쪽으로 피난하러 가다가 갑작스레 산기가 들어 다급헌 김에 상엿집으로 뛰어들어 왔다누먼유."

인민군은 온통 피로 얼룩진 다리의 상처 언저리를 오른손으로 꾹 누르며 조금도 무서워하는 기색 없이 말했다. 그의 상처 난 허벅지는 땟국에 전 꾀죄죄한 국방색 내의로 묶어져 있었다.

"상처를 입고 낙오되어 상엿집에 은신해 있넌디 그 여자가 들어오드먼유."

그는 김필수가 묻지도 않은 말을 덧붙였다.

"그럼 네가 아기를 받았단 말이냐?"

"헐 수 있었겠슈."

인민군은 어울리지도 않게 너슬너슬 소리 없이 웃더니 상처의 아픔 때문인지 얼굴을 찡등그렸다.

"그 몸으루 갓난애를 받아?"

"애기가 나오는 걸 보니께 아프지도 않고 죽는다는 거이 통 무섭지 않드먼유."

그는 어딘가 모자라는 사람 같았다.

당장 죽을지도 모르는 판국인데도 너슬너슬 웃음을 날리며 바보 같은 말을 했다.

"너 고향이 어댜?"

"전라도 담양여유."

"왜 빨갱이가 됐어?"

"끌려 왔쥬."

김필수는 그때 나도 전라도 광주가 고향이다, 하고 말하려다가 꾹 눌러 참았다.

"저대로 냅두었다간 산모도 애기도 얼어 죽을 것인디요."

그는 상옛집 쪽을 내려다보면서 걱정까지 해주었다. 그때 부하 두 명이 내려가 확인을 하고 올라와 보고했다.

"이 새끼 말대루 산모허구 갓난애뿐입니다."

"냅두면 산모와 애기가 얼어 죽어유. 얼른 불을 피우고 뜨신 물을 데워야 헐끈디."

인민군은 상처 때문에 오만상을 찡등그리면서도 산모와 아기 걱정뿐이었다.

"이 새긴 처치를 하죠!"

상사가 인민군의 골통에 총부리를 바짝 들이대며 김필수의 명령을 기다렸다. 인민군은 욱하리만큼 바보스러운 얼굴로 김필수를 쳐다보았다. 바보스러운 그의 얼굴에는 죽음을 두려워하는 그늘을 전혀 찾아볼 수가 없었다. 그는 헤벌레 입을 벌린 채 멍청한 얼굴로 김필수를 뚫어져라 쳐다볼 뿐이었다. 갑자기 상옛집에서 아기 울음이 터졌다. 김필수는 그 아기의 울음에서 힘찬 생명의 소리를 느꼈다.

김필수는 순간 인민군의 얼굴에서 꿈틀거리는 죽음을 보았으며 상옛집에서 터져 나오는 아기의 울음에서는 아름답고도 질긴 생명의 소리를 들을 수가 있었다. 그와 함께 그는 죽음과 생명에 대해 잠깐 생각했다. 얼마 후 인민군의 얼굴에선 죽음의 그림자가 여러 가지 표정으로 씰룩거렸으며 아름답고도 질기디 질긴 생명을 강하게 일깨우기라도 하듯 아기 울음 소리가 더욱 요란하게 들려왔다.

"이 새낄 처치하고 빨리 가죠."

상사가 방아쇠에 손가락을 끼운 채 다그치듯 말했다. 김필수는 상옛집

속의 산모와 아기가 걱정되었으나 그들은 더 오래 그곳에 지체할 수가 없었다. 일 분이라도 빨리 수리산 골짜기로 들어가서 꼬리를 감춘 적을 찾아내야만 했다.

"상사는 소대원들을 데리고 출발해. 이 새낀 내게 맡기고."

김필수는 거칠게 울어대는 아기 울음소리를 들으며 말했다.

명령을 받은 상사는 소대원들을 지휘하여 출발을 서둘렀다. 김필수는 권총을 꺼내 들었다. 인민군은 여전히 바보스러운 얼굴로 그를 쳐다보고 있었다. 도끼날처럼 뾰족한 턱끝을 치켜들고 휑한 두 눈으로 김필수를 바라보았다.

탕탕, 김필수는 방아쇠를 잡아당겼다. 인민군이 상처 난 다리를 길게 뻗어 두 팔을 짚고 엉거주춤 엎드려 있는 왼쪽 어깻죽지 옆의 땅껍질이 풀썩거렸다.

"여기 남아서 산모와 아기를 돌봐주기 바란다."

김필수는 권총을 케이스에 집어넣으며 부하에게 명령하듯 말했다.

"이보기요 잉."

인민군은 엉거주춤 엎드린 몸을 일으키더니 김필수를 불러 세운 다음, 그의 오른손 주먹으로 자기의 아구창을 두어 번 힘껏 내리쳐 입속에서 피가 멍울진 금이빨을 뽑아 내밀었다.

"살려주신 은혜를 뭘로 갚을 길이 없구먼유. 자 이긋이라도 받아 주셔유."

어처구니가 없는 일이었다. 그 사이에 소대는 비탈길을 추어 오르고 있었다. 김필수는 엉겁결에 피 묻은 금이빨을 받아서 포켓에 넣은 후 소대를 향해 뛰었다.

아기의 울음이 다시 터졌다. 그는 소대를 향해 뛰어 올라가면서 인민군을 죽이지 못한 것은 그 아기 울음 때문이었다고 스스로 변명을 했다.

타이어에 체인을 감은 큰 트럭이 덜컹거리며 교회 언덕길을 내려갔다. 김필수 씨는 걸음을 멈추고 트럭이 지나가기를 기다리는 동안 줄곧 뒤따라오는 목발 사내를 눈여겨보았다. 그도 목발을 짚고 서서 트럭이 언덕을 내려갈 때까지 기다렸다. 김필수 씨는 그에게 말을 걸고 싶었지만 그는 일부러 외면한 것 같았다.

김필수 씨가 조심스럽게 발을 떼어 옮기자 그도 따라 천천히 목발을 움직였다. 외투 주머니에 손을 넣었다. 금속성의 차가운 금이빨의 감촉이 온몸에 퍼졌다. 그러면서 그는 문득 이십칠 년 전에 그것을 받을 때처럼 끈적끈적한 피의 감촉을 느꼈다.

전쟁이 끝나고 제대를 해서 고향에 돌아온 김필수 씨는 나이가 들수록 선물로 받은 금이빨의 소중함을 알게 되었다. 그리고 그는 그 인민군을 살려주기를 잘했다고 생각하곤 했다.

제대하여 고향에 돌아오기 전까지만 해도 소지품 배낭 속에서 볼품 사납게 나뒹굴던 금이빨이 그렇게 주체스러울 수가 없었다. 그는 몇 번이고 그 금이빨을 던져버리고 싶었다. 배낭 속의 금이빨을 볼 때마다 그 인민군을 살려주었던 것이 잘한 일이었는지 장담할 수가 없었다. 그때마다 그는 적을 살려주었다는 사실이 곧 폭로되고 군법회의에 회부되어 심판을 받게 될 것만 같아 불안했었다.

그런데 이상하게도 그가 군복을 벗고 고향에 돌아와서부터 그런 그의 생각이 싹 변했다. 주체스러웠던 금이빨은 더없이 소중하게만 여겨졌고 그를 죽이지 않았던 것이 그렇게 잘한 일로 생각된 거였다. 되려 그는 자랑스럽게 금이빨을 호주머니 깊숙이에 넣고 다녔다. 그 금이빨을 소중하게 간직하고 다님으로써, 그가 전쟁 중에 많은 적을 쏘아 죽였던 것에 대한 일말의 양심적인 위로를 받을 수가 있었다.

김필수 씨는 금이빨의 주인을 찾아 다시 되돌려주려고 했었다. 그러기 위해서 그의 고향이라는 담양에 여러 차례 다녀왔지만, 아직 그 비슷한 사람도 찾지 못했다.

김필수 씨는 밖에 나오면 버릇처럼 다리를 절뚝거리는 남자를 볼 때마다 눈여겨 얼굴을 살폈으며, 희미한 기억을 더듬어 이십칠 년 전에 금이빨을 빼주었던 그 사내와 닮은 사람을 찾기 위해 열심히 두 눈알을 굴렸다.

교회 앞 언덕길을 거의 다 내려와서였다. 김필수 씨는 등 뒤에서 퍽하고 나무둥치 넘어지는 소리가 나기에 퍼뜩 고개를 돌렸다. 뒤따라오던 목발 사내가 넘어져 있었다. 그가 엉덩방아를 찧고 넘어지는 바람에 두 개의 목발은 언덕길 아래 담배 가게 앞까지 미끄러져 내려가 버렸다. 넘어진 목발 사내는 두 팔로 빙판을 짚은 채 맑게 갠 하늘을 쳐다보며 바보처럼 헤식하게 웃었다. 김필수 씨는 그를 내려다보며 씩 웃었다. 그런데 그 목발 사내의 바보스러운 웃음은 이십칠 년 전 상엿집 앞에서 엎드려서 멍청하게 그를 쳐다보던 인민군의 얼굴과 너무나 비슷했다.

"조심허세요. 성헌 사람도 뺑뺑 넘어져요."

김필수 씨는 서둘러 담배 가게 앞까지 내려가서 목발을 주워 와 사내를 부축해 일으켰다. 목발 사내는 김필수 씨의 팔을 잡고 끙끙대며 일어서면서도 그 바보 같은 웃음을 감추지 않았다. 어처구니없다는 표정으로 헤벌린 그 사내의 입을 얼핏 들여다본 김필수 씨는 그의 앞어금니가 휑하게 빠져 있는 것을 보고 깜짝 놀랐다. 순간 김필수 씨는, 이제야 금이빨의 주인을 찾았구나 싶어 빈가운 마음에 그만 큰 소리를 내지를 뻔했다.

"고맙수다."

사내는 목발을 받아 조심스럽게 겨드랑이에 끼었다.

"혹시 고향이 담양 아니시우?"

김필수 씨가 조심스럽게 묻자,

"광주가 고향입니다만 담양서 좀 살긴 했죠. 육이오 때 살았어요."

처음과는 달리 사내의 말씨는 부드러웠다.

"헌데 그건 왜 물으시우?"

"네? 아, 아닙니다."

김필수 씨는 그의 옆에 바짝 다가서서 조심스럽게 걸었다. 그의 고향이 광주라는 말에 크게 실망했던 김필수 씨는 6·25 때 담양에서 살았다는 소리를 듣고서야 적이 마음을 놓았다. 그러면서 그는 이 사내가 틀림없구나, 드디어 27년 만에 극적으로 만나고 말았구나 하고 마음속으로 쾌재를 울렸다.

"육이오 때 서부전선에 있었지요? 그렇지요?"

"서부전선요? 그렇습니다만, 노형도 서부전선에 있었나요? 몇 사단이었습니까?"

"네, 전 ××사단이었습니다."

김필수 씨는 들뜬 기분으로 말하고 나서 다급하게 손을 외투 주머니에 쑤셔 넣어 금이빨을 꼭 쥐었다. 그리고는 몇 번이고 목발 사내의 입을 훔쳐보았다. 목발 사내는 이제 김필수 씨가 묻지도 않은 말을 혼자서 기분 좋게 지껄여댔는데, 그때마다 김필수 씨는 마음속으로 손에 꼭 쥔 금이빨을 휑하게 뚫린 그의 앞니 틀에 꼭 끼워주곤 했다. 그러고 나서 김필수 씨는 만족한 웃음을 연신 입가에 가득 날렸다.

"노형, 나 몰라보시겠소! 참 알아보실 리가 없겠지요. 우리가 만난 순간은 아마 오 분도 미처 못되었을 테니까요. 허나 나는 첫눈에 노형을 알아보았습니다. 나는 지난 이십칠 년 동안 주욱 노형 생각만 했으니까요. 이젠 노형을 만났으니 한시름 덜었습니다그려."

이 같은 말에 목발 사내는 걸음을 멎고 천천히 눈동자를 굴려 김필수 씨를 자세히 되작거려 뜯어보았다.

"난 지금껏 금이빨을 간직하고 있답니다."

"금이빨이라뇨?"

목발 사내는 의아해하는 눈으로 김필수 씨를 바라보았다.

"아, 노형께서 제게 주셨지 않습니까?"

"뭘 말입니까?"

"금이빨 말씀입니다. 전 이십칠 년 동안 그걸 간직해 왔습니다. 주인에게 돌려주려고요."

"무슨 말씀이신지 모르겠군요."

"헌데, 그 상엿집의 산모와 갓난아긴 그 뒤 어떻게 되었습니까? 추위에 얼어 죽지나 않나, 걱정했었지요."

"상엿집이라뇨?"

"노형께서 제게 금이빨을 뽑아주었던 그 상엿집 말입니다."

목발 사내는 김필수 씨의 얼굴에서 잠시도 눈을 떼지 않고 걸었다. 그 때문에 그는 여러 차례 빙판 위에 넘어질 뻔했다.

두 사람은 학교 앞 앙상한 플라타너스가 듬성듬성 늘어진 시내버스 정류장 가까이까지 왔다. 그동안에도 김필수 씨는 잠시도 입을 쉬지 않고 이것저것 시시콜콜 캐어묻고 또 혼자 말했으며 목발 사내는 처음과 같이

의아한 얼굴로 김필수 씨를 되작거려 살펴보기만 했다.

"노형께서 무슨 말을 하고 있는지 통 알 수가 없습니다."

목발 사내는 버스 정류장에서 멎으며 멀뚱한 표정으로 말했다.

"아, 버스를 타시려는 거군요."

목발 사내는 대답 대신 고개만 끄덕였다. 김필수 씨는 호주머니에서 금이빨을 꺼내 들었다.

"주인을 찾게 되어 기쁩니다. 자 받으십쇼."

김필수 씨는 노란 금이빨을 목발 사내 코앞에 바짝 내밀었다.

"이게 뭡니까?"

"노형 겁니다."

"아닙니다. 그럴 리가 없어요."

"아닙니다. 이십칠 년 전에 노형께서 제게 주었습니다. 전 지난 이십칠 년 동안 이 금이빨의 주인을 찾기 위해 애를 먹었습니다. 이제야 마음이 홀가분합니다."

"그건 내 금이빨이 아니오."

목발 사내는 기분 나쁜 목소리로 퉁명스럽게 내질렀다.

"나는 당신 같은 사람을 만난 적도 없소."

"이십칠 년 전에 서부전선에 있었다고 했지요?"

"그렇소."

"그때 노형은 내 포로가 되었었죠?"

"포로라뇨? 당신 지금 정신이 멀쩡합니까?"

"그때 노형은 상처를 입은 인민군이었지요?"

"이보슈. 사람 잡지 말아웃! 난 국군 ××사단이었다니까요!"

"다 지나간 일인데 까지것 숨기면 뭘 합니까? 이십칠 년 전 노형이 인민 군이었다고 해서 노형을 잡아가거나 노형의 사상을 의심할 사람은 아무 도 없습니다!"

그 말에 목발 사내는 어처구니없다는 표정으로 예의 그 헤벌레한 바보 같은 웃음을 거듭 머금어 날렸다.

그때 시내버스가 떨그럭거리며 미끄러져 와 멎었으며, 목발 사내는 조 심스럽게 목발을 짚고 승강구를 올라갔다.

"이거 가져가십시오."

김필수 씨는 안내양을 밀치고 목발 사내를 따라올라 금이빨을 그의 저 고리 호주머니에 깊숙이 쑤셔 넣어 주고는 부리나케 뛰어내렸다.

"아니 이거?"

목발 사내가 손을 내저으며 승강구 유리에 대고 뭐라고 소리를 치는 것 같았으나 이미 그때는 문이 닫힌 뒤였으며 이내 버스가 떨그럭거리며 저 만큼 미끄러져 가버렸다.

김필수 씨는 기분이 좋았다. 이십칠 년 동안을 간직했던 금이빨을 비로 소 주인을 찾아 주었다는 뿌듯하게 차오르는 감정을 억누를 수가 없었다. 혼자서라도 어디 가서 거나하게 대포 한잔 털어 넣고 싶은 기분이었다.

시내버스가 학교 앞을 지나 큰 다리를 건너가서야 김필수 씨는 돌아섰 다. 몇 발짝 걸으면서 그는 문득 왼쪽 이빨이 없는 이틀 언저리가 싸하게 시려와 왼손으로 볼을 문질렀다. 그 순간 김필수 씨는 아차 하는 생각과 함께 우뚝 걸음을 멈추고 돌아섰다.

목발 사내의 이빨이 없는 쪽은 왼쪽 앞어금니였던 거였다. 이십칠 년 전 그에게 금이빨을 빼주었던 인민군은 분명히 오른쪽이었다. 분명 오른

손 주먹으로 그의 볼따구니를 힘껏 내리쳤던 기억이 생생하게 남아 있었던 거였다.

김필수 씨는 마치 땡감을 머금은 떫은 표정으로 어정쩡하게 웃으며 오랫동안 그 자리에 서 있었다.

『뿌리깊은 나무』, 1977.12('금니빨' → '금이빨'로 작품명 변경)

안개 우는 소리

1

도립 정신요양원에 입원 중인 아버지를 만나고 광주로 돌아가기 위해 버스에 오른 박출복은 차창 밖으로 시선을 멀리 던진 채 아무 말이 없었다. 그와 동행을 해준 배 노인은 우묵한 눈으로 출복의 우울한 옆얼굴을 힐끔거리며 위로의 말을 하려고 벼르고 있다가, 도리어 마음을 상하게 할까봐 잠자코 있었다.

일요일을 틈타서 세 번째 아버지를 만났지만, 아버지는 누에처럼 창백한 얼굴로 하늘을 쳐다보며 히죽히죽 소리 없이 웃기만 할 뿐 아들을 알아보지 못했다.

출복은 오늘도 으스러지도록 아버지의 손을 꼭 움켜쥐고 아들이 찾아왔다고 울부짖었으나, 아버지는 언제나처럼 소리 없이 히죽거릴 뿐이었다. 아버지가 출복에게 하는 말이란,

"내 마누라 좀 찾어줍쇼. 누가 우리 마누라를 훔쳐 갔는지 알고 있습니다요."

하면서 진지한 얼굴로 통사정을 하는 것이었다.

체구가 크고 얼굴이 울퉁불퉁하게 생긴 담당 의사도 그런 말을 했다. 출복이 아버지가 하는 말이란 마누라를 찾아달라는 것뿐이라는 거였다.

아버지가 입버릇처럼 말하는 그 마누라는 출복의 어머니다. 그러나 출복이가 잘 알고 있듯, 어머니는 이미 이 세상 사람이 아니었고, 아버지 말마따나 그의 어머니를 훔쳐 간 사람 역시 죽은 지 오래되었다.

"제게도 아버지가 있다는 것이 자랑스러워요. 부끄럽지 않구먼요."

오랜만에 출복이가 배 노인 쪽으로 얼굴을 돌리며 입을 열었다.

"말이라고 허나!"

"돈을 벌려구요. 돈만 있음 아버지 병을 고칠 수가 있겠지요!"

"아무렴!"

"인쇄소를 그만두고 장사를 할까 봐요!"

"그건 섣불리 결정할 일이 아닌 거 같구만. 박 사장이 자네헌티 잘 해주고 있으니께."

"인쇄소에서 받는 쥐꼬리만 한 월급으로는 저 혼자 살기에도 빡빡해요."

"차차 나아지겠재."

"헌데 말입니다. 한 달 전에 처음으로 아버지를 만났을 땐 저 사람이 어떻게 우리 아버지일 수 있을까 하는 뜨악한 생각이 들고 조금은 무섭기까지 했는데, 지금은 안 그래요. 아버지 손을 꼭 쥐고 있으면 내 몸속의 피가 막 뛰는 거 같아요."

"그러기에 한 핏줄은 못 속인다는거재!"

"처음 만났을 땐 무서웠어요."

그것은 아버지가 정신병자라기보다는 쇠스랑으로 한꺼번에 두 사람을 찍어 죽인 끔찍한 살인자였다는 것 때문인지도 몰랐다. 그러나 출복은 배 노인에게 아버지가 살인자였기 때문에 처음에는 무섭증이 들었다고 말하지는 않았다.

"자주 찾아뵙게. 혼자 오기가 무엇하면 내가 늘 동행해 줌세."

배 노인의 말에 출복은 고마움에 목울대가 뜨거워졌다. 정신요양원의 아버지를 만나기 전만 해도 출복은 배 노인의 뜨거운 정에, 내게 이런 아버지가 있다면 얼마나 좋을까 하는 생각을 해보기도 했다. 배 노인은 출복을 마치 친자식 끼고 돌 듯하며 문선文選 기술을 가르쳐 주었다. 십삼 년 전, 출복이가 고아원을 뛰쳐나와 거리를 어슬렁대다가 우연히 동아인쇄소 박 사장의 눈에 띄어 인쇄소에 발을 들여놓게 된 이후, 그는 사람 좋은 배 노인을 아버지처럼 따랐다. 아들이 없고 딸만 여섯이나 되는 인쇄소 박 사장도 출복을 잘 보아 남달리 아끼고 믿어, 지금은 그에게 회사의 경리까지 맡긴 터였다.

"사장님헌티는 말씀 디리는 기 어쩨!"

버스가 덜컹거리는 자갈길을 벗어나 강철판이 깔린 듯 미끄러운 아스팔트길로 접어들자 배 노인이 뚜벅 입을 열었다.

"박 사장님은 자네를 양자로 삼을 뜻이라는데."

"당분간은 영감님만 알고 계셔요."

"숨길 게 뭔가, 고아인 줄로만 알고 있었던 자네한티 아버지가 살아 계시다는 것이 울매나 떳떳한 일인가?"

"허지만……."

출복은 아버지가 살아 있다는 것이 좋기는 하면서도, 그 아버지가 사람을 둘씩이나, 그것도 자기 마누라를 죽이고 정신이 돌아버렸다는 사실에 짓눌린 마음이 될 수밖에 없었다.

배 노인은 쩜쩜한 얼굴로 앉아서 홀렁홀렁해진 버스 안의 승객들을 둘러보는 것 같더니, 부스럭거리며 땀에 젖어 후줄근해 보이는 반팔 와이셔츠 호주머니에서 새마을 담배를 꺼내 불을 붙이고 푸우푸우 서너 모금 연기를 빨아 마신 다음, 의자 밑으로 허리를 구부려 조심스럽게 담뱃불을 끄고 손끝으로 꽁초의 재를 털어 다시 담뱃갑 속에 넣었다.

출복은 희치희치 닳아 실밥이 부풀부풀한 배 노인의 와이셔츠 목깃이며, 호두 껍데기처럼 쭈굴쭈굴 가난에 찌든 얼굴을 볼 때마다 마음이 짠해졌다.

젊었을 때는 일본으로 만주로 정처 없이 떠돌다가, 늦장가 들어 여섯 아이를 줄레줄레 낳고, 환갑이 넘도록 자식들 뒷바라지를 위해 쥐꼬리만한 인쇄소 월급에 목줄을 잇고 있는 배 노인이 불쌍해서 견딜 수가 없었다. 오늘 아침 출복이가 아버지를 만나러 가겠다고 하자 승차권만 사 주면 함께 가 주겠다고 하여 같이 버스에 올랐을 때도, 배 노인은 이번에는 영락없이 감원 대상이 될 것이 뻔한데 어떻게 좋은 방도가 없겠느냐면서 그의 도움을 청했었다.

"자네가 알다시피, 내 큰 자식놈이 작년에야 공업전문학교에 들어가지 않았는가? 그놈이 졸업을 헐 때까지는 말이시 어떤 일이 있어도 인쇄소에서 쫓겨나서는 안 된단 말이시. 내가 인쇄소를 쫓겨나믄 그날로 우리 여덟 식구는 쥐약이라도 묵어야 헐 판이네. 자네는 박 사장님의 양자나 진배없으니 내 사정을 잘 좀 이야기해 주소. 자네 부탁이라면 박 사장님도 딱 잡아떼지는 않을 거로구만!"

배 노인은 출복으로부터 감원 바람이 일게 되면 박 사장한테 어려운 집안 사정을 잘 이야기하겠다는 말을 듣고서야 음울한 얼굴에서 거무죽죽한 안개구름을 거두었다. 요즘 출복은 문득문득 배 노인과 아버지를 비교해 보곤 하는 나쁜 버릇이 생겼다. 여섯 명의 자식들 뒷바라지에 자신을 희생하고 늙마에 비굴하게 머리 조아려가며 목줄을 지탱하고, 회갑이 넘도록 뼛골 빠지게 일을 하면서도 결코 자신의 운명을 탓하지 않는 사람 좋은 배 노인과, 18년 만에 가까스로 찾아온 아들을 알아보지도 못한 채, 살인자라는 무서운 굴레를 쓰고 있는 아버지는 비교가 되지 않았다.

버스가 소나무들이 듬성듬성한 산을 안고 돌자 하오의 햇살이 열어 놓은 창문을 통해 목덜미를 쿡쿡 쑤셔댔다. 차창 밖은 뜨거운 햇빛만이 하늘과 땅 사이를 가득 메우고 있었으며, 오랫동안 비가 오지 않아 건조해진 탓으로 산은 더욱 멀리 아슴푸레하게 보였고 산봉우리 위의 구름은 불기둥처럼 뜨겁게 뭉얼뭉얼 피어올랐다.

출복은 버스의 창틀에 팔꿈치를 얹은 채 움직이는 것이라고는 아무것도 없이 햇빛만이 빼곡하게 들어찬 고즈넉한 시골 풍경을 내다보고 있었다. 오른쪽 산비탈에는 포도밭이며 과수원들이 아주 편하게 허리를 펴고 누워 있었다. 불기둥처럼 타오르는 구름이며, 침이라도 뱉어 주고 싶을 정도로 지리하게 높고 푸른 하늘, 하늘과 땅 사이의 모든 공간을 꽉 메워버린 뜨거운 햇살 사이 어디에서고 아버지의 히죽거리는 얼굴이 보였다. 그 얼굴은 그가 어린 시절 고아원에 있을 때 보았던 것과는 엄청난 차이가 있었다. 고아원에 있을 때 꿈에 나타나곤 했던 아버지의 얼굴은 도깨비처럼 흉측한 뿔이 돋은 데다가 입은 찢어지고 눈은 애꾸였다. 그런데 이상하게도 아버지가 살인자였다는 것을 안 지금 곧잘 떠오르는 얼굴은 인자하고 천진스럽기까지 해서, 마치 꿈을 꾸고 있는 듯싶었다.

한 달 전, 출복이가 십사 년 만에 어렸을 때의 가물가물한 기억들을 바늘귀 꿰듯 하여, 무등산 밑 노루목을 찾아갔을 때, 상여지기 노인으로부터 아버지가 살아 있다는 이야기를 듣고 처음에는 믿지 않았다.

노루목은 출복이가 광주로 나오던 아홉 살 때까지 이집 저집 걸식을 하며 살았던 곳이었고 출복은 이 마을에서 마을의 궂은일이라면 혼자 도맡았던 홀아비 상여지기 노인의 도움으로 어린 목숨을 지탱할 수가 있었다. 출복이가 노루목을 찾아가게 된 것은 실로 뜻밖의 일이었다. 노루목에 대한 그의 기억은 끼니마다 바가지를 들고 이 집 저 집 밥을 얻으러 다녔던 것과, 동네 아이들이 그에게 돌을 던지며 못살게 굴 때면 마을 어귀 아카시아 나무 숲속의 상엿집으로 뛰어가 숨곤 했던 일, 팔만이 누나와의 일, 그리고 노루목을 떠나던 여름, 삼십 리가 넘는 까치재 너머 주막까지 그를 데려다주었던 상여지기 노인의 애꾸눈 얼굴이었다.

출복은 어렸을 때 상여지기 노인이 그의 아버지일지도 모른다는 막연한 생각을 여러 번 했었고, 고아원에 있을 때는 상여지기 애꾸 노인이 자주 꿈에 나타났기 때문에 그 생각이 차차 차돌처럼 굳어지기 시작했었다.

상여지기 애꾸 노인은 아버지처럼 출복에게 잘 해주었다. 마을 아이들이 그에게 장대를 휘두르고 돌을 던질 때마다 아이들을 멀리 쫓아 주었고, 겨울에는 얼어 죽지 않도록 상엿집 옆에 있는 움막 속에서 꼭 껴안고 재워 주었으며, 명절 때는 고무신 한 켤레라도 잊지 않고 사 주곤 했다. 그런 상여지기 애꾸 노인이 출복이가 도시로 나가겠다고 했을 때 그를 붙잡지 않고 까치재 주막까지 데려다준 것은 이해가 가지 않았다. 애꾸 노인은 그때 꼬깃꼬깃 여러 겹으로 접어 쌈지 깊숙이 감춰 두었던 지전 한 장을 꺼내 주며, 병이 들어 죽게 될 때나 쓰라고 일러 주었다.

그 상여지기 애꾸 노인이 혹시 아버지일지도 모른다는 막연한 생각은 고아원을 뛰쳐나와 인쇄소에 들어와서도 좀처럼 사라지지 않았다. 출복이가 동아인쇄소에 들어와 배 노인을 따르게 되면서부터 문득문득 상여지기 애꾸 노인이 생각나곤 했다. 그것은 배 노인과 상여지기 애꾸 노인의 나이나 어금지금했고, 두 사람 다 어쩐지 기를 펴지 못하고 살면서도 불평하거나 부끄러워하지도 않는 어딘가 이 세상 사람 같지가 않은 것 때문인지도 몰랐다.

지난달, 출복은 배 노인의 조촐한 회갑 잔치에 초대되어 갔을 때, 불현듯 상여지기 애꾸 노인의 생각이 울컥 목울대에 불을 댕겼고, 죽었는지 살았는지 생사라도 알고 싶었으며, 살아 있다면 아버지인가 아닌가를 직접 확인해야겠다고 마음먹었다.

배 노인의 회갑 잔치 다음 날, 출복은 인쇄소를 하루 쉬고 노루목을 찾아갔다. 상엿집이 있었던 마을 어귀 후미진 아카시아 숲 쪽으로 가보았지만, 상엿집도 애꾸 노인이 기거하던 움막도 자취를 찾아볼 수 없었다. 아카시아 숲조차 없어지고, 동산을 편편하게 까무느고 그 자리에 새마을 갈포공장이 세워져 있었으며, 블록으로 지은 갈포공장 옆 비석거리엔 주막이 생겨 있었다. 출복은 주막으로 들어가 외지에서 왔는지 낯이 선 주근깨투성이의 중년 부인에게 애꾸 노인의 소식을 물었다. 비석거리 주막에는 노루목 사람들이 너덧 명 누르스름하게 땀에 밴 러닝셔츠를 가슴까지 또르르 말아 올리고 앉아서들 시끌덤벙하게 술타령을 하고 있었는데, 대충 알 만한 얼굴들이었다. 출복은 그들에게 구차스레 아는 체를 하기 싫어 될 수 있으면 고개를 돌려 섰다.

"상여지기 노인이라니, 타령 할아범 말인감?"

"타령 할아범요?"

"술타령에 신세타령 잘하는 강 영감을 찾는겨?"

"아, 네. 오른쪽 눈이 성하지 않구요."

"그려그려, 헌디 타령 할아범은 왜 찾는겨?"

주모의 큰 목소리에 술상을 벌여 놓은 노루목 사람들의 고개가 일제히 출복이 쪽으로 돌려졌다. 그들은 출복의 얼굴을 힐끔힐끔 훔쳐보았다.

"산짱어 사러 오셋구만!"

탁주사발을 단숨에 주욱 비우고 나서 손으로 입 가장자리를 훔치며 세모꼴 모양의 중늙이가 퉁명스럽게 내뱉었다.

"산짱어라뇨?"

"산에서 나오는 긴 괴기말여!"

"아, 네, 그렇습니다."

"아침에 팔뚝만 한 살무사를 잡았담서 읍에 나가겠다고 덤성대쌌등만!"

노루목 두껍다리 옆 대추나무집 말순이 아버지가 분명한 세모꼴 늙은이가 출복의 행색을 유심히 살피며 말해 주었다.

주모가 이야기해 준 대로 마을에서 약간 떨어진 바람 모퉁이에 있는 애꾸 노인의 움막을 찾아갔으나, 아무도 없었다. 십여 년 전, 그가 한동안 똥파리처럼 붙어살았던 상엿집 옆의 흙담집에 비해 조금도 다를 바 없는 움막은 외짝 문이 삐긋하게 열린 방 하나에 거적문을 달아맨 부엌이 있었고, 토마루엔 뱀 궤짝과 뱀을 잡는 나무 집게며 거무죽죽한 자루가 아무렇게나 팽개쳐져 있었다.

상여지기 애꾸 노인은 땅꾼이 된 듯싶었다.

출복은 마을에 들어가서 그가 거렁뱅이 노릇을 하던 때 먹을 것이며 헌 옷가지들을 꺼내 주었던 인심 좋았던 몇몇 사람을 한번 만나볼까 하다가, 왠지 부끄러운 생각 때문에 성큼 몸을 돌려세울 수가 없었다. 십사 년 전 그가 이 앙등 물고 노루목을 떠날 때는, 도회지에 나가서 힘을 단련하고 돈을 몽땅 벌어 돌아와, 거지새끼 거지새끼 하며 그를 못살게 굴었던 동네 아이들을 혼내 주리라고 굳은 결심을 했었는데, 막상 돈을 못 버는 처지가 되고 보니 부끄러운 생각이 들었기 때문이다.

출복이 뱀이 스럭스럭 소리를 내는 뱀 궤짝 옆 토마루에 쪼그리고 앉아서, 어렸을 때보다 훨씬 낮고 볼품없어 보이는 할미산을 쳐다보며 애꾸 노인이 돌아오기를 기다렸다. 기다리는 동안 그는 마치 집을 뛰쳐나간 탕아가 오랜만에 다시 돌아온 소설 속의 주인공처럼 마음이 설레기까지 했다.

어렸을 때 출복은 할미봉 골짜기 맞은편 너덜겅 쪽의 아장兒葬들 때문에 무서워 혼자는 들어가지 못했었다. 비가 오는 날이나 안개가 푸하게 낀 날에는 할미봉 골짜기에서 아기 울음소리가 마을까지 들린다고 했었다.

바람 모퉁이 쪽에서 마주 건너다보기만 해도 으시시하게 온몸의 털이 빳빳하게 솟곤 했던 그 무서운 할미봉 골짜기에 들어가 본 것은 꼭 두 번밖에 없었다. 노루목에서 손꼽을 만큼 큰 부자였던 팔만이네 할머니가 죽어 꽃상여가 나갔을 때, 바람에 너울거리는 종이꽃 귀신 돈을 따라갔던 것이 처음이었는데, 전나무 가지며 찔레나무에 걸린 종이꽃들은 마치 팔만이 할머니의 혼이 살아서 움직이는 것처럼 너울너울 춤을 추었다. 처음 가본 할미봉 골짜기는 한없이 깊었으며 안으로 들어갈수록 하늘이 손바닥만 하게 작아지면서 양쪽 너덜겅에서 휘휘휘 이상한 바람 소리가 나는 것만 같아 등골이 오싹했다.

두 번째는 읍내로 시집을 갔다가 쫓겨 왔다는 팔만이 작은 누나와 함께 갔었다. 하늘에는 은딱지 같은 구름이 어지럽게 흩어지고 산에서는 뻐꾹 뻐꾹 뻐꾸기 소리가 배고픈 창자를 훑어내곤 하던, 출복이가 노루목을 뛰쳐나온 그해 봄이었다. 그날도 출복은 산그림자가 맨 먼저 어슴어슴 기어 내려오곤 하던 아랫당산 밑 각시바위 위에서 동네 아이들의 눈을 피해 병든 쥐새끼처럼 고개를 처박고 앉아 있었다. 할미봉 골짜기 입구 산다랭이 밭에 가던 팔만이 누나가 그를 보더니 걸음을 멈추고 서서 오라고 손짓을 했다. 밭에 아욱 잎을 뜯으러 가는데 같이 가자는 거였다. 접시감처럼 납작한 얼굴에 오동포동 살이 찌고 살결이 유난히 희뿌연 팔만이 누나는 출복이가 밥을 얻으러 갈 때마다 덤턱스럽게 동냥 바가지를 무춤무춤 채워주곤 했던 터라, 마음 사리지 않고 냉큼 뒤따라 섰다.

팔만이 누나가 밭에서 쑥갓이며 아욱을 뜯고 있는 동안, 출복이는 개똥참외 꽃이 노랗게 피어 있는 밭둑에서 비비추를 뽑아 먹고 있었다. 바구니가 무춤하게 밭나물을 뜯은 팔만이 누나가 옥수수가 양켠으로 빼곡하게 늘어선 밭둑으로 나와 두 발을 뻗고 덜퍽 주저앉아 출복에게 가까이 와서 앉으라고 했다. 팔만이 누나는 출복이가 옆에 앉기가 무섭게 와락 붙들어 껴안더니 장난질하듯 무턱대고 출복의 고의춤을 열어 사타구니에 쑤욱 손을 집어넣었다. 출복은 질겁을 하고 일어서려고 했으나 팔만이 누나가 죽자하고 그를 놓아주질 않았다. 신기하게도 이제 막 끝이 패기 시작한 출복의 작은 고추는 빳빳하게 일어섰으며, 팔만이 누나는 얼굴이 각시바위 옆의 똘복숭아 꽃처럼 발긋발긋 달아올라 그를 억지로 밭둑에 눕혔다. 출복은 순간 죽는가 싶었다. 사람 살리라고 소리치고 싶었으나 입이 열리지 않았다. 마치 할미봉 골짜기의 아장 너덜겅이 와르르 허물어져 그의 몸을 깡그리 묻어버린 듯싶었다.

그런 일이 있고 나서 출복은 노루목이 싫어졌다.

출복은 조금 전 마을에 들어서면서도 팔만이 누나를 만나면 어쩌나 싶어 가슴이 울렁울렁했었다.

거뭇거뭇 할미봉의 산그림자가 바람 모퉁이 앞들로 기어 내려오기 시작해서야 술에 취해 울림이 좋은 우렁우렁한 목소리로 육자배기를 흥얼거리며 휘적휘적 움막으로 들어선 애꾸 노인은 첫눈에 출복을 알아보았다. 출복이가 토마루에서 벌떡 일어서서 가까이 뛰어 내려가서 장출복이에요, 출복이가 왔습니다요 하고 큰 소리로 말했으나 애꾸 노인은 별로 반가운 내색을 하지 않고 그대로 방 문턱에 철커덕 걸터앉으며,

　"언젠가 한번은 네 놈이 올 줄 알았다. 내가 살아 있을 때 와주어 고맙구나."

할 뿐이었다.

　"그동안 오고 싶지 않았어요."

　"노루목을 잊은 게로구나. 암, 잊어야재. 네눔이 안 온다고 섭하게 생각할 사람 하나도 읎으니께!"

　"부끄러워서요."

　"뭣 땜에?"

　"출세도 못 허구……."

　"헝, 네 깐 눔이 출세는 무신 빌어묵을 출세여?"

　"그동안 찾아뵙지 못해 죄송해요."

　"그런데 뭣 땜시 왔어? 이 노루목 징허도 않냐?"

　상여지기 애꾸 노인은 출복이가 선물로 사 온 구두와 흰 바탕에 하늘색 줄무늬가 박힌 남방셔츠 꾸러미를 풀어 내밀어도 본체만체하며 여전히 팩팩거리는 목소리로 쏘아댔다.

　"사탕이나 한 사발 헐랴?"

　애꾸 노인이 거적을 들치고 부엌에 들어갔다 나오며 지나가는 말투로

물었다. 거적문을 들치고 서 있는 그는 어렸을 때의 기억보다 훨씬 키가 컸다. 잘은 모르지만, 회갑이 넘은 지 몇 년 지났을 터인데도 젊은 사람 못지않게 아직 근력이 팽팽해 보였다.

"허갸, 너 같은 총각 놈이 쳐묵었다가는 빤스에 구멍만 날거니께……."

생각했던 것보다 애꾸 노인은 행티나 말하는 뽄새가 잡스러웠으며, 말을 할 때마다 왼쪽 애꾸눈 언저리를 씰룩거리고 잔뜩 두 뺨을 일그리고 있었기 때문에 얼굴을 마주보기가 불편했다.

애꾸 노인이 부엌을 들락거리며 저녁밥을 준비하는 동안, 출복은 아카시아 울타리로 휘움하게 둘러막은 돼지풀이며 담자색 꽃이 핀 질경이풀이 푸수수한 마당을 왔다 갔다 서성거리기도 하고, 바람이 불 때마다 이파리들이 딱다르르르 소리를 내며 가지들이 겅충겅충 춤을 추는 큰 꿀참나무 아래에 서서 어둠에 묻혀 가고 있는 할미봉 쪽을 바라보기도 했다.

"그래 마을에는 들어가 봤어?"

밤이 늦어서야 건둥건둥 저녁을 먹어치운 다음 마당에 멍석을 깔고 앉아, 혼자 소주잔을 홀짝거리던 애꾸 노인이 물었다.

"비석거리 주막에서 물은 뒤 곧장 왔어요."

"아무도 만날 생각 말어!"

"주막에서도 마을 사람들을 보고도 아는 체 안 했어요."

출복은 부지깽이로 모깃불을 들썩거리며 대답했다. 그가 모깃불을 들썩일 때마다 여귀풀이 타느라고 매캐한 연기가 뭉떵뭉떵 피어올랐으며 연기 때문에 코가 맥맥하여 캑캑 헛기침을 쏟았다.

"네눔이 오랜만에 고향에 온 거 조금도 자랑스러울 거이 없어. 그라고 노루목 애미 새끼 한 마리 네 눔을 반겨주지도 않을 꺼고!"

출복은 고향이라는 말에 처음 느껴보는 짭짤한 감정 때문에 머리끝이 찌르르하고 목구멍 속이 뜨끔해 오는 듯싶었다.

"자랑할 것도 없어요!"

"새벽에 네 어머니 무덤이나 찾아보고 동네 사람들 기동하기 전에 후딱 떠나도록 혀!"

어머니 무덤이라는 소리에 출복은 순간 온몸의 피돌기가 멎으면서 골통 속을 큰바람이 휭하게 뚫고 지나가는 듯한 놀라움에, 어둠 속에서 목자를 디룩거리며 애꾸 노인 쪽으로 돌아앉았다. 그는 어렸을 때도 어머니 무덤에 관한 이야기는 한마디도 들어보지 못했었다.

"어머니 무덤이라뇨?"

"할미산에 있는 네 어머니 무덤 말이여! 새벽 일찌감치 찾아보고 떠나라니께! 벌촌 내가 안 빼묵고 꼬박꼬박했어. 안 잊고 벌초를 해준 건 그래도 큰애기 적에 한때나마 좋아했기 때문인겨, 딴 데로 시집은 가 뿌렸지만, 존 여자였어. 나헌티 시집을 왔음사 죽지는 않했을 꺼 아녀? 허갸, 다 타고난 사주팔자재, 사주팔자는 하느님도 어쩔 수 없다는디……."

애꾸 노인은 거푸 술잔을 비우면서 한숨 내질러 푸념처럼 울컥거렸다.

그날 밤에 애꾸 노인은 출복의 아버지 어머니에 대해 모두 이야기해 주었다.

아버지는 무당의 아들이었다. 일곱 살 때인가, 무당 어머니는 떠돌이 상장사와 눈이 맞아 노루목을 떠난 뒤 종무소식이었다. 어머니를 잃은 어린 아버지는 통샘거리 손 참봉네 꼴머슴으로 들어가 장성했다. 쌀 한 가마니를 어깨에 척척 들쳐 메는 힘 꼴깨나 쓰는 상머슴이 되자, 손 참봉은 가족이 염병으로 몰살하고 외톨이가 된 옆집 최 서방네 딸과 짝지어 주겠다고 꼬드기기 시작했다. 최 서방네 딸은 손 참봉내 부엌데기로 들어와 살게 되었는데, 제 어머니를 닮아 몸매도 얄캉얄캉하게 쫙 빠지고 갸름한 얼굴에 눈망울이 서글서글하여 누구든지 한번 보면 욕심을 내는 여자였다. 그러나 두 사람을 짝지어 주겠다던 손 참봉은 출복이 아버지가 서른이 되도록 성혼을 시켜주지 않았다. 알고 보니 손 참봉은 애꾸 머슴에게도 똑같이 최 서방 딸과 짝지어 주겠다고 해놓고는 두 머슴이 시샘하며 일을 하도록 한 거였다.

애꾸 노인도 참봉네 머슴이었다. 출복이 아버지와 동갑내기로 힘 꼴깨나 쓰고 뚝심이 세어 걸핏하면 찍자를 부리곤 했었다. 손 참봉은 성질이 왁살스러운 애꾸 머슴을 손아귀에 넣고 쥐락펴락하며 실컷 일을 부려먹기 위해서 출복 아버지 나이 서른다섯 살이 되어서야 스물여섯 살의 최 서방네 딸과 성혼을 시켜주었다. 손 참봉이 최 서방 딸을 출복 아버지에게 줘 버리자 애꾸 머슴은 그날로 참봉 집에서 나가 버리고 말았다.

사랑채 외양간 옆 골방에 신방을 차린 출복 아버지는 신바람이 나서 집을 나가 버린 애꾸 머슴 몫까지 죽자사자 일을 했다.

신방을 차린 일 년 만에 출복이를 낳았다. 아들을 낳자 전에 생각지 못했던 욕심이 생겼다. 마흔이 내일 모렌데, 늙어 죽을 때까지 참봉네 머슴살이만 할 수 없지 않겠느냐는 생각이 든 거였다. 이제부터라도 사경을 받아서 밭 한 뙈기라도 장만해 놓아야 아들이 크면 땅을 파먹고 살 수가 있지 않겠는가 싶었다. 어려서 꼴머슴으로 참봉네 집에 들어온 이래 사경 생각은커녕 배불리 먹고 철 따라 옷 얻어 입는 것만도 고맙게 여겨온 터였지만, 장가를 들고 아들까지 얻고 보니 따로 살림을 나가서 알뜰살뜰 살고 싶었던 거였다.

출복 아버지는 어느 날 마음을 강하게 먹고 참봉에게 사경을 달라고 했다. 그랬더니 참봉은 청천하늘 벼락 치듯 고래고래 소리를 지르며, 고샅에서 얼어 뒈질 놈을 데려다 자식처럼 키워주고 장가까지 보내주었는데 머리 검은 짐승은 은혜를 원수로 갚는다더니 네 놈이 바로 그 짝이로구나, 하고 악담을 퍼부으며 죽일 놈 살릴 놈 야단이었다.

출복이 아버지는 도리어 찔끔해서 목을 움츠린 채 물러서 버리고 말았다. 그는 새경을 포기하되 겨울만 넘기고 기회를 보아 참봉네 집을 나올 작정을 했다. 일단 결심을 하자 마음이 뜨직해져 옛날처럼 죽자사자 일을 하기도 싫었다. 육신 팽팽한데 화전을 일군들 세 식구 입에 거미줄이야 치겠는가 싶은 생각이었다.

그러던 그해 가을 참봉 부인이 친정아버지 제사를 지내러 간 날, 놉을 얻어 나락을 베다가 곁두리를 내가려고 집에 들어온 출복이 아버지는, 눈깔이 뒤집히고 심장이 쪼개지는 광경을 목격하고 말았다. 집에 들어서자 집안은 조용한데 외양간 옆 골방에서 갓난아기 울음소리가 요란한지라 지게를 진 채 뛰어가서는 벌컥 문을 열었더니, 아기는 방구석에 네 발을 버둥거리며 울어대고 있었고, 어떤 사내놈이 그의 마누라를 깔고 엎드려서 끙끙거리고 있는 게 아닌가. 순식간에 눈이 뒤집힌 그는 한낮에 자기들 신방에 들어와 마누라를 훔치고 있는 사내가 손 참봉인지 누구인지 알 바가 없었다. 지게를 벗어 팽개치고 두엄자리의 쇠스랑을 들고 뛰어 들어가 미친 듯 울부짖으며 도리깨질하듯 마구 찍어 내렸다.

"손 참봉이라는 놈 죽어서 마땅하고 말고, 그놈 땜시 네 어머니마저……."

상여지기 애꾸 노인은 두 홉들이 소주병이 바닥이 나자 병나발을 불어 마지막 한 방울까지도 핥아대고 나서는 꿀참나무 쪽으로 홱 던져버렸다.

퍽 하고 술병 깨지는 소리에 출복은 마치 그의 가슴이 찢어지기라도 한 듯 상반신을 떨며 두 손으로 머리를 쥐어 싸맸다. 날카로운 유리 조각들이 그의 온몸에 따끔따끔 박혀오는 듯싶었다.

"그 뒤부터 네놈은 노루목 동네 개가 된 그여!"

출복은 벌떡 일어섰다. 그는 고개를 뒤로 젖혀 별들이 조금씩 흔들리는 하늘을 쳐다보았다.

"참봉 놈은 내 손으로 쥑일라고 했는디 말이다!"

출복은 애꾸 노인을 내려다보았다. 그는 갑자기 노루목이 싫어졌다. 정말이지 괜히 왔구나 싶었다.

"네 아부지 말이다. 그래도 한때 한솥밥 묵은 정으로 서너 차례 감악소 면회도 가봤었재. 헌디 어치코롬 된 셈인지 내가 세 번째 찾아갔을 때는 나를 통 못 알아보드란 말여. 속이 뒤집혔나벼, 뒤집히게도 생겼재. 오장육부가 다 녹아뿟졌을 거여. 일 년 뒤엔가 면회하러 갔더니 정신병원으로 옮겼다든가?"

다음날 새벽 어슴어슴 어둠이 쫓겨 가기 시작할 무렵, 출복은 애꾸 노인을 따라 안개가 가득한 할미산 골짜기에 들어가서 어머니의 무덤 앞에 솔가지를 꺾어 놓고, 그 길로 걸어서 노루목을 떠났다.

"다시는 오지 말어. 네 아부지부텀 찾고, 찾거들랑 펜지나 한 장 띄워."

상여지기 애꾸 노인은, 출복이가 어려서 노루목을 떠날 때처럼 까치재 주막까지 데려다주었다.

출복은 그로부터 한 달 만에 도립 정신요양원에 수용되어 있는 그의 아버지를 찾을 수가 있었다. 그는 이제 살인자 아버지를 충분히 이해할 뿐만 아니라, 모든 깃을 잃고 구겨진 휴짓조각처럼 되어버린 아버지의 슬픔을 같이 나누고 있는 자신을 발견하기에 이르렀다. 아무것도 바랄 것 없이 그냥 숨 쉬는 송장이나 진배없으면서도 아무에게나 마누라를 찾아달라고 애원하는 아버지가 불쌍해서, 차라리 할 수만 있다면 같이 있고 싶기까지 했다.

아버지가 그렇게 된 것, 그가 어머니를 잃은 것, 가정이 풍비박산되어 버린 것, 이 모두가 노루목 손 참봉 때문이라는 생각이 들자, 지금이라도 그가 살아 있기만 한다면 그대로 살려 둘 것 같지가 않았다.

그런데 이상하게도 아버지를 찾게 된 이후부터 출복이의 성질이 조금씩 거칠어진 듯싶었다. 윗사람들 말이라면 그저 고분고분하고, 어지간한 일에는 화를 내지 않던 그였는데, 요즘에 들어서는 말 수가 줄어든 대신 표 나게 성질이 사나워진 거였다. 그는 요사이 사람들로부터 이용을 당하고 있는 것 같은 생각에 마음이 불안했고, 그에게 피해를 주고 있는 사람에게는 어떻게 해서든지 보상받아야겠다는 생각을 가지게 되었다. 출복은 그의 주위 어디엔가 손 참봉같은 사람이 자신을 이용하고 있는 것만 같은 생각이 들었다.

출복이는 요즘 성질만 변한 것뿐만이 아니고 인생관도 달라진 것이 분명해 보였다. 얼마 전까지만 해도 그는 죽으라면 죽는시늉까지라도 하면서 인쇄소 박 사장의 눈에 들어, 아들이 없이 딸만 여섯인 그 집 양아들이 되든지 아니면 벙어리 큰딸한테 장가라도 들어서 언젠가는 인쇄소 사장이 되리라는 꿈이 인생의 목표였던 것이, 잘못 짚은 생각이라는 것을 알아차릴 수가 있었다. 그는 아버지나 배 노인, 노루목의 상엿집 노인처럼 헛되게 살고 싶지가 않았다.

"제가 우리 아버지 많이 닮은 것 같아요?"

버스가 시내로 들어서고 승객들이 하나둘 짐을 챙기느라 덤벙대기 시
작하자 출복이가 오랜만에 뚜벅 입을 열었다.

배 노인은 오랫동안 출복이가 의자에 등을 기댄 채 눈을 감고 있어, 잠
이 들었는가 싶어 혼자 지루하게 앉아서 차내 스피커에서 흘러나오는 라
디오 소리에 귀를 기울이고 있느라고 출복의 낮은 말소리를 듣지 못했다.

"첨엔 나도 놀랬어요. 시컴한 눈썹, 부리부리한 눈, 감자같이 뭉떵한 주
먹코…… 나도 늙으면 꼭 그렇게 되겠죠?"

"영락없이 쪽 빼 박았더구만."

배 노인이 그제서야 출복이 쪽으로 고개를 돌렸다.

"애꾸 노인보다야 훨씬 잘 생겼지요. 우리 어머니도 애꾸 머슴보다 아
버질 더 좋아했을 거로구만요."

배 노인은 출복의 알 수 없는 말에 두 눈만 끔벅거렸다.

2

인쇄소 월급날, 직공들은 마치 된 소나기 머금은 하늘처럼 뿌드드하게
찌푸려져 있었다. 그러나 그들은 여태껏 한 번도, 큰 소리로 불평을 토하
지 않고 속으로만 웅얼웅얼 씹어 삼켰다. 불평을 속으로만 씹어 삼키자니
내장이 후끈거려 엉뚱한 일로 신경질을 부리며 서로들 팩팩거렸다. 연일
푹푹 찌는 이 더위에, 남들은 바캉스니 피서니 들떠서 야단법석인데 봉급
을 타 봐야 한 달 먹을 식량과 연탄값을 제하고 나면 제육 한 칼 맘 놓고
떠다 먹을 돈도 없이 달랑달랑한 판이라, 뼈 빠지게 일을 해도 고작 이거
냐 싶은 생각에 못난 자신이 미울 따름이었다. 게다가 박 사장이 월급을
올려주겠다고 정식으로 말을 꺼내놓은 지가 벌써 몇 달째인지라, 여름휴

가다 뭐다 유난히 씀씀이가 많은 이달에는 꼭 올려주겠거니 잔뜩 기대했었는데, 휴가 보너스는 고사하고 월급도 오르지 않았으니 그 씁쓸하고 고단한 마음이야 더 말할 나위가 있겠는가.

"이달에도 안 올랐구만 그려."

출복이가 월급봉투를 다 지급해 주고 찜찜한 기분으로 사무실에 러닝셔츠 바람으로 앉아 있는데, 지난봄에 결혼한 정판공 박두만이가 시큰둥한 얼굴로 공장 덧문을 밀고 들어오며 흘려보내는 말투로 내뱉었다. 박두만이는 성질이 괄괄한 데다가 평소에 출복이하고는 허물없이 마음 터놓고 지내는 사이라 숨김없이 불평을 뱉어내는 것이었다.

출복은 얼핏 박두만을 쳐다보았다. 몇 달 전부터 그는 대우가 좋은 다른 인쇄소로 가겠다는 것을 조금만 참자고 다독거려 가까스로 마음을 붙잡아 놓았었다.

"홧김에 서방질하드끼 한잔씩 걸치자고 다들 또또와 주점으로 갔는데, 출복이 안 갈래?"

박두만은 출복의 책상 위에 놓인 덜컹거리며 돌아가는 고물 선풍기 앞에 다가서서는, 남방 윗단추를 끌러 두 손으로 러닝셔츠의 목을 길게 늘이고, 선풍기를 따라 왔다 갔다 하면서 가슴에 바람을 집어넣으며 말했다.

"먼저 가 있어. 곧 갈게!"

출복은 자동차를 기다리는 중이었다. 조금 전에 박 사장한테서 전화가 왔었는데, 차를 보낼 테니 잠깐 안집에 왔다 가라는 거였다.

박두만이가 단추를 끼우며 사무실에서 나가자 이내 빵빵 클랙슨이 울렸다.

출복은 박두만이가 보는 앞에서 자가용을 타기가 겸연쩍기도 하고, 또

괜히 뻐기고 싶지 않아서 그가 또또와 주점으로 가기 위해 전봇대를 끼고 모퉁이를 돌아서기까지 그대로 미적거리고 서 있다가, 담배 한 대를 반쯤 태우고 나서야 차에 올랐다.

자동차 뒷좌석에 출복이와 동갑인 박 사장 큰딸 미옥이가 평퍼짐하게 앉아 있다가 그가 오르자, 덥지 않느냐 피서는 언제 갈 거냐는 등 표정을 써가며 수화를 했으나 못 본 체해버렸다. 얼마 전만 같았으면 출복이 쪽에서 먼저 생글생글 미소 피우고 엉너리 떨어가며 그동안 미옥에게서 익힌 수화로 말을 걸었을 터이지만, 요즘엔 그렇지가 않았다. 기실 출복은 박 사장네 식구 중에서 그 누구보다도 미옥이와 수화를 거침없이 잘 통했는데 그것은 출복이가 의도적으로 능숙하게 익혀 두었기 때문이었다.

출복이 쪽에서 아무런 응답이 없자 미옥은 사뭇 팔꿈치로 그의 옆구리를 쿡쿡 쥐어박으며 약간은 답답하고 신경질적인 표정으로 수화를 계속 걸어왔다.

미옥은 말을 못 하는 데다가 귀까지 멀었고, 바보처럼 지능이 낮았으며, 생긴 것까지도 몸피가 툽상스러웠고, 양푼을 엎어 놓은 모양으로 넓데데한 얼굴에, 눈꼬리가 매달리고 들창코여서 아무리 곱게 봐주려고 해도 도무지 마음이 켕기지 않는 여자였다. 그래도 장차 인쇄소 사장이 될 허랑한 욕심으로 미우나 고우나, 저 못생기고 바보스러운 병신을 아내로 맞아들였으면 하고 은근히 바랐을 때까지만 해도 그녀를 곱게 보려고 애써 왔다.

박 사장의 안집은 인쇄소 사장 집답지 않게 백 평이 넘는 널따란 정원을 갖춘 으리으리한 저택이었다. 박 사장은 인쇄소에는 별로 신경을 쓰지 않고 부동산 투지에 열을 올려 이삼 년 사이에 수억대를 치부했다는 소문이 떠돌았다.

박 사장은 에어컨 바람이 쏭쏭쏭 소리를 내는 썰렁한 내실에 잠자리 날개 같은 모시 한복을 입고 한가하게 누워 있었다. 출복은 에어컨 바람에서 이상한 냄새가 나는 것 같아 양미간을 찡그렸다. 마치 버터 바른 빵을 먹을 때처럼 매슥매슥한 역겨움을 느꼈다

"인쇄소는 아무 탈 없쟈?"

박 사장은 빨간 잇에 봉황 한 쌍이 수놓아진 푹신한 닭털 베개를 베고 누운 채 물었다.

"네."

"나는 바쁜 몸이니께 인쇄소 일은 네가 알아서 잘 처리허도록 해. 무슨 일이 있으면 전화루다가 지꺽지꺽 연락을 허고!"

"네."

대답하는 출복이의 목소리가 시원찮았는지, 박 사장은 벌떡 일어나 앉더니 얼마 전에 골동품 목물전에서 사 왔다는 반들반들 윤기가 나는 문갑의 서랍에서 양담배를 꺼내 필터를 이빨로 물었다. 출복이가 성냥불을 켜서 허리를 구부리며 두 손으로 바쳐 올렸다.

"직공들 암시랑않쟈?"

출복은 박 사장의 묻는 말에 무슨 말인가 해야겠기에 잠시 생각을 굴려보았다.

"제깐 놈들이 주면 주는 대로 받아야지 무슨 할 말이 있겠냐?"

"저 사장님, 아무래도……."

"제 놈들 하자는 대로 듬쑥듬쑥 월급을 올려줬다간 회사 망헌다. 자고로 유능한 기업주란 그저 부리는 놈들을 적당히 어르고 사정없이 쥐어질

러선 월급이 적다는 불평이 안 나오게 해야 하는 거야."

"허지만 약속을 허셔놔서……."

"이놈아, 언제 내가 안 올린다고 했느냐? 올리는 시기를 최대한으루다가 늦추자는 게 아니냐. 한 달만 늦춰도 올매가 이익인데? 그런 계산도 못 해갖구 장차 어뜨케!"

박 사장은 삐억삐억 거푸 담배연기를 빨았다.

"그래두 이번 달엔 꼭 올릴 줄 믿고들 있어서……."

"이런 돌대가리라니! 아이구 내가 저걸 믿고 무슨 일을 하겠다고 이러는지 원!"

"기대를 잔뜩 걸고 있다가 오르지 않으니……."

"네놈 월급 올려달란 소리로구나?"

"아, 아닙니다. 사장님!"

기실 출복은 아직 월급다운 월급을 단 한 번도 받아보지 못했었다. 그가 경리를 맡게 되면서부터야 용돈이랍시고 매달 삼만 원씩 받는 것뿐이었다. 박 사장은 쏨쏨이가 모자라면 얼마든지 더 갖다 쓰라고 하지만 그것은 순전히 말뿐이었고, 단돈 천 원만 틈이 생겨도 죽일 놈 살릴 놈 하는 판이니 언감생심 어떻게 월급 외에 돈을 축낼 수가 있겠는가. 하기야 출복으로서는 인쇄소 숙직실에서 잠을 자고 안집에서 하루 세 끼 내다 주는 밥을 받아먹고 있으니 특별히 돈을 쓸 곳도 없었으려니와, 월급이 적다고 했다가는 사장의 눈 밖에 날 것만 같았기에 그저 이것도 감사합니다 하는 식으로 참아왔던 거였다.

"월급이 적다고 불평하는 놈들이 있거들랑 감원을 하겠다고 겁을 줘! 감원하겠다고만 한다 치면 월급 적다는 말이 찬물에 좆 오그라들 듯 쑥 들어가고 말 꺼잉께!"

그것은 박 사장이 두고두고 쓰는 수법이었다. 그는 정초에 시무식이랍시고 종업원들을 모아놓고는 유월달에는 어김없이 봉급을 올려주겠다고 애드벌룬을 띄워 놓는다. 그러다가 유월 칠월이 건듯 지나고, 인쇄소 일감이 줄어드는 팔월쯤 되면 감원이라는 충격적인 유언비어를 퍼뜨려 놓고, 구월에 가서는 인정상 누구는 집에 돌아가서 아기를 보게 하고 누구는 남아서 일을 하게 하겠느냐, 한 사람이라도 희생을 시키느니 가늘게 먹고 가는 똥 싸는 한이 있더라도 죽식간에 함께 먹고 살아야 할 게 아니냐면서, 감원을 하지 않는 대신 월급 인상도 미루는 것을 합리화시키는 것이었다.

"내가 시키는 대로 해! 요번엔 뽄떼기루다가 두어 명 감원을 시킬 테니 간두루!"

"사장님, 감원은 안 됩니다! 지금은 여름이니까 일감이 뜸하지만 가을부턴 바빠집니다."

"이 돌대가리야, 우선 뽄떼기로 두어 명 짤렀다가 바빠지면 다시 쓰면 될 거 아니냐!"

박 사장은 큰소리로 고함을 질렀다.

"그래도 우리 인쇄소만큼 대우 좋은 곳도 없어!"

"사장님, 삼십 년간 문선공 노릇을 해온 배 영감 월급이 고작 구만 원입니다."

"그런 고임금자는 짤라베려!"

"인쇄소에서 사장님 댁 생활비루 일백만 원씩이나 들여 넣고 있습니다. 생활비를 반만 줄여도 한 사람당 이만 원 가까이 올릴 수가 있습니다."

"이런 괘씸한 자식!"

"그렇게 허셔야 합니다. 직공들도 감정이 있는 법입니다. 거짓말도 한두 번이라야 통하지요."

순간 철썩하는 소리와 함께 출복의 눈에 번갯불이 번쩍했다. 박 사장이 출복의 뺨을 후려친 것이다.

"거렁뱅이 새끼를 줏어다 사람을 맹글아 놓았더니 아주 나를 갖고 놀라고 지랄이여?"

그때 사장 부인이 뛰어 들어오지 않았던들 출복은 한두 마디 더 듣기 싫은 소리를 했을 것이고, 그렇게 되면 따귀 몇 대를 더 맞았을 것이 뻔할 노릇이었다.

나이에 어울리지 않게 해작 반바지에 색깔이 요란한 티셔츠를 입고 안방으로 뛰어 들어온 사장 부인은 출복을 끌고 나갔다.

"무슨 잘못을 저질렀기에 사장님이 저 성화시냐?"

출복은 대답을 하지 않고 잠자코 있었다. 그는 가만히 서 있다가 마음을 가라앉히지 못해 밖으로 나왔다. 사장 부인이 잠깐 기다리라고 하고 다시 안방으로 들어갔다가 오 분도 안 되어 나와서는 만 원짜리 세 장을 출복의 코 앞에 내밀었다.

"지난주에 미옥이만 빼놓고 우리 식구들은 피서하러 갔다 왔잖어? 낼 이래두 개 좀 데리고 해수욕장에라도 가서 며칠 있다가 오라구, 걔가 너하구만 가겠다니 원!"

출복은 돈을 받지 않았다. 미옥이하구 함께 피서하러 가고 싶은 생각이 없었다. 그러나 사장 부인은 억지로 돈을 그의 호주머니에 찔러 넣으며,

"사장님헌테 꾸중 들었다고 섭하게 생각 말어. 사장님은 그래두 늘 출복이를 야간 내학에라도 보내야겠다고 허시면서……."

출복은 다음 말은 듣지도 않고 사장 집에서 휑하니 나와 버렸다.

하늘은 스멀스멀 안개가 살아 움직이는 할미산 골짜기처럼 거무죽죽하게 내려앉아 있었다. 사장 집에서 뛰쳐나온 출복은 한동안 서서히 어둠을 뿌리기 시작하는 하늘을 쳐다보다 말고, 울컥 아버지가 보고 싶어졌다. 아버지도 옛날에 손 참봉한테 그렇게 뺨을 얻어맞으며 당했을 것이라는 생각에, 날카로운 쇠꼬챙이 같은 것이 그의 가슴을 푹 찔러 오는 것 같은 예리한 아픔을 느꼈다. 출복은 손으로 박 사장에게 얻어맞은 뺨을 쓱 문질러 보며 하늘을 향한 채 소리 없이 퍼어 하고 묘한 웃음을 날렸다. 여태껏 박 사장한테 말대꾸 한번 해본 일 없었고, 박 사장이 시키는 일이라면 화약을 지고라도 불길 속으로 뛰어들 만큼 충직한 그였는데, 하고 싶었던 말을 만 분의 일이라도 토해내고 나니 가슴에 바늘구멍만큼 숨구멍이 트이는 것 같기도 했다.

출복은 마치 술 취한 기분이 되어 어둠이 깔리고 불이 켜지기 시작하는 큰길 쪽으로 휘청거리며 걸었다. 이상하게도 그는 인쇄소에 오래 못 있을 것 같은 생각이 점점 더 굳어져 가고 있음을 알았다. 아버지를 만난 이후부터 문득문득 그런 생각이 들곤 했었던 것이 오늘에야 확실하게 굳어진 듯싶었다.

출복이가 박 사장한테 바른말을 했다가 뺨을 얻어맞은 디음 날 인쇄소에는 사장의 먼 처조카뻘 된다는 마흔이 넘었을까 말까 싶은 남자가 전무 자리를 만들어 들어왔고, 출복은 자진해서 경리를 전무한테 넘기고 옛날처럼 다시 문선일을 하게 되었다. 그는 여러 문선공과 함께 문선을 하게 되니 훨씬 마음이 편했다. 그는 이제 그가 일한 만큼의 월급을 받아야겠다고 생각했다. 배 노인처럼 손이 빠르지는 못해도 어려운 한자만 없으면 1분에 스무 자는 뽑을 수가 있으니, 못해도 칠팔만 원은 받아야 할 거라고 믿고 있었다. 출복은 언제 기회를 보아서, 새로 들어온 박 전무를 통해서 정식으로 급료를 올려달라고 말해야겠다고 작정을 했다.

출복은 아무 소리 없이, 마치 활자를 뽑기 위해서 이 세상에 태어난 사람같이 일에만 열중했다. 몇 번인가 박 사장 부인한테서 미옥이 데리고 피서 갔다 오라니까 뭐 하냐는 전화가 걸려왔지만 일이 바쁘다는 핑계로 그만 어물쩍 넘겨 버렸다.

출복은 아버지를 만나러 가는 일요일이 돌아오기만을 기다렸다. 이번에 면회하러 갈 때는 무슨 맛있는 것을 사 가지고 갈까 하고 생각도 해보았다.

"멍텅구리같이, 납 냄새가 뭐이 좋다고 다시 문선을 해? 아무리 일류 문선공이 돼봤자 갈수록 목구멍 타작허기도 힘들 텐디. 미쳤다고 존 자리 마다허고 이 지랄이여!"

출복이가 다시 문선공이 된 것을 가장 못마땅해하는 것은 배 노인이었다. 출복의 깊은 마음을 헤아릴 바가 없는 배 노인은 또또와 주점으로 그를 끌고 가서는 마치 그의 친자식한테 해대듯 눈에서 번갯불이 치도록 나무랐으나, 그렇다고 출복의 결심이 꺾일 리가 없었다.

"출셋길 뻔히 눈앞에 놔두고도 고생길을 택한 이유가 뭐여?"

배 노인의 실망은 대단한 듯싶었다.

다른 문선공들 역시 그가 다시 활자를 뽑게 된 것을 못마땅하게 여기는 눈치들이었다. 그들은 배 노인처럼 출복의 장래를 걱정해서가 아니라, 사장의 측근자와 함께 얼굴 마주하고 일하기가 거북살스럽기도 하고 불편한 때문이었다.

"여지껏 출복이 잘 되기만 빌었는데, 쯧쯧, 자네가 인쇄소 사장이 되면 우리한테는 그보다 더 큰 빽이 또 어디 있겠어!"

배 노인은 일을 하면서도 못내 서운한지 연신 혀를 차면서 맥이 풀려 있었다.

"아버지 때문이죠."

"자네 아버님이 어쨌기에?"

"아버지가 그렇게 하라고 제게 말씀하셨어요."

"허어, 이 사람 보게. 말 한마디 없는 자네 아버님이 어떻게?"

배 노인은 놀란 눈으로 출복의 얼굴을 찬찬히 뜯어보며 아무래도 어딘가 좀 이상하다 싶은 눈치였다.

"저는 아버지가 시키는 대로 살아가겠어요."

"이 사람 어디가······."

퇴근한 뒤에도 배 노인은 여느 날과 같이 서둘러 휑하니 집으로 돌아가지 않고 출복이를 또또와 주점으로 데리고 가서 이것저것 여러 가지를 물어보았는데, 그것은 배 노인 나름대로 출복이의 몸에 무슨 이상이 있는 것이 아닌지 하고 짚어보기 위해서였다.

그런 배 노인한테 예기치 않은 사고가 생겼다. 아침에 출근해서부터 골치가 아프고 휘청거린다면서 이번 일요일에는 아무래도 집에서 푹 쉬어야겠으니 요양원에는 같이 가지 못하겠다고 하더니, 점심시간이 조금 못 되어 문선을 하다 말고 그대로 시멘트 바닥에 퍽 쓰러지고 만 것이다.

출복이가 인쇄소에 들어온 뒤로 여태껏 지각 한번 하는 날이 없을 만큼 건강한 배 노인이 작업 도중에 쓰러졌기 때문에 동료들은 놀라지 않을 수가 없었다. 출복이는 서둘러 오랫동안 깨어나지 못하는 배 노인을 업고 가까운

대학병원으로 뛰어갔다. 응급실의 침대 위에 눕혀서야 눈을 뜨고 여기가 어디냐고 묻고는, 병원이라고 말하자, 깜짝 놀라 일어나려다 말고 두 손으로 머리를 쥐어 싸매며 나무등치가 둥그러지듯 다시 상반신을 쿵부리고 말았다.

의사의 말로는 영양실조에서 온 악성 빈혈이라고 했다. 워낙 몸이 쇠약해 있으니 영양을 섭취하고 집에서 한 달쯤 쉬고 나면 좋아질 것이라고 했다.

정신을 차리고 침대에서 벌떡 일어난 배 노인은 한사코 인쇄소에 가서 일을 계속해야겠다는 것을 어린애 어르듯 하여 그의 집까지 바래다주었다. 배 노인의 집은 시내버스 종점에서도 1km쯤 하천을 따라 무등산 쪽으로 거슬러 올라가서, 닭똥 냄새가 진동하는 양계장 마을에 있었다.

배 노인의 여덟 식구는 양계장집의 문간방에 세 들어 살고 있었다.

출복은 아직 호주머니에 그대로 고스란히 남아 있는 월급에서 병원비를 제한 나머지를 통째로 털어 집을 지키고 있는 배 노인의 딸에게 주고, 당분간 출근을 못 하시도록 붙잡아 달라고 당부를 하고서야 돌아왔다.

배 노인은 자신의 몸 걱정은 접어둔 채 집을 나서는 출복을 붙잡고, 지금이라도 사장한테 말을 잘 해서 다시 문선은 집어치우고 경리를 맡으라고 신신당부했다.

"자네라도 잘 되사 내 맘이 편해졌어. 쓸데없는 생각 말고 내가 시킨 대로 해."

출복은 그렇게 하겠다고 말하고 배 노인 집을 나왔다. 회사에 돌아와 보니 박 사장이 나와 있었다. 출복이가 새로 들어온 전무에게 배 노인의 이야기를 보고하려고 사무실로 들어서자 박 사장은 소파에 비스듬히 앉아 있다가,

"고혈압이라며?"

하고 양철 두드리는 목소리로 힐책하듯 쏘아댔다.

"그런 중한 환자를 쓰고 있었다니 원, 회사에서 송장을 치울 뻔허잖었어?"

박 사장은 마치 왜 그런 환자를 그만두게 하지 않고 여태껏 그대로 내버려 두었느냐고 출복에게 책임을 묻는 듯한 말투였다.

"사장님, 고혈압이 아닙니다."

"최 전무가 병원에 전화를 했다는디?"

"영양실조 때문에 온 빈혈이랍니다. 잘 먹고 한 달만 쉬면 좋아진답니다."

"저놈이 나를 속이려 드네?"

"의사는 그렇게 말했다니까요. 주사 맞고 지금 집에 모셔다드리고 오는 길입니다."

출복은 최 전무를 향해 큰소리로 자신 있게 말했다. 최 전무는 잠자코 박 사장이 앉아 있는 소파 옆에, 사장이 질문할 때 잽싸게 허리를 굽실거리기 좋은 자세로 두 손을 앞으로 내어 마주 잡고 서 있었다.

"암튼 우리 인쇄소에서는 그런 환자 쓸 수가 없어. 나이 들어 생긴 고혈압이란 못 고치는 법이야!"

박 사장은 사무실 안이 쩡쩡 울리도록 고함을 질렀다.

"사장님 아닙니다. 고혈압이 아니라니까요."

"듣기 싫어 이놈아!"

"배 영감님 병은 못 먹어서 생긴 빈혈입니다."

"이놈이 나를 바보 취급을 해?"

"지금부터라도 잘 먹으면 금방 낫게 됩니다. 일하시는 데는 아무 지장이 없어요."

"최 전무, 배 영감 사표를 받게!"

"안 됩니다. 한 달, 아니 보름만 있으면 완치됩니다."

출복은 박 사장과 최 전무를 번갈아 보며 울부짖듯 말했다.

"왜 빈혈이 생긴 줄이나 아십니까? 다 사장님 때문입니다."

"뭣이 어째?"

박 사장은 소파에서 벌떡 일어나 당장 따귀를 후려칠 기세로 출복을 노려보았다.

"사장님이 월급을 안 올려주어 못 먹어서 생긴 병이라구요!"

"아니, 이 자식이?"

박 사장의 손이 따귀를 후려친 순간에 옆에 있던 최 전무가 출복의 멱살을 잡아 댕댕하게 추어올렸다.

사무실이 시끄러워지자 일을 하던 종업원들이 우르르 몰려들어 이 광경을 지켜보다가, 박두만이와 몇몇 젊은 동료들이 출복을 끌고 나갔다. 박 사장은 사무실 안에서 와글바글 고함을 질러댔고, 동료들에 끌려 나온 출복이도 지지 않을세라,

"못 먹어서 생긴 병이라구요. 월급을 안 올려 줘서 생긴 병이라니까요."

하고 큰소리로 맞대꾸를 해댔다.

출복은 이상하게도 마음이 언짢거나 화가 치밀어오를 때마다 요양원의 아버지 생각이 번개처럼 그의 뇌리를 스쳐 지나가면서, 걷잡을 수 없게 온몸의 피가 들끓어 오르는 것이었다. 박 사장이 배 노인의 병을 고혈압이라고 억지를 부려 사표를 받겠다고 할 때도 출복의 눈에는 순간적으로 아버지의 모습이 보였었다.

큰소리로 맞대꾸를 해대도 화가 풀리지 않은 출복은 공장으로 들어가지 않고 그 길로 또또와 주점으로 갔다. 그를 사무실에서 끌고 나왔던 동

료들도 자리를 함께하고 출복이의 흥분을 가라앉히려고 했다.

"배 영감이 고혈압이라니, 순 어거지라구!"

출복은 막걸리를 시켜 단숨에 한 사발을 쿨럭쿨럭 마시고 나서 주먹을 휘두르며 흥분했다.

"고혈압은 잘 먹고 잘 사는 박 사장 같은 사람이나 걸리는 병 아녀?"

박두만이도 맞장구를 쳐주었다.

"뒈진 좆같이 이대로 찍소리 안 허고 있다가는 우리까지도 고혈압 환자로 맹글 거 아니라고?"

깡똥한 키에 눈이 개구리 눈깔처럼 툭 불거지고 겁이 많아 매사에 뒷서기를 좋아하는 송철만까지도 농담 반 진담 반으로 투덜대자 모두 킬킬킬 웃었다.

"출복이가 말 잘했어. 칠 년 묵은 체증이 쑥 내려간 것 같구만!"

"암, 월급을 안 올려주었기 땜사 그런 병이 생긴거재."

평소에 출복이 앞에서라면 불평 한마디 토해내지 않았던 젊은 동료들은 저마다 한마디씩 거들며 툭툭 등을 쳐주었다. 또또와 주점에는 어느 사이에 인쇄소 직공들이 거의 자리를 차지했다. 젊은 사람들뿐만이 아니고 나이 많은 동료들도 자리를 같이하고, 속 시원하게 웃어대며 출복한테 축하주까지 따라 주었다.

"대책을 세워야재, 배 노인이 고혈압 환자라고 목 짤리는 걸 구경만 하고 있을 게여?"

술이 얼근해진 박두만이가 동료들을 휘둘러보며 큰 소리로 말하자,

"이건 우리 일이여!"

하고 누구인가 거들어주었다.

"출복이 생각은 어때?"

박두만의 소리에 모두 출복에게로 눈길을 모으고 무슨 말이 나올지 긴장된 마음으로 기다렸다.

"약자일수록에 뭉쳐야 산다구."

배 노인 다음으로 나이가 많은 쉰다섯의 공장장 최 씨의 말에 모두 박수를 쳤다. 최 씨가 그런 말을 할 줄은 아무도 몰랐었다.

"우리 사장님 문짜대로 죽식간에 생사를 같이허기루 마음만 단단히 먹는다면야 못 할 일이 있겠는가?"

최 씨는 박수까지 받아 우쭐해진 기분으로 말없이 앉아 있기만 한 출복이를 유심히 살피며 호기 있게 사뭇 연설조로 이야기했다.

"이 사람들, 무슨 일을 허자는 게야? 아니 인쇄소를 때려 부수기라도 허자는 게여?"

처음부터 구석자리 폭포가 시원스럽게 쏟아지는 사진이 담긴 달력을 등 뒤로 하고 비스듬히 상반신을 꼬고 앉아서 연신 말 한마디 없이 술잔만을 기울이던, 매사에 동료들과 한데 어울리기 싫어하고 무엇이 그리 못마땅한 일이 있는지 노상 삐딱하게 마음이 구부러져 있는 살짝곰보 김봉기가 혼잣말처럼 잘 들리지 않는 목소리로 툴툴거렸다.

"애잔한 배 영감 모가지가 짤려도 보고만 있자는 겁니까?"

박두만이 김봉기를 돌아보며 도끼질하듯 버럭 고함을 지르자, 김봉기는 벌떡 자리에서 일어서더니,

"짜르면 짤리는 거재, 무슨 재주로 막는다는 게냐?"

하고 상앗대질까지 하며 그답지 않게 큰 소리로 맞대들었다.

"저런 배짱으로 월급 적다는 소리는 어떻게 허는지……."

박두만은 사뭇 멸시하는 눈으로 김봉기를 흘겨보며 혀를 찼다.

"흥분허지들 말고 앉어! 앉어서 존말로 이야기 하드라고. 우리 자신들을 위해서 이러는거 아녀?"

공장장 최 씨가 김봉기를 끌어 앉히며 차분한 목소리로 타일렀다.

"회사에서 배 영감을 짜르면 나도 그만두겠습니다."

출복이가 김봉기 쪽으로 고개를 돌리며 결연한 빛으로 말했다.

"나도 그만두겠어요."

박두만이었다. 그러자 여기저기서 나도 그만두겠소, 나도, 나도, 하는 소리가 계속 터져 나왔다. 그러면서 그들은 서로를 마주 보고 벌룸 웃고 함께 술잔을 높이 들었다.

"그러고 보니가 배 영감이 짤리면 동아인쇄소는 문을 닫어야겠구만 그려!"

공장장 최 씨가 단숨에 좌악 술잔을 비우고 기분 좋게 오이무침을 와삭와삭 씹으며 말했다.

"모두 그만두면 김 씨 혼자 남아서 일하겠어요?"

출복이도 술잔을 비우고 나서 김봉기를 돌아보며 결코 기분을 깎아내리는 말투가 아닌, 농담조로 물었다.

"배 영감이 짤리면 출복이 자네보담 내가 먼첨 사표를 낼꺼여!"

김봉기의 이 같은 말에 모두 다시 박수를 쳤다. 출복은 마음이 홀가분해졌다. 모두 기분 좋게 술을 마셨다. 여름이라 일감도 밀리지 않아 벌써 입자까지 끝내버린 뒤였기 때문에 오랜만에 동료들이 한자리에 어울려 마음 툭 터놓고 밤늦게까지 마셨다.

기분이 좋아서 휘파람이라도 쌩쌩 불고 싶어진 출복은 지갑에서 사장 부인이 미옥이와 함께 피서지에 가라고 준 돈을 꺼내 술값을 계산해 버렸다. 실로 난생처음 느껴본 기분 좋고 후련한 밤이었다. 그는 이제야 지금까지 살아온 과거가 부끄럽지 않은 것 같았고 앞으로도 떳떳하게 살아갈 수 있는 자신이 생겼다. 그리고 박 사장한테 이제부터 그가 일한 만큼의 월급을 달라고 떳떳하게 말할 수 있는 용기를 얻었다.

출복은 당장 정신요양원으로 가서 이 모든 것을 아버지께 말해 주고 싶은, 가슴이 뻐근할 만큼의 큰 충동을 느꼈다. 아버지도 분명히 잘한 일이라고 칭찬해 줄 것만 같았다.

일요일 아침, 짙은 안개가 길바닥 위에 푹심하게 깔려 있었다. 출복은 노루목에서 나온 이후 그렇게 짙은 여름 안개는 처음 보았다.

바람 한 점 없어, 짙은 안개는 움직이지도 않고 훅훅 더위를 뿜어 올렸다. 자동차들은 헤드라이트를 켜고 안개 속을 엉금엉금 기어 다녔다.

인쇄소 숙직실 창문이 뿌옇게 밝아올 무렵, 서둘러 터미널로 나와 버스를 탄 출복은, 자동차가 안개 속을 달리기 시작하자, 마치 그 자신이 노루목의 할미산 골짜기로 흐느적거리며 기어들어 가고 있는 듯한 느낌이 들었다. 버스가 정신요양원 입구, 적벽돌 단층의 간이 우체국 앞에 멎었을 때까지도 안개는 걷히지 않았다.

아침 아홉 시가 넘었는데도 하늘은 아직 뿌유스름하게 가라앉아 있어 햇살을 뿜어 내릴 것 같지가 않았다. 출복은 버스에서 내려 가지치기를 한 미루나무 가로수가 듬성듬성 서 있는 안개 낀 자갈길을 따라 도립 정신요양원으로 향했다. 어른들 키보다 훨씬 높은 블로크 담 너머 요양원의 넓은 뜰에도 안개가 자욱하게 깔려 있었다.

"그렇지 않아도 연락을 하려고 했는데 마침 잘 와 주었구만."

출복이가 3주일 전 처음 아버지를 대면했던 낮은 천장이 있는, 벽에 회색 칠을 한 널따란 사무실로 들어가자, 책상 모서리에 엉덩이를 붙이고 걸터앉아서 봉지 우유를 빨아 마시고 있던, 우락부락하게 생긴 담당 의사가 인쇄소 박 사장한테서 자주 느끼곤 했던 거만한 태도로 말했다.

"안개가 지독하군요. 걷힐 때가 지났는데도 지척을 분간할 수가 없으니."

출복은 의사의 말에는 개의치 않고 훨쩍 열어젖힌 창밖을 내다보았다. 혹시 안개 낀 뜰에서 아버지의 모습을 찾아볼 수가 있을까 싶어서다.

"아버지 못 봤소?"

의사가 우유 봉지를 "담뱃불을 조심합니다"라고 흰 페인트로 써 놓은 휴지통으로 쓰는 큰 항아리에 던지며 물었다.

"지금 막 오는 길입니다."

출복은 어색하게 씩 웃었다.

"거기까지 갔을 리가 없지. 그놈의 영감태기 그 높은 담을 어떻게 뛰어넘었지?"

의사는 그놈의 영감태기라고 한 말에 약간 미안한 생각이 들었는지, 조금 전 출복이처럼 씩 웃음을 날렸다.

"날아간 게지요."

입구 쪽에 두 다리를 책상 위에 올려놓고 앉아서 삐억삐억 담배를 빨고 있던 출복이보다 너덧 살 위로 보이는 깡마른 사내가 지나가는 말로 뱉었다.

"아버지가 어떻게 되셨습니까?"

출복은 그들의 말에서 육감적으로 이상함을 느껴 다급하게 물었다. 의사는 한동안 오른손으로 그의 뭉긋한 턱끝을 만지작거리며 잠자코 서 있다가

"없어졌소."

하고 퉁명스럽게 말했다.

"없어지다뇨?"

"오늘 새벽에 당신 아버지가 없어졌습니다!"

"그럴 리가 없어요. 십일 년 동안 이 요양원 담밖엔 나가본 일이 없다는 아버지가 없어지다뇨? 요양원 어디엔가 계시겠죠."

"이 잡듯 찾아봤지만 안 보여요."

"그럴 리가……."

출복은 창문 가까이 가서 안개가 자욱하게 깔린 요양원 뜰 여기저기를 쿡쿡 쑤셔보며 참담한 얼굴로 짧은 신음을 토해내듯 말했다.

"지난번 애꾸눈 영감이 찾아왔을 때부터 좀 이상하긴 했어요."

입구 쪽의 깡마른 사내가 여전히 툴툴거리는 목소리로 내질렀다.

"애꾸눈 노인이라뇨?"

"고향에서 친구라는 영감이 찾아왔었죠. 그 친구를 보더니 눈빛이 달라지더라고. 애꾸 노인이 아버지한테 두어 시간이나 혼자 뭐라고 지껄이다가 갔는데, 어딘지 뭐가 켱기는 영감이야."

"그 애꾸 영감이 꼬여 냈을까?"

깡마른 사내였다.

"아버지가 없어진 시간이 언제쯤 됩니까?"

"모르지요, 아침 여섯 시 점호부터 보이지 않았으니까요."

"그렇다면 요양원 밖으로 나가서 찾았어야지 이러고만 있었어요? 경찰에 신고도 하구요!"

출복의 목소리는 고르지 않아 마치 싸움이라도 할 때처럼 사뭇 거칠게 들렸다.

"이 안개 속에서 어떻게 찾아요."

"그럼 이러고만 있을 겁니까?"

"요양원을 뛰쳐나간 환자를 찾아 나선 적은 한 번도 없었소. 밖에 있는 환자는 우리 책임이 아니니까. 군청 사회과 소관이지."

출복은 깡마른 사내의 말에 울컥 화가 치밀어 한 대 갈겨주고 싶었지만 참았다.

"워낙 양같이 순한 사람이니까 밖에 나가도 해 끼치는 일은 하지 않을 테니 걱정 말아요."

출복은 어이가 없어 참담한 얼굴로 사무실의 낮은 천정을 멀뚱히 쳐다보고 서 있다가 부리나케 밖으로 뛰쳐나가서 안개가 자욱하게 깔린 주위를 정신없이 휘휘 둘러보았다.

요양원 앞뜰에 짙게 깔린 안개가 뱀처럼 서서히 똬리를 풀고 널름거리며 스멀스멀 그의 무릎 위로 기어올랐다. 안개가 움직이기 시작하자 휘휘휘 이상한 소리가 들려오는 듯싶었다.

짙은 안개 속의 여기저기에서 들리는 그 안개 소리는 마치 칠복이가 옛날 노루목 할미산 골짜기에서 팔만이의 할머니 상여를 따라갔을 때 들었던 그 음산한 바람 소리와도 같았다.

출복은 순간 안개 소리가 나는 그 지점에 아버지가 있을지도 모른다는 생각이 머리에 스쳤다. 그는 요양원 뜰을 가로질러 수위가 지키는 정문을 통과하여, 짙은 안개가 뭉얼뭉얼 피어오르는 들판을 향해 뛰었다.

"아버지한테 꼭 할 말이 있는데…… 내 이야기를 들으면 기뻐히실 텐데……."

출복은 중얼거리면서 계속 안개 속을 뛰었다.

『문예중앙』, 1978.가을

흑산도 갈매기

종배가 아니었다면 아마 그 흑산도 아가씨는 여객선 갑판 위에서, 승객들한테 홀랑 옷을 벗기게 되었거나, 아니면 인정사정 볼 것 없이 실컷 놀림을 당한 뒤 경찰에 넘겨졌을지도 모른다. 흑산도에 관광을 온 서울 남자들 너덧 명이 선실에서 어울려 화투판을 벌이고 있었는데, 담요 밑에 넣어둔 판돈을 훔쳤다는 것이었다.

저런 흉측한 도둑년은 한번 혼 뜨게 당해봐야 한다고, 뱃사람들이 그녀를 갑판 위에 꿇어 앉혀 놓고, 옷을 벗기겠다고 땅땅 어우르는 것을, 종배가 비대발괄 손이 발이 되도록 빌어 가까스로 위기를 면하게 되었다. 종배 자신은 왜 그가 그런 불퉁스러운 여자를 감싸주고, 도둑년의 서방이냐는 애매한 말까지 들어가면서까지 그 여자를 구해주었는지 알 수가 없었다.

여객선이 막 흑산도 예리항을 떠나자, 승객들은 선실 밖에서 저마다 시원한 바닷바람에 상큼 짜릿한 기분으로 어수선할 무렵, 상갑판에서 이년 저년 하는 굵직한 남자 목소리가 터져 나왔다. 뒤이어 사십쯤 되어 보이는 키가 깡똥하고 두 어깨가 떡 벌어진 관광객 차림의 남자가 젊고 해반늘하게 되바라진 여자의 머리끄덩이를 휘어잡고 갑판 한가운데로 끌고 나왔다.

"이 씨팔 도둑년아! 찰거머리같이 달라붙어선 치근덕거리더니 돈을 훔쳐······."

여자의 머리끄덩이를 휘어잡은 남자는 큰 소리로 욕을 퍼부어댔다.

"이런 도둑년은 단단히 버릇을 고쳐줘야 해!"

갑판 위에는 구경거리를 만난 승객들이 빙 둘러쌌다. 키가 깡똥한 남자는 오른손으로 여자의 머리끄덩이를 휘어잡고, 입에 개거품을 풀어내며 떠들어댔다.

여자는 두 손으로 얼굴을 깊숙이 가린 채 남자가 이끄는 대로 개처럼 질질 끌려다녔는데, 갑판 위에서 이 광경을 구경하던 승객들은 저마다 여기저기서 도둑년을 혼내주라고 한마디씩 내뱉었다.

여자의 머리끄덩이를 휘어잡은 남자의 동행들인 듯싶은 관광객들이 더욱 성을 떨었다.

"이 도둑년아, 빨리 안 내놔?"

키가 홀렁하게 크고 턱끝이 도끼날처럼 날캄한 남자가 소리를 치며, 한사코 두 손으로 얼굴을 푹 가리고 있는 여자 가까이 바짝 달려들어 왁살스럽게 여자의 손목을 당겨 얼굴에서 손을 떼어냈다.

"얼굴은 해반들한 게 도둑년 같지가 않구만!"

휘주근한 옷차림에 참새 새끼처럼 겁먹은 얼굴로 두 눈을 내리 깐 여자가, 이따금 불컥불컥 얼굴을 치켜들고 넋 나간 사람 모양 멍청하게, 햇빛이 요란스럽게 쏟아지는 하늘을 쳐다보곤 했다. 그럴 때 그녀의 깔깔하게 느껴지는 입술 꼬리에는 알 수 없는 썰렁한 미소가 짧게 흘렀다.

"씨팔년아, 빨리 내놔!"

누구인가 승객 중 한 사람이 버럭 소리를 지르며 그녀에게 침을 뱉었다. 여자는 가느다랗고 날카로운 눈으로 침을 뱉은 남자를 오래도록 찔러

보았다.

"안 내놀 거야? 이 도둑년이 글쎄, 암내를 살살 피우면서 내 무릎에 포개 앉아 거머리모양 들러붙어 치근덕거리더니, 화투 밑천으루다가 담요 밑에 넣어둔 율곡 선생 두 장을 쓱싹해 가지고선, 갑판 위에 올라와 목에 힘주고 시치밀 뚝 떼고 먼 산 구경이라니까!"

키가 깡동한 사내는 구경삼아 빙 둘러선 승객들을 향해 머리를 까딱거리며 흥분된 조로 말했다.

"옷을 홀랑 벗겨! 옷을 벗겨서 브라자, 빤스 속을 다 뒤져봐!"

얼굴이 칙칙하게 검게 타고 알록달록한 색깔이 요란한 반팔 T셔츠를 입은 제법 잘생긴 사내가, 그녀에게 바짝 다가서서 킥킥 고양이 웃음을 피우며, 정말 옷을 벗기기라도 할 것같이 손으로 여자의 어깨를 우악스럽게 콱 찍어 잡았다. 그러자 여기저기서,

"벗기시요, 옷을 벗겨!"

하는 소리가 튀어나왔다.

여자는 새우처럼 허리를 꺾은 채 서 있었다. 눈도 감았다.

그 때 부우 뱃고동이 울리면서 바다가 통째로 꿈틀거렸다.

종배는 뱃고물 쪽 드럼통 아래 혼자 나무토막처럼 피곤하게 앉아 있었다. 그는 들독을 들어 올리듯 천천히 고개를 올려 하늘과 맞닿은 바다 끝에 희끄무레한 점으로 사그라지는 흑산도를 멀리 바라보았다.

"크으."

땡볕을 담뿍 받고, 아서라 세상사 쓸 것 없다 하는 폼으로 추레하게 두 발을 뻗고 드럼통에 기대앉은 종배는 쿨럭쿨럭 병나발을 불어 깡술을 목구멍 안에 털어 넣고 나서, 다시 흑산도 쪽을 멀뚱한 눈으로 꼬나보았다.

"지길헐 늠에 섬!"

그는 마치 손톱만한 점으로 사그라지는 흑산도가 영원히 바닷속으로 풍덩 잠겨버렸으면 하는 마음이었다.

어부 생활 10여 년 만에 흑산도를 떠나는 종배의 마음은 홍어 속만큼이나 느물느물 썩어있었다. 처음 고깃배를 타고 흑산도에 들어왔을 땐 3년 안으로 논 여남은 마지기 장만할 만큼 왕창 돈을 벌어 고향에 돌아갈 요량이었는데, 어부 생활 집어치우고 목포행 여객선에 몸을 실은 지금, 그는 10년 전이나 진배없이 사추리 사이에 달그락거리는 그것 두 쪽밖에는 가진 것이 없었다.

종배는 턱끝까지 화끈거리는 속마음을 다독거려 가라앉히기라도 하려는 듯 소주병을 연신 기울고 나선 물거품이 소쿠라치고 용트림하며 비비 꼬아대는 뱃고물 뒤꽁무니에 눈을 매달았다. 그 어지럽게 뒤틀리는 물거품 속에 만선으로 돌아와 예리항 술집에서 흥청망청 계집들을 끼고 놀아났던 시절들이 겹겹으로 곤두박질해 오는 듯싶었다.

"빨랑 도둑년을 빨가벗겨서 배꼽 좀 봅시다!"

"도둑년 배꼽은 시컴하다며!"

여기저기 서들 다시 킬킬 팔팔 웃었다. 그렇게 말하는 그들은 약간 술에 취한 듯싶기도 했다.

종배는 상갑판 쪽에서 시끌덤벙한 소리를 듣고 천천히 일어섰다. 그가 소주병을 든 채 갑판 위로 갔을 땐 나이가 지긋한 남자 서너 명이 그 여자의 어깨와 팔을 찍어 누르고 당장 웃옷을 벗길 기세였는데, 머리끄덩이를 잡힌 그녀는 두 손을 빗장거리로 오그려 어깻죽지를 꽉 움켜잡고는 고개를 깊숙이 꺾고 있었다.

종배는 힐끔 여자의 얼굴을 보았다. 특특한 청바지 천의 긴 치마에 살결이 환히 들여다보이는 희읍스름하고 얇은 T셔츠를 입은 그 여자는 입성하며, 몰골이 눈에 띄게 추레해 보였다. 어디선가 종배가 많이 본 얼굴 같았다.

종배는 여자를 기억에서 떠올리기라도 하려는 것같이, 불잉걸이 이글거리듯 햇살들이 따갑게 내리꽂히는 하늘을 쳐다보았다. 환장하게도 맑고 먼 하늘이었다.

"무슨 일이라우?"

종배가 옆의 기타를 둘러맨 대학생인 듯싶은 젊은이에게 물었다.

"도둑년을 잡았답니다."

"저거이 도둑년여! 뭘 훔쳤길래?"

"선실 화투판에서 돈을 훔쳤대요!"

"얼마나 훔쳤는디?"

"율곡 선생 두 장이래요!"

"즈거멈 헐 년, 왜 잡히누!"

그 말에 젊은이는 이상한 눈으로 종배의 몰골을 가볍게 훑어보고 나서,

"훔친 돈을 안 내놓으니까 저 사람들이 도둑년 옷을 벗겨 확인해 본대요!"

하고 재미있다는 듯 쿡쿡 웃었다.

"옷을 벗겨? 워매애!"

종배는 순간 여러 사람들을 헤치고 앞으로 나갔다.

"어쩔래! 돈을 내놓을래, 아니면 옷을 벗길까?"

깡똥한 남자가 머리끄덩이를 휘어잡은 손을 흔들며 말하자, 그녀는 머리가 아픈지 어깨죽지를 꽉 움켜잡은 두 팔을 풀어 남자의 손을 잡았다.

"이 년이, 내 손을 잡어?"

"선생님, 이 손 놓으씨요!"

종배는 소주병을 바지 뒷주머니에 쑤셔 박은 다음 성큼 달려들어 여자의 머리끄덩이를 휘어 쥔 깡똥한 사내의 팔을 잡았다.

"이거 왜 이래?"

사내는 바쁘게 흰 눈자위를 까뒤집으며 종배를 몇 번 들었다 놓았다 하더니 당장 주먹다짐이라도 할 것같이 쏘아 부쳤다.

"놓고 얘기허십시다요."

"네가 누군데 놔라 마라 지랄이야?"

사내는 종배의 협수룩한 입성에 깔보는 말투였다.

"이 도둑년이 네 색씨라도 된단말야? 오오라, 이것들이?"

"선생님, 말 함부로 맙시다. 이 여자허곤 아무 상관도 없소!"

"상관도 없으면서 끼어들어?"

예의 키가 크고 턱끝이 날카한 사내가 종배의 어깨를 잡아 밀쳤다.

"약한 여자가 아닙니꺄."

"도둑년야!"

"그렇다고 옷을 벗기다니, 너무들 허십니다요."

"도둑년 배꼽을 보건 구멍을 보건 무슨 상관이야?"

"왜들 이러십니꺄!"

"꺼져!"

깡똥한 사내가 종배를 힘껏 떼미는 바람에 하마터면 갑판 위에 보기 좋게 엉덩방아를 찧고 꼬꾸라질 뻔했다.

"지발 이러지들 마씨요 잉!"

종배는 다시 달려들어 도끼턱 사내의 팔을 잡았다.

"이런 거지같은 새끼! 너 이 도둑년 서방이야!"

도끼턱의 사내가 종배의 뺨을 후려갈겼다. 눈에 마른 번갯불이 찌르륵 흘러가는 것 같았다.

"이보기요 덜, 이 여자 얼굴을 좀 찬찬히 보씨요. 여러분덜은 이 여자가 불쌍허지도 않소? 여자가 오죽했으면 돈을 훔쳤겄습니까요. 그런데두 여러분들은 꼭 이 여자를 옷을 벗기고 우세를 시켜야 허겄습니꺄? 이 배 안에서 어디로 쨰겄습니꺄! 그냥 내버려 뒀다가 배가 목포에 닿으면 경찰에 넘기면 될 꺼이 아닙니꺄!"

종배는 목에 힘을 주고 일장 연설을 했다. 그것은 순전히 술기운 때문이었는지도 몰랐다.

"훔쳐간 돈은 내놔야 할 게 아냐!"

깡똥한 사내가 종배의 팔을 잡으며 으르렁댔다.

"아가씨, 돈을 훔쳤다면 좋게 내놓으슈! 안 그러면 내가 뒤져볼 텐게."

종배가 여자에게 조용조용히 말했다.

"스카트 주머닐 뒤져봤는데 어디다가 감췄는지 없어!"

다시 깡똥한 사내가 말했다.

"빤스 속에다 감췄을 거야!"

누구인가 큰 소리로 말하자 모두들 키득키득 웃었다.

"어디다 감췄어?"

종배가 여자의 얼굴을 빤히 들여다보며 다시 물었다. 그러자 여자는 고개를 푹 숙인 채 허리에서 T셔츠 자락을 끄집어낸 다음 오른손을 가슴에 쑤셔 올리더니 똘똘 말은 지전을 꺼내 종배 코앞에 가만히 내밀었다.

"젖통에다 숨겼구만!"

여러 사람의 입에서 똑같은 말이 흘러나왔다.

"이거이 맞소?"

종배는 똘똘 말아진 지전을 펴서 깡똥한 사내에게 내밀었다.

"이런 개 같은 도둑년!"

돈을 받아든 깡똥한 사내는 왕방울 눈을 히뜩거려 여자를 찔러보았다.

종배는 여자를 끌고 그가 지금껏 앉아 있었던 뱃고물 쪽으로 갈 요량으로 손목으로 잡고 몸을 돌렸다.

"이것 봐, 어디로 가!"

키가 크고 잘 생긴 남자가 종배의 가슴을 툭 치며 가로막았다.

"내가 데리꼬 갈랴고 그라요!"

"데리고 가! 어디로? 어디 가서 재미 볼려고?"

승객들이 또 와아 웃었다.

"묶어 두었다가 배가 목포에 닿으면 경찰에 넘겨!"

"묶어두다니, 건 안 됩니다!"

종배는 정색하고 승객들을 둘러보며 완강하게 잘라 말했다.

"그냥 뒀다가 또 돈을 훔치면 어떨거여!"

누구인가 쏘아붙였다.

"건 염려 놓으씨요. 목포에 닿을 때꺼지 제가 꽉 붙들고 있겠습니다요."

"한 패 아냐?"

"절대 아니요. 저는 이 여자가 불쌍해서 그럽니다요."

종배는 말을 끝내자 여자의 손목을 잡아끌고 서둘러 상갑판의 계단을 내려갔다. 아무도 그들을 붙들거나 따라오지 않았다. 뱃고물 쪽 드럼통 뒤로 끌고 간 종배는 여자를 뿌리치듯 동댕이쳤다. 여자는 드럼통을 짚고 엉거주춤 허리를 구부리고 서서 알 수 없는 눈초리로 종배를 찔러보았다.

"앉어!"

여자는 종배가 시키는 대로 드럼통 밑에 앉았다.

"바보같이, 그따구 서툰 솜씨로 돈을 훔쳐!"

종배는 버럭 고함을 지르고 나서 바지 뒷주머니에 찌른 두 홉들이 소주 병을 꺼내 종이 마개를 풀어 병나발을 불었다.

"저두 술 좀 주시겠어요?"

여자는 거리낌 없이 아주 천연스럽게 말했다.

"자, 마셔!"

"크으."

여자는 빈 술병을 바다에 휙 던지고 나선 손등으로 입 언저리를 쓰윽 문질렀다.

"담배두 있음 한 대……."

여자는 윗이빨로 아랫입술을 지그시 깨물고 묘한 웃음을 피우며 종배 를 올려다보았다.

"입만 가지고 댕기누먼!"

"없어요?"

종배는 청자 담배 한 가치를 뽑아 여자에게 주고 치익 성냥불까지 붙여 주었다.

투우 하고 여자는 바다 위로 한숨 섞인 담배 연기를 길게 토했다. 종배 는 어처구니없는 얼굴로 여자를 뚫어지게 되작거려보았다. 동글납작한 얼굴에 답답하리만큼 이마가 찝찝했다. 콧날은 그런대로 균형을 이루었으나 눈엔 피로가 가득 쌓여 해맑지가 않았다.

"어디꺼정 가?"

"아무 데나요."

"무슨 소려?"

"갈 곳이 없어요!"

"흑산도 어디에 있었어!"

"홍도 집에요."

"점백이 뚱보 아줌마 집?"

"거기 왔었어요?"

"시절이 좋았을 때."

"옛날이야기군요."

"어디서 많이 본 얼굴이구나 했더니만……."

"아저씬 고깃배 사람이죠?"

"어뜨케 알지?"

"척 보면 구만리라구요."

여자는 담배를 입에 문 채 샐긋샐긋 웃었다.

"나나 아저씨나 별 볼 일 없는 처지네요!"

여자는 담배의 마지막 한 모금이라도 더 연기를 빨아 마시려고 지지직 타들어가는 필터를 여러 차례 고쳐 입에 물었다.

"별 볼 일 없는 처지?"

종배는 여자의 말에 픽 웃음을 뱉어내며 물었다.

"조기가 안 잡히니 그렇죠 머!"

여자의 말처럼 별 볼 일 없는 종배였다. 그는 파도에 떠밀려가는 물거품처럼 흑산도에서 쫓겨나오는 것이었다.

징 꽹과리 두들기고 만선을 노래하며 예리항에 들이닥쳐서는 철새처럼 몰려온 술집 아가씨들을 밤마다 바꿔 끼고 자면서, 위아래로 피를 쏟으면서까지 술을 퍼마시며, 젓가락 장단 속에 아침을 맞곤 했던, 그 좋은 시절은 한바탕 흘러간 추억이 되고 말았다.

이제는 바다에 나가도 조기가 잡히지 않았기 때문에 술집 아가씨들을 끼고 자는 것은 고사하고, 홀몸 입 타작하기도 힘겨웠다.

"엠병헐 눔에 조기떼가 다 워디로 가베렷는지 원!"

조기가 잡히지 않은 것은 벌써 수년째나 계속되었다.

"조기가 안 잡히니깐 우리까지도 못살게 되었다니깐요."

"그 대신 관광객들이 많지 않어?"

"핏, 말짱 헛거라구요. 그 사람들 우리를 똥파리 대하듯 헌다구요. 그래도 우릴 좋아헌 건 뱃사람들이라니깐요."

"지미럴!"

흑산도가 어업 전진기지라는 것도 순전히 빛 좋은 개살구 격이었다. 어업 근대화니 어민 소득 증대니 하면서 최신 장비를 갖춘 큰 고깃배들이 밀어닥치면서부터 흑산도는 망조들 낌새를 보였다.

속력이 빠르고 규모도 큰 동력 어선들이 떼 지어 밀어닥쳐 바다 밑바닥을 훑고 다니면서, 깊은 곳에 사는 새끼 고기들까지 갈퀴질하듯 그물질해 버렸기 때문에 어족이 말라가기 시작했던 것이다. 아귀를 잡는 눈이 굵은 안강망의 목선으로 고기잡이를 할 때만 해도 흑산도 어시장은 밤낮없이 흥청거렸었다. 여름철이면 조기 한 궤짝으로 소주 한 병과 맞바꿔 먹을 만큼 고깃값이 헐값일 때도 있긴 했지만 그땐 그래도 여자와 술이 아쉽지가 않았었다.

쓰레그물의 큰 고깃배를 처음 탔을 때야 돛배에 비해 속력도 빠르고 바다 밑바닥까지 샅샅이 훑어내어 가자미며 명태 새끼까지 몽땅 잡히는 판이라 기분이야 좋았다. 허나, 우선 먹기는 곶감이 달다는 푼수로, 수많은 고깃배들이 쓰레그물로 수년 동안 바닥을 갈퀴질해 댔으니 고기 씨앗까지 말라버린 것은 너무도 당연한 이치였다.

가까운 어장에선 고기가 잡히지 않게 되자 조기 떼들이 회유를 시작하기가 바쁘게 소흑산도에서도 서남쪽으로 120마일이나 떨어진 동지나해 깊숙이 출어를 했고, 마지막에는 추위를 넘기는 겨울철에까지 조기를 덮쳐버렸다.

종배는 쓰레그물이 바다 밑을 갈퀴질해대고 동지나해 깊숙이 출어를 한 데다가, 겨울 조기떼까지 덮치기 시작할 때부터 머지않아 흑산도가 망할 것이라는 것을 알아차렸다.

"바다 농사도 농산디, 그렇게 벼락치기로 씨앗머리꺼정 샅샅이 훑어댔으니 조기가 안 잡히재!"

종배는 갑판에 칵 침을 뱉었다.

갑판 위의 승객들은 이따금 호기심으로 힐끔힐끔 두 사람을 훔쳐보는 것 같았으나 아무도 그들 가까이 오지는 않았다.

남 몰래 서러운 세월은 가고
물결은 천번 만번 밀려오는데
못견디게 그리운
아득한 저 육지를 바라보다가

검게 타버린 검게 타버린

흑산도 아가씨

·····················

한 없이 외로운 달빛을 안고

흘러온 나그넨가 귀양살인가

그리다가 검게 타버린 검게 타버린

흑산도 아가씨

여자가 노래를 흥얼거렸다. 햇살이 쏟아지는 하늘을 똑바로 쳐다보는 그녀의 얼굴은, 햇빛과 갯바람에 씻겼음에도 뭇 사내들에게 시달려 누르무레하게 떠 보였다.

"몇 년 만에 귀양살이 풀렸어?"

"스물셋에 들어갔었으니까, 사 년 만이네요."

"한창 삼삼하던 때였구먼."

"아저씬요?"

"십 년."

"그 전엔 뭘 허셨어요?"

"고향에서 농사도 짓고 김도 뜯고……."

"땅이 있어요?"

"그랬음사 지랄 났다고 고깃밸 탔겠어?"

"고향에 가심 뭘 헐려구요?"

"고향이라구 원 적막강산이야!"

여자는 종배에게 다시 담배를 청했으며, 종배는 또다시 불까지 붙여주었다.

갈매기 한 마리가 여객선 위를 둥그렇게 맴돌고 있었다. 갈매기는 이따금 부리를 아래로 내리고 물갈퀴가 달린 다리를 쭉 뻗으며 바다로 곤두박질하듯 꽂혀 내리곤 했다.

담배 연기를 푸우푸우 내뿜던 여자는 물끄러미 갈매기를 쳐다보더니,

"저 갈매기가 흑산도에서부텀 주욱 우릴 따라오네요."

하고 말했다.

"뭍이 그리운가 보구먼."

"바보같이……."

"갈매기도 우리와 마찬가지로 바다가 아님사 못살 꺼인듸!"

"아저씬 십 년 동안이나 고깃배를 타서 번 돈 다 어쩼길래?"

"목구멍 X구멍에 다 쑤셔박았재! 그거이 뱃놈 풍류란 거 아녀?"

"쓸 데 썼으니 후회 없겠네요!"

종배는 담배에 불을 댕겨 입에 물고 필터를 질근질근 씹어 돌리며 여자를 보았다.

"거긴 좀 챙겼어?"

"챙겼으면 남의 돈을 훔쳤겠어요? 이 한 몸뚱이마저 빚에 잽혀 있는걸요!"

기실 그녀는 배가 목포에 닿아 뭍에 내린다 해도 당장 어디 가서 하룻밤을 묵을 돈 한 푼 지니지 않은 알거지나 진배없었다.

"좋은 시절 뱃놈들 단물 빨아 어쩌고?"

"엉덩이에서 피아노 소리가 나게 휘돌려도 언제나 알거진걸요!"

"그래도 늙었을 때를 생각해서 독한 마음먹고 챙길 건 챙겨야재."

"징그려! 늙을 때까지 살게요?"

"안 그러면?"

"몸에 물 빠지면 빨랑 죽어야죠."

"그래두 젊었을 때 돈을 모아야재."

"빚에 매인 몸이라 도망쳐 나온걸요?"

"도망?"

"고기가 안 잡혀 조깃값은 금값이고 우리 몸값은 똥값이니, 어뜨케 돈을 모아요?"

여자는 말을 하면서 버릇처럼 손가락으로 쌩쌩 바닷바람이 흩뜨려 놓은 찝찔한 이마 위의 머리칼을 긁어 올리면서 햇빛이 이글거리는 하늘을 쳐다보았다.

"똥값이라……."

종배는 픽 웃으며 여자의 얼굴을 바라보았다. 누르무레한 여자의 얼굴에 반짝반짝 햇빛이 튕겨 날아갔다.

"갈매기같이 날개가 있다면……."

여자가 머리 위에 맴돌고 있는 갈매기를 올려다보며 혼잣말처럼 중얼거렸다.

"바보 갈매기!"

"왜 고기를 못 잡아요? 우릴 똥값 맹글려고 부러 안 잡는 건 아녜요?"

여자는 갑자기 앙칼진 목소리로 따지듯 다그쳤다.

"똥값 맹글라고?"

"그래요! 우리 몸값이 생조기 한 마리 값두 안된다구요!"

종배는 그 말에 크윽 웃었다.

"똥값은 나도 마찬가지여!"

"생조기 한 마리 값도 못 되는 인생 살아서 뭣하겠어요!"

"지미럴 모든 것이 바다 흉년 때문이구만!"

종배는 고깃배를 타기 전에는 고향에서 면장네 도지 논을 부쳐 살았다. 도지를 내고 나면 겨우 홀태 밑에 남은 쭉정이뿐이었다. 물길이 좋지 않은 산다랭이 논이라 해마다 뼛속에 땀방울 고이도록 농사를 지어도 풋바심부터 낄낄대기가 일쑤였다.

거듭 이태 동안이나 하늘이 퍼렇게 말라붙어 쌀 한 톨 거두어들이지 못했었다. 흉년 살이에 신물이 난 종배는 비가 오거나 오지 않거나 고기가 잡히는, 흉년이 없는 바다로 나가서 어부가 되겠다고 이리저리 마음을 공글려 배를 탔던 거였다.

한낮 바다 위의 햇살은 바늘로 콕콕 쑤시는 것처럼 따가웠으나, 획획 불어오는 밍밍한 바닷바람이 축축하게 젖은 땀구멍을 막아주었다.

둘은 잠시도 자리를 뜨지 않고 뱃고물 쪽 드럼통 뒤에 붙어 앉아 있었다. 얼마 전 상갑판 위에서 한바탕 소동을 피운지라 승객들을 대하기가 부끄럽기도 했지만, 둘이서 속마음 툭 풀어놓고 이런저런 이야기를 하다 보니 시간 가는 것이 빨랐다.

"목포엔 깜깜해서 닿겠네요."

"어디루 갈 껀디?"

"경찰에 넘길 건데, 경찰서 신셀 져야죠."

"경찰에 넘기지 말라고 이야길 잘 해볼게!"

"또 나 땜시 뺨 맞을려구요?"

"나 헌티 맡겨!"

"관두세요. 목포에 내려봤자 갈 곳도 없고, 경찰서 신세 지는 게 맘 편하겠어요!"

"그래도 경찰서엔 갈 데가 못되!"

"참, 아저씨 삼학도에 가봤어요?"

"작년 봄에, 근데 왜?"

"거기 도라지집이 있걸랑요."

"꽃집인가?"

종배의 묻는 말에 여자는 다급하게 고개를 가로젓고는,

"친구가 있어요!"

하고 생기가 도는 얼굴로 말했다.

그녀는 두 팔로 갑판 바닥을 짚고 다리를 쭉 뻗으며 먼바다 끝을 응시하고 있었다. 종배는 부룻한 여자의 아랫배와 스커트 자락에 홈이 팬 사타구니를 훔쳐보았다.

"홍도로 들어가겠다고 편지가 왔었어요. 관광객들이 몰려들어 경기가 좋대나요? 미친년이지!"

"그래 홍도로 들어갔어?"

"모르겠어요. 절대루 섬엔 들어가지 말라고 했는데……."

"왜?"

"꽃순이들이 갯바람 쐬면 금방 팍 썩는 거라구요."

"썩어?"

"섬은 마지막 귀양지니깐요. 뱃놈들이 우릴 사람 취급하나요? 순전히 개 취급이지. 썩다 썩다 내장까지 문드러져 녹아버린다구요."

여자의 말이 맞았다. 종배 자신도 예리항 술집 여자들을 사람답게 대해준 적도 없거니와, 단 한 번도 은밀한 감정을 주어보질 않았다. 마치 개돼지를 사서 다루듯 욕을 퍼부어대고 마구 욱대겨 곤죽을 만들어 놓고 돌아서면 그것뿐이었다. 그래도 여자는 언제나 값이 쌌으며 어디에나 우글거렸다. 고기보다 흔한 게 여자였다.

"그 친구 여적지 있으면 거기도 삼학도 꽃집을 들어갈려구?"

"쥐뿔도 밑천이라곤 그것뿐인걸요. 그래두 몸만 성하다면 굶어 죽진 않걸랑요."

순간 종배는 속이 매슥매슥해지면서 답답한 마음에 벌떡 일어났다. 여자가 놀란 얼굴로 종배를 올려다보았다.

"쐬주 한 병 사 올게!"

종배는 퉁명스럽게 내뱉으며 선신 쪽으로 걸어갔다.

갑판 위에는 알록달록 색깔들이 멋진 옷을 입은 피서객들이 떼 지어 늘어서 있었는데, 그들은 넓은 바다와 점점이 물 위에 뜬 섬들에 대해 탄성을 연발했다. 그들은 모두 먹고사는 것 따위엔 전혀 걱정 없이 시원한 바닷바람과 자연의 아름다움에만 취해있었다. 그들의 얼굴은 이 세상이 이렇게 멋지고 아름다울 수가 있을까 싶게 즐거워 보였다. 흑산도에서 조기가 잡히건 잡히지 않건 그들에게는 아무 관심도 없다는 것을 빤히 알면서도, 마냥 즐겁고 행복해 보이기만 하는 그들이 야속하기까지 했다.

그들 살맛 나는 피서객들에 비해 종배 자진은 얼마나 초라하고 못난 사람인가 하는 생각과 함께, 갑자기 맑은 하늘과 드넓은 바다까지도 얄미워 보였다.

배 안에서 앞으로 먹고살아 갈 걱정에 답답하게 얽매여 있는 것은 종배 자신과 돈을 훔치다 들통이 난 술집 아가씨 두 사람뿐인 것 같았다. 그런 생각이 들자, 종배는 남의 돈을 훔치고, 그녀를 구해준 남자에게 술이며 담배를 달라고 불쑥불쑥 손을 벌리는, 뭇 뱃놈들에 시달리고 짭조름한 갯바람에 씻겨 해반들하게 달아 진, 그 흑산도 술집 아가씨가 그래도 자신과 가장 가까운 사이라는 것에 위로를 받았다.

잘 입고 잘 생겨 살아가는 걱정이라고는 티눈만큼도 없어 보이는 피서객들에 비해 자신이 그지없이 못나고 초라해 보일수록 이상하게도 그녀가 애잔하게 생각되면서 야릇한 정이 쏠렸다.

종배는 피서객들을 헤치고 두 홉들이 소주 한 병을 사 들고 여자가 기다리고 있는 뱃고물 쪽으로 돌아갔다. 갑판 위에 승객들이 이상한 눈으로 종배를 훔쳐보며 그들끼리 키득거리는 것을 모르는 척했다.

"왜 저 같은 도둑년을 감싸주었죠?"

여자가 술병을 받아 고개를 뒤로 잦히며 뚜벅 물었다.

"클씨, 보기가 딱허드구먼!"

"부끄러워서 그랬겠죠?"

"부끄러워서? 누가?"

"아저씨가요."

"내가 왜 부끄러워?"

종배는 여자의 알 수 없는 말에 고개를 자라목처럼 갈쯤하게 빼고 눈을 끔뻑거렸다.

"아저씨가 그런 일을 당했다면 저도 부끄러웠을 거로구먼요."

"왜?"

"이 배 안에서 처지가 같은 사람은 두 사람뿐 아녜요?"

종배는 그제야 여자의 말에 이해가 가는지 콧바람을 내며 킁 웃었다.

종배는 어금니로 병마개를 따고 클럭클럭 마신 다음 여자에게로 넘겨

주었다.

그녀는 말없이 술병을 받아 단숨에 반쯤 남은 술을 거의 다 털어 넣고 나서는, 얼굴을 똑바로 쳐들고 마냥 하늘만 바라보고 있었다.

"왜 그렇게 매가리가 없어?"

"내 기분 모르실 거예요."

"어떤 기분인디?"

"지금 갑자기 내 기분이 거무죽죽해졌어요!"

"거무죽죽해?"

"난 하루에도 열두 번씩 그런 기분이에요."

"지길! 그것이 어떤 기분이여?"

"괜히 섬에서 도망쳐 나왔는가 싶네요!"

"그렇담 다시 들어가면 될 꺼 아녀!"

"되돌아가기도 싫구……."

"내 참, 괜시리 나왔담서 들어가기는 싫다니!"

"그러길래 기분이 거무죽죽허대잖요!"

여자는 신경질적으로 말했다.

그녀는, 조기가 잡히지 않아 뱃사람들의 발길이 뚝 끊겨 벌이가 없었던 올여름 살아온 것이 마치 더러운 수채통을 허부적거리며 뚫고 기어 나온 것만큼이나 지긋지긋했지만, 막상 섬에서 빠져나오고 보니 갈 길이 막막한지라, 은근히 걱정되었다.

그녀가 흑산도에서 빌붙어 살았던 홍도집의 점백이 뚱보 아줌마는 손님을 끌어오라고 밥도 먹이지 않고 꽃순이들을 밖으로 내쫓곤 했다.

뭍에서 관광객들이 섬에 발을 들여놓으면 꽃순이들은 서로 손님을 낚으려고 파리 떼처럼 와글거리며 달라붙었다.

어떤 때는 색시들이 서로 손님을 낚으려고 죽자 살자 달라붙는 바람에 저들끼리 머리끄덩이를 휘어잡고 뒹굴며 싸움질을 했는데, 이럴 때면 남자는 여러 사람 앞에서 엉뚱하게 창피를 당하기 일쑤였다.

어쩌다가 또 고깃배가 돌아올라치면 섬 안에 있는 수십 명의 술집 아가씨들이 서로 어부들을 낚기 위해 앞뒤 사정 가리지 않고 떼 지어 덤벼드는 판이라, 온통 갯가가 수라장이 되곤 했다. 극성스러운 여자들은 밤에 나룻배를 빌려 타고 배에까지 쳐들어갔다. 그때마다 배 안에 있는 어부들은 여자들이 배에 기어오르지 못하게 긴 장대를 마구 휘젓곤 했으며, 그래도 색시들은 박이 터지는 것도 불사하고 먼저 배에 기어올라 남자를 차지하려고 아귀다툼이었다.

창피한 생각 따위는 손톱만큼도 없었다. 머리끄덩이를 휘어 잡히고, 어부들이 휘두르는 장대에 머리를 다치면서 죽을 둥 살 둥 하여 가까스로 손님을 낚아와 눈이 시뻘게져서 아우성 같은 목소리로 젓가락 장단에 노래를 불러 젖히고, 밤새 곤죽이 되도록 시달림을 당한 뒤 조기 한 마리 값도 못 되는 꽃값을 받아 들고서 씽씽 갯바람이 간이 벌떡거리도록 불어오는 바다 끝을 맥없이 바라보는 그 거무죽죽한 기분이란, 칵 죽어버리고만 싶은 거였다.

꽃순이들은 하루하루 그 거무죽죽한 기분 속에서 흡사 죽은 듯 살아가고 있었다. 어쩌다가 휑하니 허파에 구멍 뚫린 속없는 기분으로 비실바실 웃는 시간은 마른 번갯불만큼이나 짤막한 순간이었다.

술에 취하면 취하는 대로, 맨숭맨숭하면 또 맨숭맨숭한 대로 그 거무죽죽한 기분은 언제나 꽃순이들에게 두꺼운 그늘을 가득 덮어씌우고 있었다.

고향을 그리워한다거나, 첫 번째 정을 주었던 남자를 생각한다든가 하는 것은 너무도 유치하고 호사스러운 짓이었다.

고향에는 그리운 것이라곤 아무것도 없었다.

고향에는 저년은 날마다 먹고 자고 자고 먹기만 하는 똥 만드는 기계라며 동네방네에 나발 불고 떠들어대는 악바리 어머니와, 중학교 문턱도 안 밟은 주제에 죽은 아버지가 머슴살이한 새경으로 알탕갈탕 장만한 논 서 마지기를 홀랑 팔아서 취직하겠다고 도회지에 나갔다가, 1년도 못 되어 두 손 탈탈 털고 거지꼴로 돌아온 뒤 집에서는 걸핏하면 죽네 사네 찍짜를 부리며 어머니에게 이년 저년 욕 퍼붓고 대들기가 십상이고, 밖에서는 돈이 어디서 나는지 날마다 곤드레가 되어 위아래 가리지 않고 박이 터지게 싸움질만 하는 못된 남동생뿐이었다.

서울에서 흑산도로 들어오기 전에는 그래도 이 세상에 피붙이라고는 어머니와 남동생뿐이라는 마음 약한 생각에 잠깐 얼굴이라도 볼 겸 고향에 들렀더니, 어머니는 뜬 골로 객지에 나가 얼마나 고생을 했느냐는 따뜻한 말 한마디 없이 다짜고짜 한다는 소리가, 다른 집 딸들은 도회지에 나가서 돈을 벌어 다달이 부쳐오고, 검둥이 서방 따라 미국 들어가서 뭉텅이 돈을 보내오는데, 어찌 너는 그리도 모지락스러우냐, 크면서 어미 애간장을 녹이더니 끝내 별 볼 일 없구나, 서방 복 없는 팔자에 자식 복 바라는 년이 미친년이지 하고 동네방네 떠들어댔으며, 삼 년 만에 만난 남동생도 제 누이를 고양이 쥐 보듯 힐긋힐긋 째리며, 마을 사람들 창피하니 어서 꺼지라고 혀끝에 가시 붙은 말투로 몰아세웠다.

그녀는 고향에서 불편한 하룻밤을 새고 뒤도 안 돌아보고 나와 버렸다.

남몰래 서러운 세월은 가고

물결은 천번 만번 밀려오는데

여자는 큰 소리로 감정을 잡고 노래를 불렀다. 종배도 따라 불렀다. 여자가 목울대를 세워 노래를 부르며 종배를 보고 싱긋 웃었다.

"씨팔 담배나 한 대 꼬실릅시다."

노래를 끝낸 영자가 손을 벌렸다.

"네미럴, 굴뚝을 삶아 묵었나, 웬 담배는 그리 자주 꼬실려?"

종배는 싫지 않은 목소리로 툴툴거리며 담배를 갑째 내밀었다.

바다와 하늘이 한꺼번에 어두워졌다. 칙칙한 어둠이 안개처럼 밀려들자 이내 하늘이 바다 위로 내려앉은 듯싶더니 모든 공간에 먹물 같은 어둠이 꽉 들어차 버렸다.

갑판 위에도 어둠이 빈틈없이 가득 찼다. 사방이 어두워지자 드넓은 바다 위에 두 사람만이 덩그렇게 남아 있는 것 같은 기분이었다.

"아이 취!"

여자는 종배 곁으로 찰싹 다가앉아 머리를 종배의 어깨 위에 정답게 얹었다. 종배는 슬그머니 왼손을 풀어 잘 길든 폼으로 여자의 허리를 감았다.

"저, 부탁이 있는데…… 들어 주실래요?"

"뭔디?"

"저, 돈이 한 푼도 없걸랑요."

말을 하면서 여자는 담배꽁초를 손가락으로 바다에 튕겨버리고 매달리듯 두 손으로 종배의 목을 감았다.

"배에서 내리면 밥도 먹어야 하고 잠도 자야……."

"돈이 필요허다 이그재?"

"쬠만 있으면 돼요."

"얼매나?"

종배는 가진 돈이 그렇게 넉넉하진 않았으나 일이천 원 정도라면 이 딱한 여자를 도와줄 수도 있을 것 같아 마음을 툭 풀고 물었다.

"생조기 한 마리 값이면 되겠어?"

"아저씨두!"

여자는 목을 휘감은 팔꿈치로 종배의 가슴팍을 쿡쿡 쥐어박았다.

"자, 조기 두 마리 값이여!"

종배는 호주머니에서 꾸겨지고 때 묻은 천 원짜리 두 장을 꺼내 여자의 스커트 주머니에 깊숙이 푹 쑤셔 넣어 주었다.

"고마와요!"

여자는 종배의 입술에 쪼옥 소리가 나게 뽀뽀를 해주었다. 갯바람을 쏘인 여자의 입술이 짭쪼롬하고 조금은 달차근했다.

"목포에 내리면 나 아저씨 따라가서 잘래!"

여자는 얄망궂게 엉너리를 떨었다.

"경찰에 넘길근디?"

"피잇, 공갈!"

여자는 종배의 목을 휘감은 팔에 고무줄을 잡아당기듯 팽팽하게 힘을 주어 바짝 조이며 끈적끈적한 얼굴을 종배의 목에 거칠게 비벼댔다.

정말이지 종배는, 여객선이 목포에 닿아 승객들이 그녀를 경찰에 넘기겠다고 하면 어쩌나 하는 걱정 때문에 마음이 놓이질 않았다.

"저 사람들이 경찰에 넘기겠다고 허면 말여, 잘못 했다고 용서를 빌어야혀!"

종배는 여자를 진심으로 걱정하는 마음에서 그렇게 말했다.

"경찰에 넘기는 거 하나도 무섭지 않아요."

"그래두 건 안 돼!"

"갈 데두 없는 걸요 머."

"나를 따라오겠다고 해놓고!"

"오늘 밤엔 아저씨 따라가서 같이 잔다고 해두 내일은요?"

"나허구 우리 고향으루 가까?"

"피잇, 아저씨 미쳤어요?"

"진심이여!"

여자는 갑자기 종배의 목에서 팔을 풀고 풀썩 일어섰다.

"쐬주 한 병 사 올게요."

"돈도 없음서!"

종배가 호주머니에서 백 원짜리 동전 세 닢을 꺼내 주려고 하자,

"생조기 두 마리 값 준 거 있잖아요."

하며 몸을 돌렸다.

"괜시리 승객들 눈에 띄면 또 우세 살려고 그래! 여기 꽉 붙어 있어, 내가 사 올 텐께!"

여자는 종배가 일어서기도 전에 쪼르르 선실 쪽으로 뛰어 가버렸다.

종배는 햇빛에 달아 뜨뜻해진 드럼통에 등을 기대고 반쯤 누워 별들이 총총히 반짝이는 하늘을 쳐다보았다. 밤이 되자 바닷바람이 제법 으스스해져 몸이 오싹거렸다.

갑판 위에서 노래를 부르고 떠들어대던 승객들도 선실로 들어가 버렸

는지 조용했다.

종배는 꽤 오랫동안 그녀를 기다렸지만, 그녀는 돌아오지 않았다. 분명히 소주를 사 오겠다고 갔는데 얼추 반 시간이나 지나도록 돌아오지 않자, 이상한 생각이 는걸는걸 머릿속에 맴돌았다. 혹시 또 승객들에 붙들려 낮때처럼 곤욕을 당하고 있는 것이나 아닐까 싶었다.

남은 세 개비의 담배를 줄 대어 모두 피운 뒤에도 그녀는 돌아오지 않았다. 종배는 그 여자한테 필시 또 무슨 일이 생긴 게 분명하다 싶어 벌컥 일어나서 선실 쪽으로 갔다. 매점에도 그녀는 없었다. 그는 갑판 위와, 쾨쾨한 곰팡냄새며 젖비린내가 물씬거리는 선실을 기웃거려 여자를 찾아보았으나 어디에 처박힌 건지 도무지 알 수가 없었다.

"아니, 그 여잔 어쩌고 혼자요?"

낮때 그녀를 붙들고 옷을 벗기겠다고 얼러대던 깡뚱한 사내의 일행들이 선실의 희끄무레한 불빛에 종배를 알아보고 쿡쿡 웃으며 놀려대는 말투로 물었다.

다시 뱃고물 쪽으로 돌아와 두리번거렸지만 그녀는 보이지 않았다.

"즈그먼헐 년이 바다에라도 퐁당 빠져삐렸다냐?"

여자를 찾지 못한 종배는 괜히 짜증이 나기까지 했다. 그는 올 테면 오고 말 테면 말라지 하는 느긋한 생각으로 다시 드럼통에 편하게 등을 기대고 앉아서 별이 바다 위로 쏟아져 내릴 것만 같은 하늘을 쳐다보았다.

"그년이 또 무슨 사고를 낸 거이 아닐까……."

종배는 혼잣말로 중얼거렸다. 사고를 내지 않고서야 소주를 사 오겠다고 간 사람이 한 시간이 넘도록 돌아오지 않을 리가 없지 않는가 싶었다.

종배는 담배 한 대 참도 앉아 있지를 못하고 다시 선실 쪽으로 내려갔다. 그는 조금 전처럼 여객선 여기저기를 기웃거려 샅샅이 뒤지고 돌아다니며 그녀를 찾았다.

"이보슈, 아까 낮에 도둑년 못 봤소?"

만나는 사람들을 붙잡고 부끄러움도 없이 이렇게 물었다.

"어허? 그 여잔 당신이 책임지겠다고 꿰메차고 갔지 않았소?"

승객들은 그때마다 되레 종배한테 따지고 달려들 것 같은 말투로 이렇게 반문했다.

종배는 어떻게 해서든지 그녀를 찾아야겠다고 마음을 굳게 공글렀다. 그것은 어쩌면 자취를 감춰버린 조기 떼를 찾는 것보다 더 중요한 일일지도 모른다는 어이없는 생각마저 들었다.

종배는 그녀를 찾아서 그의 고향으로 함께 가고 싶었다. 삼십이 넘은 노총각이라고는 하지만 아직은 청춘이 구만리 같은데, 몸도 마음도 홍어 창자처럼 푹 썩어버린 그런 여자를 데려다가 어찌하겠다는 것인지, 그렇게 생각하는 자신의 심사를 알다가도 모를 일이었지만, 외롭고 불쌍한 사람끼리 남은 인생 서로 흉 덮고 정 붙어가며 사는 것도 무던할 듯싶었다.

하기야 고향에서 고기잡이 나간 못된 아들을 기다리며 나이 어린 동생들과 고생고생하는 어머니에게는 미안한 일이긴 하지만, 어차피 인생살이가 다 그렇고 그런 바에야, 굳이 안 될 것도 없지 않느냐 하는 생각이 들었던 것이다.

그러나 여자는 아무 데도 없었다. 귀신이 곡할 노릇이라더니 이런 경우를 두고 하는 말인가 싶었다.

배가 목포에 닿자 맨 먼저 배에서 내린 종배는 도선장에 하선하는 승객들을 하나하나 눈여겨 살펴보았다. 그러나 끝내 그 여자는 배에서 내리지도 않았다.

종배는 승객들이 거의 다 내렸는데도 갈 곳을 잃고 도선장에 멍청히 서 있었다.

"이보슈, 아까 그 도둑년 어쨌소?"

여자한테 돈을 털릴 뻔했던 예의 그 깡똥한 사내가 그의 일행들과 함께 나타나 종배의 등을 툭 치며 물었다.

"저도 시방 찾고 있습니다요."

"뭐라구요? 어쨌든 그럼 당신한테 맡길 테니 파출소로 끌고 가든지 여관으로 데리고 가든지 알아서 하쇼!"

깡똥한 사내가 말했다.

"좌우당간 찾아야 말이재유."

"제간년이 어디 갔겠소! 여기서 목을 지키고 있으면 나올 거요. 자, 그럼 재미봐요!"

사내와 그의 일행들은 종배를 놀려대는 말투로 비아냥대고 픽픽 웃으면서 가버렸다.

종배는 여객선에서 승객들이 모두 하선한 훨씬 뒤까지도 도선장에 말뚝처럼 꿈쩍 않고 서서는 그 여자가 내려오기를 눈이 시큰하도록 기다렸다.

흑산도 여객선이 들어와 한동안 수런거리던 도선장이 이내 고즈넉하게 가라앉은 뒤에도 그녀가 나타나지 않자, 종배는 용기를 내어 다시 여객선으로 올라가 불이 꺼진 선실들을 샅샅이 쑤석여 보았다. 선실에는 아무도 없었다. 배에서 내려오려는데 이층 조타실 쪽에서 킬킬팔팔 간드러지게 웃어젖히는 여자 웃음소리에 육감적으로 그녀일 것이라는 생각이 들어 다급하게 상갑판으로 뛰어 올라갔다.

여자는 빨간 불이 환하게 켜져 있는 조타실에 있었다. 여객선의 선원 두 사람과 어울려 부어라 마셔라 소주병을 기울이고 있다가 얼핏 종배를 보더니 외눈 하나 깜짝하지 않은 얼굴로,

"아저씨도 안 내렸네?"

하고 실실 웃는 얼굴로 물었다.

"안 내릴거여?"

종배는 어색하게 움츠러든 목소리로 입을 열었다.

"파출소로 끌고 갈려구요?"

그 말에 그는 이 여자가 승객들이 경찰에 넘길까 봐 여태껏 숨어 있었 구나 하는 측은한 생각이 들어서,

"그 사람들 다 가삐렀어!"

하고 자신 있게 말했다. 그러나 여자는 아무런 반응도 없이 선원들과 무 릎을 포개 앉은 채 홀짝홀짝 소주잔만 제꼈다.

"안 내려?"

"내가 왜 내려요?"

여자의 싸늘한 반문에 종배는 할 말을 잃고 멀뚱하게 선 채 두 선원의 얼굴만 번갈아 바라보았다.

"오늘 밤 배에서 이 아저씨들하고 자고 다시 흑산도로 돌아갈 껀데요!"

여자는 술잔을 털어 넣고 나선 ㅋㅇ 목을 붙었다.

"갈매기는 바다에서 살어야지요. 아저씬 산에서 조기를 잡을 수 있어요?"

그 말에 여자와 함께 술을 마시던 선원들이 끄윽끄윽 종배를 쳐다보며 웃어댔다.

종배는 순간 심장이 후끈 달아오르고 온몸의 개털까지도 빳빳하게 곤두

서는 것 같은 흥분을 삼키며 조타실에서 뛰어 내려와 버렸다. 여자와 선원들의 기분 나쁜 웃음소리를 귓속이 따갑게 들으며 배에서 내려, 짭조름한 비린내가 훅 덮치는 선창으로 거무죽죽한 기분이 되어 휘적휘적 걸었다.

그는 마치 어부 생활을 해온 지난 10년 동안 함께 정붙이고 살아온 소중한 애인을 잃어버린 것 같은 허전한 생각에 발걸음이 무거워져, 그녀가 남아 있는 여객선을 자꾸만 뒤돌아보았다.

얼마만큼 가다가, 무심히 바지 주머니에 손을 찌른 종배는 흠칫 놀라며 걸음을 멈추었다. 주머니 속에 있던 돈이 몽땅 없어진 것이었다.

"베라먹을 갈보 도둑년, 고향으루 데리고 갈라고 했등만……."

종배는 혼자 중얼거리면서 피식 웃고는, 돌아서서 멀리 불빛이 흐늑거리는 큰 길로 향했다.

『신동아』, 1978.12

말하는 돌

"아저씨, 그 돌을 차에 실으려구요?"

내가 끙끙거리며 돌을 보듬고 버스에 올라타려고 하자, 동글 납작한 얼굴이 거무죽죽하게 햇볕에 그을린 여차장이 안경 무늬 원숭이처럼 두 눈을 똥그랗게 뜨고 신경질적으로 내쏘았다.

"미안해, 운임은 낼게."

나는 여차장을 향해 비굴할 만큼 느질느질 미소를 피워 날리며 다짜고짜로 버스에 올라, 출발을 알리는 벨이 빨리 울리기만을 기다렸다. 마음속으로, 제발 돌은 실을 수 없으니 내려 달라는 말을 하지 않기를 기원하며 서 있는 승객들을 돌을 든 어깨로 조심스럽게 밀치며 뒤쪽으로 깊숙이 꿰고 들어갔다.

"이봐요. 밀지 말아요. 사람도 못 타는데 웬 돌까지 들고 밀치고 그래요?"

누구인가 와살스러운 목소리가 내 뒤통수를 긁었지만 나는 돌아보지 않고, 승객들의 발등이 다치지 않도록 조심스럽게 돌을 버스 바닥에 놓았다.

버스가 출발하자 나는 비로소 후유 안도의 한숨을 토했다. 그도 그럴 것이, 세운 버스 중에서 다섯 번째에서야 가까스로 돌을 싣고 탈 수가 있었으니 때문이다. 손을 들 때마다 버스는 비포장 황톳길에서 뿌연 먼지를 켜켜이 뒤집어쓰며 멈추었지만, 내가 큰 돌을 들고 차에 오르려고 할 때마다 돌은 실을 수 없다면서 가슴을 밀치고 내리게 한 뒤 쾅 문을 닫고 떠나버렸던 것이다.

나는 돌을 깔고 앉아서 피곤한 몸을 버스의 흔들림에 내어 맡겼다. 버스에 흔들리는 내내 나는 내 몸무게만큼이나 무거운, 내가 깔고 앉아 있는 돌에 짓눌려 온몸이 오징어처럼 납작하게 으깨져 버린 것처럼 나른했다.

해발 4백 미터쯤 되는 까치산 꼭대기에서 신작로까지는 돈을 주고 운반을 해 왔지만, 버스가 올 때마다 끙끙거리며 들고 차에 오르려고 여차장들과 네댓 차례 실랑이질하는 바람에 지칠 대로 지쳐버린 것이었다.

"수석이우?"

돌을 깔고 앉아서 흔들리다가 갑자기 담배가 피우고 싶어 고개를 들자, 옆 의자에 앉은 알밤껍질 색깔의 잠바 차림 중년 남자가 물었다.

"엣끼, 저런 흔해 빠지고 못생긴 돌이 수석이라니. 수석이라면 산이나 짐승을 닮거나, 아니면 모양새라도 좀 색다른 데가 있어야지 원, 쑥떡 뭉쳐 놓은 것같이 평범한 저 돌을 수석이라니, 무식 폭로 말게!"

잠바 차림과는 동료인 듯 그와 나란히 앉은, 코끝이 두루뭉술하고 주근깨가 많은 남자가 큰 소리로 말하자, 버스 안의 승객들이 내가 깔고 앉은 돌을 기웃거리며 푸웃푸웃 웃었다.

승객들은 내 몰골과 못생긴 돌을 비교해 가면서 번갈아 훔쳐보며 아무래도 돌과 내가 어울리지 않는다는 듯 시선을 갸웃거렸다.

그들은 어디로 보나 못생긴 돌과 반듯한 새 양복에 넥타이를 매고 머리에 적당히 물기름을 바른 나를, 비교하듯 한마디씩 서로 주고받았다.

"아, 정원석이로구먼 그랴!"

누구인가 감탄하듯 큰 소리로 말했으나,

"저렇게 평범한 돌이 정원석이라니요. 저건 아무짝에도 쓸모가 없는 돌이오. 천렵할 때 솥이나 걸라면 모를까 원."

하고 주근깨가 다시 비아냥거리는 투로 받았다.

"아무리 평범한 돌이라고 해도, 도시에서는 저만한 돌 구하기도 힘드네. 시골에서야 흔하지만, 저걸 가져다 아파트 응접실에 떠억 놔봐. 이 사람아, 귀물로 보일 테니간. 내 말이 맞죠? 응접실에다 놔둘거죠?"

사람이 좋아 보이는 잠바 차림의 남자가 애써 호의적인 표정을 지으며 내게 물었다.

"글쎄요. 안방에다 모실까 헙니다만."

내 말에 승객들이 다시 푸웃푸웃 웃었다.

내가 깔고 앉은 돌을 안방에 모시고 싶다는 말은, 내 마음속 가장 깊숙한 밑바닥으로부터 우러나온 거짓 없는 진심이었다.

나는 그 돌을, 죽는 날까지 아버지의 육신처럼 소중하게 간직하고 싶었다. 어쩌면 그 돌에서 아버지의 영혼을 느낄 것인지도 모를 일이었다. 한갓 못 생기고 평범한 그 돌이, 아무도 없는 산꼭대기에서 30년 동안이나 아버지를 지켜왔다는 것을 생각하면, 엎드려 큰절이라도 하고 싶을 만큼 참으로 마음이 끌렸다.

아버지는 부면장네 머슴이었다.

내 생각에 월곡리 안통에서 아버지만큼 키가 크고 힘이 센 남자는 없었던 것 같았다. 마을 사람들은 아무도 아버지의 나뭇짐을 따를 수 없었다고들 했었다. 어린 내 생각에도, 월곡리 안에서 아버지의 나뭇짐이 젤 크다는 것이 은근히 자랑스러웠으며, 나도 커서 어른이 되면 아버지처럼,

마을에서 가장 큰 나뭇짐을 지게 되기를 빌었다.

아버지는 동네 앞 윗당산의 늙은 팽나무만큼이나 우람하고 단단하게 보였으며, 명절이나 이월 초하루 머슴날을 제외하고는 1년 내내 쉬는 날 없이 소처럼 일을 해도 앓아눕는 때가 없었다.

나는 부면장네 행랑채 쇠죽 방에서 아버지와 함께 살았다. 밤마다 무쇠처럼 단단한 아버지의 팔뚝을 베고, 컬컬한 목소리로 무슨 말인지 알아들을 수 없게 흥얼거리는 아버지의 육자배기 소리를 들으며 잠이 들곤 했었다.

나는 한 번도 어머니를 생각하지 않았다. 어른들이 쑥덕거리는 이야기로 어머니는 아버지를 버리고 도망을 쳤다고도 했고, 큰물에 떠내려가 죽었다고도 했다. 그럴 때마다 궁금하여 묻고 싶었지만 아버지가 속상해할까 봐서 아버지 앞에서 어머니 이야기는 손톱만큼도 꺼내지 않았다.

부면장네 집에서 아버지한테 진드기처럼 붙어살면서 소도 뜯기고, 가을에 새도 봐 주고, 애업개 노릇도 하면서 눈칫밥을 먹고 자란 나는, 진돗개처럼 눈치가 빨라서 어른들의 눈 밖에 나는 일은 하지 않았다.

같은 나이 또래의 동네 아이들이 검정 책보를 오른쪽 어깨에서 왼쪽 허리에 보기 좋게 두르고, 노래를 부르며 짝지어 학교에 갈 때마다, 나는 부면장네 아기를 업고 동구 밖 물레방앗간까지 겅중거리며 따라가곤 하다가, 떫은 땡감을 먹고 체했을 때처럼 가슴이 답답해지면, 푸드득 뜸부기가 날고 억새풀이 키를 넘는 강변을 마구 뛰어다녔다. 나는 울컥울컥 슬픔이 솟구칠 때마다, 월곡리에서 제일 큰 아버지의 나뭇짐과, 말뚝처럼 단단한 아버지의 팔뚝을 떠올리면서, 어서 자라 아버지처럼 힘센 머슴이 되고 싶었을 뿐이었다.

"열 살만 되면 애비한테서 떠나야 한다. 이 애비도 열 살 때 가난한 살

림에 입이라도 덜어 줄랴고 홀몸이 되어 뜬 골로 떠돌다 꼴머슴이 되었
다. 너는 애비한테서 떠나면 도회지로 나가야 한다. 촌구석에 머물면 꼴
머슴이 되고, 어른이 되면 상머슴밖에 더 되겄냐. 거렁뱅이가 되더라도
도회지로 나가야 한다. 도회지 거렁뱅이는 머슴보다 낫다."

아버지는 내게 똑같은 말을 되풀이했었다. 그때마다 나는 아버지가 원망
스러웠다. 어른이 되어서도 아버지와 헤어지고 싶지 않았기 때문이었다.

"나도 아버지 같은 힘센 상머슴이 되고 싶은디?"

하고 말할라치면 아버지는 사나운 부사리처럼 두 눈을 무섭게 짓 부릅뜨
며 노려보았다.

"이노무 자슥아, 할아부지, 애비가 평생을 머슴 산 것도 지긋지긋헌디,
너꺼정 머슴이 되것다고? 네놈이 열 살만 되면 다리모갱이를 작씬 부질러
서라도 도회지로 내쫓을 테니까 그리 알어!"

아버지는 두 손으로 내 다리를 부러뜨리는 시늉을 해 보이며 화난 목소
리로 말했다.

그 때문에 나는 열 살이 되는 것이 죽기만큼이나 무서웠다. 차라리 열
살이 되기 전에 디딜강 깊은 물에 풍덩 빠져 죽어버릴까 하는 생각까지도
했다. 그러나 기다리지도 않은 열 살은 너무 빨리 왔다. 마을 앞 백일홍이
몇 번 피를 토하듯 빨간 꽃망울을 터뜨리고, 디딜강에서 서너 번 멱을 감
고 나자 얼핏 열 살이 되었다.

열 살이 되던 해, 아버지가 내 다리를 부러뜨려 내쫓을까 봐서 슬금슬
금 아버지를 베돌던 그해 초여름, 뱀딸기처럼 빨간 아침 해가 까치산 머
리 위로 봉긋이 솟아오를 무렵, 마을 앞 신작로에 수많은 탱크가 으르렁
거리며 지나갔다.

전쟁이 터졌다고들 했다. 미처 피난가지 못 한 부면장 부자가 엉겁결에 집 뒤 대밭에 숨었으며, 그 큰 집을 아버지와 둘이서 지켰다.

아버지는 나를 방안에 가두어 두려고 했으나, 아버지 몰래 집에서 빠져나간 나는 무서움도 모르고 마을을 꿰고 다니며 모자에 붉은 별을 붙인 사람들을 구경했다. 아무것도 무섭지가 않았다.

며칠 후, 아버지는 대창을 깎아 들고 마을 청년들과 어울렸다.

"이 댁을 지켜 주기 위해서는 이 길뿐이다. 내가 헌 말을 귀담아들었다가 후담에 어른이 되거든 대창 든 애비에 대해서 옥생각하지 않도록 하그라."

치르륵치르륵 뱀의 혓바닥 같은 번갯불이 별도 없이 까마귀 날개처럼 어두운 밤하늘을 핥아대던 날 밤, 내게 집을 맡기고 대창을 꼬나 쥐고 나가던 아버지가 말했다.

그날 밤에 대밭에 굴을 파고 숨어 있었던 부면장 부자와, 월곡리 이장이 까치산 참나무 숲에 끌려가 대창에 찔려 죽임을 당했다.

마을 사람들은 한밤중에 참나무 숲에서 들려오는 하늘을 찢어발기는 듯한 비명을 들었다. 나는 번갯불과 함께 식은땀이 촉촉하게 젖은 등줄기를 대패로 깎는 듯한 비명을 듣고, 호롱불도 밝히지 않은 먹방에서 이불을 뒤집어쓰고 바들바들 떨었다.

새벽녘에야 빈손으로 휘주근하게 기운이 빠져 돌아온 아버지는, 두엄자리 옆 닭의 볏 모양으로 빨간 맨드라미꽃밭 위에 털썩 주저앉더니 목을 놓아 통곡했다.

그런 일이 있은 뒤부터 아버지는 대창을 들고 마을 청년들과 어울려 다니는 일이 없었다.

때가 되어도 밥 먹을 생각을 하지 않고 빈 물레방아 돌아가는 소리 같은 한숨만 계속 토하며 푹푹 찌는 쇠죽방 안에만 붙박여 있었다. 그 무렵, 이 세상에서 가장 힘센 남자로 믿고 있었던 아버지가 갑자기 염병을 앓고 난 늙은이처럼 힘이 없어 보였다. 아버지는 나보다 훨씬 약해 보였다.

대창에 찔려 죽은 부면장 부자를 안산 철쭉꽃밭에 묻고 돌아온 아버지는 대문을 걸어 잠그고 한 발짝도 밖으로 나가지 않았다.

나는 아버지에게 부면장 어른과 그의 늙은 아버지를 누가 죽였느냐고 물어봤지만, 아버지는 대답 대신 괴로운 얼굴로 격렬하게 고개를 가로저을 뿐이었다. 그때 나는 혹시 아버지가 부면장네 살림을 독차지하려고 그들 부자를 죽였을지도 모른다는 엉뚱한 생각에, 불현듯 아버지가 무서워지기까지 했다. 그러나 그런 내 생각이 틀렸음을 곧 알 수가 있었다. 그것은, 아버지가 서울에 가 있던 부면장의 큰아들을 간절하게 기다리고 있다는 것을 알았기 때문이다.

"되련님이 오실 때꺼정, 우리는 이 집을 지켜야 헌다. 우리가 헐 수 있는 일은 그것뿐이란다."

아버지의 그 말에 나는 비로소 내가 잠시라도 아버지를 의심했던 것이 부끄럽게 생각되어, 마음속으로 용서를 빌었다. 아버지가 부면장 부자를 죽였다면 도련님을 기다리지 않을 것이라고 여겼기 때문이었다.

"되련님이 못 돌아오시면요?"

"꼭 돌아오실끄다. 이 댁이 그렇게 허망흐게 찌그러질 집이 아니다."

내 말에 아버지가 대답했다.

그해 여름은 유난히도 무덥고 길었다. 까치산에서 붉은 해가 솟아 할미산으로 넘어갈 때까지 나는 아버지한테 꼭 붙잡힌 채 마당 한가운데 긴 대막대기를 꽂아두고 그림자가 움직이는 모양만을 눈이 빠지게 지켜보았다. 그러나 해가 떨어지고 무섭고 답답한 어둠이 깔리면 아무것도 움직이는 모습조차 찾아볼 수 없게 되어 더욱 지리하고 답답했다.

단 한 가지 마음이 놓이는 것은, 전쟁통이라 아버지가 늘 벼르던 대로 나를 월곡리에서 내쫓지 못할 것이라는 생각이었다.

나는 그때 전쟁이 끝나지 않았으면 싶었고, 또 도련님이 돌아오지 않았으면 싶었다. 그러면 아버지와 함께 부면장네 큰 집을 지키며 살아도 될 것 같았기 때문이었다. 나는 그때 아버지가 나를 도회지로 쫓아내지 않는 건 순전히 전쟁 때문이라고 믿고 있었다.

나는 갑자기 부자가 된 기분이었다.

우물 옆 빨갛게 익어 휘늘어진 앵두를 혼자서 이빨이 시리도록 따먹을 수 있었고, 앵두가 떨어질 무렵에는 다시 텃밭의 단 수숫대에 단물이 차올랐으며, 더위가 고개를 숙이기 시작해서는 쇠죽방 앞의 석류가 익어 터졌고, 이내 사랑채의 접시 감나무가 발그스레 빛을 발했다.

나는 온종일 집 안에 있으면서 아버지 눈을 피해 안방이고 부엌이고 마음 놓고 새앙쥐처럼 들락거릴 수도 있었다.

한 가지 마음이 꺼림직한 일이라면 아버지 성질이 갑자기 왈살스러워진 것이었다. 우리끼리 대문을 걸어 잠그고 집 안에 틀어박혀 있는 사이, 얼마 전까지만 해도 아버지와 함께 대창을 깎아 들고 몰려다녔던, 젊은 사람들이 찾아와 대문을 걷어차며 아버지를 부르곤 했었는데, 그때마다 아버지는 그들에게 욕을 퍼붓곤 했던 것이다.

"짐승만도 못한 네놈들과는 상종을 않겠다아. 네놈들은 사람 잡는 백정들이여!"

아버지는 대문을 두들기는 마을 청년들을 향해 이렇게 내지르곤 했다.

"저 사람들이 부면장 어른을 쥑였어?"

아버지가 그들을 대하는 태도가 아무래도 심상치 않은 듯싶어 넌지시 물어보았더니, 아버지는,

"이 자슥아, 너는 몰라도 돼!"

하고는 말문을 닫아 버렸다.

사흘 동안 추적추적 가을비가 안산의 잡목 숲을 적시더니 안개가 자욱이 피어오르고, 이윽고 부드러운 햇살이 눈부시게 꽂혀 내렸다.

아버지와 나는 날씨가 좋은 날을 골라 이틀 동안 집 주위에 있는 감을 땄다. 텃밭의 뾰주리감이며, 뒤꼍 장두감, 사랑채 접시감, 두엄자리 옆의 먹감을 모두 따서, 절반은 연시를 앉히기 위해 병아리를 가두어 기르는 가리에 넣어 지붕에 얹어 놓고, 나머지는 곶감을 깎아 사랑채 벽에 줄줄이 두름을 매 걸었다.

아버지는 감나무마다 감을 딴 뒤에는 두서너 개씩을 까치밥으로 남겨 두곤 했는데, 맑고 푸른 가을 하늘에 매달린 까치밥의 감이 유난히도 빨갛게 돋보였다.

푸른 하늘에 대롱대롱 매달린 까치밥이 없어지던 날, 월곡리에 있던 붉은 별을 붙인 사람들이 자취를 감추고 말았다. 그들이 사라지자 피난 갔던 마을 사람들이 돌아왔다. 친정에 가 있었던 부면장네 부인과 아이들도 거지꼴이 되어 돌아왔으며, 서울에 있던 도련님은 푸른 제복에 권총을 차고 나타났다.

집에 돌아온 부면장네 가족들은 너무 지쳐버렸기 때문인지 두 어른의 죽음을 별로 마음 저리게 슬퍼하는 것 같지가 않았다. 이장집 식구들도 마찬가지였다. 집에 돌아온 그들은 슬픔을 짜낼 기력마저도 없어 보였다.

그들은 배불리 밥을 먹고 몇 날을 푹 자고 나서야, 얼굴에 서서히 슬픔과 분노를 함께 떠올렸다. 슬픔보다 분노가 더 컸다. 자기 가족을 누가 죽였느냐면서 눈에 빨간 자운영꽃 같은 핏발을 빳빳하게 세웠다.

가족을 잃은 사람들의 핏발선 눈을 보고 있으면 마치 자신이 죄지은 사람처럼 심장이 오들거리고 온몸의 힘이 좍 빠졌다.

눈에 핏발을 세운 그들이 자기 가족을 죽인 사람이 어느 놈이냐면서 뿌드득뿌드득 이를 갈자, 얼마 전까지만 해도 대창 깎아 들고 한데 어울려 횃불 밝히며 산을 오르내리던 젊은 사람들이 동짓달 서릿발에 구절초 꽃잎 지듯 죽은 듯 숨을 죽였다.

그러던 그들이 어느 날 아침 우르르 부면장 집으로 몰려오더니, 쇠죽을 끓이고 있던 아버지의 목에 삼으로 꼰 밧줄 홀랑이를 걸고 개 끌듯 끌고 나갔다.

"부면장 어르신 부자를 쥑인 이 개만도 못한 놈아! 네놈이 부면장네 살림을 차지헐라고 눈이 뒤집혀서……."

아버지를 끌고 나가면서 그들은 목청껏 소리쳤다.

"이눔들아, 네눔들 죄를 왜 나헌테 뒤집어씌우냐. 천벌을 받을 눔들아!"

아버지는 발부리에 힘을 쏟아 땅을 밀어 버티고, 홀랑이 밧줄을 움켜쥐고 잡아당기며 발버둥 치고 울부짖었다. 그러나 아무리 힘이 센 아버지였지만 네 사람의 청년들에게는 당해 내지 못했다.

그들은 홀랑이 밧줄을 잡아당기고 작대기로 허리와 어깨를 후려치며 발버둥 치는 아버지를 끌고 이슬이 안개가 되어 몽글몽글 퍼지는 까치산으로 들어갔다.

나는 이미 아버지의 죽음을 예견하고 있었다. 내 힘으로 아버지를 살려

낼 수는 없었지만, 아버지의 마지막 모습이라도 보고 싶어서, 목이 터지도록 아버지를 부르며 뒤따라갔다. 그러자 아버지를 끌고 가던 청년들이 나를 붙잡아, 동구 밖 상여 바위 옆, 마을 사람들이 개를 잡을 때 매달아 죽이는 Y자 모양의 미루나무에 묶어 버렸다. 나는 미루나무에 묶인 채 아버지가 끌려가는 모습을 바라보았다.

상수리나무며, 복가시나무, 가시나무, 쥐똥나무, 황철나무 등 잡목이 울창한 까치산 후미진 계곡 속으로 끌려간 아버지의 모습은 보이지 않고, 슬픔과 분노가 범벅된 아버지의 울부짖음만이 산울림처럼 찌렁찌렁 울려왔다.

월곡리 사람들은 아무도 아버지의 죽음을 말리지 않았다. 아이들과 노인들까지도 마을 앞 돈들막 위에 모여 서서는 아버지의 죽음을 기다리기라도 하는 것처럼 무표정하게, 까치산 계곡에서 울려오는 아버지의 울부짖음을 심장에 송곳질하는 아픔을 참으며 듣고 있을 뿐이었다.

나는 아버지를 끌고 간 청년들보다도 아버지의 죽음을 말릴 생각은 않고 무표정하게 구경만 하는 이들 마을 사람들이 더 원망스러웠다.

미루나무에 묶인 채 마을 사람들을 향해 온몸의 힘을 쥐어짜 아버지를 살려 달라고 소리쳤다. 서울에서 돌아온 부면장네 도련님과, 아버지가 부면장 집으로 오기 전 오랫동안 머슴을 살았던 대추나무집 최 주사 어른과, 통샘거리 박 생원 어른도 불러 보고, 땅뺏기 놀이며 자치기, 빌 들고 밀어내기 놀이 등에 가끔 나를 끼워주곤 했던 월곡리 아이들의 이름을 하나하나 불러 가며 아버지를 살려달라고 울부짖었다.

그러나 내 울부짖음은 까치산 잡목숲 속에서 점점 희미하게 산울림이 되어 들려오는 아버지의 목소리처럼 외롭고 고통스럽게 울릴 뿐이었다.

아버지를 끌고 간 청년들은 얼마 뒤에 가을 햇살을 등지고 개선장군처럼 까치산에서 내려왔다. 아버지의 모습은 보이지 않았다. 그들은 마을 사람들이 모여 있는 돈들막으로 가서, 부면장 어른 부자와 이장 어른을 죽인 빨갱이의 앞잡이를 처치했다고 자랑스럽게 말하고 물레방앗간 옆 째보네 주막으로 몰려가 술을 퍼마셨다.

아무도 미루나무에 묶여 있는 나를 끌러 주지 않았다.

나는 미루나무에 묶인 채 해가 높이 떠오를수록 연리초꽃처럼 빨강 보랏빛으로 변하는 까치산만 바라보았다. 아버지가 어디쯤 죽어 있을까를 생각하며 먼 시선으로 잡목 숲을 헤집고 있었다.

산골의 짧은 가을 해가 미끄러지듯 할미산 너머로 떨어지고, 월곡리 사람들의 마음처럼 음산한 어둠이, 대지에서부터 까치산 목을 조르기라도 하는 듯 꾸역꾸역 디밀고 올라가서야, 남편도 없이 곰배팔이 아들과 함께 사는 째보네 주막 아줌마가 미루나무에 묶인 나를 풀어 주었다.

그때는 이미 날이 어두워 아버지를 찾으러 까치산에 갈 수가 없었다.

언젠가 꼴을 베러 가서 낫을 부러뜨리고 돌아와 부면장네 할아버지한테, 눈에서 마른 번갯불이 튀도록 호되게 꾸중을 듣고 쫓겨났다가, 날이 어두워서야 어슬렁어슬렁 돌아왔을 때처럼, 나는 온몸의 물기가 쫙 빠져 휘주근한 몰골로 아버지도 없는 집으로 돌아갔다. 그러나 부면장 집에서는 나를 들여 주지 않았다. 은혜를 모르는 개만도 못한 살인자의 아들을 거두기 싫다면서 밖으로 내쫓고 대문을 걸어 버렸다.

나는 갈 곳이 없어 어둠이 두껍게 깔린 고샅을 서성거렸다. 월곡리 사람 중에서 아무도 나를 받아 주지 않았다.

그날 밤 나는 째보네 주막에서 식은 밥 한 덩이로 창자를 달래고 아무도 없는 상엿집에서 잠을 잤다. 상엿집에서 자면서 아버지가 꽃상여에 실려 가는 꿈을 꾸었다. 아버지를 실은 꽃상여는 너울너울 까치산 꼭대기로 춤추듯 올라가더니 이내 구름으로 들어가 버렸다.

날이 밝아 잠에서 깨어난 뒤에도 아버지를 싣고 하늘로 올라간 꽃상여의 모습이 오랫동안 눈에 선하게 밟혀 왔다. 상엿소리도 귀에 살아남았다.

햇살이 퍼지기 전, 나는 나보다 한 살 아래인 곰배팔이 장돌식이를 데리고 이슬을 털며 까치산으로 올라갔다.

혼자서 죽은 아버지를 찾아가기가 어쩐지 섬뜩한 생각이 들어서 곰배팔이한테, 함께 가 줄 수 없겠느냐고 했더니 선뜻 따라나서 주었다.

애써 이슬을 터는 것처럼 곰배팔의 팔꿈치를 흔들며 절룩거리는 걸음걸이로, 도꼬마리풀이며 며느리배꼽, 한삼덩굴이 씨름하듯 뒤엉킨 밭둑을 앞서 걷는 장돌식의 뒤를 따라가면서, 나는 몇 번이고 그에게 고마운 마음을 보냈다.

월곡리 마을 그 많은 아이 중에서 곰배팔이 장돌식이만이 나의 유일한 친구인 것 같은 생각에, 외로움 속에서도 불끈 용기가 솟았다.

하기야 월곡리 아이 중에서 아무도 장돌식이와 같이 놀아 주지 않았지만, 아이들한테 머슴 아들이라고 내돌림을 당하던 나만이 이따금 그와 함께 어울리곤 했었다.

"네 아부지가 어디쯤에 죽어 있을 것 같어?"

막상 그 덩치 큰 까치산에 들어서자 어디에서 아버지를 찾아야 할지 막연해서, 두렷두렷 덤불 속을 쑤석여 보고 있는데, 장돌식이가 심란한 얼굴로 물었다. 그러면서 그는 아버지를 끌고 간 마을 청년들한테 물어보고 올 걸 그랬다고 후회했다. 그러나 나는 그들한테 묻지 않고 나 혼자 힘으로 찾고 싶었다.

우리는 한동안 골짜기와 등성이를 헤맸다.

지쳐버린 우리는 보기 좋게 머리를 깎은 것처럼 벌초한 무덤 위에 댕돌 같이 올라앉아서, 가지째 꺾어 온, 서리를 맞아 한결 맛이 좋은 구지뽕 열매를 먹었다.

길고 아름다운 꼬리를 가진 장끼 한 마리가 떡갈나무 덤불 속에서 푸드득 날았다. 나는 꿩이 날아가는 소나무 가지 끝쪽을 바라보다 말고 벌떡 일어섰다. 소나무 가지 끝에 펼쳐진 한 조각의 파란 하늘을 보는 순간, 지난밤 꿈에 아버지를 실은 꽃상여가 하늘로 올라가는 모습이 뇌리에 선명하게 찍혀 왔기 때문이다.

"그렇지. 어젯밤 꽃상여가 산꼭대기로 올라갔었지."

나는 혼잣말처럼 말하며 서둘러 산꼭대기를 향해 뛰어 올라갔다. 곰배팔이 장돌식이도 퍼떡거리며 내 뒤를 따라왔다.

아버지는 까치산 꼭대기에 있었다.

홀랑이에 목이 감긴 채, 잎새들 사이로 찔려 오는 햇살을 담뿍 받고 큰 소나무 가지에 매달려 있었다.

아버지가 죽어 있으리라는 것을 알고 있었기 때문인지, 소나무 가지에 대롱대롱 매달려 있는 아버지의 시체를 보고도 그렇게 슬프지가 않았다. 약간 무서운 생각이 들었지만 다행히 장돌식이가 옆에 있어 주어 마음이 차분하게 가라앉았다.

나는 울거나 당황하지 않고 침착하게 소나무를 타고 올라가 가지에 묶인 홀랑이 밧줄을 풀었다. 밧줄이 풀리자 아버지의 시체가 나뭇가지 부러지는 것처럼 쿵 땅이 울리는 소리를 내며 떨어졌다.

나무에서 내려와 아버지 시신을 반듯하게 누이자, 아버지는 햇살이 찔러 오는 하늘을 향해 눈을 커다랗게 뜨고 있었다. 눈을 감게 하려고 손바닥으로 눈두덩을 여러 차례 쓸어내렸으나 그대로였다.

장돌식이한테 마을에 내려가 삽과 괭이를 가져오게 시킨 나는 눈을 빤히 뜨고 누워 있는 아버지의 얼굴을 들여다보기가 무서워서 빨갛게 단풍이 든 떡갈나무 잎을 뜯어 으스스한 동굴의 입구처럼 보이는 아버지의 눈을 가렸다.

그날 우리는 썩은 돌비늘이 두껍게 깔린 땅을 파고 아버지를 묻었다. 흙을 져 나를 수도, 떼를 뜰 수도 없어 평장平葬을 하고 둘이서 끙끙거리며 돌을 날라다 무덤 위에 덮었다.

나는 아버지의 돌무덤을 곰배팔이 장돌식이한테 부탁한 뒤, 상엿집에서 하룻밤을 더 자고 날이 밝기 전에 쫓기듯 월곡리를 떠났다.

월곡리를 떠나면서 나는 장돌식이한테, 월곡리 사람들을 머슴으로 부릴 수 있을 만큼 큰돈을 벌기 전에는 돌아오지 않겠다는 내 결심을 말해 주었다.

그 결심을 맷돌질하듯 어금니 응등 물고 30년 동안 시장바닥에서 뼈가 굵고 손바닥과 발바닥이 닳도록 뛰어, 월곡리 사람들을 모두 머슴으로 부릴 만한 돈은 못 되어도, 이만하면 어깨 펴고 살겠다 싶어서야 두 눈 부릅뜨고 고향으로 돌아왔다.

30년 만에 대하는 고향이었는데도 별다른 감동이 없었다.

나는 옛날 주막을 했던 곰배팔이 장돌식을 찾아갔다. 집은 옛날 그대로 지지구지했는데, 그만그만한 아이들이 벅신거렸다. 아이들의 성을 물었더니 모두 장가라고들 했다. 이들이 모두 장돌식의 아이들이구나 생각하며 제 아버지 행방을 물었더니, 어머니와 함께 산에 떡갈나무 잎을 따러 갔다면서 해거름 때에야 돌아올 거라고 했다.

나는 장돌식이가 산에서 돌아오기를 기다리는 동안 될 수 있으면 고샅 안으로 들어서지 않고, 강둑에서 대밭 뒤를 휘움하게 감아 돌면서 멀찍이 마을을 휘둘러보았다. 옛날 그대로였다. 상여 바위 옆 내가 묶여 있었던 미루나무는 오히려 키가 작아진 듯싶었고, 여름이면 각시 샘물만큼이나 시원한 그늘을 늘어뜨려 준 윗당산의 늙은 팽나무며, 땅뺏기 놀이를 하던 판판한 당산들, 부면장네 대밭 뒤의 참나무 숲 등이 옛날 그대로였다. 달라진 것이라면 지붕들을 울긋불긋 색칠했고, 물레방앗간이 없어졌으며, 내가 월곡리를 떠나오기 전 이틀 밤을 잤던 상엿집이 보이지 않는 것이었다.

강둑에서 월곡리 사람 몇 사람을 만났는데 다행히 나를 알아보지 못했다. 나는 그들의 이름까지도 알 수 있었지만 아는 체를 하지 않았다.

해 질 무렵에 툽상스럽지만 건강해 보이는 제 마누라와 함께 떡갈나무 잎을 한 가마니씩 이고 지고 돌아온 장돌식이도 선뜻 나를 알아보지 못했다. 그는 내 이름을 밝혀서야 나를 알아보고는 조심스럽게 나를 얼싸안기도 하고, 절뚝거리는 걸음으로 빙빙 돌며 내 모습을 둘러보고 어린아이들처럼 소리 내어 웃었다.

"팔자가 쭈욱 늘어졌구만 그려. 이만하면 월곡리 사람들을 몽땅 머슴으로 부릴 수가 있겠구만. 허어, 내 친구가 이렇게 팔자가 늘어지다니, 허어!"

장돌식은 진심으로 반갑게 맞아 주었다. 그는 즐거운 듯싶었다. 반가운 사람을 만났을 때 느끼는 거짓 없는 즐거움이었다.

"돌식이 네놈도 다복해 뵈이는데? 마누라도 얻고 자식들도 많고!"

나는 그를 만난 것이 기뻤다.

"허어! 아암 다복허고말고. 이 사람아, 나는 월곡리 안에서 일등가는 아들 부자여. 아들만 여섯이라니께!"

그러면서 장돌식은 큰 소리로 마누라와 아이들을 불러 내 앞에 나란히 세우고 자랑스럽게 어깨를 들썩거리며 나를 소개했다.

"이봐 마누라. 이 신사 양반이 내 친구여. 이놈들아, 이 양반한테 냉큼 인사드려. 이 애비하고 이 세상에서 젤 친한 깨복쟁이 친구여. 애비한테도 이런 삐까번쩍한 친구가 있단 말여."

장돌식은 곰배팔 팔뚝을 휘저으며 경중거렸다.

밤이 되자 우리는 물레방앗간이 있었던 자리의 팽나무 아래에 앉아서 줄담배를 피우며 서로 지금껏 살아왔던 이야기를 주고받았다.

나는 그에게, 월곡리를 떠난 뒤에 장사치가 되어 돈을 번 이야기를 했고, 그는 내게 그의 홀어머니가 염병에 걸려 죽은 이야기며, 장가를 들자 주막을 걷어치운 것, 요즘엔 떡갈나무 잎을 따서 일본으로 수출하는 사람들한테 팔아 쏠쏠하게 재미를 보고 있다는 이야기까지 해주었다. 그러면서 그는 비록 가난하지만, 병신인 자신을 하늘처럼 떠받들고 사는 건강한 아내와 말 잘 듣는 여섯 아이가 있어 행복하다고 했다.

우리가 이야기를 주고받는 동안 윤기가 자르르한 달빛이 비단처럼 우리의 우정을 감싸 주었다. 달빛이 까치산 계곡을 빗질하듯 곱게 훑어 내리는 모습을 보고 있자니, 30년 전 아버지가 마을 청년들한테 끌려가면서 울부짖던 목소리가 찌르르 뇌를 뚫었다.

"참 부면장네는 어떻게 사는가?"

나는 그때 아버지를 끌고 간 마을 청년들의 얼굴을 하나 떠올리며 물었다.

"살림이 작살이 났다네."

"작살이 나다니, 왜?"

"모르재. 부면장 손자놈이 다 쌔그라 묵었으니게."

"도련님은 살아 계시고?"

"그 양반 불쌍허게 됐네. 우리 모양으로 날마다 떡갈나무 잎 따러 댕기네."

"살아 있다니 다행이구만. 그 양반한테만은 우리 아버님이 부면장 어른 부자를 죽이지 않았다는 것을 밝혀 줘야⋯⋯."

"그 걱정은 하지 말게."

"우리 아버님은 절대로 죽이지 않았네!"

"그 일이라면 풀쎄 만천하에 밝혀졌다네. 자네가 월곡리에서 나간 뒤 한 오 년쯤 되었을까? 비석거리 덕길이하고 두껍다리 옆 만춘이하고 대판 싸움이 벌여졌는디, 덕길이 입에서 부면장 부자와 이장을 죽인 것이 바로 만춘이 네놈이라고 하면서, 그 죄를 덮어씌울랴고 자네 아부님을 애매하게 죽인 것까지 폭로가 되고 말았네."

"그래 만춘이는 뭐라고 허든가?"

"혼자 한 일이 아니고 같이 한 일이라고 물고 늘어지더구만. 그때서야 월곡리 사람들은 자네 부친이 억울하게 죽은 것을 알었제."

장돌식의 말을 들은 나는 실팍한 돌멩이를 하나 집어 마을 쪽으로 힘껏 던지고 나서, 달빛이 점점 맑아지는 까치산을 바라보았다.

"그 사람들 다 그대로 월곡리에 사는가?"

나는 그날 아버지를 까치산으로 끌고 가던 청년들의 이름을 하나하나 대며 물었다.

"만춘이만 월곡리를 떠나 살다가 삼 년 전에 다시 돌아왔네."

나는 비로소 장돌식이한테 월곡리에 돌아와서 해야 할 일들을 말해 주었다.

　나는 그에게 우선 그날 밤 안으로 당장 돈은 얼마를 주고라도 까치산을 사 달라고 했고, 내일 아버지를 까치산 꼭대기에 이장해야겠으니 준비를 해 달라고 부탁했다. 그리고 특히 이장할 때는, 30년 전 아버지를 까치산으로 끌고 간 네 사람 모두 인부로 쓸 수 있도록 하고, 월곡리 사람들에 한해서 누구든지 까치산 꼭대기까지 떼를 떠오면 한 장에 천 원씩 주겠다고 했다.

　그러면서 나는 모든 준비를 맡아서 해 달라고 장돌식이한테 1만 원권 지폐 한 묶음을 건네주었다.

　내가 준 돈다발을 멈칫거리며 받은 장돌식은 한동안 멀뚱한 얼굴로 나를 짯짯이 들여다보더니,

　"자네 아버님 이장을 허는 일에 그 사람들이 인부로 나와 주겠는가?" 하고 어렵겠다는 투로 물었다.

　"우리 아버님 일이 아니라고 거짓말을 하든지, 돈으로 삶든지 알아서 하소."

　"그라고, 떼가 을매나 필요허다고 한 장에 천 원씩이나 준당가?"

　"다 생각이 있어 그러니 그대로 해주게. 그리고 돼지도 두어 마리 잡고…… 돈은 나한테 얼마든지 있네. 자 어서 가서 산을 사는 일부터 서두르게. 나는 여기 좀 더 앉아 있을 테니 어서 가보소."

　나는 장돌식을 떼밀며 말했다.

　"혼자서 여기에?"

　"혼자 여기서 생각 좀 하고 싶네. 잘 때가 되면 자네 집으로 갈 테니 내 걱정은 하지 말게."

　장돌식을 보낸 뒤, 나는 두루미의 흰 날개와도 같은 달빛이 곱게 깔린

물레방아 옛터에 팔짱을 끼고 조그맣게 앉아서 촬촬촬 흐르는 물소리를 듣고 있었다. 문득 30년 전 아버지가 죽던 날 밤, 부면장 집에서 쫓겨 나와 상엿집에서 추위와 무서움에 떨었던 때의 기억이 달빛 속에 선명하게 떠올랐다. 나는 그날 밤의 슬픈 기억을 보상 받기라도 하려는 듯 오랫동안 밤이 깊어 가는 것도 잊은 채 물레방아 옛터에 혼자 앉아 있었다.

나는 장돌식이가 어둠의 끝처럼 느껴지는 마을 앞 강둑에서부터 큰소리로 내 이름을 부르며 나를 데리러 올 때까지, 마치 그대로 앉아서 새벽을 맞기라도 하려는 듯 움직이지 않았다.

장돌식은 흥분을 가라앉히지 못해 사뭇 달빛을 휘저으며 모든 것이 다 잘 되었노라고 했다. 그는 내일 아침에 건넛마을에서 지관까지 오기로 되어 있다고 했다.

"돈만 있으면 귀신도 부릴 수 있다더니, 역시 돈이면 안 되는 게 없구먼!"

장돌식은 내가 준 돈다발에서 남은 지전과 까치산 매매 계약서를 내밀며 말했다.

"우리 아버님 일이라고 말했는가?"

나는 마을 사람들이 아버지 이장하는 일이라는 것을 알고도 돈에 팔려 응했는지, 아니면 아무 내용도 모르고 그냥 마음을 정한 것인지 알고 싶었다.

"말하려다가 참았구만. 서울에 잘 아는 사람이 있는디 월곡리에 구산을 하여 선조를 모시고 싶어 헌다고만 했어."

장돌식의 말에 나는 약간 서운한 생각이 들었다.

"내 일이라는 걸 알고 협조를 안 해주면 어쩌지?"

"돈이 생기는 일인디 제깐눔들이 협조를 안 하기는."

그날 밤 나는 장돌식이네 골방에서 때 묻은 목침을 베고 누워서, 밤새도록 미루나무를 흔들어대는 바람 소리와, 촬촬촬 흐르는 냇물 소리에 잠을 이루지 못하고 뒤척였다. 바람 소리와 물소리에 섞여, 30년 전 까치산으로 끌려가던 아버지의 울부짖음도 간헐적으로 들려오는 듯했다.

잠을 못 이루어 보리 꺼끄러기라도 박힌 것처럼 썸벅 이는 눈을 비비며 일어난 나는, 동이 트기 전에 장돌식을 깨워 삽과 괭이를 들고 까치산으로 올라갔다.

나는 아버지가 묻힌 돌무덤을 쉽게 찾을 수가 없어 여러 차례 걸음을 멈추고 주위를 휘휘 둘러보곤 했다.

"이 사람아 다 왔네, 너무 올라가지 말게."

나보다 훨씬 뒤에서 따라오던 장돌식이가 손짓을 하여, 되돌아 스무 남은 걸음 내려갔더니, 장돌식은 앙당그러진 아기다박솔 위에 비닐 잠바를 벗어 던지며, 턱끝으로 돌무더기를 가리켰다. 나는 순간 장돌식이가 가리키고 있는 돌무더기가 바로 아버지의 무덤이라는 것을 알았다. 그 돌무더기 앞에 털썩 무릎이라도 꿇고 싶었다.

"나라도 진작 이장을 헐까 했네만, 자네 돌아오기만 이 해 저 해 기다리다가 이렇게 됐구먼."

장돌식이가 한 손으로 돌무더기를 들썩거리며 미안해하는 목소리로 말했다.

"월곡리를 떠날 때 약속했잖은가. 월곡리를 몽땅 살 만큼 돈을 벌어서 꼭 돌아오겠다고 말이시."

"나는 자네 말을 믿고 기다렸네."

"삼십 년 만에 아버지의 한을 풀어 주게 되었구만."

"그나저나 칠성판도 없이 맨땅에 가매장을 했는디, 유골이 남아 있을란 가 모르겠네."

"유골이 고스란히 흙이 되었어도 괜찮네. 암턴 아버님을 죽인 사람들 손으로 묘만 덩실하게 쓰면 되니께 말이시."

나는 차라리 아버지의 유골이 깡그리 썩어서 흙이 되어 있기를 바라면 서 열심히 돌을 들어냈다. 돌무더기를 치우다가, 그중에서 가장 크고 못 생긴 돌 하나를 들어 아기다박솔 옆에 조심스럽게, 마치 아버지의 유골을 모시듯 옮겨 놓았다.

"이 사람아, 그 돌을 왜 신주 모시듯 하나?"

아무래도 내 태도가 이상했음인지 장돌식이가 뚜벅 물었다.

"삼십 년 전 이 큰 돌을 둘이서 옮겨 놓느라 얼마나 힘들었었는가. 그때 내가 아버지가 묻힌 곳을 잊지 않도록 표시를 해놓아야 한담서, 둘이서 이 큰 돌을 끙끙거리며 옮겨오지 않았는가."

내 말에 장돌식은 희번하게 아침이 밝아오는 소나무 가지 끝을 보며 그 때의 기억을 살려낸 듯 여러 차례 고개를 끄덕였다.

예상했던 대로 아버지의 유골은 거의 흙이 되어 버렸고, 두개골 부스러 기만 흙 속에 뒤섞여 있었다.

나는 준비해 간 백지 위에 흙덩이와 함께 두개골의 부스러기를 소중하 게 싸서 비닐봉지 속에 넣었다.

월곡리에서 아무도 가슴 높이로 들어 올리지 못하는 들독을 어깨너머 로 펑펑 들어 던지고, 집채 같은 나뭇짐을 지고도 달음질을 치듯 하던, 억 세고 왈살스럽던 아버지가 한 줌의 두개골 부스러기만 남다니, 갑자기 밝 아오는 아침 하늘이며, 서울의 집에 있는 식구들까지도 무의미하게 생각

되어졌다.

그 한 줌의 뼈 부스러기를 찾아내기 위해 30년 동안을 시장바닥에서 발바닥에 불이 붙도록 뛰었던 일이 허무하게 느껴졌다.

파헤쳐진 무덤의 흔적은 30년 전 아버지의 시체보다 더욱 처참하게 보였다. 구덩이를 메운 뒤 장돌식을 내려보내 인부들을 데려오게 한 다음, 아버지의 뼈 부스러기를 담은 비닐봉지를 들고 까치산 봉우리에 올라가, 햇살이 더 굵게 퍼지기를 기다렸다.

햇살이 더 높게 퍼져 내려 이슬을 털어 내기 시작할 무렵, 장돌식이가 열두 사람의 인부와 지관을 앞세우고 내가 앉아 있는 까치산 봉우리로 올라왔다. 얼핏 보니, 바지게를 지거나 삽이나 괭이를 들고 올라온 인부들의 얼굴을 대충 알아볼 수가 있었고, 아버지를 까치산으로 끌고 갔던 네 사람 모두 보여, 나는 그들의 얼굴을 하나하나 떠올리며 가슴에 맺혀 있는 이름들을 마음속으로 외쳐 불렀다. 그들 네 사람은 이제 50줄의 중늙은이들이었지만 꾀죄죄하게 오그라져 나이보다 훨씬 늙어 보였다. 늙고 찌들어진 그들이 불쌍하게 보였다.

다행히 아무도 나를 알아보지 못했다.

나는 생각했던 것보다 훨씬 젊은 쥐색 잠바 차림의 지관한테만 잘 부탁한다는 인사를 했다. 쉰이 됐을까 말까 한 지관은 자빠듬히 뒷짐을 지고 산을 한 바퀴 돌고 와서는, 내가 앉아 있는 산봉우리에서, 월곡리를 등지고 큰 상수리나무가 서 있는 산 너머 쪽으로 이십여 보쯤 내려가다가, 흙덩이를 빚어놓은 것처럼 등성이가 툭 불거진 가장자리에 끝이 날카만 작대기를 꽂더니, 까치산 안에서는 이만한 자리가 없노라고 했다.

나는 지관의 주장을 기분 나쁘지 않게 꺾고, 월곡리가 발부리 밑으로 빤히 내려다보이는 산봉우리에 아버지를 모시겠노라고 했다. 지관은 심히 못마땅하다는 듯 찜찜한 얼굴로 혀까지 차 가며 입맛을 다시더니, 내 요구대로 산봉우리에 작대기로 광을 팔 곳을 그어 주었다.

인부들은 두 패로 나뉘어 네 사람은 광을 파고, 넷은 토방을 쌓을 돌을 메어 나르고, 그 나머지는 묘가를 다듬느라 나무를 베고 흙을 골랐다.

광을 한 자쯤 팠을 때 월곡리 사람들이 개미 떼처럼 까치산으로 올라오고 있었다. 아낙들은 큰 플라스틱 자배기에 남자들은 바지게에, 떼를 떠서 이고 지고 올라오고 있었다. 아이들과 노인들도 여럿 보였다. 얼추 헤아려도 삼십 명은 될 것 같았다.

나는 떼를 떠서 까치산 봉우리까지 이고 지고 올라온 월곡리 사람 중에서 아는 얼굴을 찾아보려고 했다. 아버지가 머슴을 살았던 부면장네 늙은 도련님과 최 주사, 박 생원댁 손자의 얼굴도 보였다. 나는 나보다 열 살쯤 위인 부면장네 늙은 도련님한테만은 인사를 할까 하다가 모르는 척 고개를 돌려 버렸다.

떼를 떠온 마을 사람들은 장돌식이한테 가서 자기가 떠온 뗏장을 세어 보인 후 한 장에 천 원씩 어김없이 계산해 받아 갔다.

한 번에 떠 온 떼로도 봉분과 토방을 만들기에 충분할 듯싶었지만, 나는 장돌식이한테 계속 떼를 떠오도록 하라고 일렀다.

까치산 봉우리에 큰 잔치가 벌어진 듯 벅신거렸다. 술과 돼지고기도 푸짐하게 마련하여 아무나 실컷 먹게 했다. 돼지고기를 안주로 욕심껏 퍼마신 술에 거나해진 마을 사람들은, 월곡리가 생긴 이래 가장 포실한 잔치를 벌였다면서, 내 앞에 와서 넙죽넙죽 허리를 굽히며 고마워하는 것이었다.

나는 비닐봉지 속의 아버지 유골 부스러기를 향해 마음속으로 힘주어 말했다.

'아버님, 이제 한이 풀리십니까? 옛날 아버님을 소처럼 부리고 개처럼 천대하던 주인의 아들들이 내가 시킨 대로 아버님 무덤에 덮을 뗏장을 떠 왔습니다. 그리고 자기네들 죄를 벗으려고 죄 없는 아버님을 죽인 네 사 람이 아버지의 무덤을 만들고 있습니다. 이제 이만하면 저의 한이 풀렸으 니 아버님의 한도 풀리셨겠지요.'

유골 부스러기를 광 속에 놓고 흙을 덮으면서도 그 말을 마음속으로 다 시 한번 되풀이했다.

유골이 땅속 깊숙이 묻히고, 덩실하게 봉분을 짓기 시작하자 나는 차츰 형언할 수 없는 야릇한 쾌감을 맛보았다.

"이만하면 월곡리 안에서는 젤로 큰 묏등이 되겠구만."

"석물만 앉힌다면 세종대왕 능보다 더 덩실해!"

마을 사람들은 나 듣기 좋으라고 그러는지 큰소리로 한마디씩 했다.

이장 일을 모두 끝내고 마을 사람들이 빙 둘러앉아서 남은 돼지고기를 안주 삼아 막걸리를 한 잔씩 돌려 마시고 있는 자리에서, 나는 계획대로 내 신분을 밝혔다. 나는 그들이 내 신분을 알고 얼마나 놀라서 까무러칠 까 하는, 일종의 달콤한 복수심을 생각하면서 자랑스럽고 떳떳하게 내 아 버지의 이름을 말했다.

"여러분들 오늘 수고가 많으셨습니다. 실은 제 고향이 바로 월곡립니 다. 삼십 년 전에 이 마을에서 나갔었죠. 제 가친은 오랫동안 머슴을 살았 던 황바우 씹니다요. 오늘 여러분들이 묘를 써 주신 분."

나는 될 수 있으면 목줄에 힘을 주어 그렇게 말하면서 마을 사람들의 놀라는 표정을 기대했다. 그러나 이상한 일이었다. 마을 사람들 표정에 별로 크게 놀라는 빛이 없었다. 특히, 나는 부면장네 아들과 아버지를 죽인 네 사람의 얼굴을 유심히 살펴보았지만, 죄스러움이나 위축감 따위의 기색이 보이지 않았다.

"그렇다면 첨부터 황바우 아들이라고 밝힐 것이재 원!"

"아들이 잘된 걸 보니 돌무덤 자리가 명당이었던 갑구만."

"황바우 일이라면 우리가 이르케 많은 돈을 받기가 미안헌디."

"참말로 사람 팔자는 알 수 없는 일이구만."

"그나저나 돈 벌어서 효도 한 번 푸지게 잘 했네그려."

하고들 몇몇 사람들이 언뜻언뜻 한 마디씩 뱉어냈을 뿐이었다.

월곡리 사람들은 아무렇지도 않게 마지막 남은 한 잔의 술까지도 깡그리 털어 마시고, 저물어 가는 햇살을 받으며 거나하게 취해서 기분 좋게 흥얼거리며 까치산에서 내려가 버렸다. 나는 순간 까치산에서 내려가고 있는 마음 사람들의 뒷모습을 바라보기조차 자신이 부끄러워 고개를 돌려 버렸다.

잠시 후에, 산에서 내려가던 부면장네 아들이 허위허위 허리를 꺾고 다시 올라왔다.

"오랜만에 고향이라고 왔으니 오늘 밤에는 우리 집에서 하룻밤 쉬었다 가소. 자네가 어디 살고 있는지 알았으면 한번 찾아갔을 걸세."

부면장 아들은 가쁜 숨을 몰아쉬며 말하고, 같이 내려가자고 했다.

나는 그에게 잠시 후에 내려가 하룻밤 묵고 가겠노라고 약속을 하고 먼저 내려가도록 했다.

"꼭 우리 집에서 하룻밤 쉬었다 가야 허네 잉?"

부면장 아들은 산에서 내려가면서 다짐을 받았다.

양귀비꽃 같은 놀이 깔리기 시작하는 까치산 꼭대기에는 나와 장돌식과 음식 그릇을 치우는 장돌식의 처만 남아 있었다.

나는 장돌식한테 인부를 불러 아버지의 돌무덤에서 한쪽 다복솔 옆에 숨겨 놓다시피 한 못생긴 큰 돌을 버스 길까지 운반해 주도록 부탁하고, 아버지의 큰 무덤 옆에 서서 월곡리를 내려다보고 있었다.

"그 돌은 왜 신작로까지 운반하라고 그러는가?"

장돌식은 산에서 내려가던 인부 한 사람을 불러 내가 부탁한 대로 다복솔 옆의, 30년 전 우리가 끙끙거리며 옮겼던 큰 돌을 운반해 달라고 시키고 나서 내 옆에 쪼그리고 앉으며 물었다.

"집으로 가져가려고."

"미쳤는가? 하필이면 그 큰 돌을……."

"어쩐지 그 돌에 우리 아버지의 혼이 들어 있을 것 같아서…… 그리고 자네와 나 두 사람의 우정과, 월곡리 마을 사람들의 마음도…… 그 돌이라도 집에 갖다 놔야 고향을 잊어버리지 않을 것 같아서……."

나는 장돌식을 보며 허탈하게 웃으면서 말했다.

"건 그렇고, 그래, 자네 기분이 어쩐가? 이제야 한이 풀리는가?"

장돌식도 나를 보고 씁쓸하게 웃으면서 물었다.

"내가 아무래도 잘못 생각했었던 것 같구만. 이렇게까지 하지 않아도 되는 건데 말일세. 이제 부끄러워서 다시는 고향에 올 수가 없겠이. 내가 크게 잘못했네. 아버지의 한을 풀어 주기는커녕 되레 아버지를 욕되게 하고 말았어."

나는 마치 내 심장을 떼어서 아버지의 유골 부스러기와 함께 무덤 속에 파묻어 버린 것처럼 마음이 공허해졌다. 우울하고 공허한 마음 때문에 말

한마디 없이 산에서 내려왔다. 장돌식이가 부면장 아들과 약속한 대로 하룻밤 더 묵고 가라고 붙잡는 것을 탈탈 뿌리쳤다. 내가 저지른 부끄러움 때문에 마을 사람들의 얼굴을 다시 볼 수가 없을 것 같았다.

나는 돌을 깔고 앉은 채 버스 안에서 자울자울 졸았다.

꿈속에서 나는 아버지를 깔고 앉아 있었다. 내 엉덩이 아래 깔린 아버지가 몹시 괴로운 듯 버둥거리더니 '이 불효막심한 놈아'하고 고함을 쳤다. 고함에 놀란 나는 벌떡 일어났다. 버스는 불빛 사이에 낡은 기억처럼 어둠이 출렁이는 도시로 접어들고 있었다.

『소설문학』, 1981.1

잉어의 눈

1

추수가 끝나고 벼의 그루터기들만 을씨년스럽게 남은 황량하게 텅 빈 늦가을의 들판을 탕탕탕 양수기 돌아가는 소리가 온통 췌혼들었다. 옛날 논바닥이 쩍쩍 갈라지는 큰 가뭄에도 물 한 방울 퍼내지 못했던 월곡리 용소의 물을 푸고 있는 것이었다.

빨갛게 물든 붉나무며 개옻나무의 잎이 쫓겨나는 가을의 마지막 몸부림으로 우수수 떨어지고 있는 마을 앞 산등성이에 등황색 노을이 엷게 비껴 내렸다.

나는 안산의 노을을 보며 발바닥이 껄끄럽게 느껴지는 논바닥을 가로질러 비석거리 주막으로 향했다. 양수기가 마치 내 마음속 가장 깊숙한 곳에 괴어 있는 양심의 찌꺼기들을 뿜어내고 있는 것 같은 기분이었다. 양수기 돌아가는 소리가 녹슬어 버린 내 양심에 끌질하는 것처럼 들렸다. 맷돌을 매달아 깊은 용소에 빠뜨려 죽임을 당한 석구 아버지의 모습이 자꾸만 눈에 밟혀 왔다. 지금도 석구 아버지는 무거운 맷돌을 지고, 명주실 꾸리 하나가 다 들어간다는 용소 바닥에 깔려 있을 것이다.

나는 아버지가 뿌려놓고 간 죄업의 씨를 거두기 위해 30년 만에 고향에 내려왔다.

30년 전 아버지가 용소에 처넣어 죽였다는 석구 아버지의 유해를 건져 내기 위해 월곡리에 왔을 때, 이상하게도 마을 사람들은 이를테면 살인자의 아들인 나를 반갑게 맞아 주었다. 나는 기실 고향 사람들을 대하기가 면괴스럽고 두려웠었다. 그런데도 뜻밖에 그들은 마음속에야 서슬이 퍼런 후비칼을 감추었을지 몰라도, 겉으로는 구김살 없이 혼연하게 대해주었다.

　용소에 양수기를 대고 물을 푸겠다고 했을 때만, 마을의 노인들은 마을이 생긴 이래로 물 한 방울 손대지 않은 터에 깡그리 바닥을 내겠다니, 그렇게 되면 일시에 월곡리가 폐촌이 될 것이라면서 반대를 했었다. 용소에는 등천을 기다리는 큰 이무기가 살고 있다는 거였다. 그러나 마을 노인들도 그것이 믿을 수 없는 한갓 전설이라는 것을 잘 알고 있는 터였으므로, 곧 나의 설득에 양해해 주었다.

　고향 사람들이 나를 홀맺힌 눈으로 흘겨보지 않은 이유는 간단했다. 그들은 판사라는 나의 지위 때문에 아픈 과거를 까맣게 잊고 있는 거였다. 그들은 어쩌면 나를 두려워하고 있는 것인지도 몰랐다. 그런 그들을 대할 때마다 나의 심장은 말라비틀어진 떡갈나무 잎처럼 바싹바싹 죄어들었다. 오히려 고통스러웠다.

　"자네가 고등고시에 합격했을 때, 월곡리에 인물 났다고 온통 떠들썩했구만. 면에를 나가나, 읍에를 나가나 자네 자랑뿐이여. 깨복쟁이 판사 친구를 가졌으니 뻐길 만도 허재 머!"

　나를 처음 본, 어렸을 때의 월곡리 친구들은 스스럼없이 반겨 주었다.

　비석거리 주막에 이르자, 박쥐의 날개 같은 칙칙한 어둠이 월곡리 마을을 거뭇거뭇 덮기 시작했다. 대추나무와 대죽나무가 바자울 위로 우듬지를 쳐들고 서 있는 주막의 마당에도 어둠이 배를 깔고 땅에 납작 엎드렸다.

"추접시런 방에서 귀하신 서울 나리가 어뜨케 기무실란가(주무실라는가) 모르겠네요. 군불은 흠씬 지폈응께 방은 뜨뜻헐 것입니다만……."

30여 년 전 읍에서 이사를 왔다는 비석거리 주막의 나이 많은 과부가 버릇처럼 김밥 싸듯 두 손을 마주 잡아 싹싹 문지르며 말했다.

나는 쉬고 싶었다. 시간이 너무 지루한 탓인지 심신이 진흙처럼 가라앉았다. 주막의 아낙이 전등의 개폐기를 돌려 불을 켜주고 나갔다. 낮에 왔을 때까지만 해도, 횃대에는 옷 나부랭이들이 너절하게 걸려 있었고, 방 윗목의 대발 속에 흙 묻은 고구마가 가득 들어 있었는데, 그사이 깨끗하게 치워졌다.

나는 신문지로 언틀먼틀 도배한 벽에 등을 비스듬히 기대고 참담하게 앉아 있었다. 양수기 돌아가는 소리가 지쳐버린 나의 신경을 갈기처럼 찢어발겼다.

용소의 물을 다 퍼내자면 꼬박 이틀 밤낮이 걸릴 것이라는데, 그 지루하고 고통스러운 시간을 어떻게 감내해야 할지 눈앞이 아뜩했다. 자식 된 도리로 아버지의 죄 닦음을 대신하자면 어쩔 수 없는 일이라고 마음을 다독거렸지만, 이미 이 세상 사람이 아닌 아버지에 대한 원망스러움이 독 오른 황백색의 붉은 말뚝버섯처럼 목구멍에 뻗질려 치솟는 것을 짓누를 수가 없었다.

낮에 용소에 긴 호스를 집어넣고 양수기를 돌리기 시작하자, 월곡리 사람들이 용소의 주위를 겹겹이 빙 둘러쌌다. 30년 전의 주검을 확인하기 위해, 용소를 들여다보는 그들의 눈에는 일말의 슬픔도 없이 구경꾼의 호기심만 팽팽했다. 그들은 살인자의 아들인 나를 질시하기는커녕, 되레 큰 구경거리를 만들어 준 데에 대한 고마움을 느끼는 듯싶었다. 나는 그런 그들이 비굴하다고 생각하기 전에 마음속 깊이 가늠하기 어려운 고통을 맛보았다.

석구까지도 그랬다. 그 역시 과거의 아픔 따위는 칼칼이 씻어 버린 듯, 슬퍼하는 기색이 전혀 보이지 않았다.

"참말로 고맙네. 자네 땜시 우리 아버님 유골을 찾게 되었으니, 이 은혜 워치게 갚을까잉. 자네가 아니었더라면 우리 아버님 유골은 영영 용소 바닥에 잼겨 있을 것이 아닌감. 참말로 이르케 와줘서 고맙구만. 우리 아버지 유골이 용소 바닥에 잼겨 있는 것을 알려준 것만도 천만 번 고마운듸, 양수기 돌리는 기름값이랑, 인부들 품삯이랑, 묘지 쓰는 비용이랑, 다 부담허겄당께, 참말로 자네 볼 면목도 없구만그려!"

낮에 양수기가 물을 품기 시작하자 석구가 내 손을 꼭 움켜잡고 허리까지 굽적여 가며 한 말이었다. 나는 그런 석구에게 할 말조차 잃어버렸다. 나는 다만,

"모든 비용은 내가 부담할 테니 걱정하지 말게."

하고 같은 말만 되풀이했을 뿐이었다. 그러면서 마음속으로 석구 자네는 바보인가, 아니면 예수님인가 하고 혼자 생각했었다.

석구가 처음 나를 찾아온 것은 지난해 초봄이었다. 그는 헙수룩한 점퍼 차림에 넥타이를 맸는데, 와이셔츠의 목깃에 땀이 누렇게 배어 있었다. 석구가 월곡리에서 함께 자란 어렸을 때의 친구라는 것을 알아보지 못한 나는 필시 판결에 앙심을 품었던 죄인이, 형기를 마치고 찌그렁이를 부리려고 찾아온 것으로 착각했었다.

"나…… 박석구로구만."

그는 판사실 내 방으로 들어서자 허리를 굽적이며 지싯거리는 말투로

입을 열었다.

"월곡 사는 석구라니께!"

내가 그를 알아보지 못하고 뜨악해하자 답답한 듯 다시 말했다.

나는 월곡이라는 말에 비로소 어렴풋하게 귀가 뜨였다. 나는 월곡리에서 열 살 때까지 살았다. 그리고 열 살 되던 해 여름, 월곡의 안산에 빨강 보라색의 양초 꽃이며 노란 곤달비꽃이 흐드러지게 필 무렵 서울로 이사를 왔다. 그 뒤로 한 번도 고향에 가지 않았다. 월곡리 말만 꺼내면 아버지가 버르르 화를 냈기 때문이다. 아버지가 왜 고향이야기만 나오면 화를 내는지 그 이유를 알 턱이 없었다.

"애비한테는 고향도 절도 없다. 그러니 내 앞에서 월곡리 이야기는 꺼내지도 말거라. 고향이 무신 밥 먹여 준다더냐?"

그런 아버지였기 때문에 나는 고향을 까맣게 잊고 살았다. 고향을 생각하고 말할 수 없는 내 머릿속 유년 시절의 기억은 하얀 백지로 비어 있었다. 고향의 산 이름, 나무와 풀잎, 새들, 물고기의 이름도 잊어버렸으며, 심지어는 열 살 때까지 함께 멱 감으며 무자맥질하던 고향의 어렸을 적 친구들 이름 하나 생각해 낼 수가 없었다.

그런 나였기 때문에 박석구라는 이름을 알 턱이 없지 않겠는가. 나는 판사실로 나를 찾아온, 나보다 열 살쯤은 더 되어 보이는 박석구라는 협수룩한 남자가 분명 고향에서 올라온 것이라는 것을 알아차리고,

"아, 네, 앉으시지요."

하고 소파에 앉기를 권했다.

"허허, 나를 몰라보는구만. 나, 자네 깨복쟁이 친구 석구라니께 그러네."

그는 내가 존댓말을 쓰자 답답한 얼굴로 나를 찬찬히 되작거려보며 소

파에 조심스럽게 앉았다. 나보다 열 살쯤 나이가 더 들어 보이는 그가 나와 어렸을 때의 친구였다니 믿어지지 않았다.

나는 그와 마주 앉은 지 한참 후에야 그의 왼쪽 뺨의 툭 불거진 광대뼈 밑에, 거머리가 달라붙어 있는 것 같은 흑갈색의 흉터를 보고서야, 그가 바로 우리 옆집에 살던 뚝보라는 것을 알았다. 그의 성깔이 워낙 뚝뚝하여 그렇게들 불렀다.

뚝보 박석구는 월곡 안에서는 무서운 싸움장이였다. 그는 하루도 싸움하지 않은 날이 없었다. 같은 또래 아이들하고는 상대가 되지 않았기 때문에, 그보다 두서너 살 아니면 대여섯 살 위의 큰 아이들하고만 싸웠다. 뚝보는 그의 아버지가 살잽이꽃을 만들 때 쓰는 날캄한 송곳을 가지고 다녔다.

뚝보의 할머니는 무당이었으며 그의 할아버지는 양중이었다. 그 때문에 월곡 사람들은 나이 많은 그들 노부부한테 하게로 반말을 했다.

뚝보의 할아버지가 갑자기 세상을 뜨자, 뚝보 아버지가 징이며 북, 장구, 꽹과리 등을 지고 굿판을 따라다니며, 뚝보 할아버지 대신에 무당 어머니의 바라지를 해주었다. 목이 길어 황새라고들 부른 뚝보 아버지는 어려서부터 양중이인 아버지를 따라다니면서 징채를 잡았고, 열 살 때에는 박자가 틀린 곳을 알아낼 만큼 굿거리장단을 쉽게 익혔다고 했다.

그러던 황새는, 어머니마저 죽자 할 일이 없어져 버렸다. 그는 장구를 메고 걸립패를 따라다니기도 했고, 상여도가에 가서 종이꽃을 만들어주기도 했다. 그는 모란꽃, 연꽃, 살잽이꽃, 막잽이꽃, 옥살잽이꽃, 국화, 덤불국화, 산함박, 불도화, 다지화, 매화 같은 갖가지 꽃들과 탑등, 용문등, 꽃등, 동전, 은전, 오귀문, 신광주리 까치도 잘 만들었다.

목이며, 허리, 다리가 길쯤하여 키가 크고 이목구비가 빼어나게 수려한 황새는 말수가 없었다. 그는 월곡 사람들과는 어울리지도 않았다. 무당의 자식이라 하여 조무래기 아이들이 반말을 해도 표정 없이 수격수격 긴 목을 주억거려 주었다.

그런 황새와는 달리, 그의 아들 뚝보는 늑대처럼 성질이 사나웠다. 그 때문에 뚝보가 차츰 커가면서부터는 아이들이 뚝보 앞에서는 그의 아버지인 황새한테 반말을 하지 못했다.

나는 뚝보의 왼쪽 뺨에 거머리만 한 상처가 어쩌다가 생겼는지를 잘 기억하고 있었다.

뚝보보다 나이가 여섯 살이나 위인 우리 집 꼴머슴 팔만이가, 뚝보 앞에서 그의 아버지 황새한테 반말하여 싸움이 벌어졌다. 팔만이는 언제나 그랬듯이 아침을 먹고 꼴망태를 메고 꼴을 베러 나가다가, 돈들막에서 황새를 만났는데, 무심히 지나는 말로 "나도 황새 모양으로 장구잽이나 되고 싶은듸, 장구 좀 갈쳐줄란가?"했을 뿐이었다. 이 말을 들은 뚝보가 물레방앗봇도랑으로 꼴을 베러 간 팔만이의 뒤를 밟았다. 필시 싸움이 벌어질 것이었으므로 나는 아이들과 함께 뚝보의 꽁무니를 지싯지싯 따랐다.

"야, 이 느거멈 헐 쌔꺄! 아까, 너, 장구잽이가 되고 싶다고 했쟈?"

뚝보가, 막 봇도랑에서 쇠무릅이며 둥굴레, 닭장이풀, 개비름 등을 한 움큼 휘어잡고 낫질을 하기 시작하는 팔만이 앞에 바짝 붙어서며 팅겨댔다. 팔만이가 낫을 든 채 허리를 펴자 뚝보는 그보다 키가 한 뼘이나 더 큰 팔만이의 멱살을 죄어 잡았다.

"내가 설장구 놀음을 갈쳐줄 텐게, 혼 좀 나볼래, 이쌔꺄?"

뚝보는 그러면서 팔만이의 멱살을 잡아 쥔 체 함께 빙빙 돌았다. 한참을 돌다가 뚝보는 멱살을 놓으며 팔만이를 물레방앗간의 물이 넘실넘실

흐르는 봇도랑 안으로 밀어뜨려 버렸다. 팔만이는 첨벙 봇도랑 속에 처박히고 말았다. 미꾸라지처럼 흠씬 젖은 팔만이가 낫을 휘두르며 달려들었다. 낫 끝이 뚝보의 왼쪽 뺨을 깊숙이 찢었다. 뚝보의 뺨에서 양귀비꽃보다 더 붉은 피가 흘렀다. 뚝보의 뺨에서 피자 나자, 팔만이가 섬뜩 돌아섰다. 이때 뚝보가 언제나 조끼 주머니에 넣고 다니던 송곳을 꺼내 들고 미친 듯 달려들어 팔만이가 미처 낫을 치켜들 사이도 없이, 송곳으로 어깨와 등을 마구 찍어 댔다. 뚝보는 아픔에 못 견뎌 비칠거리는 팔만이를 넘어뜨려 배 위에 올라타고 앉아서는, 송곳으로 팔만의 눈을 찔러 버릴 기세였다. 이때 마을에서 황새가 뛰어와 뚝보의 등덜미를 낚아챘다. 뚝보의 얼굴은 온통 피범벅이 되어 있었다. 그는 아버지한테 끌려가면서도 송곳을 휘둘러 대며 목청껏 팔만이에게 욕을 퍼부어댔다.

"자네가…… 이거 어쩐 일인가?"

나는 석구에게 담배를 권하고 라이터에 불을 댕겼다. 내가 불을 켜주자 그는 몇 번이고 엉덩이를 들었다 놓았다 하며 미안해 어쩔 줄을 몰라 했다.

"진작 자네를 찾아볼려고 했네만, 면목이 없어서……."

석구는 내가 불을 댕겨준 담배를 짧은 숨으로 빠끔거리며 말끝은 흐렸다. 나는 그가 무엇 때문에 면목이 없다고 한 것인지 그의 말뜻을 몰랐다.

"자네를 첫눈에 몰라봐서 미안하이. 헤어진 지가 한 삼십 년 되니까…… 그래 자네는 지금도 월곡에 사는가?"

"우리 같은 무지렁이들이야 어디 뿌리를 욈기기가 그리 쉬운가?"

"그래, 서울엔 무슨 일로 왔는가?"

"자네를 만나려고 일부러 큰맘 묵고 왔구만."

"나를 만나려고?"

나는 필시 박석구한테 송사가 생겼거니 짐작했다. 그의 성질이 워낙 급하고 와살스럽다는 것을 알고 있는 터이라, 싸움질하다가 사고를 냈거니 생각했다.

그런데, 30년 만에 내 앞에 앉아 있는 박석구는 옛날의 뚝보답지 않게, 성질이 사나워 보이지가 않았다. 늑대 같던 그가 총 맞은 고라니처럼 맥이 없어 보였다. 몸집도 나보다 훨씬 작았으며, 발라먹은 대추 씨처럼 피골이 상접하고 까무잡잡한 얼굴은, 광대뼈와 거머리 같은 흉터만 남은 듯싶었다. 목소리도 삶에 지쳐버린 듯 창자 속 깊숙이 가라앉아 있었고, 수리부엉이의 눈 같았던 동공도 거무죽죽하게 찌푸린 여름날 하늘처럼 흐렸다.

"송사라도 생겼는가?"

나는 애써 친근감이 느껴지도록 은근한 목소리로 물었다.

"워디가!"

그는 갑자기 격렬하게 머리를 흔들었다.

"나 말이시, 옛날 뚝보가 아니라네. 우리 아버님이 그 일을 당한 뒤로 성질이 죽어 뿌렸어!"

나는 그가 송사 때문에 나를 찾아온 것이 아니라는 것을 알고 일단 마음을 놓았다.

"실은 말이지…… 미안천만이네만, 우리 아버지 유골을 좀 찾아줍사 흐고……"

석구는 고개를 바로 들지 못하고 한사코 내 시선을 피하며 힘 빠진 목소리로 말했다.

"아무것도 모르고 있었는디, 지난겨울에 어머니가 눈을 감음시롱 이야기를 허시드만. 자네 아버님헌테 찾아가서 백배 사죄허고, 우리 아버님 유골 찾으라고 말이시······."

"아니? 우리 아버님이 자네 춘부장님 유골이 어디 있는지 어떻게 아신다고?"

나는 박석구가 무슨 말을 하는 것인지 알 수가 없었다. 석구가 뭔가 그의 어머니한테서 이야기를 잘못 들은 듯싶었다.

"암턴 면목이 없네. 물론 우리 아버지 죽음이 떳떳하지 못했던 것만은 잘 알고 있다네. 돌아가셔야 마땅한 분이었어. 흐재만 자식 된 도리로 유골만은 찾아서 뫼시고 싶어서 말이시······ 그리고 어머님 유언도 그렇고."

나는 뚝보 아버지 황새에 대한 인상이 자꾸 헷갈려 확연히 갈피를 잡을 수가 없었다. 황새는 한 사람이 아니고 두 사람이었던 것만 같았다.

도무지 말이 없고 누구하고 어울리지도 않았으며, 목낭청이처럼 이래도 응 저래도 응 하는 배알도, 줏대도, 성깔까지도 없는 것만 같았던 황새가, 전쟁이 터지자 갑자기 딴사람으로 변해 버린 것이었다. 하늘과 땅을 줴혼드는 비행기 소리며, 탱크 굴러가는 소리, 가슴에 쉥쉥 바람구멍을 낼 것만 같은 총소리에 간경이 뒤집혀 버린 것인지도 모를 일이었다.

월곡 사람들은 성질이 갑작스럽게 새벽 호랑이처럼 변해 버린 황새를 보고, 어느새 뚝보가 커서 사나운 어른이 된 것이 아닌가 하고 착각을 할 정도였다. 그는 총을 멘 엷은 배추색 옷을 입은 사람들과 휩쓸려 다니면서, 큰 소리로 월곡 사람들을 심하게 욱대겼고, 숨은 사람을 찾아내는 일이며, 일러바치는 일, 고문을 하고 죽이는 일에 미치광이처럼 날뛰며 앞장을 섰다.

그러던 그가 세상이 손바닥 뒤집히듯 하루아침 사이에 다시 바뀌자 월곡리에서 사라졌다.

"참말로 죄만스럽네. 자네 어머님을 그 지경으로 만든, 사람답지 않았던 아버지 유골을 찾았다고 뻔뻔스럽게 자네 앞에 나서다니…… 용서해 주소."

순간 나는 석구의 말 중에서, 자네 어머니를 그 지경으로 만든, 하는 대목이 마치 목구멍에 명태 가시가 걸린 듯하여, 그 말에 대해 자세한 내용을 반문하려고 했으나, 석구 쪽에서 지싯거리며 다시 입을 열었다.

"우리 아버지는 사람이 아니었어. 이웃에 삼시로, 그것도 자네 아버지도 안 계시는 그 난리 통에 자네 어머님을 욕보이다니, 그 짓을 어찌 사람의 탈을 쓰고 헐 짓인가? 우리 아버지는 짐승이었어."

나는 떨리는 손으로 몇 모금 빨지도 않은 담배를 재떨이에 짓비벼 껐다. 심장과, 온몸의 근육과, 핏줄과, 신경세포들이 한꺼번에 파닥거리며 떨려 왔다. 떨리는 뇌세포 안에서 어머니의 마지막 모습이 비에 젖어 낙화한 목련꽃처럼 휘주근하게 떠올랐다.

석구 아버지 황새가 미친개처럼 월곡 안통을 휘젓고 다닐 무렵, 어머니는 용소 위에 시체로 떠 올랐다. 흰 고무신을 용소 옆 푸른 보라색의 물달개비꽃 풀섶 위에 가지런히 벗어놓은 채, 8월의 아침 해와 함께 물 위에 하늘을 향해 반듯하게 떠올라 있었다.

새벽마다 찬 각시 샘물로 목욕을 하고, 앞마당 살구나무 밑에 물을 떠놓고 남쪽 끝으로 피난간 아버지가 무사히 돌아오기만을 풀잎 같은 마음으로 빌던 어머니가 죽은 것이었다. 나는 어머니가 왜 용소에 빠져 죽었을까 그 이유를 알려고도 하지 않았었다. 해가 머리 위에 떠 오른 뒤에야 마을 사람들이 어머니의 시신을 건져 내, 흰 고무신이 가지런히 놓인 물달개비 풀섶 위에 반듯하고 뉘이고 거적을 덮었다. 그리고 혼을 건져 주지도 않은 채 용소 위 떡갈나무밭에 묻었다.

그때 나는 울지 않았다. 아마 겁을 먹고 있었기 때문에 눈물이 나오지 않았을지도 몰랐다.

눈물이 봇물 터지듯 한 것은, 그해 가을, 어머니 무덤 옆의 붉나무며, 옻나무 잎들이 빨갛게 물들고, 세상이 한 번 더 엎질러져서 아버지가 돌아왔을 때였다.

아버지가 돌아오자 황새는 사라져 버렸다.

"죽은 우리 아버지 대신에 내가 자네헌테 용서를 비네. 그러니 자네가 우리 아버지를 용서해 준다면…… 유골을 찾게 해주소."

석구는 그러면서 우리 집에 같이 가서 아버지를 만나 보겠다는 것이었다. 그러나 나는 석구를 집에 데리고 가고 싶지가 않았다. 집에 가고 싶지 않은 것보다, 그가 아버지와 대면을 하는 것이 아직은 싫었다.

나는 곧 월곡으로 연락을 해주겠노라고 하며 그를 돌려보냈다.

그날 나는 퇴청 시간이 되기도 전에, 어렸을 때 떼어 낸 맹장이 다시 돋아나 염증이 생기기라도 한 듯, 노골적으로 괴로운 얼굴을 하고 집으로 돌아왔다. 때도 이르게 참담한 기분으로 들어서는 나를 보고 아내가 무슨 일이 생겼느냐고, 털진득찰처럼 달라붙으며 성가시게 캐물었지만, 나는 대꾸를 해주는 대신 다급하게 아버지부터 찾았다.

그즈음 아버지는 바빴다. 노인회 새바람 운동을 한다면서, 아침 일찍 나가서 여럿이 어깨에 띠를 두르고 공원이며 도심지를 누비다가 어두워서야 돌아오곤 했다. 회갑이 지난 지가 8년이 되었는데도 아버지는 새벽마다 냉수마찰을 하고 약수터까지 뛰어갔다 오곤 했다. 아버지의 소원은 백 살까지 사는 것이었다.

아버지의 자랑은 6·25 때 공비토벌 작전에서 혁혁한 공을 세운 것이 었고, 나라가 누란에 처했을 때 애국충정으로 혈서를 썼다는 것이었다. 아버지의 말대로라면 자유당 때만 해도 이승만 정권을 위해 열두 차례나 혈서를 썼노라고 했다.

중학교 때에, 나는 아버지가 혈서를 쓴 것을 보았었다. 장충공원에서 선거연설이 있었다. 그날은 일요일이었고 집에서 가까운 곳이어서 연설 장에 구경삼아 나갔었다. 시민들한테 별로 인기도 없는 자유당 후보의 연 설이 끝나자마자, 아버지가 연단 위로 뛰어 올라가서, 그 후보를 지지한 다는 혈서를 썼다. 그때 나는 아버지가 너무 불쌍해서 울고 싶었다. 아버 지는 또 학생들과 공무원들이 동원되는 큰 궐기대회 때마다 혈서를 썼다. 혈서를 쓴 날의 저녁상엔 어김없이 푸짐하게 고기가 올랐으며, 아버지는 왕성한 식욕으로 맛있게 고기를 먹으면서, 거즈를 감은 손가락으로 허공 을 찌르며, 애국 투사가 된 기분으로 일장 연설을 하곤 했었다.

나는 아버지가 혈서를 쓴 날엔 상에 오른 고기를 한 점도 먹지 않았다.

그 무렵 우리는 너무 가난했다. 단간 월세방에서, 두 번째 얻은 작부 출 신의 새어머니와 셋이서 함께 엉켜 살았다. 뚜렷한 일자리가 없는 아버지 는 낙선된 국회의원 후보의 당 사무실 주변을 맴돌면서 궐기대회가 열리 기만을 기다리고 있었는지도 몰랐다.

아버지가 혈서를 쓴 다음 날엔 나는 어김없이 혈액병원으로 가서 피를 팔았으며, 아버지가 혈서를 써 주고 고기를 사 온 대신에 나는 책과 학용 품을 샀다.

아버지가 서울에 올라와서 얻은 새어머니들은 1년을 못 넘기고 도망쳐 버리곤 했다. 아버지가 회갑을 맞았을 때, 기념사진까지 찍었던, 어머니라고 하기보다 누님 같았고 고향도 같은 전라도 출신인 마지막 새어머니 까지 합하면 모두 여섯 여자가 나의 새어머니가 되었다가 떠나버렸다.

내가 어렸을 때는, 새어머니들이 도망치듯 해버린 것이 우리가 너무 가난한 탓이겠거니 했었는데, 지금 생각해 보면 그게 가난 탓이 아니고 모두 아버지 때문이었다는 것을 알 수가 있었다.

젊어서 과부가 되어 식모살이로 떠돌음하다가 우리 집에 들어온 아버지의 여섯 번째 여자가 집을 나가면서, 내게 한 말이 끝내 삭여지지 않고 명치끝에 바늘처럼 꽂혀 있다.

"자네를 봐서라도 이 집을 나가지 않으려고 했네만, 징해서 더는 못 살겠네. 자네 아버님은 사람이 아니고, 무서운 악마구리여. 나 말이시, 가난에는 평생에 이골이 난 년이라서 얼매든지 참을 수가 있재만, 양심이라고는 찾아볼 수 없는 막된 사람허고는 살붙이고 살 수가 없네. 지난 난리 통에 사람을 많이 쥑였으면 이제라도 심뽀를 고쳐서 속죄허는 마음으로 살아야 헐 끄인디, 되레 이력 나두룩 자랑을 해 쌓니, 징그러워서 못 살겄당게."

그러면서 여섯 번째 새어머니는, 아버지와 4년 동안 함께 살아온 죄로 절에나 다니면서 아버지를 위해 부처님께 빌겠다는 말을 남기고 가버렸다.

두 번째, 세 번째, 네 번째, 다섯 번째 여자들도 어쩌면 마지막 여자처럼 가난을 못 이겨서가 아니고, 아버지가 입심 좋게 자랑해 쌓는 그 끔찍스러운 과거 때문에, 고개 내두르고 도망쳐버렸을지도 몰랐다.

그런 아버지를 내 아내와 아들놈까지도 늘 뜨악하게 대해오고 있다는 것을 나는 잘 알고 있다.

내가 월곡에서 아버지를 따라 나올 때와 같은 나이인 아들 녀석이 최근에 "할아버지는 꼭 인디언들을 많이 쏘아 죽인 미국 기병대장 같다니까"

하는 말을 뚜벅 했을 때, 아버지는 자랑스러운 듯 어깨를 흔들고 뻐기면서 웃어 댔지만, 나와 아내는 아들놈을 크게 꾸짖었었다. 아버지는 그때 되레 손자를 꾸짖은 나를 꾸짖었다.

아버지는 손자인 내 아들 녀석한테 전쟁 때의 이야기를 자랑스럽게 까발리곤 했다.

공비를 죽였을 때마다 눈깔을 후벼 파서 꼬들꼬들하게 말려 모았었다는 이야기며, 밤에 지서를 습격해 온 놈들을 잡아 그가 먹은 나이만큼 몸에 스물두 군데 총구멍을 내어 죽인 이야기, 지리산에서 산 채로 두 눈깔을 후벼 파 버린 뒤에 놓아 주었더니 눈에서 피를 흘리고 도망을 치다가 벼랑에서 떨어져 죽더라는 이야기, 60밀리 박격포를 골통에 바짝 들이대고 쏘았더니 머리가 흔적도 없이 사라져 버리더라는 이야기를 게게거리며 늘어놓았었다.

아버지는 그때 죽은 공비들의 입에서 빼낸 금이빨들을 모아 구멍을 뚫어 훈장처럼 목에 걸고 다녔었다. 그 금이빨들이 목걸이처럼 여러 개였는데, 서울에 올라와 혈서를 쓰고 살면서 야금야금 다 팔아먹고 지금은 호박씨처럼 생긴 것 딱 하나만 남아 있었다.

내가 언젠가 아버지한테 제발 이제 그 금이빨 좀 목에 걸고 다니지 말라고 했더니,

"이놈아, 이것은 내가 나라를 위해 용감하게 살아온 마지막 남은 증표여. 죽어서 무덤에까지 갖고 갈 테니게, 그 따우 소리 말어!"

하고 벌컥 화를 내기까지 했다.

나는 그런 아버지가 여섯 번째 새어머니 말대로 악마구리처럼 무섭다거나 징그럽게 느껴지지 않고, 한때 용감했거나, 나쁘게 말해서 잔인했던

사람들, 또는 죽을 고비를 무수히 겪어온 사람들에게서 발견할 수 있는 어리석을 정도로 마음이 약한 일면을 볼 수 있어, 오히려 불쌍하게 생각되었다. 나는 아버지가 지난날 전쟁에서 사람들을 죽였을 때의 이야기를 자랑스럽게 떠들어댈 때마다 내 아들 녀석보다 더 약해진 아버지의 속마음을 읽을 수가 있었다.

석구가 나를 만나고 간 날, 아버지는 검실검실 어둠이 내려 덮일 무렵 어깨에 새바람 운동 띠를 두른 채 불콰하게 술에 취해 돌아왔다.

"저, 아버지. 월곡에서 사람이 찾아왔던데요?"

저녁 밥상머리에서, 나는 아버지의 얼굴을 보지 않으려고 숟가락을 국에 적시며 넌지시 입을 열었다.

"월곡에서? 뭣 때문에?"

아버지는 누가 찾아왔었느냐고 묻는 것이 아니고, 무엇 때문이냐고 했다.

"박석구라고요, 제 사무실로 찾아왔었어요."

"박석구가 뭣 허는 놈인디?"

아버지가 또 무엇 하는 사람이냐고 물었다. 아버지는 매사에 그랬다. 사람을 돈과 지위로만 따지려는 위인이었다.

"황새라고, 아시지요?"

나는 그제야 고개를 들어 아버지의 눈빛과 얼굴의 움직임을 찬찬히 들여다보았다. 그러나 아버지의 표정은 눈에 띨 만큼 주름살 한 가닥도 달라지지 않았다. 불콰한 얼굴에는 그저 사는 것이 떳떳하고 자랑스러울 뿐이라는 듯 느긋함이 진흙처럼 끈끈하게 괴어 있었으며, 불만이나 괴로움 같은 거무죽죽한 표정, 회한의 회색 그림자 따윈 찾아볼 수가 없었다.

"무당집 황새 말입니다."

"그래 그놈이 어쨌다는 게여?"

아버지는 내가 되풀이하여 이야기하자 핏발 선 눈으로 나를 쏘아보며 벌컥 화를 냈다.

"그 황새의 아들 석구가 나를 찾아왔더라니까요."

나는 말소리를 나지막하게 죽이며 지나가는 말투로 가볍게 말했다.

"그놈이 뭣 땜시 너를 찾아왔단 말이여?"

아버지는 여전히 화난 목소리로 물었다.

"아버지를 만나겠다는 걸 그냥 보냈어요. 얼마 전 석구 어머니가 세상을 떴는데요. 임종 때 유언을 듣고…….."

나는 거기까지만 말하고 시선을 내려 버렸다. 아내와 아들 녀석이 듣는 자리에서 더 깊은 이야기를 할 수가 없었기 때문이다.

아버지도 더는 묻지 않았다. 나는 밥을 뜨는 둥 마는 둥 하고 수저를 놓아 버렸으나, 아버지는 밥 한 그릇과 국 한 대접을 다 비우고, 숭늉으로 입 안을 헹군 다음 여전히 화난 얼굴로 주방에서 나갔다.

나는 갑자기 입맛이 뚝 떨어져 조금밖에 먹지 않았는데도, 복부 팽만감과 함께 기분이 들독에 눌린 듯 찜부럭 해졌으며, 끄억끄억 트림까지 했다. 아내를 시켜 소화제를 사 먹어 보았지만, 여전히 속이 거북했다. 여태껏 소화불량 따위로 단 한 번도 고생을 해보지 않은 나는, 갑자기 소화되지 않고 끌끌 거르자 신경줄이 머리카락처럼 미세하게 갈라지는 것 같았다.

나는 속이 답답하여 화장실로 들어가서 손가락을 목구멍에 넣어 저녁에 먹었던 것들을 모두 토해 버렸다. 그제야 트림도 나오지 않고 팽만감도 없어졌다.

입을 헹구고 담배 한 대를 이빨로 필터를 짓씹어 돌려가며 피우고 나서

아버지 방으로 들어갔다. 아버지는 내가 석구의 이야기를 다시 끄집어내
려고 들어오는 것으로 짐작하고, 표정을 무겁게 떨구었다.

"석구 이야긴데요. 자기 아버지 유해를 찾아달라고 부탁을 하던데요.
석구 아버지 유해가 어디 있는지, 아버님만 알고 계신다면서……."

나는 말끝을 흐리며 정면으로 아버지를 바라보았다. 저녁에 먹은 것을
깡그리 토해 버렸는데도 또 트림이 나왔다. 아버지는 아무 말 없이 텔레
비전 화면만 지켜보고 있었다.

"석구 말로는, 자기 아버지는 마땅히 죽어야 할 사람이지만…… 자식 된
도리로 유골이라도 찾아야겠다고……."

"황새 그놈은 백 번 뒈져도 마땅해."

아버지가 갑자기 버럭 고함을 쳤다.

"석구 어머니 유언으로는…… 아버님만이 석구 아버지의 유골이 어디
있는지 아신다고 했는데요."

"삼십 년도 더 지난 옛날 일인듸, 그까짓눔 뼉다귀는 찾아서 뭣 흐게!"

"그래도, 자식 된 도리로는……."

그러나 아버지는 더 이상 말을 하지 않기로 결심한 듯 나한테 등을 돌
리고 텔레비전을 향해 모로 누워버렸다.

다음 날 아침을 먹은 뒤에도 나는 소화가 되지 않았다. 점심은 아예 굶
어 버렸으나 팽만감으로 뱃속이 더부룩하여 손발 하나 까딱하고 싶지가
않았다. 갑자기 나는 포장집 도마 위의 해삼처럼 무기력해져 버린 것이었
다. 무기력해진 대신에 신경질만 늘어났다. 신경줄이 기타 줄처럼 팽팽
해져 걸핏하면 소리를 꽥꽥 내지르곤 했다.

집에 돌아와 저녁을 서너 숟가락 떴으나 트림이 계속 나와서 다시 손가

락을 넣어 토해 버렸다. 아내는 걱정이 되어 병원에 가보자고 성화였다. 그러나 나는 왜 갑자기 내 위장이 음식을 소화하지 못하는가를 잘 알고 있었다. 그것은 아버지의 과거의 한 토막이 가시처럼 내 식도에 걸려 있기 때문이었다. 그리고 내 목구멍에 걸려 있고, 머릿속에 뇌종양처럼 돋아난 아버지의 과거는 갈치의 뼈보다 뻔세고 명주실보다 더 질겨서, 아버지의 마음속에 쌓아 올려진 오욕과 불민의 탑을 허물어 버리지 않는 한, 죽을 때까지 소화불량으로 끌끌 거리며 해파리나 갓거리처럼 무기력하게 살아가게 될지도 모른다는 생각이 들었다.

어쩌면 삼십 년 동안 홀몸으로 살다가 세상을 뜬 석구 어머니의 철쭉빛 한 덩어리가 내 목구멍으로 옮아온 것인지도 몰랐다.

다음 날 저녁 나는 다시 아버지의 방으로 들어갔다.

"석구와 약속을 했는데요."

내가 아버지한테 황새의 유골 이야기를 꺼낸 뒤부터 아버지는 한사코 나를 피하는 눈치였다.

"무슨 놈에 약속을 했다고 그려?"

"석구 아버지 유골을 찾아 주겠다고 말입니다."

그러나 아버지는 다시 입을 다물어 버렸다.

"아버님이 황새를 끌고 가서, 죽였지 않아요?"

나는 참지 못하고, 화장실에서 음식물들을 토해 버리듯 그렇게 내뱉고 나서, 내 목소리가 크고 날카로운 것에 적이 놀랐다.

"그런 놈은 백 번 뒈져도 싸!"

아버지는 그 말뿐이었다. 그리고 전날처럼 내게 등을 돌리고 모로 돌아 누워 버렸다.

그날 밤 세상이 온통 죽은 듯 참담하게 엎드려 있는 사이에, 나는 아버지의 방으로 몰래 들어가, 아버지가 훈장처럼 목에 걸고 다니는 금이빨 목걸이를 훔쳐서 수챗구멍 속에 처넣어 버렸다. 그러고 나서야 늘 팽만감으로 더부룩해 있는 뱃속이 조금은 개운해진 듯싶었다.

　아침에, 금이빨 목걸이를 잃어버린 아버지가 온통 집안을 들었다 놓았다 하며 마구 휘저었다.

　"제발, 아버지도 인제 그만 하늘 무서운 줄 아세요. 이래갖고 돌아가실 때 어떻게 눈을 감으실려구 그래요? 나한테 죽은 사람을 심판할 수 있는 권한이 있다면 아버지의 영혼을 지옥으로 보내겠어요. 아버지가 찾고 계시는 금이빨목걸이는 전리품도 훈장도 아닙니다. 지금은 전쟁을 하고 있지 않아요. 전쟁이 끝난 지가 삼십 년이 지났어요. 이제는 좀 뉘우칠 줄 알고 속죄를 할 때가 아닙니까. 아버지는 누가 뭐래도 어쩔 수 없는 살인자가 아닙니까!"

　나는 이성을 잃고 그만 아버지를 향해 흥분한 목소리로 숨 가쁘게 쏘아붙이고 집을 나갔다. 사무실에서 회전의자를 돌려 앉아, 내 머릿속처럼 하얗게 공백으로 빈 회벽을 멀뚱히 바라보면서 아버지한테 너무 심한 말을 했구나 싶어, 소화가 되지 않아 무기력해진 것보다 훨씬 더 견딜 수 없을 만큼 마음이 아팠다.

　아버지한테 용서를 빌어야겠다 싶어, 아버지의 새 구두 한 켤레를 사가지고 집에 돌아왔다. 그러나 아버지는 그날 밤 돌아오지 않았다. 다음 날도, 그다음 날도 돌아오지 않았다. 아버지가 갈 만한 곳은 다 찾아다녀 보고, 파출소에 신고까지 했으나 아버지의 소식은 잡히지 않았다.

　아버지가 행방불명이 되어버리자 내 마음은, 30여 년 동안이나 죽은 아버지의 유골을 찾지 못해 안타까워하는 석구보다 몇 배 더 초조하고 불안해졌다. 나를 찾아온 석구가 원망스럽기까지 했다.

아버지가 닷새 만에야 후줄근한 몰골로, 마치 남의 집에 들어오는 것처럼 식구들 눈치를 보며 돌아왔다. 닷새 동안에 아버지는 10년쯤 더 늙어버린 듯싶었다. 알밤의 껍질 같기만 하던 얼굴이 거무죽죽하게 구겨진 데다가, 눈빛은 소나기 퍼부은 뒤의 하수도처럼 흐려 있었고, 두 어깨까지도 평생을 목도질만 해 온 사람처럼 무겁게 짜부라져 있었다.

어디를 갔었느냐고 물어도 대답을 해주지 않은 채 말 한마디 없이 방으로 들어가 조용하고 힘없이 누웠다. 그날부터 아버지는 서리 맞은 고춧잎처럼 시들부들 쇠잔해지기 시작하더니 앓아눕고 말았다. 병원에 입원도 하지 않겠다고 하여 의사 친구를 매일 집으로 불렀다. 그의 말로는 특별한 병은 없고 기력이 쇠진했을 뿐이라고만 했다. 그 나이에 새벽마다 냉수마찰에 약수터를 뜀박질로 오르내리던 아버지가, 단 며칠 만에 그렇게 기력이 빠져 버리다니 이해할 수가 없었다.

집을 나갔다가 돌아와서 꺼져가는 짚불처럼 앓아눕기 시작한 지 일주일쯤 후에, 아버지는 희미한 목소리로,

"나 말이다, 월곡에 댕겨왔다."

하고 큰 비밀이라도 털어놓듯 조용히 말했다. 아버지가 30여 년 만에 고향 월곡에 갔다 왔다는 것은 충격적이었다. 고향 이야기리면 아예 뻥긋하지도 못하게 닦달하던 아버지가 그 닷새 동안에 월곡엘 갔었다니 모를 일이었다.

"운산읍에서 하룻밤 자고 새벽 일찍이 택시 대절해서 아무도 모르게 살째기 월곡에 갔다 왔다."

"그러셨군요. 가셔서 누구를 만나셨어요?"

나는 혹시 아버지가 석구를 만나고 왔는가 싶어 아버지 옆으로 바짝 다가앉으며 허리를 구부리고 물었다.

"아무도, 아무도 안 만나고…… 마을만 한번 먼발치로 바라보고 왔다."

아버지는 힘없이 말했다.

죽어도 그 징그러운 월곡에는 두 번 다시 발걸음을 하지 않겠다면서 서울로 이사를 온 이듬해 봄에, 할아버지와 할머니, 그리고 어머니의 유해마저도 서울 근교의 공원묘지로 이장을 해버린 아버지였다. 그런 아버지가 비록 아무도 만나지는 않았을지라도 남몰래 고향에 다녀오다니. 나는 문득 불길한 예감이 들어, 아버지의 얼굴을 오랫동안 내려다보았다.

그로부터 사흘 뒤에 아버지의 얼굴에 청홍색의 얼룩점들이 돋아나기 시작했으며 이내 조용히 눈을 감았다.

"황새…… 그놈, 네 어머니가 빠져 죽은 용소에…… 맷돌을…… 지고 있을 껴."

하는 마지막 말을 남기고 세상을 뜨고 말았다.

어찌 됐건 아버지의 죽음은 나를 심한 자책감에 허우적거리게 만들었다. 나는 아버지의 갑작스런 죽음을 운명으로 받아들일 수밖에 없었다.

2

"나 석군듸, 안에 있는가?"

밖에 석구가 와 있었다. 나는 석구의 목소리를 듣고서야, 머릿속에서 팔랑개비 돌아가듯 한 아버지에 관한 생각들을 멈췄다. 그제서야 용소의 물을 푸느라고, 죽은 황새나 내 아버지의 성깔처럼 어기차게 돌아가는 양수기 소리가 귀에 가득 들어왔다.

"들어오소."

나는 꼼짝 않고 등을 벽에 기대어 어슷하게 반쯤 누운 채 말했다. 문이 열리고 지퍼가 고장 나 앞섶을 옷핀으로 꿴 낡은 회색 점퍼 차림의 석구가 미적거리며 방안으로 들어왔다. 그제서야 나는 상반신을 움직여 고쳐 앉았다.

"워낙 피곤해서······."

"나 땜시 참말로 자네 쌩고생 허는구만."

"양수기 한 대로는 오래 걸릴 것 같으니, 한 대 더 구할 수 없겠는가?"

나는 하루라도 빨리 월곡을 떠나고 싶었다.

"양수기야 구할 수 있재만······."

"경비는 걱정 말고 당장 한 대 더 갖다 대소."

"기름값이다, 사용료다, 품삯이다, 옴니암니 경비가 솔찬헐 텐디."

"경비 걱정은 말라니까."

나도 모르게 나는 석구에게 신경질적으로 말을 튕겨내고 있었다.

"그래도 자네헌데 미안해서······."

"당장 한 대 더 동원해 보게. 두 대로 퍼 내면 내일 밤까지는 용소가 바닥이 나겠지."

"저녁 묵고 그렇게 험세."

"지금 당장에 서두르소."

나는 꼬리에 불붙은 강아지처럼 엉덩이를 들먹거리며 석구를 재촉했다.

"우리 집으로 저녁이나 묵으러 가세."

"나 저녁 생각 없구만."

"무슨 정떨어질 소린가. 서울 올라갈 때꺼정은 찬은 없어도 우리 집에서 묵고 또 방도 치워놨으니께, 우리 집에서 자세. 이 사람아, 내 일 땜시 고향에 어려운 발걸음 해갖고 주막 신세를 지면, 나도 그렇고, 월곡 사람들 다 욕 얻어묵는단 마시."

그러면서 석구는 당장 나를 끌고 갈 기세로 허리를 굽히며 일어섰다.

"내 걱정은 말게. 나는 여기가 편하고 좋네."

나는 다시 등짝을 벽에 찰싹 붙이고 두 발을 쭉 뻗으며 말했다.

"왜? 우리가 사는 꼴이 너무 추접스러워서 그러는가? 어찌됐건 고향에 왔으니께, 고향 사람들 사는 꼴도 봐야 헐 것 아닌가."

"아녀. 난 정말 주막에 있고 싶네."

나는 정말이지 석구의 집에 가고 싶지가 않았다. 아예 마을 안으로 들어가고 싶지가 않은 것이었다. 석구의 말마따나 고향 사람들 사는 꼴이 추접스러워서가 아니었다. 마을 고샅에 발을 들여놓을 만한 용기가 없었다. 마치 벌거벗은 알몸으로 치부를 드러내놓은 채 고향 사람들 앞에 서 있는 꼬락서니가 될 것만 같았다. 어쩌면 아버지도 그래서 고향에 발걸음을 뚝 끊어 버렸고, 갑작스럽게 세상을 뜬 며칠 전 홀연히 고향에 내려왔다가, 새벽에 아무도 몰래 마을만 산 구경하듯 먼발치로 바라보고 되돌아서 버렸을 것이었다.

석구의 호의를 무시하고 주막에서 묵고 가버린다면, 석구뿐만이 아니고 월곡 사람들이 모두 나를 정 없는 사람이라고 서운해할 것이 뻔했다. 심하면 내가 가난하고 애잔하게 사는 그들을 업신여겨 상대하지 않으려고 일부러 피하는 것이라고 몰아붙일지도 모를 일이었다. 그렇다 치더라도 나는 결코 석구를 따라 마을 안으로 들어가고 싶지가 않았다.

"부탁이네. 나 좋을 대로 있게 내버려 두소."

나는 아버지가 내게 했던 것처럼 벽을 향해 모로 돌아누워 버렸다.

"참말로 서운허구만. 나나 자네나 이래서는 안 되는 건듸. 월곡 깨복쟁이 친구들이 자네허구 술판이나 한번 벌였으면 허던듸, 자네가 이렇게 담을 싸버리면 으디 어려워서…… 참말로 이러면 욕 얻어 묵는 것은 월곡 사람들이여."

석구는 한동안 방 가운데 우두커니 서 있다가,

"그러면 낼 아침에 보세."

하고 시큰둥한 목소리로 말을 하고 풀이 죽어 방에서 나갔다.

석구가 돌아가 버리자 나는 비로소 올가미에서 풀려난 듯한 기분이었다. 마음이 약간 찜찜하긴 했어도 그것은 잠깐이었고, 피로와 함께 심신이 무겁게 가라앉았다. 나는 양수기 돌아가는 소리를 들으며 얼핏 잠이 들고 말았다. 그러나 깊은 잠은 못 자고 양수기 소리에 다시 깨어나곤 했다.

석구가 부탁한 대로 양수기 한 대를 더 돌리기 시작했는지, 양수기 돌아가는 소리가 더 커져 온통 월곡의 밤을 쳬흔들었다. 눈을 감고 누워있어도 용소의 물이 우쭐우쭐 줄어드는 것이 보이는 듯싶었다.

이상하게도 나는 용소의 바닥에 맷돌에 깔려 있을 황새의 유골을 찾는다는 생각보다 용소에 빠져 죽은 어머니의 혼을 건져 내기 위해서 물을 퍼내고 있는 것 같은 생각이 들었다. 석구 아버지 황새의 유골은 맷돌에 깔린 대신, 어머니의 혼은 물방개나 게아재비가 되어 용소의 물 위에 떠 있을 것만 같았다.

나는 어머니의 마지막 모습을 생생하게 기억하고 있다.

새벽마다 봉창이 희번하게 트이기 시작할 무렵, 잠이 깨어 마당에 나가

보면 어머니는 언제나 살구나무 밑에 정화수를 떠놓고 보름달처럼 앉아 있었다. 그런데 그날 새벽엔 어머니의 모습이 보이지 않았다. 정화수 그릇과 상이 엎질러져 있었다. 불길한 예감이 들어 부엌으로 뒷간으로 뛰어 다니며 어머니를 외쳐 불렀다. 어머니는 헛간 짚북더기 위에, 입 가득히 헝겊을 물고 두 손이 묶인 채 죽은 사람처럼 동댕이쳐 있었다. 치마의 말기끈은 풀어 헤쳐졌고, 속옷은 벗겨져 아랫도리의 속살이 양파껍질처럼 드러나 있었다. 열 살 먹은 나는 어머니한테 어떤 일이 있었는지 알아차렸다. 나는 울지 않고 침착하게, 그러나 형언할 수 없는 분노에 떨며 묶인 어머니의 손을 풀고 입에서 헝겊들을 빼내 주었다. 어머니는 미친 듯 울며 방안으로 뛰어 들어가더니 방문을 안으로 걸어 버렸다. 어머니는 온종일 방문을 열지 않았다. 그리고 다음 날 아침 용소 위에 흰옷에 가을 햇살을 받으며 떠올랐다.

다시 수렁에 빠지듯 잠이 들었다가 양수기 돌아가는 소리에 눈과 귀를 동시에 열었더니, 주막의 바자울 옆 때죽나무 가지에서 참새들이 석구의 아버지, 그리고 어머니와 함께 용소의 물속에서 빠져 버린 내 영혼을 미치게 쪼아대듯 재잘거렸다. 고향의 아침을 열어주는 참새 소리가 30년 전의 오뇌하는 모든 사람의 울부짖음처럼 들렸다.

아침에 다시 옛날 뒷집에 살았던 장또삼이와, 어머니와 한때 가깝게 지냈던 두껍다리 안집 강촌댁이 반 시간쯤의 간격으로 아침을 먹자고 데리러 왔으나, 나는 역시 사죄를 빌 듯 거절을 하고 말았다. 그들은 호의를 거절당하고 돌아가면서, 역시 너는 월곡 사람이 아니로구나 하는 표정이었다.

주막에서 간단히 아침을 먹고 조금은 감미롭게까지 느껴지는 가을날 아침 햇살을 받으며, 물을 퍼 내고 있는 용소로 나갔다. 용소에는 양수기를 돌리는 키가 작고 젊은 두 사람 외에, 마을 사람들 스무 남은 명이 바위 옹두리에 둘러앉아서들 물이 줄어들고 있는 소를 내려다보고 있었다. 그들은 마치 용소에서 등천하지 못한 이무기나, 귀가 달린 큰 구렁이, 아니면 석구 아버지 황새의 해골, 내 어머니의 머리칼 한 가닥이라도 물 위에 떠 오르기를 기다리는, 호기심이 거미줄처럼 끈끈하게 엉킨 시선으로 용소를 들여다보고 있다가, 내가 나타나자 엉거주춤 일어섰다. 나보다 나이가 훨씬 많은 어른까지도 일어서는 바람에 그들을 대하기가 면구스러워졌다. 용소에 나온 마을 사람들이 나에게 계산 없는 웃음을 보냈으나, 내 표정은 그들의 미소를 받아들일 한 치의 여유도 없을 만큼 딱딱하게 굳어져 있었다.

"물이 워느니 줄어들었제?"

석구가 내 곁으로 가까이 오며 큰 소리로 물었을 때에야 나는 비로소 애매하게 쓴 미소를 깨물었다. 아버지의 유해가 나오기를 기다리는 석구는 여전히 슬픈 얼굴이 아니었다. 그는 마치 회갑연 같은 큰 잔치가 열리기라도 한 듯 즐거운 표정이었다. 나는 그런 석구의 마음을 이해할 수 없어 순간에 생각이 꽉 막혀 버리고 머릿속이 달걀 껍질처럼 공허하게 비어 버리는 것만 같았다.

석구가 손으로 가리키는 용소의 암갈색 바위벽을 내려다보았더니, 물의 깊이가 내 키만큼 줄어 있었다. 줄어든 물의 깊이만큼 풍뎅이 색깔의 물때가 햇빛에도 말라 없어지지 않고, 먹줄을 튕겨놓은 것처럼 선이 뚜렷하게 남아 있었다. 그러나 아직도 용소의 물은 검푸르게 깊어 보였다.

"쪼금 전에 장대를 넣어 봤더니, 아직 두 키 요량이나 남았더구만. 내일 낮에는 바닥이 날 거여."

석구가 말했다.

나는 석구에게 구경나온 마을 사람들한테 술이라도 한 잔씩 돌리라고 만 원짜리 지폐 두 장을 꺼내 주고 주막으로 돌아왔다. 석구가 지폐를 든 채 연신 굽적거리며 논둑길까지 따라왔다.

나는 마을 사람들의 틈새에 끼어 용소에 더 있고 싶지가 않았다. 그리고 괜히 기분 좋아하는 석구를 보기에도 마음이 아팠다. 더구나 월곡 사람 중에서 나보다 서너 살 아래이거나, 나이가 많은 사람들은 대충 알아볼 수가 있었으나, 사십 대 밑의 젊은이들과 한창 죽순처럼 커가는 아이들은 모두가 생소하여, 고향의 낯선 사람들과 함께 있기가 껄끄럽고 괴로울 뿐이었다. 어른들 가운데서도 월곡으로 이사를 온 사람들이 많았기 때문에 낯선 얼굴들이 하나둘이 아니었다.

고향에 돌아와서, 고향 사람들을 알아보지 못하고 소원함을 느낀다는 것은 먼 이국의 공항 대합실에서 당하는 고독감보다 몇 배 더 견딜 수 없는, 절망적인 기분이었다.

"아주머니, 오늘 밤은 읍에서 자고 오게 될지 모르겠습니다."

나는 주막의 아낙에게 미리 말을 해놓고, 풀석풀석 땅껍질이 벗겨지는 신작로를 따라 걸었다.

반 시간쯤 메마른 신작로를 따라 걷다가, 꿀참나무숲 아래, 교실이 여섯 개밖에 안 되는 초등학교 정문 앞 늙은 벗나무 옆에서 걸음을 멈췄다. 3년 동안 다녔던 학교였으나 꿈속에서처럼 현실감이 없었다. 나는 어쩌면, 석구가 내 사무실을 다녀간 뒤부터 현실과 차단된 꿈의 이완 지대에 살고 있는지도 모른다는 생각을 해보았다. 현실감 없는 고향의 모습들은 오히려 공허하게 느껴졌다. 누구에겐가 나의 과거를 박탈당해 버린 기분이기도 했다.

　학교 앞에서 버스를 타고 운산읍까지 나와서 느꼈던 황량하리만큼 낯
설고 공허한 기분은 나를 더욱 조그맣게 움츠러들게 만들었다. 낯설고 쓸
쓸한 운산읍의 거리에서 나는 생명을 느낄 수조차 없는 번데기처럼 위축
되고 말았다.

　운산읍의 허름한 하숙옥에서 하룻밤을 자면서 옛날 어렸을 때 아버지
를 따라 몇 번 왔었던 기억들을 끄집어내려고 했으나, 기억 장치에 녹이
슬어 버렸는지 아무것도 생각나지 않았다.

　월곡 용소에서 물을 품는 양수기 소리가 10킬로미터나 떨어진 운산읍
의 하숙옥 방에까지 들려오는 듯싶었다. 그래도 나는 월곡의 주막에서보
다 훨씬 자유로울 수가 있어 좋았다.

　나는 월곡 주막에서보다 편한 기분으로 양수기 돌아가는 소리를 가슴
으로 들으며 잠을 잘 수가 있었다.

　꿈속에서도 나는 용소를 퍼 내고 있었다. 그런데 이상한 것은 나와 석
구가 뒤바뀐 것이었다. 왼쪽 빰에 거머리만 한 흉터가 있는 석구가 양복
에 넥타이를 매고, 냉정할 정도로 무표정하게 잔뜩 굳어진 얼굴로 뒷짐을
지고 서 있었으며, 나는 지퍼가 고장 난 낡은 회색 점퍼에, 쑥대머리처럼
헙수룩한 몰골로 연신 석구에게 허리를 굽적거렸다. 꿈속에서 나는, 석구
가 그랬던 것처럼 바보처럼 헤벌거렸다. 그런데 더욱 이상한 것은 용소의
물을 다 퍼 내고, 질컥한 흙바탕 속에서 건져 올린 것은 석구 아버지의 유
골이 아닌, 얼마 전에 세상을 뜬 내 아버지의 시신이었다. 물달개비 풀섶
위에 반듯하게 누운 아버지는 세상을 뜨기 전 말 없이 집을 나갔을 때 입
었던 짙은 밤색의 양복에 목에는 내가 시궁창에 집어넣어 버렸던 호박씨

모양의 금이빨 목걸이까지 걸고 있었다.

석구 아버지의 유골이 아닌, 세상을 뜬 지 얼마 안 되는 아버지의 시신을 건져 올린 것을 보고 나는 소스라치게 놀랐다. 그러나 석구와 구경나온 월곡 사람들은 그것이 당연하기라도 하다는 듯 조금도 놀라지 않았다.

꿈이 깨면서 잠도 함께 깼다. 나는 불을 켜고 앉아서 머릿속이 맑아지기를 기다리며 줄담배를 피웠다. 날이 밝기 전에 운산읍을 떠나 서울로 가버리고 싶었다. 다시 월곡으로 돌아가서 용소의 물이 말라붙기를 기다렸다가, 석구 아버지의 유골을 건져 올리는 것을 보고 싶지가 않았다. 어쩌면 그것은 꿈속에서처럼 용소에서 석구 아버지의 유골 대신 세상을 뜬 지 얼마 되지 않은 내 아버지의 시신을 건져 올리는 것만큼이나 끔찍스럽게 생각되었다.

석구가 부탁한 대로 그의 아버지 유골이 있는 곳을 알려 주었으니 내가 할 일은 이미 끝났지 않으냐고 자신에게 물어보기도 했다.

그러나 나는 날이 밝기 전에, 택시를 불러 타고 다시 월곡으로 돌아가고 말았다. 두 대의 양수기는 여전히 기세 좋게 돌아가고 있었다. 월곡에 도착하자 아침 해가 이슬에 젖은 대지를 참빗으로 곱게 훑어 내리듯 넉넉하게 쏟아져 내렸다.

"나는 또 자네가 가버린 줄만 알았다네. 다시 와줘서 참말로 고맙구만."

용소에 나가자 석구가 큰소리로 반갑게 말했다.

용소는 거의 바닥을 드러내고 있었다. 구경나온 마을 사람들의 수가 훨씬 불어난 듯싶었다. 그들은 긴장된 얼굴로 물이 줄어들고 있는 용소의 바닥을 찬찬히 내려다보고 있었다.

바닥에 깔린 큼직한 돌들의 모습이 드러났다. 몇백 년, 아니 몇천 몇만

년 동안 죽이고 죽어가는 사람들의 역사에는 아랑곳하지 않고 물속에만 처박혀 있었던 큰 돌들은 암청색으로 보였으며, 햇빛을 받자 사뭇 파란빛을 발했다. 큰 고기들이 파닥거렸다. 고기가 파닥거리며 물이 출렁일 때마다, 마을 사람들은 놀란 듯 표정을 움츠리곤 했다.

용소는 이내, 빨대를 넣고 음료수를 빨아 용기를 비워 버리듯, 그렇게 쫄딱 물이 말라붙고 말았다. 찌적찌적 검은 흙탕물만 바닥에 조금 괴어 있었으며, 퍼낸 물 대신 가을 햇살이 가득 출렁였다.

석구는 작업복 바지를 걷어 올리고 용소 안으로 들어갔다. 월곡 사람들 두서넛도 석구를 따라 들어갔다.

"어허, 이놈에 고기들 좀 봐. 고기들 땜시 발을 못딛겄네. 고기가 한 트럭도 더 되겄당께!"

석구를 뒤따라 들어간 장또삼이가 소리쳤다. 아닌 게 아니라, 용소의 바닥에는 고기들이 여러 겹으로 구물거리고 파닥거렸으며, 물이 쫄딱 줄어들자 허연 뱃바닥들을 벌렁벌렁 뒤집었다. 마을 사람들이 고기 구경을 하려고 우루루 용소로 들어섰다. 그러나 그들은 아무도 고기를 잡지 않았다.

"들어오지 말어. 고기 밟혀 죽겄구만 뭣땜시들 들어와!"

누구인가 소리치자, 다시 마을 사람들이 용소에서 나갔다. 나는 구두와 양말을 벗고 바짓가랑이를 무릎 위까지 걷어 올리고 조심스럽게 용소로 들어갔다. 나는 발붙일 곳 없이 붕어며, 미꾸라지, 메기, 가물치, 망상어 등 고기떼가 끌어올린 그물 속처럼 파닥거리고 구물거리는 것에는 관심이 없이, 석구 아버지의 몸에 매달았다는 맷돌을 찾느라 용소 안을 부지런히 쑤석거려 보았다.

"석구, 맷돌짝을 찾아보소. 자네 아버님은 맷돌을 메고 돌아가셨다네."

나는 손으로 용소의 흙바닥을 더듬고 있는 석구 옆으로 가서 나지막하게 말해 주었다. 석구는 고맙다는 듯 싱긋 웃어 보였다.

석구가 맷돌을 찾은 것은 한참 뒤의 일이었다.

"맷돌이 여기 있네! 맷돌짝을 찾았당께!"

석구는 바지가 온통 흙벌창이 된 채 구부슴히 허리를 구부리고 손으로 흙바탕 속을 꽉 누르고 고개를 돌려 나를 보며 감격스러운 듯 큰 소리로 말했다. 석구의 목소리가 어찌나 크고 감격적이었는지 구경나온 마을 사람들의 시선이 모두 그에게로 쏠렸다. 석구가 맷돌을 찾았다는 소리에 나는 그 무거운 맷돌에 머리를 꽝 부딪치기라도 한 듯 심한 현기증을 느꼈다. 나는 석구 옆에 그냥 서 있었다. 석구가 열심히 맷돌을 더듬고 있었다. 그는 매의 심봉心棒에서 두어 자 길이의 철사 도막 같은 것을 꺼내 햇볕에 비추어 보았다. 그것은 낡고 가는 전신줄이었다. 그 줄을 맷돌의 심봉에 묶어 석구 아버지의 목에 걸었으리라 짐작할 수가 있었다.

석구는 전신줄을 팽개쳐버리고 다시 맷돌을 더듬기 시작했다. 맷돌을 두 손으로 들어 옮기고 맷돌 주변의 수렁을 갈퀴질하듯 더듬었다. 그러나 그의 손에 잡힌 것은 주먹만 한 돌멩이 들뿐이었다. 석구가 갑자기 굳어진 표정으로 나를 쳐다보며 가볍게 고개를 저었다. 그제서야 나도 와이셔츠의 팔을 걷어 올리고 흙바탕 속을 더듬었다. 물렁한 수렁의 흙뿐, 아무것도 손에 잡히지 않았다. 용소에 들어와 있던 네댓 사람이 모두 허리를 구부리고 열 손가락으로 용소의 바닥을 샅샅이 갈퀴질을 했다. 그러나 아무도 석구 아버지의 유골을 찾아내지 못했다.

모두 용소 밑바닥을 갈퀴질하여 파헤치기에 지쳐 있을 무렵, 바위 밑둥지의 웅덩이에서 차르륵 소리와 함께 무엇인가 시커먼 것이 밖으로 뛰쳐

나왔다. 용소의 바닥을 뒤지던 사람들이나, 밖에서 구경하던 사람들이나, 소스라치듯 놀라며 시선을 한곳에 모았다. 석구가 소리 나는 쪽으로 엉금 엉금 걸어가더니, 시커먼 것을 두 손으로 붙들려고 했다. 그러자 꼬리를 휘저어 좌르륵 흙탕물을 튀기며 물이 찌적찌적한 수렁 위로 올라왔다. 그 것은 길이가 두어 자쯤 되는 엄청나게 큰 잉어였다. 어찌나 크던지 물고 기 같지가 않았다. 석구는 털썩 쪼그리고 앉아서는 아가미를 벌름거리는 잉어를 들여다보았다. 명주 실타래 같은 가을 햇살이 잉어의 등에서 따끔 거리며 부서졌다.

"이무기가 나왔는가?"

용소 밖에서 누구인가 큰 소리로 물었다.

그러나 석구는 대답을 하지 않았다. 그는 살아 있는 아버지를 만나기라 도 한 듯 경건한 눈빛으로 잉어를 들여다보고만 있었다.

"어이, 물을…… 용소 안으로 물을 대주소. 냉큼 양수기 호스를 걸어 올 리고 이쪽으로 물을 넣어주랑께!"

석구가 양수기를 돌리는 인부들을 향해 다급하게 소리쳤다. 그러자 키 작은 두 인부가 양수기 호스를 걸어 올려, 용수 밖의 물웅덩이에 처넣었다.

"아니? 자네 아버님 유골은 안 찾을란가?"

나는 석구의 이해할 수 없는 행동을 나무라듯 말했다. 그러자 석구가 나를 쳐다보는데, 그의 눈은 신비롭게 빛나고 있었으며, 황홀한 기쁨이 넘쳐 있는 얼굴이었다.

"아버지를 찾은 것이나 진배 없구만. 이 큰 잉어의 눈을 좀 들여다보소. 꼭 우리 아버지 눈 같단 마시."

석구는 무엇엔가 도취된 목소리로 말했다.

그때 물이 용소 안으로 쏟아져, 용소 안에 있던 사람들이 모두 밖으로 나갔다. 그러나 석구만은 용소에 잠겨버리기라도 할 듯, 꼼짝하지 않고 쭈그려 앉은 채, 황홀한 얼굴로 잉어의 눈만 들여다보고 있었다.

『문학사상』, 1982.5

비석碑石

"으이샤! 으이샤!"

목도꾼들이 빗돌을 옮기느라 산비탈을 오르고 있다. 늦가을 찬바람이 회갈색으로 말라비틀어진 상수리나무 잎들을 후루루 날리는데도 목도꾼들의 이마엔 땀방울이 숭어리 되어 맺혀 있다. 목도꾼들은 모두 여섯이다. 키가 큰 손팔도와 김달삼은 맨 뒤에서 참나무 목도를 어깨에 얹고, 앞의 네 젊은이들의 선소리에 따라서 목청껏 앉은소리를 울부짖듯 외쳐댔다. 손팔도와 김달삼은 남달리 몸피가 컸으나 나이가 나이인지라, 목도에 눌린 어깨뼈는 으스러지는 것 같고 다리가 휘청거렸다. 두 사람 모두 오십이 넘어, 이제는 목도질도 무리라는 것을 잘 알고 있는 터이다. 평생을 석공소 주변에서 어정거리면서 목도질이나 하며 살아왔기 때문에, 그나마 이 일마저 팽개치면 땅에 입 맞추는 길밖엔 별 도리가 없는 것이었다.

손팔도는 좀 쉬었다 가자는 말이 혀끝에서 뱅뱅 돌았으나, 젊은 사람들한테서 늙었다는 말을 듣기 싫어, 이빨 응동 물고 순전히 오기로 버티면서, 더 큰 소리로 앉은소리를 받았다. 김달삼도 손팔도와 똑같은 생각이었다. 그들은 말을 하지 않더라도 서로의 속마음을 잘 알고 있었다.

"빗돌 상허지 않게 조심혀!"

석공소에서 따라온 석수가 손팔도의 등 뒤에서 소리쳤다. 석수 김철석은 손팔도보다 열두 살이나 아래인데도 반말이었다. 손팔도는 그것이 모두 글자를 읽고 정으로 돌을 다듬을 줄 아는 위세라고 치부하고 터럭만큼도 트집을 잡지 않았다. 가난하고 못 배운 탓이겠거니 하고 울적한 마음을 다독거리곤 했다. 손팔도는 자신이 석수들로부터 하대를 받는 것은 아무런 불만도 억울함도 없었으나, 석수들보다 글도 더 많이 알고 유식한 김달삼이가 대접을 받지 못하는 데에는 울컥 마음이 꼬였다. 그때마다 손팔도는 김달삼이한테 왜 진작 석수가 되지 않고 늙마에 천덕꾸러기 되어 이 고생이냐고, 마치 자신을 나무라듯 핀잔을 줄라치면, 그의 어머니가 그를 뱄을 때 너무 배가 고파서 땅개비를 많이 잡아먹었기 때문에, 한곳에 오래 앉아 있지 못하는 성격을 타고난 탓이라며 버릇처럼 벌죽벌죽 웃기만 했다.

"어이샤, 어이샤!"

그들은 가파른 상수리나무 숲길을 추어 올라, 아기다박솔이 허리 높이로 촘촘히 깔린 밋밋한 등성이에 이르렀다.

손팔도는 비석을 옮길 때마다 마치 죽은 사람의 관을 메고 가는 것 같은 착각을 일으키곤 했다. 그리고 단단한 돌로 굳어 버린 사자는 모두 부자들로, 남들보다 몇 배나 더 배부르게 먹고 잘 살다가 죽었기 때문에 목도질할 만큼 무거운 것으로 생각했다. 그런 생각을 할 때마다 세상이 골백번 뒤바뀌게 될지라도 결코 입비立碑의 몸이 될 수 없는 자신이 초라하게 생각되었다.

그들은 아기다복솔밭의 펀펀한 등성이에 빗돌을 내려놓고 잠시 숨을 돌리고 땀을 닦았다. 발부리 아래로 구포읍이 가물가물 내려다보이고, 그들이 올라온 산자락을 감고 도깨비재로 넘어가는 비포장 신작로가, 손팔도 자신이 살아온 과거처럼 여러 굽이로 구부러져 있었다. 그들이 무거운 빗돌을 메고 추어 올라야 할 길은 아직 멀었다. 비석이 세워질 산 중턱의 덩실한 산소에서는 연기가 몸살 나도록 바람에 부대끼고 있었다.

"비석 임자가 어떤 양반이란가!"

땀을 훔친 수건을 허리춤에 쑤셔 넣고 난 손팔도가 쑥색 화강암의 빗돌 위로 가을날의 화사하고 부드러운 햇살이 쪼르르 미끌리는 것을 내려다보며 김달삼에게 건성으로 물었다.

"안핵사 이병태라고 새겨져 있지 않는가!"

김달삼 역시 지나가는 말투로 대답했다.

"안핵사가 무신 벼슬인듸?"

손팔도가 다시 물었다.

"목도꾼 주제꼴에 그런 건 알아서 뭘 혀!"

김달삼이는 퉁명스럽게 내질러 버리며 귓바퀴 뒤에 꽂은 꽁초에 불을 붙여 물었다.

"동학 때 공을 세운 양반이라고 흐대요."

개도둑질을 하여 두 번씩이나 형무소살이를 했다는 젊은 목도꾼이 말했다.

"동학 때 공을 세웠다고?"

손팔도는 갑자기 팽팽하게 긴장된 반응을 보이며 다그치듯 반문했다. 손팔도의 갑작스런 반응에 젊은 목도꾼은 흠칫 놀라기까지 했다. 손팔도는 허리를 구부리고 서서 햇살이 튀기는 빗돌의 비문을 찬찬히 들여다보았다.

"동학이라고 허니께, 네놈 할애비라도 만난 것 같으냐?"

손팔도는 김달삼이가 담배 연기를 깊숙이 들이마셨다가 내뿜고 나서 뱉는 비아냥거리는 말에는 아랑곳하지 않고, 계속 비문만 들여다보고 서 있었다.

"개참봉 벼슬도 못 허고, 그깟 이름도 없이 죽은 동학 할애비가 뭣이 그리 자랑이라고!"

김달삼은 손팔도를 놀리느라 여전히 비아냥거리는 말을 퉁겨대며 벌죽벌죽 웃었다.

"뼉다귀도 없는 무자위족속 놈아, 우리 조부님이 왜 이름이 없어! 부령 손씨 족보에 엄연히 또 우자 석 삼자로 함자가 올라 있는디!"

손팔도가 결코 꼬이지 않는 말투로 맞대들었다. 그들 두 사람은 십수 년 동안 구포석공소의 목도꾼으로 선소리 앉은소리를 주고받으며 살아왔기 때문에, 겉으로는 걸핏하면 티격태격했으나 내심으로는 진득하게 정이 얽힌 사이였다.

"세상 사람들이 몰라주는데 그깟 족보에 이름 오른 것이 대수냐? 녹두 장군 전봉준이나, 손화중, 김개남 장군이라면 몰라도 말여! 네놈은 네 할애비가 마치 녹두장군이나 되는 것 모양으로 뻐기는디, 서울 광화문통에서 마이크 대고 네 할애비 이름을 목청껏 외쳐봐라, 누구 한 사람 알아주는가 말여!"

김달삼의 말에 손팔도는 미간 한번 찡그리지 않았다. 그는 여전히 햇살처럼 빛나는 시선으로 화강암에 새겨진 비문만을 쓰다듬듯 내려다볼 뿐이었다.

"이 양반이 참말로 동학 때 공을 세웠다고 흐든가?"

손팔도는 감격한 듯 약간 들뜬 목소리로 젊은 목도꾼에게 물었다.

"얼핏 들은 것 같은디……."

젊은 목도꾼이 자신 없게 말끝을 흐렸다.

"유식한 무자위족속아, 네놈도 몰라?"

"그렇게 알고 싶으면 이따가 제막식 때 후손들헌티 물어보면 될 것 아니냐!"

손팔도의 묻는 말에 김달삼이가 내질러 버렸다.

"자, 그만 올라가더라고! 제막식이 앞으로 네 시간밖에 안 남었응게!"

석수의 재촉하는 소리에 그들은 다시 목도를 메고 움직이기 시작했다. 바람은 더욱 드세어져 휘파람 소리를 내며 나무들을 흔들었고, 햇살은 높이 올라갈수록 메마른 낙엽처럼 거칠어졌다.

손팔도는 두 어깨에 힘이 솟는 듯했다. 그는 할아버지를 생각할 때마다, 그리고 할아버지가 옳은 일을 하다가 세상을 떴다는 이야기를 들을 때마다 어깨에 힘이 솟아 힘겨운 목도질이 즐겁기까지 했다.

머슴살이하다가 마흔이 넘어서야 장가들어 한 점 혈육 팔도를 낳고, 그 아들이 열 살도 되기 전에 세상을 뜬 아버지는 "네 할아부지가 동학군이었다는 말을 아무한테도 해서는 안 된다잉. 할아부지가 동학군이었다는 말을 했다가는 네놈도 애비도 성하지 못혀!" 하고 입버릇처럼 다짐했었다. 그때마다 나이 어린 손팔도는 동학군이 도둑보다 더 나쁜 사람들일지도 모른다는 생각을 했을 뿐이었다. 아버지는 마지막 눈을 감을 때까지도 어린 아들의 손을 꼭 쥐고 가래 끓는 목소리로 힘겹게 그 말을 당부했었다. 그러면서 동학군이 되어 죽었다는, 할아버지의 함자가 올라 있는 족보를 잘 보관하라고 단단히 일렀다.

팔도의 어머니가 그녀의 시어머니한테서 들은 바로는, 팔도의 할아버지 손또삼은 갑오년 정월 초 열흘 동학농민군들이 고부 관아를 습격한 한 달이 조금 지나서, 관군에 잡혀 죽임을 당했다는 것이었다. 고부로 시집을 온 지 3년도 못 되어 남편을 잃은 손팔도의 할머니는 동학군의 집이라 하여 초막까지도 소실 당한 채 족보를 품고 늙은 시부모를 따라 발길을 재촉하여 산을 넘고 물을 건너 영광 땅에 이르렀다. 그리고 영광에 온 지 반년 후에 유복자를 낳았다. 그 유복자가 커서 머슴살이를 했고 느지막이 손팔도를 낳았다.

손팔도의 아버지는 고향인 고부에 가보는 것이 평생소원이었다. 그러나 고향에 가면 동학군의 아들이라는 것이 밝혀질까 두려워, 고부가 고향이라는 말도 입에 담지 않았다. 그는 왜놈 순사들까지도 동학군의 가족들을 붙잡아가거나 들볶는다는 소문을 들어 알고 있는 터였다.

손팔도는 아버지가 세상을 뜬 후로 아무에게도 그의 할아버지가 동학군이었다는 말을 하지 않았다. 그는 자신이 어렸을 때 아버지가 그랬었던 것처럼, 그도 그의 아들에게 윗대 할아버지가 동학군이었다는 말을 입 밖에 내지 못하도록 단단히 타이르곤 했다. 그리고 그의 아버지처럼 언제나 할아버지의 고향에 가보고 싶었다.

그의 할아버지가 동학군으로 죽임을 당했다는 사실을 두려움 없이 밝히게 된 것은 기실 5, 6년 안팎의 일이었다. 지금 군대에 복무 중인 아들이 중학교에 다닐 때였다. 하루는 학교에서 돌아온 아들이 손팔도에게 동학군은 나쁜 일을 한 것이 아니라고 말해 주었다. 수업시간에 선생이 그렇게 가르쳤다는 것이었다. 손팔도는 아들을 앞세우고 학교로 그 선생을 찾아가서 자세한 이야기를 들었다. 마치 손팔도 자신이 할아버지와 함께 오랫동안 감옥에 갇혀 있다가 풀려나온 기분같기도 하였다. 그는 그 사실을 이미 이 세상 사람이 아닌 아버지와 할아버지에게 알리고 싶었다. 아들을 앞세우고 아버지의 산소에 찾아가서 무릎 꿇고, 이제 할아버지가 동학군이었다는 것을 큰소리로 외쳐대도 아무렇지가 않다고 아버지의 혼백에게 말했다.

손팔도는 해마다 동학농민군이 황토재에서 전라감영군을 격파한 5월 11일을 기념하여 정읍에서 동학기념제가 열린다는 것도 알았다. 그는 3년 전 할아버지의 고향인 고부면 신중리까지 찾아갔었다. 아버지가 살아생전 그렇게 가보고 싶어 했던 고향에 찾아가 보았지만 아무도 아는 사람이 없었다. 마을 사람들한테 할아버지의 이름을 말해 보았다. 아무도 할아버지의 이름을 몰랐다. 손팔도는 울고 싶도록 마음이 답답했다. 할아버지를 모르는 그들이 원망스러웠다. 그는 배신감 같은 것을 느꼈다. 할아버지가 갑오년 때 동학군으로 관군과 싸우다 붙잡혀 죽임을 당했노라고 외치듯 말했으나, 마을 사람들은 갑오년에 죽은 사람이 어디 하나둘이냐면서 오히려 답답하다는 표정들이었다.

할아버지의 혼백이 어디에 잠들어 있는지 알 턱이 없는 손팔도는 신중리 죽산부락이 내려다보이는 야트막한 언덕에 세워져 있는 동학혁명모의비東學革命謀議碑 앞에 두 번 큰절하고 돌아왔다. 설레는 마음으로 고향에 찾아갔다가 할아버지 이름조차도 모르는 고향 사람들을 만나고 돌아온 그는 한동안 우울해 있었다. 그럴수록 그는 할아버지의 이름이 올라 있는 족보와, 족보 책갈피에 끼워져 있는, 색깔이 누르께하고 바래고 붓글씨가 빽빽하게 씌어 있는 낡은 종이쪽지를 더욱 소중하게 여겼다.

목도꾼들이 큰 소나무들이 울타리처럼 둘러 있는 산소에 빗돌을 메고 끙끙거리며 도착하자, 그곳에는 흰 두루마기를 입은 지관 최 씨와, 비석을 세우는 후손들 몇 사람이 미리 와서 불을 피우고 앉아 있었다. 목도꾼들은 숨 돌릴 사이도 없이 지관 최 씨가 시키는 대로 입비를 서둘렀다. 그들은 덩실한 쌍분의 화강암 상석 앞 한가운데에, 전날 석공소에서 미리 옮겨온 비석의 기단을 놓고, 그 위에 빗몸을 세웠다.

입비를 끝내고도 제막식까지는 두어 시간 남짓 여유가 있었다. 목도꾼들은 제막식 뒤 끝에 탁주사발이라도 얻어 마실 셈으로 햇빛을 받고 앉아서 기다렸다. 비석을 메고 올라올 때까지만 해도 땀벌창이 되어 있었는데 어느덧 땀에 젖은 옷이 몸에 선득거릴 만큼 추위를 느꼈다.

시간이 흐르자 제막식 참례객들이 산으로 올라왔다. 산소가 자리 잡은 산자락 아래 신작로에는 여러 대의 자동차들이 뿌이옇게 흙먼지를 날리며 도깨비재 쪽으로 올라오고 있는 것이 보였다. 모두 제막식의 참례객들이 타고 오는 자동차들이었다. 상수리나무 숲길에도 아기다복솔밭 길에도 양복을 입은 점잖은 참례객들이 줄지어 올라오고 있었다.

"후손이 솔찬히 짱짱헌 모양이네."

손팔도가 신작로의 자동차와 산소로 올라오고 있는 참례객들을 내려다보며 중얼거리듯 말했다.

"비석을 세운 양반의 손자가 하나는 큰 회사 사장님이고, 또 하나는 으디 서장이라고 허드만요."

개도둑 전과가 있는 젊은 목도꾼이 자신 있게 말했다.

"죽은 양반 후손 한번 잘 됬구만."

"후손을 잘 둔 것이 아니고, 조상을 잘 만난 것 아닌감?"

"조상 잘 만나야 잘난 후손 되는겨?"

젊은 목도꾼들이 저마다 한 마디씩 뱉었다. 손팔도를 제외한 그들을 어쩌면 보잘것없는 조상을 마음속으로 원망하고 있는 것인지도 몰랐다. 그들은 빨리 제막식이 시작되기를 기다렸다. 제막식이 끝나고 거나하게 취해 버리고 싶었다. 그것만이 조상 못 만난 것, 잘난 후손 못된 것을 잊어버리릴 수 있기 때문이다. 그들은 술에 취해 버리면 그만이었다. 자신이 초라하게 느껴질수록 더욱 술에 취하고 싶었다.

해가 정수리 위에서 도깨비재 쪽으로 기울어서야 제막식이 시작되었다. 후손 대표되는 사람이 인사말을 하고, 누구인가 비석의 주인에 대한 약력을 너절하게 소개했다. 제막식이 진행되는 동안 목도꾼들은 큰 소나무 밑에 웅크리고 앉아 있었다. 손팔도는 종이쪽지에 쓴 약력을 읽고 있는 사람의 입에서 동학이라는 말이 나오기를 기다리며 귀를 기울였다. 그러나 약력 소개가 다 끝날 때까지 동학에 대한 말은 한마디도 나오지 않았다.

"자네 헛들었구먼. 동학 때 공을 세웠다는 말은 한마디도 없지 않은가!"

손팔도는 이내 실망한 얼굴이 되어 젊은 목도꾼을 흘겨보았다.

"내가 선하게 알아오겠네."

김달삼이가 일어서서 제막식이 거행되고 있는 쪽으로 지싯거리며 다가갔다.

잠시 후 제막식이 끝나고 목도꾼들 앞으로 흰 플라스틱 막걸리 한 통이 배당되었다. 제육이며 홍어며 안주도 푸짐했다. 연장자인 손팔도가 먼저 술통에서 따라준 술사발을 벌컥벌컥 기울이고 나서 홍어회 한 점을 입에 넣었다. 그들은 나이순으로 술잔을 돌렸다. 두순 배가 시작될 때까지도 김달삼은 목도꾼들에게 돌아오지 않았다.

김달삼은 비석에서 조금 떨어진 곳에서 지관 최 씨와 한동안 이야기를 주고받고 있었다. 그는 손팔도가 세 사발째 술잔을 기울여 어느덧 얼굴이 불콰해지기 시작해서야, 입맛을 쩝쩝 다시며 그들에게로 왔다.

"동학 때려잡은 공을 세웠다누만 그려!"

김달삼이가 쭈그리고 앉아 술잔을 받으며 무슨 큰 비밀이라도 말하듯 낮은 목소리로 소곤거렸다. 순간 손팔도의 얼굴이 싸늘하게 굳어지는가 싶더니 이내 무섭게 일그러졌다.

"그러면 그렇재! 독립투사 후손 잘 된 사람 못 봤고, 친일파 집안 망했다는 소리 못 들었는듸……."

술은 한 잔이면 족하고 담배도 피울 줄 모르며 말수가 적고 고등학교까지 다녔다는 젊은 목도꾼이 말했다.

"지관 최 씨 말로는 이 비석 주인이 갑오란 때 얼매나 독살스러웠던지, 동학이 일어난 마을은 죄 불을 질러베리고, 동학군을 붙잡은 대로 쥑였고, 그 가족들까지 끌어갔다누만 그려! 안핵사라는 벼슬이 난리가 나면 난리를 일으킨 사람들을 잡아 족치는 자리라누만! 그러고 보니께, 팔도 네 할애비도 어짜면 저 양반 손에 죽음을 당했는지도 모르겄다야!"

김달삼은 홍어를 우적우적 씹으며 마치 손팔도를 실실 놀려대기라도 하는 듯 이죽거렸다.

"내가 잘못 들은 것은 아니로구만요. 동학 때 공을 세운 것은 틀림이 없지 않는가벼요!"

개도둑 전과자가 말했다.

"그렇다면 서로 웬수지간이 되는감요?"

"저 양반 동학 때 독살스러운 짓 허고도, 벼슬이 계속 올라갔다누만! 지관 최 씨가 족보를 쫙 꿰고 있다니께! 이 불쌍한 놈아, 네 할애비도 저 양반 같은 공을 세웠어야 네놈의 팔자가 늘어졌을 것인듸…… 그 할애비에 그 손자로구나!"

말수 적은 젊은이의 말을 받은 김달삼은 다시 손팔도를 놀려댔다. 그러나 손팔도는 대꾸 한마디 없이 손수 술통에서 술을 따라 거푸 들이켰다. 그는 마치 술에게 화풀이라도 하는 것처럼 무섭게 마셔댔다. 잔을 기울이면서 그는 비석을 에워싼 후손들과 참례객들을 둘러보았다. 그들이 모두 동학군들을 잡아 죽인 관군들처럼 보였다. 갑자기 그들이 두려워졌다. 그는 그 두려움을 술로 이겨내기라도 하려는 듯 숨돌릴 여유도 없이 계속 마셔댔다. 손팔도는 할아버지가 원망스럽지 않았다. 할아버지한테 못난 자신이 부끄러울 뿐이었다. 비석 주인의 후손들과 참례객들이 두렵게 느껴질수록 나는 할아버지에게 부끄러움이 더욱 커졌다.

제막식에 참석했던 사람들이 하나둘 산에서 내려가기 시작했다. 술에 취한 손팔도는 흙바탕 위에 벌렁 드러눕고 말았다.

비석이 세워진 산소에는 손팔도와 김달삼 두 사람만 남아 있었다. 젊은 목도꾼들도 산을 내려가 버렸다. 검은빛 나는 화강암 비석에는 사그라져 가는 하루의 마지막 햇살이 엷게 걸려 있었다.

"그만 정신 채리고 내려가세. 이것은 자네 할아부지 탓이 아니고 우리가 못난 탓이네. 우리가 시방 뵈기 싫은 저눔의 비석 하나도 넘어뜨릴 힘이 없지 않은가. 할아부지 한을 풀어주는 길은 자네가 돈 많이 벌어갖고, 저눔에 비석보담 더 크게 세우는 일이여. 비석의 할아부지 함자 밑에, 이 어른은 동학 때 농사꾼들을 위해서 싸우다가 안핵사 이병태한테 잡혀 죽유을 당하셨느니라 하고 비문을 새기는 거여! 자네는 시방 저눔의 비석을 동강내 뿔고 싶겠재만, 그것보담은 내 말대로 허는 것이 훨씬 고상헌 복수여!"

김달삼은 여지껏과는 달리 부드러운 목소리로 손팔도의 기분을 달래주었다. 손팔도는 김달삼의 말마따나 동학군을 무참히 죽인 안핵사의 모습으로 거만하고 당당하게 서 있는 비석을 넘어뜨리고 싶은 생각이 간절했으나, 그에게는 그만한 일을 뒷감당할 만한 힘이 없었다. 안핵사의 비석을 넘어뜨려 버리고 나서, 동학은 위대한 혁명이었다고 말하는 유식한 사람들을 찾아간들, 그들이 나서서 뒷감당까지 해줄 것 같지가 않았다.

"그려. 내가 너무 약혀! 나는 저눔에 비석을 넘어뜨릴 만한 힘도 없어!"

손팔도는 한숨을 섞어 말하며 일어섰다. 그는 비척거리면서 안핵사 이병태의 비석을 뚫어질 듯한 눈빛으로 흘겨보았다. 그는 김달삼의 부축을 받으면서 산에서 내려왔다. 산에서 내려오면서 울부짖는 듯한 목소리로 노래를 불렀다.

새야 새야 파랑새야

전주 고부 녹두새야

어서 바삐 날아가라

댓잎 솔잎 푸르다고

봄철인 줄 알지마라

백설 휘날리면 먹을 것 없어진다

손팔도의 칼칼한 노랫소리는 바람을 타고 차갑게 느껴지는 저녁노을 속으로 퍼져갔다. 그는 넘어지고 미끄러지면서 계속 노래를 불렀다. 노래만이 위안이 되었다. 손팔도는 그 노래를 아버지가 늘 흥얼거리던 것을 귀동냥으로 배웠다. 아버지는 단 한 번도 큰소리로 그 노래를 부르지 못하고 입속으로만 흥얼거리곤 했었다. 손팔도는 그렇게 큰 목소리로 노래를 불러 보기는 처음이었다.

그는 산을 다 내려와서 구포읍으로 휘어들어가는 어두운 신작로를 따라 비틀거리면서 계속 노래를 불렀다. 시장통의 후미진 그의 집까지 김달삼이가 부축하여 데려다주었다. 시장통 노변에서 갈치 나부랭이를 받아서 팔고 있는 손팔도의 처는 아직 돌아오지 않았고, 서른이 가깝도록 시집을 못 가고 있는 절뚝발이 딸 정혜가 저녁을 지어 놓고 기다리고 있었다.

손팔도는 한사코 돌아가겠다는 김달삼을 그의 안방으로 끌고 들어가서 장롱의 서랍 깊숙이 넣어둔 낡은 족보를 꺼내놓고, 동학군으로 죽임을 당한 할아버지의 이야기를 다시 시작했다.

"자, 보란 말여! 또 우자 석 삼자가 내 할아부지란 말여!"

김달삼의 무릎 앞에 족보를 펼친 손팔도는 시비조로, 그러나 자랑스럽게 말했다.

"그렇구먼, 그란듸 자네 이름이 안 올라 있으니, 이 분이 자네 조부님이라는 증거가……."

김달삼은 손팔도의 눈치를 살피면서 말끝을 흐렸다. 그러자 손팔도가 도끼눈을 하고 김달삼을 찍어 보며,

"달삼이 자네, 내 말을 못 믿겠다 이건가?"

하고 버럭 고함을 질렀다.

"못 믿는다는 것보담도……."

김달삼은 생각 없이 말을 뱉고 나서야 아차 하고 후회했다. 기실 그는 손팔도의 말을 믿고 있는 터였다.

"이것보라고! 우리 할머님이 족보 속에 넣어갖고 온 것인데!"

손팔도는 다시 족보의 책갈피에서 누렇게 색이 바랜 쪽지를 꺼내 김달삼의 코앞에 펼쳤다. 김달삼은 한문에 한글로 토를 달아 쓴 낡고 색깔이

바랜 쪽지를 받아들고 한동안 말없이 찬찬히 들여다보았다. 그리고 소리 내어 읽기 시작했다.

각리이집강좌하라. 우와여히 격문을 사방에 비전하니, 물론이승비하얏다. 매일 난망을 구가하던 민중드른 처처에 모여서 말하되, 낫네낫네 난리가 낫서, 에이 참 잘 되얏지, 그양 이대로 지내서야 백성이 한사람이나 어듸 나머있겠나 하며 기일이 오기를 기다리더라. 이때에 도인드른 선후책을 토의 결정하기 위하야 고부 서부 서죽산리 송두호가에 도소를 정하고 매일 운집하야 차사를 결정하니 그 결의된 내용은 좌와 여하다.

고부성을 격파하고 군수 조병갑을 효수할사,
군기창과 화약고를 점령할사
군수의에 아유하야 인민을 침어한 탐리를 격징할사
전주영을 함락하고 경사로 직행할사

여기까지 읽고 난 김달삼의 표정이 장승의 얼굴처럼 굳어졌다. 그것은 동학군의 사발통문이었다. 머리에 계사 십일월 ○일이라 쓴 다음에, 주동 인물이 누구인지 모르게 하려고 스무 사람이 사발 모양으로 둥그렇게 이름을 쓰고 서명을 한 것이었다. 김달삼은 서명한 사람들의 이름을 하나하나 읽어갔다. 아랫부분 한가운데에 전봉준과 송두호의 서명이 있었다.

"이것 말이시, 보통 문서가 아니로구먼. 동학이 일시에 일어나서 관아를 쳐부수자고 결의한 것일세. 그란듸, 서명한 스무 명 중에 손씨로는 손여옥이라는 이름은 있는듸, 자네 할아부지 함자는 없구만 그랴. 허나, 이것은 각 마을 집강들한테 보낸 것인께, 어쩌면 자네 할아부님은 마을의 집강이었는지도 모르겄네.”

김달삼의 말에 잠시 실망한 빛을 보인 손팔도는 이내 얼굴을 활짝 펼치며,

“마을 집강이라면 그 마을의 동학 대표라 그 말 아닌감?”

하고 물었다.

“그런 셈이재.”

“옳거니 그러니께 우리 할아부지는 동학의 마을 집강어른이셨구만……”

“좌우당간에 이것 말이지, 아주 귀한 물건인 것 같네. 백 년 가까이 된 것인께 값이 나갈 물건이여!”

“참말이여? 참말로 돈이 될 수 있으까?”

“요새는 이런 골동품이 큰돈이여.”

“우리 집강할아부지 비석 세울 돈이 될까?”

“그만한 값이 나갈지도 모르재.”

“옳거니, 우리 할아버지께서 후담에 당신 비석 세우라고 이것을 족보 속에 넣어 두셨구만 그려!”

손팔도는 흥분한 목소리로 말했다. 그는 술이 깨어 머릿속이 아침 햇살처럼 맑아진 듯한 기분이었다. 그는 너무 마음이 들떠 앉았다 일어섰다 하며 어쩔 줄 몰라 했다. 딸 정혜가 저녁 밥상을 들고 들어왔는데도 밥 먹을 경황이 아니라면서, 사발통문을 신문지로 말고 다시 보자기에 싸 들고 일어섰다.

“값이 얼매나 나가는지 알아봐야겄구만.”

손팔도는 사발통문을 싼 보를 옆구리에 끼고 김달삼을 몰아세우며 집에서 나왔다.

“어디 가서 알아본다는 겐가?”

감달삼도 약간 흥분한 목소리로 물었다. 그는 큰돈이 될지도 모르는 귀한 골동품을 갖고 있는 손팔도가 부러웠다. 그들은 시장통을 꿰고 큰길로 나와 누구를 찾아가야 좋을지 잠시 망설였다. 그들이 서 있는 맞은편에 경찰서 건물이 어둠 속에 육중하게 버텨 있고 사무실에서는 불빛이 희끄무레하게 흘러나왔다. 손팔도는 무턱대고 경찰서 안으로 들어가서 평소에 종씨라고 인사를 하고 지내는 손 과장을 찾아갔다. 손 과장은 초록빛 비닐 커버가 찢어져 벌렁거리는 낡은 나무 회전의자에 앉아 있었다. 그는 자빠듯이 상반신을 뒤로 젖히며 손팔도가 펼쳐 보인 사발통문을 읽어 내려갔다.

"얼매나 귀한 것입니까요? 값으로 따지면 얼매짜리나 될까요?"

손팔도는 손 과장이라는 사람이 다 읽기도 전에 거듭 물었다. 그러나 손 과장은 사발통문을 다 읽고 나서 한동안 말없이 손팔도와 김달삼을 번갈아 쳐다보기만 했다. 그러고 나서 심문하듯 날카로운 목소리로,

"이 불온문서를 어디서 났소?"

하고 물었다. 순간 손팔도는 모래 씹는 얼굴이 되었다. 손팔도는 그제서야 잘못 찾아왔구나 하고 후회하면서, 사발통문을 집에 보관하게 된 자초지종을 모두 이야기하고, 당분간 손 과장이 갖고 있겠다는 것을 사정사정하여 간신히 되돌려받아, 도망치듯 경찰서에서 나왔다.

두 사람은 다시 경찰서에서 그리 멀지 않은 구포고등학교로 찾아갔다. 그들은 숙직을 하는 나이가 듬직한 선생한테 사발통문을 펼쳐 보였다. 도수 높은 검은 테 안경을 낀 숙직 선생은 약간 긴장된 표정이었다.

"이 사발통문을 어디서 났습니까?"

숙직 선생이 안경을 벗어들며 물었다. 사발통문이라는 말을 처음 들은 손팔도와 김달삼은 마음속으로, 이 선생도 경찰서 손 과장처럼 말하는구

나 하고 생각하며 실망한 얼굴로 마주 보았다. 그들은 사발통문이 손 과장이 말한 불온문서와 같은 것으로 생각하고 있었다.

"아주 귀한 것입니다. 이것이 어디서 났지요?"

숙직 선생의 다음 말에야 그들은 다시 마주 보며 벌쭉이 웃었다.

그리고 그들은 학교로 오기를 잘했구나 하고 눈으로 말을 주고받았다.

"값이 얼매나 나갈까요?"

손팔도가 물었다.

"정확한 값은 잘 모르겠으나, 귀한 것임엔 분명합니다."

숙직 선생이 말했다.

"어디 가면 이 물건값을 알 수가 있을까요?"

"파시려구요?"

"값만 적당하면 팔지라우."

"대학 박물관이나, 큰 골동품상으로 찾아가셔야……."

숙직 선생은 말끝을 흐리며 안경을 끼고 다시 한번 사발통문을 자세히 들여다보았다.

"천상 광주로 나가봐야겠구만 그랴."

손팔도는 사발통문을 보자기에 싸며 말했다. 그는 이미 밤이 늦었으므로 다음날 새벽에 첫차를 타고 광주로 나갈 생각이었다.

손팔도와 김달삼은 학교 앞 큰길에서 헤어졌다.

"귀한 보물 남겨준 네놈 할애비가 부럽구나."

"우리 할아부지 비석 세울 때는 달삼이 네놈이 연설 한마디 해줘사 쓰것다."

그들은 헤어지면서 그렇게 주고받았다. 사발통문을 싼 보자기를 옆구리에 끼고 집으로 가고 있는 손팔도는 콧노래를 흥얼거렸다. 휘파람이라도 불고 싶었다. 차가운 달빛이 그의 마음속까지 환하게 비춰주는 듯싶었다. 그는 지금껏 가슴 속 깊은 곳에 어혈처럼 품고 살아왔던 오기의 톱날들이 일시에 녹아 없어지는 것 같은 감미로움을 맛보았다. 이제 아무도 부럽지가 않았다. 더 큰 목소리로 할아버지의 이름을 부르며 살아가리라 다짐했다.

집에 돌아오자 마누라가 이불을 머리끝까지 뒤집어쓰고 누워있었다. 딸 정혜의 말로는 조금 전에 집에 돌아오자마자 심한 한속을 했다는 것이었다. 며칠 전부터 사지가 녹아내리는 것처럼 온몸에 힘이 쫙 빠지고 옆구리가 심하게 결리면서 밥맛이 떨어진다고 하더니 기어이 앓아눕게 되고 말았다. 손팔도가 손으로 아내의 이마를 짚어보았더니 땀이 끈끈하게 솟고 아직 열이 내리지 않았다. 그러나 그는 아내의 병 따윈 대수롭지 않게 생각했다.

손팔도는 딸 정혜에게 몇 년 전 고향에 갈 때 처음으로 맞춰 입은 후, 장롱 속에 넣어둔 새 양복을 꺼내 다리미질을 해놓으라고 이르고, 새벽 일찍 일어나기 위해 잠자리에 들었다.

그는 꿈을 꾸었다. 석공소의 다른 목도꾼들과 함께 할아버지의 빗돌을 옮기고 있었다. 햇살은 눈부시게 빛나고 바람은 적당하게 불었다. 그들은 선소리 앉은소리를 주고받으며 떡갈나무며 갈대가 회갈색으로 우거진 높은 산을 오르고 있었다. 그들이 메고 가는 할아버지의 빗돌이 유난히 더 무거웠다. '동학 집강 손또삼孫Ⅹ三'이라고 새긴 비문이 햇살을 받고 살아 있는 듯 꿈틀거렸다. 빗돌 또한 보통 것들보다는 훨씬 컸다. 손팔도와 김달삼은 목청껏 앉은소리를 받으며 산을 오르고 있었다. 어깨가 바스러질 것 같지도, 두 다리가 후들거리지도 않았다. 그런데 이상한 것은 얼핏 한순간에 손팔도 자신이 할아버지의 빗몸으로 변해버린 것이었다. 목도꾼들이 손팔도 자신을 빗돌처럼 메고 선소리 앉은소리를 받으며 가파른 산길을 오르고 있었다. 목도꾼들의 선소리 앉은소리가 마치 상엿소리처럼 구슬프게 들렸다. 할아버지의 빗몸이 되어 반듯하게 누워있는 그의 눈에, 하늘과 산봉우리와 나무들이 물구나무서서 그에게로 곤두박질쳐오는 것 같았다. 손팔도는 소스라치게 놀라며 눈을 뜨고 벌떡 일어나 앉았다. 아내가 심하게 앓고 있었다. 또 한속에 부대끼는지 이빨 마주치는 소리까지 들렸다. 뒤집어쓴 이불 밑으로 손을 넣어 보았더니 온몸이 흥건히 땀에 젖어 있었다.

죽창문이 희번하게 밝아오기 시작했다. 여느 때 같으면 아내가 어둠을 털고 일어나서 큰 플라스틱 함지를 들고 포구로 생선을 받으러 나갈 시간이었다.

손팔도는 때걱 전등의 개폐기를 돌려 방안에 불을 밝히고 서둘러 새 양복을 꿰입었다. 그는 앓고 있는 아내한테는 말 한마디 하지 않은 채 사발통문을 싼 보자기를 들고 집을 나와 버스정류장으로 향했다. 어둠이 서서히 벗겨지기 시작하는 하늘의 한 모퉁이에서 한줄기 거친 새벽 찬바람이 휘익 거리를 휩쓸고 지나갔다. 바람 소리가 마치 목도꾼들의 무거운 한숨처럼 들렸다. 버스정류장을 향해 서둘러 가고 있는 손팔도의 눈앞에, 할아버지의 이름을 새긴 비석이 밀려가는 어둠과 함께 환영으로 떠올랐다. 그리고 그 비석은 하늘을 향해 자꾸만 뻗질러 올랐다. 거리의 담벼락과 나무와 집들과 전봇대까지도 비석으로 보였다. 눈에 보이는 모든 것들이 비석으로 일어서고 있었다.

『문학사상』, 1984.1

고향을 지키는 작가

염무웅〈문학평론가〉

　어디든 다니기를 좋아하는 성격이면서도 오랫동안 전라도 땅엘 가보지 못해서 유감이었는데, 서너 해 전에 한번 광주에 갈 일이 있어 다녀오고 나니까 길이 틔어서 그런지 자꾸만 거기 갈 일이 생긴다. 그래서 이제는 내가 태어난 강원도 속초나 내가 자라난 충청도 공주보다도 훨씬 더 자주 가는 곳이 전라도 광주가 되고 말았다. 이상한 것은 가볼수록 점점 더 가고 싶어지는 곳이 광주란 사실이다. 거기 가면 도무지 낯선 데에 온 것 같지를 않고, 마치 사무실이 있는 번잡한 도심지에서 집 근처의 동네로 들어온 것만 같은 느낌이 든다. 마음이 그렇게 편안해질 수가 없다. 술맛 좋고 음식 인심이 좋아서 그런 점도 없지는 않을 것이다. 그러나 물론 그보다는 거기 사는 사람들이다. 송기숙 교수, 문병란 선생, 한승원 형, 문순태 형, 박석무 형들 중에서 한 분만 광주에 산다고 해도 늘 가서 만나고 싶을 터인데, 이 분들이 한꺼번에 몰려 살고 있으니 한번 광주에 가면 그야말로 일석오조— 石五鳥인지 일석십조—石+鳥인지 모를 수지를 맞추는 셈이 된다.

　그중에서도 문순태 형은 아마 광주 인심의 대표자일 것이다. 그는 우선 다른 분들보다 지리적으로 유리하다. 시내 중심가에 자리 잡은 신문사의 편집 책임자로 일하는 몸이니, 가서 연락하면 의례껏 10여 분 이내로 만날 수가 있다. 그런데 사실은 문 형과 다니노라면 편리한 점도 많지만 불편한 점도 적지 않다. 길거리에서건 다방에서건 그는 쉴 새 없이 아는 사람들과 인사를 나누기 때문에 걷다가도 한참씩 서서 기다려야 하고 얘기하다가도 갑자기 중단해야 할 적이 한두 번이 아니다. 그만큼 광주에서는 상당한 유지 축에 드는 인사다.

그러나 소설가로서의 문형은 아주 뒤늦게 문단에 나왔다. 혹 모르는 분 중에는 그가 20대의 청년이 아닌가 여길지도 모르겠다. 그러나 실은 그는 고등학교 때부터 동창인 이성부와 더불어 광주 사회가 알아주는 문사였고 65년에는 김현승 선생한테 시를 추천받은 적도 있다. 그러다가 잠시 문학을 걷어치우고 신문사에 들어가 10년 넘게 일했다. 근년에는 문학부장 노릇도 하기는 했지만, 내가 들은 바로는 사회부 기자로서 더 날렸던 것 같다. 산골로, 낙도로, 도시의 뒷골목으로 안 가는 데 없이 쫓아다니며 보고 들은 현장의 사건들을 그는 수없이 기사화했다. 이러한 오랫동안의 사회부 기자 생활이야말로 오늘의 소설가 문순태에게는 더없이 값진 훈련 기간이요, 문학적 자산의 축적 기간이었을 것으로 짐작된다. 만약 그가 훨씬 전에 문단에 나와서 — 그는 능히 그럴 수 있는 재주꾼이다 — 이름 석 자를 문인 명단에 올리게 되었더라면 아마 지금의 문 형과는 아주 다른 흔한 시인이나 소설가 중의 한 사람이 되었을지도 모른다. 그런데 그는 서른이 훨씬 지나서야 10년 아래의 젊은이들 틈에 끼어 잡지에 투고해서 당선되었던 것이다.

이제 그는 창작집을 두 권째 가지게 된 어엿한 소설가로 성장했지만, 아직도 습작 시대의 자세로 창작에 몰두한다. 웬만큼만 이름이 알려져도 청탁을 받아야 원고지를 대하게 되는 것이 우리들의 타성인데, 그는 지금도 여러 가지 집필계획을 짜놓고 현지답사와 자료수집에 열중이다. 얼마 전 서울에 와서 만났을 때도 그는 영산강 유역 농민의 역사를 대하소설로 엮으려고 웅대한 포부의 일단을 흥분해서 피력하기도 했다. 놀라운 점은 그가 소설만 써서 먹고 사는 이른바 직업작가가 아니라는 사실이다. 판소리에 관심을 가져 임방울 같은 명창에 대한 글도 썼고, 그림에도 일가견을 가져 의재毅齋에 관한 저서를 내기도 했으며, 그 밖에도 많은 르포들을 집필한 바 있다. 그러면서 신문사의 편집 실무에 책임을 지고 있다. 건강이 남달리 좋아서 이렇게 두세 사람 몫의 일을 하느냐 하면 그게 아니고 그는 늘 골골하는 허약한 몸이다. 그러고 보면 이 문순태란 사나이는 참 대단한 인물임이 분명하다.

　무엇보다도 문형의 훌륭한 점은 고향을 지키는 그의 자세이다. 많은 사람이 돈과 명예를 찾아 서울로, 외국으로 떠나가고 있는데 그는 꿋꿋하게 광주 바닥에 버티고 있다. 그가 지키고 있는 것은 어찌 광주라는 땅이겠는가. 출세주의와 이기주의의 홍수가 흘러넘치는 이 세태 속에서 그가 정말 지키고자 하는 것은 바로 인간됨 그 자체가 아니겠는가. 첫 소설집 『고향으로 가는 바람』 후기에서 그는 "잃어버렸던 고향을 다시 찾은 이제, 나는 오랫동안 묵혀두었던 묵정밭을 열심히 일구어 씨를 뿌릴 따름이다. 내가 일군 땅의 곡식들이 감미로운 예술이 되기보다는 눈물이 질펀한 진실의 열매이기를 더 바란다"라고 말한 바 있다. 그가 잃어버렸다가 다시 찾은 고향, 그것은 다만 어느 땅을 가리키는 것이 아니라 그 땅에서 인간 본연의 바탕을 잃지 않고 살아가는 이 시대의 수많은 가난한 동포들일 것이다. 그리하여 그의 소설은 그런 사람들 — 남을 짓밟기보다 짓밟히는 사람들, 남의 것을 빼앗고 가로채기보다 빼앗기고 잃어버리기만 하는 사람들, 집이 헐리고 직장에서 쫓겨나고 심지어 감방에까지 들어가야 하는 사람들을 주로 다룬다.

　물론 못 사는 사람들 얘기를 쓴다고 덮어놓고 좋은 소설이 될 수 없을 것이다. 문 형의 작품 역시 그런 서민 생활의 묘사에만 그 진가가 있는 것은 아니다. 더욱 중요한 것은 작품의 소재가 무엇이었든 간에 거기서 진정으로 인간다운 가치를 발굴해내고 그것을 미래의 꿈과 역사의 구체적인 목표와 올바르게 결합시키는 데 있다. 그렇기 때문에 무능하고 선량하고 우직한 그의 주인공들은 바로 그런 삶의 고통으로서 이 시대의 모든 약삭빠르고 재주 좋은 출세주의자에 대해서 통렬한 비판을 가하는 것이다. 이런 점에서 그의 소설은 자신의 말대로 '감미로운 예술'이 아니라 '눈물이 질퍽한 진실의 열매'이다. 그러나 진실보다 더 예술을 예술이게 하는 것이 무엇인지 나는 묻고 싶다. 사람이란 일만 할 수는 없고 때로는 쉬기도 해야 하고 가끔 놀기도 해야 한다. 노는 데는 어쩌면 감미로운 예술도 필요할지 모른다. 그러나 그 감미로움이 진실에 대해 배타적이려고 하는 순간 그것은 감미로움도 아무것도 아닌 허위요 기만이며 인간 그 자신에 대한 파괴적 기능으로 전화한다. 문 형의 소설은 예술의 이름으로 감행되는 인간 파괴에 대하여, 성장과 발전이라는 화려한 외관 뒤에서 진행되는 고향 상실과 자기 망각에 대하여 바로 진실의 이름으로 도전하고자 하는 것이다. 물론 그의 모든 작품이 성공적인 것은 아니라고 생각된다. 때때로 그의 소설은 지나치게 답답하고 어둡다. 흔히 하는 말로 인생의 밝은 면을 그리자는 것이 아니라 어둠 속의 밝음을, 밝음 속의 어둠을 도려내는 더 튼튼한 비전이 있어야 할 것 같다. 그러한 낙관적 전망에 의해서 그의 소설은 더 너그러워지고 더 깊어지고 또 더 예리해질 것이다.

소설책을 두 권씩이나 냈으면 중견작가란 말을 들어도 과분할 것이 없지만, 나는 그가 아직도 좀 더 신인 행세를 하고 신인다운 패기로써 자신을 채찍질할 필요가 있다고 생각한다. 우리 민중들 속에 잠재된 무진장한 사연들, 그들의 오랜 고난과 그 고난 속에서 키워온 끝없는 갈망은 지금도 위대한 문학으로 형상화되기를 기다리고 있다. 적어도 그 기다림이 끝나기까지는 작가들은 언제나 신인이어야 할 것이다. 고향을 지키며 고향 사람들의 목소리로 그들의 설움을 증언하는 작가 문순태의 다음 작품을 기다리는 까닭도 여기에 있다. 그의 소설집 출간을 진심으로 축하한다.

이 글은 『흑산도 갈매기』(백제출판사, 1979)에 실린 초판 작품 해설임.

별로 먹은 것도 없이 빙빙하게 헛배가 불러 있는 나는, 왜소한 몸뚱이 하나 제대로 가눌 수 없을 만큼 노상 흐느적거린다. 그래도 녀석들은 내가 다시 이야기꾼이 된 뒤부턴 흉측스러운 똥배가 쑥 들어갔다고들 하지만, 아직 내 뱃속에는 이 풍진 세상의 오만가지 잡스런 바람들로 뺑하게 부풀어 있다.

나는, 온몸의 혈관을 걸레를 짜듯 쥐어 비틀어, 온갖 잡스럽고 구린내 나는, 신문기자 십수 년에 내 육신과 정신을 허물어버린 더러운 바람들을 깡그리 뽑아내는 '바람빼기 작업'을 시작한 거다.

그러나 나는 이 잡스런 바람들을 많이 둘러 마신 탓으로, 내 망막에 신비니 환상이니 하는 관념의 안개 따위 말끔히 걷히고, 짓밟고 짓밟히는 사람들의 처절한 목소리와 깊은 상처를 속속들이 핥아낼 수가 있었다.

이 산 저 산 쫓기며 전쟁의 총알받이가 되었던 유년 시절, 지게 목발 두드리다가 부모 몰래 광주로 튀어나왔던 소년 시절, 퀴퀴한 하수구 위의 판잣집 단칸방에 네 식구가 뒤죽박죽으로 벌레처럼 엉켜 살았던 청년 시절, 그러다가 어른이 되어선 제법 으스대고 사치와 허영에 길들어지면서, 고향은 두 번 다시 생각하기도 싫었던 삼십 대 느지막에, 나는 비로소 번데기가 되어 다시 태어난 셈이다.

잃어버렸던 고향을 다시 찾은 이제, 나는 오랫동안 묵혀두었던 묵정밭을 열심히 일구어 씨를 뿌릴 따름이다.

내가 일군 땅의 곡식들이 감미로운 예술이 되기보다는 눈물이 질퍽한 진실의 열매이기를 더 바란다.

이제 부지런히 고향 사람들과 함께 땀 흘려 묵정밭이나 갈고, 그동안 모른 척해 버렸던 역驛 뒷골목의 가난한 옛친구들도 만나면서 아픈 삶의 껍질들이나 싫도록 벗겨갈 작정이다.

1977.9 문순태(이 글은 『고향으로 가는 바람』(창작과비평사, 1977)에 실린 초판 후기임.)

수록 작품 발표 지면

「백제의 미소」	『한국문학』, 1974.6
「청소부」	『창작과비평』, 1975.봄
「무서운 거지」	『소설문예』, 1975.12
「여름 공원」	『창작과비평』, 1976.가을
「복토 훔치기」	『월간대화』, 1977.1
「고향으로 가는 바람」	『월간중앙』, 1977.3
「금니빨」	『뿌리깊은 나무』, 1977.12
「안개 우는 소리」	『문예중앙』, 1978.가을
「흑산도 갈매기」	『신동아』, 1978.12
말하는 돌	『소설문학』, 1981.1
잉어의 눈	『문학사상』, 1982.5
비석(碑石)	『문학사상』, 1984.1

1939년		10월 2일 (음력) 전남 담양군 남면 구산리에서 아버지 문정룡과 어머니 정순기 사이에서 장남으로 출생. (출생신고를 늦게 하여 호적에는 1941년생으로 됨)
1946년	8세	전남 담양군 남면 남초등학교 입학. 10대 종손으로 훈장을 모시고 한문 공부를 함. 『천자문』, 『학어집』, 『사자소학』, 『명심보감』을 마침.
1950년	12세	초등학교 5학년 때 6·25전쟁 발발, 고향 사람들이 좌우익으로 갈리어 서로 죽이는 광경을 목격함.
1951년	13세	고향이 공비토벌작전지역에 해당되어 소개. 가족이 화순군 이서면 월산리 논바닥 토굴에서 생활. 이후 고향의 전답을 팔고 가족이 모두 광주 무등산 밑으로 이사함. 광주에서 아버지는 두부 배달과 막노동을 하고, 어머니는 도붓장사를 함. 어머니의 도붓장사하는 짐을 대신 지고 광주 인근 마을을 따라 다니거나 무등산에서 땔감을 해다 팔.
1952년	14세	전남 신안군 비금면 신월리로 이사, 비금면에 있는 중앙초등학교로 전학.
1953년	15세	외가가 있는 전남 화순군 북면 맹리로 이사, 화순군 북면 서초등학교로 전학. 공부를 하고 싶어 혼자 광주로 나와 학강초등학교 6학년으로 편입.
1954년	16세	2월 22일 광주 학강초등학교 졸업. 3월 2일 광주 동성중학교 특대장학생으로 입학. 이후 광주에서 자취, 토요일 수업 후, 매주 걸어서 고향 인근 마을에 사는 학생들과 함께 담양의 잣고개와 유둔재를 넘어 학교에서 25km 떨어진 곳에 있는 외가 마을의 집을 왕복함.

1957년	19세	2월 12일 광주 동성중학교 졸업, 3월 2일 광주고등학교 입학. 가족이 광주역 뒤 동계천의 판잣집으로 이사. 시인 이성부와 함께 당시 전남대학교 학생이었던 박봉우 선배를 만남. 광주 양림동에서 김현승 시인에게 시 쓰는 법을 지도 받음. 문예부에 들어가 김석학, 이성부, 윤재성과 함께 '문예반 4인방' 결성.
1958년	20세	서라벌예대 주최 전국 고교문예작품 모집에 시 당선.
1959년	21세	『전남일보』 신춘문예에 가명(김혜숙)으로 시 입선, 『농촌중보』(『전남매일』 전신) 신춘문예에 단편소설 「소나기」 당선, 『농촌중보』 시상식에서 소설가 한승원을 처음 만남.
1960년	22세	2월 20일 광주고등학교 졸업. 전남대학교 문리대학 철학과 입학.
1961년	23세	전남대학교 철학과에서 2학년을 마침, 전남대학교 용봉문학회 창립, 초대 회장을 지냄.
1963년	25세	김현승 시인이 숭실대학교로 옮기자, 숭실대학교 기독교 철학과 3학년에 편입. 숭대문학상에 시 「누이」 당선. 서울 신촌에서 자취를 하며 조태일 시인과 함께 김현승 시인 댁을 자주 방문함. 아버지가 47세로 세상을 뜨자 광주로 내려와 조선대학교 국문학과 3학년에 편입. 조선대학교 부속고등학교에서 독일어 강사로 일함.
1964년	26세	1월 5일 나주 영산포의 과수원집 딸 유영례와 결혼. 장녀 리보 출생.
1965년	27세	『현대문학』에 김현승으로부터 시 「천재들」 추천받음. 조선대학교 국문학과 졸업. 조선대학교 부속고등학교 독일어 교사로 부임.
1966년	28세	5월 6일 전남매일신문사 기자로 입사. 기자 생활을 하면서 전라도 지방의 토속 자료를 수집하고 역사적 사건들을 취재하여 정리한 『남도

의 빛』 발간. 장남 형진 출생.

1968년 30세 제4회 한국신문상 수상. 차녀 정선 출생.

1972년 34세 전남매일신문사 정치부장으로 승진. 신문 기자 생활에 매력 잃고 소설 습작 시작. 매주 서울로 김동리 선생을 찾아가 소설 공부.

1974년 36세 『한국문학』 신인상에 단편 「백제의 미소」 당선. 이때 송기숙·한승원 등과 『소설문학』 동인 활동. 독일 뮌헨대학 부설 '괴테 인스티튜트'에서 독일어 어학 과정을 마치고 귀국. 「백제의 미소」(『한국문학』 6월호), 「불도저와 김노인」(『한국문학』 10월호) 발표.

1975년 37세 조선대학교 사대 독일어과 교수로 자리로 옮겼다가 한 학기를 마치고, 전남매일신문사 편집부 국장으로 되돌아옴. 단편 「아버지 장구령이」(『한국문학』 3월호), 「열녀야 문 열어라」(『월간중앙』 5월호), 「빈 무덤」(『시문학』 6월호), 「상여울음」(『세대』 10월호), 「무서운 거지」(『소설문예』 12월호), 중편 「청소부」(『창작과비평』 봄호) 발표.

1976년 38세 단편 「멋장이들 세상」(『월간중앙』 3월호), 「기분 좋은 일요일」(『뿌리깊은나무』 11월호), 「무너지는 소리」(『한국문학』 11월호), 「여름 공원」(『창작과비평』 가을호) 발표.

1977년 39세 단편 「복토 훔치기」(『월간대화』 1월호), 「고향으로 가는 바람」(『월간중앙』 3월호), 「말 없는 사람」(『신동아』 6월호), 「돌아서는 마음」(『시문학』 10월호), 「금니빨」(『뿌리깊은나무』 12월호, 「금이빨」로 작품명을 바꾸어 본 선집에 수록) 발표. 첫 번째 중·단편소설집 『고향으로 가는 바람』(창작과비평사) 출간.

1978년 40세 단편 「번데기의 꿈」(『한국문학』 3월호), 「안개 우는 소리」(『문예중앙』 가을호), 「깨어있는 낮잠」, 「흑산도 갈매기」(『신동아』 12월호), 중편

「감미로운 탈출」(『한국문학』 7월호), 「징소리」(『창작과비평』 겨울호) 발표. 실록 장편소설 『다산유배기』를 『세대』에 연재. 평전 『의제 허백련』(중앙일보사) 출간.

1979년 41세 단편 「저녁 징소리」(『한국문학』 3월호), 중편 「말하는 징소리」(『신동아』 6월호), 「마지막 징소리」(『문학사상』 9월호) 발표. 장편 『걸어서 하늘까지』를 『일간스포츠』에 연재. 두 번째 중·단편소설집 『흑산도 갈매기』(백제출판사) 출간.

1980년 42세 전남매일신문사에서 반체제 기자라는 이유로 해직당함. 단편 「하늘새」(『뿌리깊은나무』 8월호), 「탈회」(『한국문학』 12월호), 중편 「무서운 징소리」(『한국문학』 2월호), 「물레방아 속으로」(『문학사상』 6월호), 「달빛 아래 징소리」(『한국문학』 7월호), 단막희곡 「임금님의 안경을 누가 벗길 것인가」 발표. 대하소설 『타오르는 강』을 『월간중앙』에 4월부터 연재한 후 순천당에서 1권 출간. 장편 『걸어서 하늘까지』 상·하 (창작과비평사), 첫 번째 연작소설집 『징소리』(수문서관) 출간. 성옥문학상 수상.

1981년 43세 천주교에 입교(세례명 프란치스코). 단편 「말하는 돌」(『소설문학』 1월호), 「물레방아 소리」(『문예중앙』 봄호), 「달빛 골짜기의 통곡」(『월간조선』 3월호), 「난초의 죽음」(『소설문학』 11월호), 「황홀한 귀향」(『문학사상』 11월호), 중편 「물레방아 돌리기」(『문학사상』 5월호), 「철쭉제」(『한국문학』 6월호)에 발표. 장편 『아무도 없는 서울』을 『여성동아』에, 『병신춤을 춥시다』를 『신동아』에 연재. 대하소설 『타오르는 강』 1~3권 (심설당)과 두 번째 연작소설집 『물레방아 속으로』(심설당) 출간. 숭실대학교(구 숭전대) 대학원에 입학하여 김동리의 소설 창작 강의를 받음. 제1회 소설문학 작품상, 전라남도 문화상, 전남문학상 수상.

1982년	44세	문화공보부 주관 문인 유럽여행. 무크지 『제3문학』(한길사)으로 백우암·김춘복·윤정규·송기숙 등과 활동. 단편 「살아 있는 길」(『한국문학』 2월호), 「잉어의 눈」(『문학사상』 5월호), 「병든 땅 언덕 위」(『정경문화』 8월호), 「목조르기」(『소설문학』 9월호), 「노인과 소년」(『기독교사상』 12월호), 「탈회」(『행림출판』), 중편 「유월제」(『현대문학』 5월호), 「어머니의 땅」(『문학사상』 9월호) 발표. 장편 『피아골』을 『한국문학』(1982.4~1984.7)에 연재. 장편 『병신춤을 춥시다』(문학예술사), 『아무도 없는 서울』(태창문화사), 『달궁』(문학세계사) 출간. 장편소설 『달궁』으로 제1회 문학세계 작가상 수상.
1983년	45세	숭실대 대학원 국문과 졸업(석사논문 「한국문학에 나타난 한의 연구」). 광주에서 무크지 『민족과 문학』 편집위원으로 참여. 단편 「미명(未明)의 하늘」(『현대문학』 1월호), 「패자의 여름」(『소설문학』 1월호), 「거인의 밤」(『문학사상』 3월호), 「숨어사는 그림자」(『현대문학』 12월호), 「개안수술」(『홍성사』) 발표. 장편 『성자를 찾아서』를 『문학사상』에, 『연꽃 속의 보석이여 완전한 성취여』를 『수문서관』에 연재. 세 번째 중·단편소설집 『피울음』(일월서각) 출간. KBS TV 8부작 〈신왕오천축국전〉 취재팀 일원으로 6개월간 인도, 파키스탄 탐방. 인도기행문 『신왕오천축국전』 발간(KBS). 역사기행문 『유배지』(어문각), 첫 번째 산문집 『사랑하지 않는 죄』(명문당) 출간.
1984년	46세	단편 「어둠의 춤」(『소설문학』 1월호), 「비석(碑石)」(『문학사상』 1월호), 「두 여인 1」(『경향잡지』 3월호), 「두 여인 2」(『경향잡지』 4월호), 「할머니의 유산」(『학원』 6월호), 「인간의 벽」(『문학사상』 8월호), 「살아있는 소문」(『소설문학』 10월호), 중편 「무당새」(『한국문학』 9월호), 「어머니의 성(城)」 발표. 네 번째 중·단편소설집 『인간의 벽』(나남출판) 출간.
1985년	47세	2월 1일 순천대학교 국어교육과 교수 취임. 단편 「대추나무 가시」

(『문학사상』 2월호), 「황홀한 탈출」, 중편 「제3의 국경」(『한국문학』 11월호) 발표. 장편 『한수지』를 『서울신문』에, 『소설 신재효』를 『음악동아』에 연재. 장편 『피아골』(정음사) 출간.

1986년 48세 단편 「어둠의 강」(『현대문학』 5월호), 「사표 권하는 사회」(『문학사상』 7월호), 「살아있는 눈빛」(『소설문학』 9월호), 「안개섬」(『한국문학』 9월호), 「초가와 노인」, 「우울한 귀향」, 「우리들의 상처」, 중편 「일어서는 땅」 발표. 기행문인 『동학기행』(어문각), 다섯 번째 중·단편소설집 『살아 있는 소문』(문학사상사) 출간.

1987년 49세 단편 「달리기」(『문학정신』 1월호), 「살아남는 법」(『문학정신』 1월호), 「뒷모습」(『동서문학』 4월호), 중편 「문신의 땅」(『문학사상』 1월호), 「문신의 땅 2」(『한국문학』 3월호), 「호랑이의 탈출」(『월간경향』 11월호) 발표. 장편 『어둠의 땅』을 『주간조선』에 연재. 장편 『한수지』 1~3권(정음사), 『빼앗긴 강』(정음사), 『타오르는 강』(창작사) 출간. 중편집 『철쭉제』(고려원) 출간.

1988년 50세 순천대학교 교수직을 그만두고 『전남일보』 창간과 함께 초대 편집국장으로 부임. 단편 「한국의 벚꽃」(『현대문학』 3월호), 중편 「꿈꾸는 시계」(『문학사상』 4월호) 발표. 장편 『가면의 춤』을 『부산일보』에 연재. 여섯 번째 중·단편소설집 『문신의 땅』(동아) 출간.

1989년 51세 단편 「녹슨 철길」(『문학사상』 10월호), 장막 희곡 『황매천』(『민족과문학』) 발표. 장편 『대지의 사람들』을 『국민일보』에 연재. 『타오르는 강』 전7권(창작과비평사) 출간.

1990년 52세 단편 「소년일기」(『현대소설』 6월호), 장편 『가면의 춤』 상·하(서당), 『걸어서 하늘까지』 상·하(창작과비평사) 출간. 위인전 『김정희』(삼성출판사) 출간. 작품집 『문순태 문학선』(삼천리) 출간. 일곱 번째 중·단편소설집 『꿈꾸는 시계』(문학사상) 출간.

1991년 53세 『전남일보』 주필 부임. 중편 「정읍사」(『현대문학』) 발표. 소설창작이
론집 『열한 권의 창작 노트 – 중견작가들이 말하는 나의 소설쓰
기』(도서출판 창) 출간.

1992년 54세 카자흐스탄과 우즈베키스탄 여행. 카자흐스탄국립대학교 한국학과
에서 '한국 소설의 흐름' 강연. 단편 「낯선 귀향」(『계간문예』 봄호), 「느
티나무와 당숙」(『문학사상』 12월호) 발표. 장편 『느티나무』를 『계간문
예』에 연재. 장편 『다산 정약용』(큰산) 출간. 두 번째 산문집 『그늘 속
에서도 풀꽃은 핀다』(강천) 출간. 흙의 예술상 수상.

1993년 55세 단편 「최루증(催淚症)」(『현대문학』 7월호) 발표. 장편 『한수별곡』 상·
중·하(청암문화사), 『도리화가』(햇살) 출간. 세 번째 연작소설집 『제3
의 국경』(예술문화사) 출간.

1994년 56세 중편 「시간의 샘물」(『문학사상』 8월호), 「오월의 초상」(『한국문학』 9월
호) 발표.

1995년 57세 광주·전남 민족작가회의 회장. 조선대학교 이사. 단편 「똥푸는 목사
님」(『한국소설』) 발표.

1996년 58세 광주대학교 문예창작과 교수 취임. 단편 「흰 거위산을 찾아서」(『문학
사상』 8월호, 「흰거위산을 찾아서」로 작품명을 바꾸어 본 선집에 수록), 중편
「느티나무 타기」(『현대문학』) 발표. 장편 『5월의 그대』를 『전남일
보』에 연재.

1997년 59세 단편 「느티나무 아저씨」(『내일을 여는 작가』 7월호), 「무등산 가는 길」
(『21세기 문학』 가을호), 「세상에서 가장 슬픈 이야기」(『문학사상』 11월
호), 중편 「꿈길」(『문예중앙』 여름호) 발표. 장편소설 『느티나무 사랑』

1~2권(열림원) 출간. 여덟 번째 중·단편소설집『시간의 샘물』(『실천문학사』) 출간.

1998년 60세 장편소설『포옹』1~2권(삼진기획) 출간. 대학 교재『소설 창작연습』(태학사) 출간.

1999년 61세 단편「똥치이모」(『한국소설』), 「아무도 없는 길」(『현대문학』), 「혜자의 반란」(『문학사상』 3월호) 발표.

2000년 62세 대안신문『시민의 소리』발행. 광주·전남 반부패연대 공동대표. 단편「끝을 향하여」(『문학과의식』 봄호), 「느티나무 아래서」(『문예중앙』 가을호), 「자전거타기」(『정신과표현』) 발표. 장편『그들의 새벽』1~2권(한길사) 출간.

2001년 63세 겨울, 척수 종양 수술. 단편「문고리」(『문예중앙』 봄호), 「나는 미행당하고 있다」(『문학사상』), 「그리운 조팝꽃」(『미네르바』) 발표. 장편『정읍사 - 그 천년의 기다림』(이룸) 출간. 오방 최흥종 목사 실명소설『성자의 지팡이 - 영원한 자유인』(다지리) 출간. 소설창작이론서『소설 창작 연습 - 그 이론과 실제』(태학사) 출간.

2002년 64세 단편「마감 뉴스」(『문학나무』), 「운주사 가는 길」(『문예운동』) 발표. 중편「된장」(『문학과 경계』 봄호) 발표. 장편『나 어릴 적 이야기』를『정신과 표현』에, 『자살 여행』을『미르』에 연재. 아홉 번째 중·단편소설집『된장』(이룸) 출간.

2003년 65세 단편「늙은 어머니의 향기」(『문학사상』 11월호, 「늙으신 어머니의 향기」로 개고해 본 선집에 수록), 「만화 주인공」(『한국소설』), 「대나무 꽃 피다」(『미네르바』) 발표. 장편동화『숲으로 간 워리』(이룸) 출간.

2004년 66세 단편「영웅전」(『동서문학』), 「은행나무 아래서」(『작가』) 발표. 「늙으

신 어머니의 향기」로 이상문학상 특별상 수상. 광주광역시 문화예술
상 수상.

2005년　67세　단편「수줍은 깽깽이꽃」(『한국소설』), 「울타리」(『계간문예』), 중편「감
로탱화」(『문학사상』) 발표. 동화집『숲 속의 동자승』(『자유지성사』) 출
간. 장편『41년생 소년』(랜덤하우스 중앙) 출간.

2006년　68세　광주대학교 정년퇴직. 담양군 남면 만월리 144번지(생오지)로 거처
옮기고「생오지 문학의 집」개설. 단편「눈향나무」(『불교문학』), 「탄
피와 호미」(『문학들』) 발표. 열 번째 중·단편소설집『울타리』(이룸),
세 번째 산문집『꿈』(이룸). 작품집『울타리』로 요산문학상 수상.

2007년　69세　'생오지 문학의 집'에서 소설 창작 강의. 단편「황금 소나무」(『21세기
문학』), 「대 바람 소리」(『문학사상』), 「생오지 가는 길」(『좋은 소설』) 발표.

2008년　70세　국립아시아문화전당조성위 부위원장 임명. 생오지 문예창작촌 개설,
봄과 가을에 생오지 문학제 개최. 단편「그 여자의 방」(『문학사상』),
「일기를 쓰는 이유」(『한국문학』), 중편「생오지 뜸부기」(『계절문학』)
발표. 장편『타오르는 별들』을『전남일보』에 연재. 작품집『울타
리』로 한국가톨릭문학상 수상.

2009년　71세　봄과 가을에 생오지 문학제 개최. 단편「은행나무처럼」(『21세기 문
학』, 「은행잎 지다」로 작품명을 바꾸어 본 선집에 수록).『전남일보』에 광주
학생독립운동을 소재로 한 장편『타오르는 별들』연재 이후,『알 수
없는 내일』1~2권(다지리)으로 제목을 바꿔 출간. 열한 번째 중·단
편소설집『생오지 뜸부기』(책만드는집) 출간. 네 번째 산문집『생오지
가는 길』(눈빛) 출간. 담양군민상 수상.

2010년　72세　단편「자두와 지우개」(『계간문예』 가을호), 「돌담 쌓기」(『시선』 봄호)

발표. 작품집『생오지 뜸부기』로 채만식문학상 수상. 조대문학상 대
상 수상.

2011년　73세　(사)광주문화재단 이사. 모친 97세로 소천. 단편「아버지와 홍매」
(『21세기문학』,「아버지의 홍매」로 작품명을 바꾸어 본 선집에 수록),「안개
섬을 찾아」(『문학바다』,「안개섬을 찾아서」로 작품명을 바꾸어 본 선집에 수
록),「휴대폰이 울릴 때」(『동리목월문학』) 발표. 어린이 그림책『빛과
색채의 화가 오지호』(나무숲) 출간. 다섯 번째 산문집『그리움은 뒤에
서 온다』(오래) 출간. 담양대나무축제 이사장.

2012년　74세　대하소설『타오르는 강』(전9권, 소명출판) 완간. 재단법인 생오지문학
촌 설립 이사장 취임.『타오르는 강』 북콘서트 개최.

2013년　75세　2년제 생오지문예창작대학 개설. 광주문화방송 시청자위원장. 단편
「시소타기」(『창작촌』), 조아라 실명소설『낮은 땅의 어머니』(광주
YWCA), 시집『생오지에 누워』(책만드는집) 출간. 한림문학상 수상.

2014년　76세　생오지문예창작촌 주최로 영산강문학 심포지엄 개최('영산강, 문학에
스미다'). 대하소설『타오르는 강』의 어휘 사전인『타오르는 강 소설
어 사전』(소명출판) 출간. 제9회 생오지문학제.

2015년　77세　광주전남연구원 이사장 취임. 광주U대회 개폐막식 시나리오 작업.
단편「시계탑 아래서」(『문학들』 여름호) 발표. 장편『소쇄원에서 꿈을
꾸다』(오래) 출간. 광주일보에 문순태 칼럼 연재.『소쇄원에서 꿈을
꾸다』로 송순문학상 대상 수상. 자랑스러운 광고인 대상 수상.

2016년　78세　박근혜 정부 블랙리스트문인 명단 포함. 단편「생오지 눈무덤」(『문학
들』),「흐르는 길」(『광주전남소설문학회』) 발표. 열두 번째 중·단편소
설집『생오지 눈사람』(오래) 출간. 시「멸치」(『딩아돌하』) 발표.『문화

일보』에「살며 생각하며」칼럼 연재. 세브란스병원에서 위암 시술.

2017년　79세　세계문학페스티발 행사로「한승원·문순태 문학토크쇼」진행(담양문화원).「창작의 산실 – 나의 문학 어디까지」(『월간문학』).『기억과 기억들』(씽크 스마트)에 현기영 등 한국 대표 분단작가 5명의 작품을 중심으로 분단역사 체험에 대한 인터뷰 수록.

2018년　80세　시집『생오지 생각』(아침고요) 출간. 여섯 번째 산문집『밥 한 사발 눈물 한 대접』(아침고요) 출간. 한국소설가협회 최고위원. 작가협회 주최 '영산강문학 포럼'에서 '영산강과 서사문학' 주제 발표. 광주전남연구원 '남도학 강좌'에서 '영산강의 인문학적 자원' 강연. 시「그 이름」(『세계일보』) 발표. 시「홍어」(『서은문학』) 발표.

2019년　81세　한국산학연구원 '하우 투 리브' 인문학 강연. 광주문학관 건립추진위원. 전남도 인재육성추진위원.

2020년　82세　홍어를 소재로 한 100여 편의 시 가운데 한 편을『한국가톨릭문인회지』11월호에 발표, 2019 광주 세계수영선수권대회 주제 제정 자문위원장을 역임하고 체육훈장 기린장 수상(12월).